"你教出你的地方,当然好。"

林辰抬头看他,邢以连脸带低垂,睫毛被风吹得轻轻颤动,显得目光温柔诚挚。

林辰叹了口气,邢以连这人有个非常厉害的本事,就是可以把恶心肉麻的话,说得坦坦荡荡,让听着的人也觉得理应如此。那么这种时候,除了叹气,好像也没有任何更好的办法。

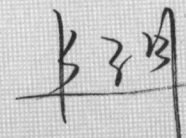

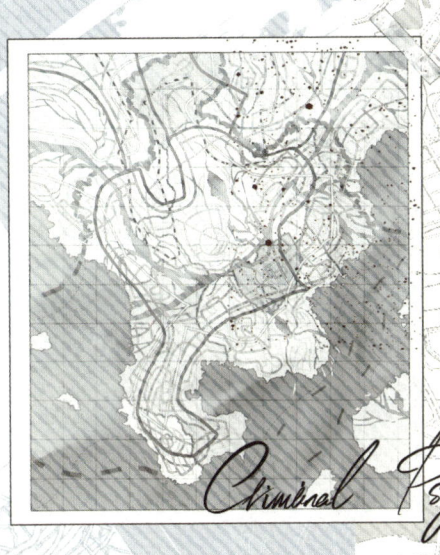

犯罪心理

长洱 著

国际文化出版公司
·北京·

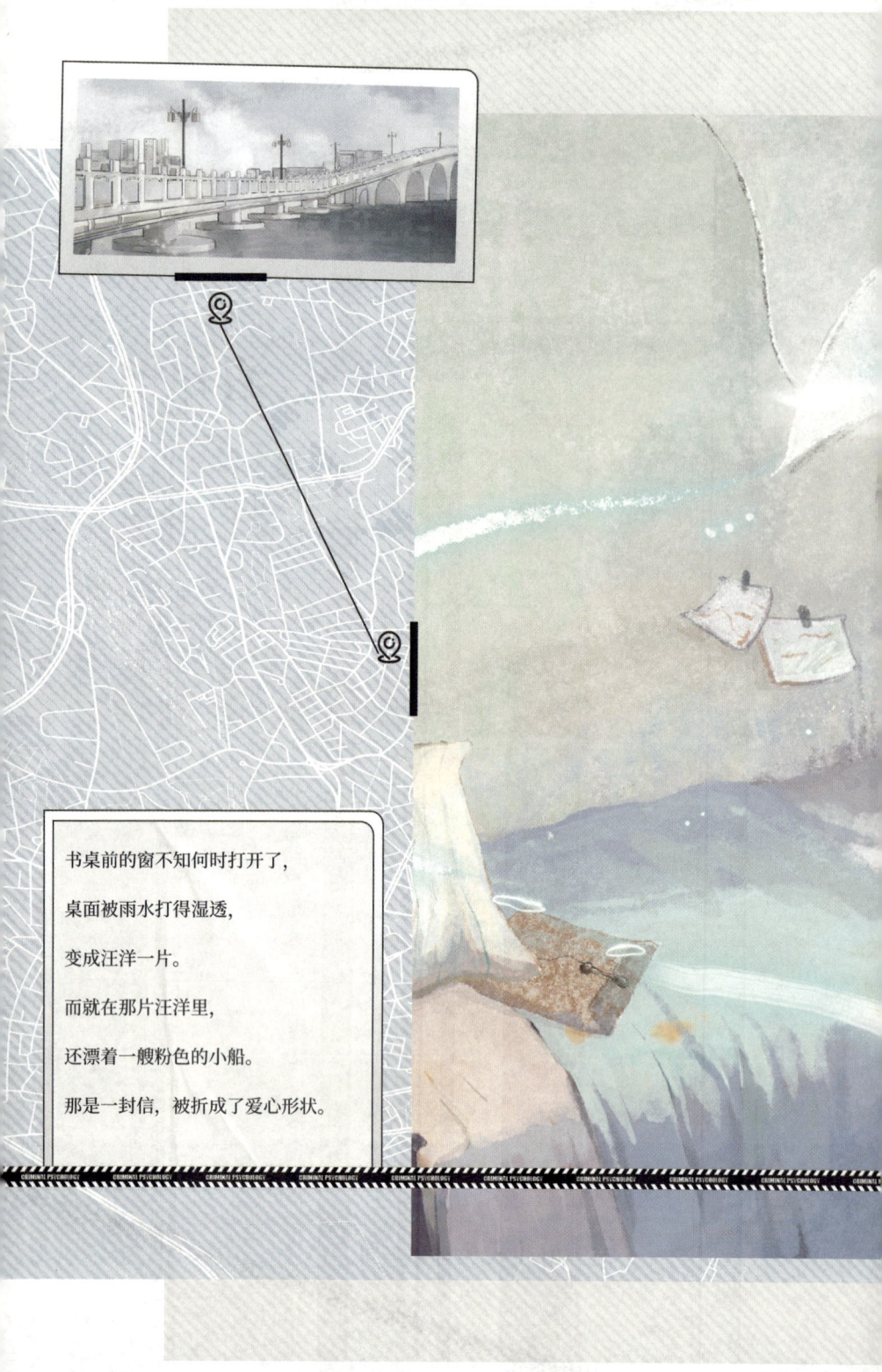

书桌前的窗不知何时打开了,
桌面被雨水打得湿透,
变成汪洋一片。
而就在那片汪洋里,
还漂着一艘粉色的小船。
那是一封信,被折成了爱心形状。

少年人总以为,

人生是充满幻想的旅程,

但实际上,

每个人的一生,

都只不过是来去双程。

小屋的门,被"吱呀"一声推开来。

屋外的天光顺着门缝,如潮水般向屋内倾泻而去。

少年人顶着漫天明光,缓步走出。

他依旧围着烟灰色羊绒围巾,

穿一条浅蓝色牛仔裤,脚上是明黄色的板鞋,

鞋子上大大的对钩,如同最灿烂的笑脸。

目录
Contents

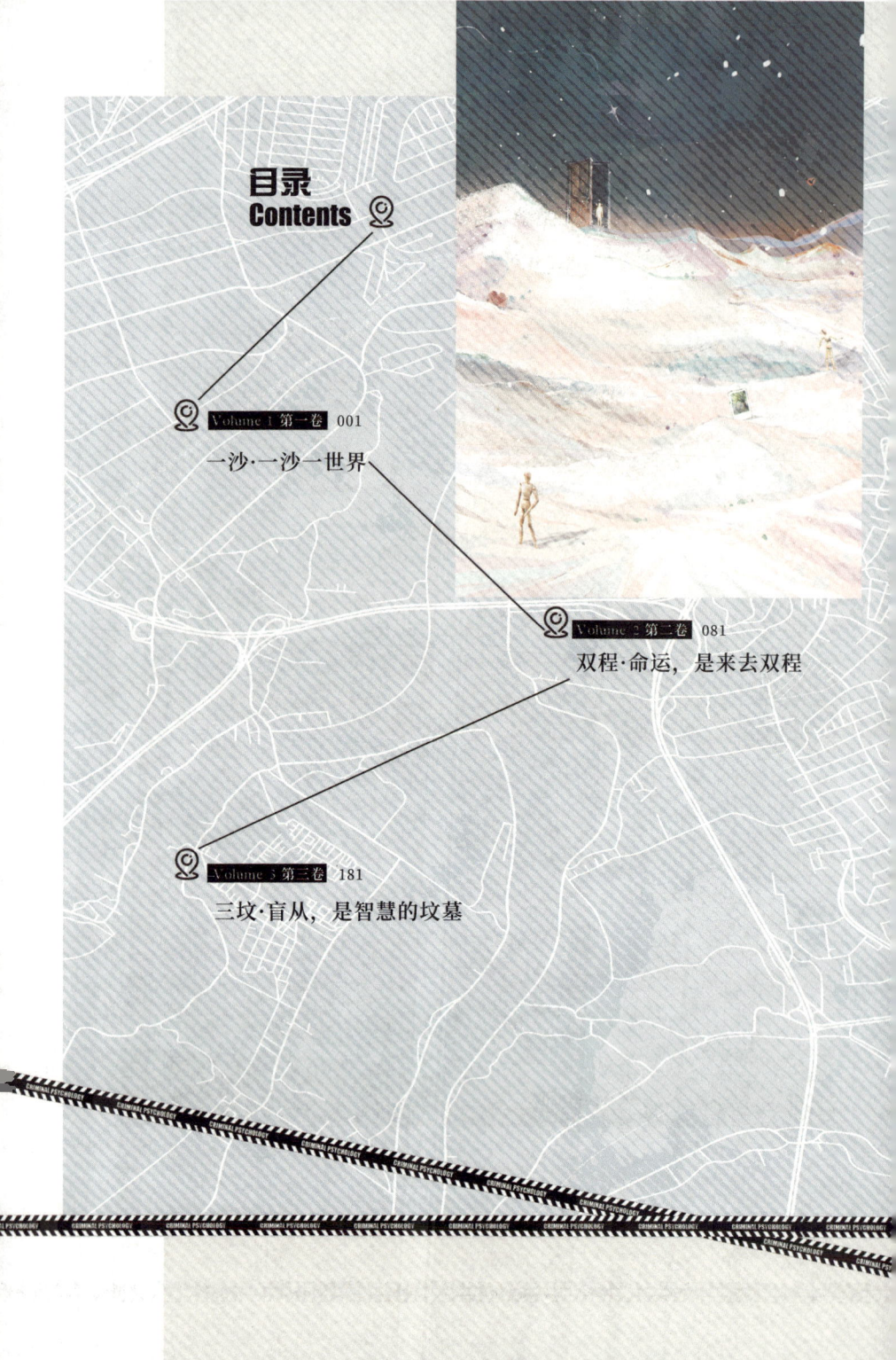

Volume 1 第一卷 001

一沙·一沙一世界

Volume 2 第二卷 081

双程·命运，是来去双程

Volume 3 第三卷 181

三坟·盲从，是智慧的坟墓

Volume 1 第一卷

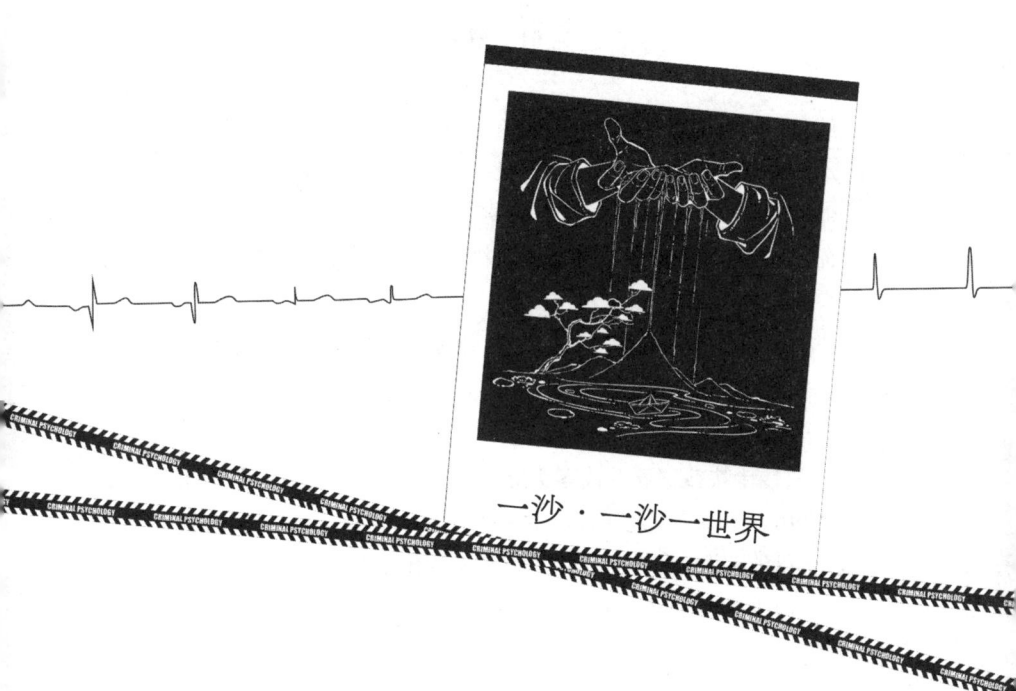

一沙·一沙一世界

01·楔子

春水街,是宏景西南的一条老街。与这座城市里许多繁忙的街道并没有什么不同,这里商铺密布,从长街一头铺向另外一头。临近傍晚时,街上渐渐热闹起来。

临街的水产店里,一条鲫鱼在塑料盆里打了个挺,刚想游动就被掐住肚皮捞了起来。

王春花今年已经快 60 岁了,与这座城市里其他年近六旬的妇女也没有什么不同。她刚在隔壁理发店烫完头发,现在准备顺路买一条鲫鱼回家给小孙子炖鱼汤喝。

"十块钱十块钱,五毛钱零头算了啊!"王春花从皮夹里掏出张破旧的十元纸币,不由分说地塞进店主手里,为恰好抹去的零头而得意扬扬。

收音机沙沙作响,广播里似乎正在说着什么。

水产店主无奈地摇了摇头,把钞票塞入皮围裙兜里,用湿漉漉的手指调大收音机音量。

"现在插播一条紧急新闻!"女播音员停顿了一下,收敛住轻柔的嗓音,"超强台风云娜将于 12 日夜间正面袭击我市,气象局提醒,从今天夜间开始,请市民朋友们尽量减少外出。"

王春花接过鱼,听到这个消息忽然抬头看了看天。春水街 18 号里,水果摊主也同样抬起头看了看那片灰蒙蒙的天。像是为了印证什么,乌云遮住夕阳,天色很快暗下,黑色塑料袋中的鲫鱼轻轻跳动。

像是感受到空气中湿润的雨意又或是出于别的什么原因,水果摊主突然搬起特意拣出的半筐烂苹果,猛地倒在最昂贵的蛇果里。腐烂的水果如暴雨般噼里啪啦落下，有几个掉落开来，顺着人行道越滚越远……

"咔嚓"一声脆响，一双厚底皮鞋毫不犹豫地踩了上去，果肉炸裂，汁水横流。

"噢哟，有没有素质啊？"王春花看着地上被踩烂的水果，抬起脚嫌恶地踢了一脚，"我差点滑一跤！"

摊主没有说话，只是埋头将筐里的苹果全部抱回店里，甚至连道歉都没有，王春花忽然有些生气。就在她准备走开时，忽然瞥见水果摊主正发疯似的将所有烂苹果混入高档苹果里。想起那些店家以次充好的新闻，她的气就更不打一处来了。

"烂苹果还要和好苹果放在一起卖，有没有良心啊你！"她大步走到水果摊前，戳着一个苹果喊道。摊主憋红了脸，用一双布满血丝的眼睛紧紧盯着她。

王春花清了清嗓，刚要再喊两句，刹那间，起风了。那风很轻，仿佛少女的发丝；那风很软，如同母亲的嘴唇。温柔的风吹过她的碎发，拂过她的手臂，落在她的手指上。然后，她感到似乎有什么东西，从手上掉了下去。

她下意识低头，发现地上多出了一截手指。哪里来的手指？

剧痛是随后才传来的，她缓缓看向自己的右手，那里出现了一个巨大而丑陋的豁口。她想喊救命，却发现自己什么话也说不出来，摊主的五指如铁钳般掐住她的喉咙，一把狭长的西瓜刀抵在她嘴边。下一刻，摊主抡刀向她砍来，刹那间，她皮肤裂开，血污吞没她所有视线，耳边只剩下丧失人性的喘气声。

求生的欲望激发了人的最大潜能，王春花用力推开水果摊主，连滚带爬，试图逃进隔壁店里。她依稀看到，那家店里坐着个老人，周遭诡异而安静。她弓起上身，想要爬进门槛，就在要碰到老人裤腿的刹那，再次被一脚踹倒！可剧痛并未如期而至，过了好一会儿，她才有勇气回头——在她身后，几个男人正用力压制住发疯砍人的水果摊主，围观群众脸上挂着惊恐不安的表情。细碎的言语蔓延开来，大多是"怎么会这样""平时人挺好的啊""看不出有精神病啊"之类的话语。

王春花张了张嘴，想要开口，却发现自己已经说不出话来。她脸上、手上都是温热的血,她用手肘撑住地面,努力想要站起身。可还没等她站稳,膝盖猛地抽疼,又一个踉跄,撞在圈椅里的老人身上。"砰"的一声,老人毫无预兆地倒下了,王春花也跟着栽倒在地。她撑住身体,后挪两下,伸手抹开眼前的血污。水泥地上,老人依旧维持倒下的姿势。他花白的头发整整齐齐,身上是一套干净的藏青色旧制服,仿佛一尊诡异而安详的雕塑。

王春花屏住呼吸,再次向前凑去。她小心翼翼地用缺了食指的手推了推老人,老人砰地翻倒,完全躺平在地。

谁也没有注意到,一缕白沙正顺着老人裤袋缝隙淌下,好像有千百只细小的白色蚜虫蜂拥而出。

夕阳沿着窗棂,切割着老人布满皱纹的脸。阴影把上半边脸涂成了墨色,夕阳又让下半边脸变得柔和,老人的嘴角上似乎还挂着抹微笑,一切柔和而诡异。

春水街寂静无声,唯有收音机里女播音员的声音还在徐徐传出:"警方提醒,请各位市民注意出行安全,提高警惕……"充满磁性的嗓音在整条街区上空回旋。

当所有人的目光都集中在老人身上时,没人注意到一个戴鸭舌帽的男人压低了帽檐。他逆着人流,走出了这条刚发生命案的长街。

02·白沙

宏景是座老城。

老城见过太多风浪,无论这里发生什么天大的事情,都掀不起太大涟漪。

朝阳会照例升起,学生会照例早起,晨读声也会照例在校园内响起。

这些情形,都与往日没有什么不同。

林辰照例检查完学生宿舍,将花名册上最后一个空格勾完,然后翻到前页,看着唯一未曾勾选的名字。作为学校宿管,他最怕遇见这种情况。就在五分钟前,他接到学校老师打来的电话,说一年级(3)班的郑小明同学没有在教室晨读,让他去寝室把赖床的小朋友叫起来。可真正令他感到奇怪的是,在检查完寝室后,他并没有看到有学生赖床。

风吹起宿舍蓝底白花的窗帘,林辰叹了口气,在这里工作了三年,头一次遇上学生失踪。

他轻轻转了一圈笔。印象中,郑小明是个寡言少语的胖墩,并没有任何叛逆迹象,况且学校门禁森严,门卫也不会轻易放孩子独自出门,总不见得是被人绑票了?

就在这时,林辰的手机铃声响起。拿出手机,屏幕上是串未明身份的手机号,归属地在宏景,他接通电话,按下录音键后说:"您好。"

拖长调子的慵懒声音从听筒里传出:"林先生是吗?请问您认识郑小明同学吗?"

"认识。"

"哦,小明现在在我手上,请带好钱包,来颜家巷沧水桥认领,谢谢合作。"

对方说完,便干脆利落地挂断了电话。林辰望着屏幕上那串号码,一时间没有反应过来。不仅是头一回遇见学生失踪,他也是头一回遇见如此随心所欲的"绑匪"。林辰只犹豫了片刻——是否应该报警,便直接拿上钱包,坐上开往颜家巷沧水桥方向的公共汽车。

"绑匪"挑选的日子很好,树很绿花很红,连沧水桥下的水都清澈得仿佛刚擦干净的玻璃。

像是被定位着行踪,他刚走上石板桥,电话铃声便再次响起。

"绑匪"的声音沙哑而镇静:"林先生,请左转,我在第六扇门内等您。"

大概所有绑匪都热爱指挥他人,未等林辰深思关于"六扇门"的冷笑话,颜家巷六号的门牌已赫然出现在他眼前。粉墙黛瓦,老旧门窗。木门"吱呀"一声打开,他抬头,看见门框里站着个胡子拉碴的男人。

男人左手夹了支烟,右手撑着门框。阳光从天而降,他睡眼惺忪,眼窝却很深,那双眼睛依稀带着点湖水绿,目光很是肆无忌惮,也因为肆无忌惮,而显得潇洒不羁,仿佛这天、这水、这满城春光,都是可以轻易抛弃的玩意儿。一个看什么都很无所谓的男人,大概也不会真去绑架一个80

斤的小胖子。

林辰很平静地开口:"我来接您屋里的小鬼回去,谢谢您收留他。"

他说完,缓缓欠身,却没听见想象中的客套回应。他抬头,只见对方把烟塞进嘴里,空出的三根手指贴在一起,并轻轻搓了搓,显然刚才那句"带好钱包"并不是在开玩笑。

林辰有些无语,但还是把手伸进工装裤的口袋里,掏出张缺了个角的暗紫色纸币,说:"正好五块钱。"

男人接过钱,直接揣进裤兜,半点不害臊。他抬手吸了口烟,然后朝旁边挪了挪,手却依旧撑在门框上。林辰微微躬身致谢,从男人手臂下挤进屋内,径自向里面走去。在靠河一侧的木板床上,他看到一个撅起的小屁股。

"逃学并不是件好事。"

他在床边坐下,伸手捞过装鸵鸟的郑小明,把人放在床上摆正,然后弯下腰,拿起地上的鞋子,套在小朋友脚上,继续说道:"当然,是男人的话,偶尔犯点错误也可以理解。"

他耐心地帮他系着鞋带,并说:"但问题是,首先我不喜欢出门,其次我真的很穷,所以,比起打电话给我,偷偷溜走是更恰当的处理方式。"

他声音很轻,小胖子望着门口还在抽烟的男人,泫然欲泣。林辰看了眼小胖子,又看了眼似笑非笑的男人,目光最后落在房间角落的一套藏青色制服上。正常好心市民在遇到走失儿童时,第一反应是送去警察局。那么,一位能向小朋友拷问出宿管电话,还亲自等人上门来接的市民,显然并不简单。

林辰收回视线,牵着小朋友的手转身想走。就在要跨出房门的刹那,他听见"咔嗒"一声轻响,随后腕上一凉,手上多了副银色手铐。

林辰看着腿边的小朋友,很无奈地说:"当然,如果你惹了警察,就不要溜了,撒娇卖萌抱大腿会更恰当。"

"林先生真是个妙人,不如一起喝杯茶怎样?"一旁的警官先生慢条斯理地开口。

"我并不很适合去警局。"林辰认真想了想,这样回答。

"多去几次就习惯了。"对方笑着说。

有很多人可能一辈子都没有进过警局，更恰当的说法是，没进过警局审讯室。这里严肃而压抑。窗上会焊着铁条，正对你的墙上会贴着"坦白从宽 抗拒从严"几个大字，正气凛然的警察会要求你把事情交代清楚。同时，你还有可能被很多人看着。

所以如果能靠撒娇卖萌解决问题，就千万不要把事情闹大。

张小笼是宏景市刑警队一名普通女警。此刻，她正站在单向玻璃外监控审讯室里那名嫌犯的一举一动，时不时低头在本子上记录着什么。或许是因为太认真，直到低沉而沙哑的声音传来，她才意识到身边来了两个人。

"怎么样了？"

张小笼扭头，看着新队长英俊的侧脸，暗赞了一声"好帅"。但作为受过严格训练的警校学生，她迅速调整了心态，汇报道："队长，您带来的人已经坐了一小时十三分钟，他就那么看着照片！"

张小笼赶忙看了下表，又哗哗翻了两页笔记："按您的要求，没人跟他说话，就半小时前有人进去送过水，但他没喝。哦，他看得最多的照片是第三张。真的很奇怪队长，这人一定有问题！"

小姑娘按了两下圆珠笔，看着审讯室里那个青年，确定地说道。

老实说，张小笼其实对审讯室里的青年没有任何厌恶感，毕竟对方看起来很斯文，只是有些瘦。他身材并不高大，但发色很黑，眼瞳更是黑得深不见底。可或许是那平静的面容和认真的目光，让他显得郑重而安稳，仿佛山间的松又或是湖边的竹，风一吹，便有干净至极的气息。

如果只凭第一感觉，张小笼会认为青年完全没什么可疑。可这位青年在审讯室坐了这么久，就只盯着三张照片看，不仅不吵不闹，连头都不带抬一下，正常人哪有这么好的耐性？所以果然还是有问题。张小笼这样想着，目光也看向桌上的那三张照片。

第一张照片上是位面色安详的老人，老人躺在床上，穿宝蓝色寿衣，看上去好像只是陷入了沉睡。第二张照片中，老人所躺的位置换到太平间，周围是一具具蒙着白被单的尸体。如果说，前两张照片显得森冷，那么第三张照片则很是诡异。因为在前两张照片中死去的老人，正平躺在一间商铺里。老人双眼紧闭，穿一件藏青色旧制服，身边是点点血迹。如果你仔细看照片便会发现，老人一侧的口袋里，流出了一片白沙。

如果照片是按时间顺序摆放的，那意味着原本躺在医院太平间里的老人，不知出于何种原因，被人从医院抬到了闹市街头。普通人显然不会有这种癖好，如果不是医闹，那就是大麻烦。但无论什么麻烦，都是警方的事，似乎和他这样的小宿管扯不上关系。

林辰沉思着，审讯室大门被"吱呀"一声推开。

他抬头，只见一位女警在他面前坐下。

"林辰，9月7日下午一点到三点，你在哪里？"

女警官嗓音清脆，甚至还没来得及翻开文件，就已经把话问出了口。

"在市实小宿管站里。"林辰又看了眼照片，审视着面前的女警，缓缓答道。

女警官长得很漂亮，长发乌黑，耳垂白皙，而在圆润洁白的耳朵里，还塞着枚小巧的无线耳机。

"有人能做证吗？"女警赶忙打断了他，又继续补充道，"你说你在宿管站里，谁能做证？"

"你说的时间里，我一个人在宿管站，学生们都在上课，的确没人可以做证。"

林辰答完，很明显看见女警有些郁闷，她低头按了按笔，照着笔记本上的问题继续讯问："那，你近期有没有去过第三医院？"

显然这是有人提前写好了问题，派手下人来问口供，那么领导当然就站在单向玻璃后，观察他的一举一动。只是为了一具被移动的尸体，他们显然没必要如此大费周章。

"告诉我，为什么抓我？"林辰打断了女警官的问题。

女警眼神游移，下意识看向审讯室一侧的玻璃墙。

林辰向前靠了靠，大概明白这具体是为了什么："我听说，最近在第三医院的太平间里，总会出现穿戴整齐的男尸，尸体边会出现一把白沙。"他盯住女警的眼睛，然后身体靠回椅背，"这事情古怪至极，如果市局觉得棘手，大概会求助两种人，一种是道士，另一种是心理学家……所以，你们的合作单位是永川大学没错吧？"

女警瞪大眼睛，非常吃惊。忽然间，她按住耳麦，似乎从里面接到了什么指令，随后噌地站起来，掉头就走。

林辰侧过身子，对着单向玻璃淡淡道："出来吧，别藏着了。"

片刻后，审讯室的门被再次打开。

一个身材微胖的男子推门进来，左手提着热水瓶，右手拿着刚洗干净的瓷杯。他把杯子放在桌上，从口袋里掏出包茶叶拆开倒入杯中，最后迅速倒入热水。一套动作行云流水、一气呵成。做完这一切，他弯下腰，很恭敬地把茶杯递出，声音有些颤抖："师……师兄……"

"付教授。"林辰没接茶杯，语调有些冷。

"师兄……不是我抓的你啊！"作为市局唯一外聘的犯罪心理学专家，付郝很少有这么手足无措的时候。

"为什么要抓我？"林辰干脆利落地问道。

"是一把沙子。"

"什么？"林辰感到不可思议，这算什么证据。

"师兄，事情是这样的。"付郝向前凑了凑，有些讨好地说，"最近市医院里闹得人心惶惶，太平间里每隔一段时间就会出现一具死尸，尸体都穿戴整齐，而床角总是撒有细沙，这事你知道。"

林辰点了点头。

"今天早上，我们刑警队队长在路边遇到个走失的孩子，那孩子扒着车窗，从口袋里掏出把沙子，说'叔叔我想吃肯德基，能拿这个跟你换吗'？"

"天才。"林辰几乎不敢相信自己的耳朵。

"嘿嘿。"付郝讪讪地笑道，"然后，经物证处对比，孩子拿出的沙子和尸体旁边的应该是同一种。"

"好巧。"林辰皱了皱眉头。

"何止好巧，师兄你知道吗？就在昨天，春水街骚乱，一个老人在众目睽睽下倒地不起，救护车赶到的时候，医生说老人已死亡多时。"付郝压低了声音，一字一句说道，"而且，老人口袋里，同样掉出了一把沙子。"

"到底是什么样的沙子？"

"很特别的沙子，非常白，但物证那边检验结果还没出来。"

林辰听完这话，眉头一皱："拿来我看看。"

他话音未落，审讯室的门被再次推开，一个胡子拉碴的男人提了个证物袋，大大方方走了进来。

"林先生，鄙人姓刑，刑从连。"男人不知何时换上了警服，举止端庄、态度极好，与先前搓手指的流氓判若两人，"我希望您能辨认一下，您是否见过这种沙子？"

林辰懒得看他，只是顺手拿起桌上那袋沙子。整袋沙子大约重50克，他拉开证物袋，抓起一些，任由它们从指缝滑落。沙子很白，颗粒都非常干净，显然经过严格清洗，与工地上的沙粒甚至海滩上的白沙都有明显区别。

林辰将白沙放回袋中，看着付郝，语气冷峻："这沙子你没见过？"

"好像没有啊。"付郝老实回答。

"这都不认识，你是怎么毕业的？"林辰认真问道。

03·麻烦

听到林辰的反问，付郝不仅没有不高兴，反而满脸讪讪的笑，双手合十，眼巴巴地求助着林辰。不得不说，这招非常管用。

刑从连看见那位原本不苟言笑的青年低下头，很不好意思地拿起桌上的证物袋，认真告诉他们："这些白色石英砂，应该来自沙盘。心理治疗中有一类疗法，名叫沙盘游戏，大致就是利用不同种类的沙子和许多摆件，探索和整合人类的心灵状况。白沙是沙盘游戏中的一种沙子，被清洗得非常干净，分离灰尘和杂质，保持宁静和纯洁，成为人探索内心无意识世界的一种媒介。"他仿佛在思考什么，说得很慢，但很仔细，"在有网购之前，一整套沙盘疗法的器材售价在两万元以上，生产厂家和经销商都屈指可数，但现在你要追查白沙的来源会非常困难。"

他说话声音有些轻，但非常认真仔细，无论是那平和的眉眼还是端正的姿态，都带着绝对的、让人信服的姿态。该怎么说呢？在绝对的专业面前，一切妄加的猜测都显得太过小人之心了。

刑从连很难得地有些歉意，不过歉意只维持了短短几秒。

林辰说:"你放我走,保证以后不再出现在我面前,我就告诉你这些沙子是从哪儿来的。"

"好啊。"刑从连半点没犹豫,爽快回答。说完他单手支颐,饶有兴味地观察着林辰。

这下换林辰诧异。他没想到警方竟然会答应这个要求。他认真盯着刑从连深绿色的眼睛,似乎能从里面看到"信用",于是也很干脆地回答:"我有一套沙盘,小胖子手里的沙是从我房里偷出来的。但尸体旁边的白沙我确实不知情。"

刑从连点点头,一副果然如此的表情。林辰没有再说话,他看了眼自己身边的付郝,站起身来准备走。可就在这时,审讯室的门被敲响,刑从连开门出去,张小笼神色紧张地报告着什么。

"林先生,"不多时,刑从连折返回来,客气地打了个招呼,"我们等会儿去中心公园,正好可以顺路送您回家,请您稍等一会儿。"

他说得理所当然,毫无破绽,令人无法拒绝。

如果知道所谓的"顺路"是先顺去凶案现场的话,林辰一定不会坐上刑从连那辆吉普车。

案发地在中心公园,死者是名30岁左右的年轻男子。据报案的群众表示,当时该男子正在公园里锻炼,不小心从吊环上摔下来,死因可能是颅底骨折。

此时天已经完全黑了,路灯光线稀薄,公园里的香樟树轻轻随风摇曳。夜色中,警方拉起的黄色警戒线格外清晰。警戒线外围了很多人,以致完全看不清楚里面的情况。刹车的惯性使林辰微微前倾,驾驶室里的那位警官动作很快地拉上手刹、放下车窗,最后脱下警服外套跳下车。未等他反应过来,连车门都"咔嗒"一声落锁了,他和付郝都被关在车里。

"林先生,那么就麻烦您再等会儿。"隔着车窗,刑从连还向他来了个飞吻,然后潇洒地跑远了。

林辰坐在吉普车里,夜风横贯车窗而过。今天发生的事情都很奇怪,归根结底是因为他今天遇到的都是怪人。

付郝拉了下车门，没拉开，边咬牙切齿边战战兢兢凑过来悄声说道："师兄，你别生气，刑队长大概就是想送你回家而已。他人不坏，就是因为有四分之一他国血统，所以为人比较奔放……"

"难怪。"林辰看向刑从连远去的背影，说道。

刑从连当然听不到林辰的话。作为血统复杂的人类，他完全是能屈能伸的典范。他随意抓乱头发，点了根烟，混进围观人群，然后站在一位穿广场舞裙的大妈身边。

"阿姨，这怎么回事啊？这么多警察。"刑从连叼着根烟，装成围观群众，惊恐又好奇地拱了拱身边的大妈。

"死了人呀！"大妈操着不标准的普通话，凑到刑从连耳边说道。

"谁死啦，这是出大事了啊？"

"可不是大事嘛，小伙子我每天都看得到的，我昨天还和他一起锻炼过咧。"说起八卦，大妈非常热情，"他不要太厉害噢，可以两只脚钩着吊环，这么倒过来。"边说，大妈还边激动地弯下腰演示，"就是这个样子呀，然后吊环就断掉了呀，他就啪嚓摔下来，摔死了！"

"那好惨啊！"刑从连应和着。

"何止惨啊，他那个脸哦，当时吓死人了，眼珠子要掉出来一样，叫声十里外都能听到的。"

"您是说，他掉下来的时候还没死？"刑从连忽然意识到什么。

"没有呀，我们去搬他，他那个时候还在动嘞！"

"刚刚那位阿姨说，吊环是突然断裂的，人并没有当场死亡。"

刑从连站在林辰一侧的窗边，手里夹着烟。虽然吧，付郝觉得刑从连看似在对自己讲话，但话完全像是说给林辰听的。而林辰靠在椅背上，双眼轻闭，像是已陷入浅睡。一人在夜风中似有似无地说话，另一人在夜色里半真半假地浅眠。

付郝简直要被两人之间的诡异气氛灼伤，赶紧挺身而起："是意外吗？"

刑从连没回答他，反而看着林辰说："这要等鉴证科勘查完现场，才有结论。"

付郝觉得自己简直多余，但怎么也得应和一下，正当想继续说下去时，在身旁假寐的林辰却忽然睁开眼睛。他手搭着车门坐直，付郝顺着他的视线望去，依稀可以穿过人群，看到那片发生命案的场地。

天很黑，警灯闪烁，健身器材泛着蓝莹莹的光。这些器材分散而立，是高低杠、双人漫步机一类的新村标配健身器材。它们半新不旧，有些地方被摸得很光滑，但都保养良好，没有生锈或损毁痕迹。这也显得角落损毁的吊环架格外诡异。它孤零零地矗立着，一只吊环挂在半空中随风轻晃，另一只吊环则掉在了地上。那是一片草皮退化后形成的沙地。

林辰看了眼刑从连，两人靠得极近，几乎可以感受到彼此的气息。

夜色中，刑从连的眼底多了几分探寻，似乎也发现沙地的问题，却按捺着没挑明。

在这座城市里，已经连续数日发生了与沙有关的案件。或许是巧合，但也可能它们背后有不为人知的深层联系。

但林辰想，这些事情和他有什么关系呢？

"案发时我在警局。"林辰说，"所以不是我。"

"林先生说什么，鄙人听得不是很懂啊。"刑从连吸了口烟，把烟蒂扔在地上踩灭，笑着说。

04·行为

林辰认为，他已经很明显表现出拒绝与警察深交的态度。但血统这个玩意儿实在太奇怪了，刑从连不但没生气，反而在他表示要坐公交车回家后，竟然用一种诚惶诚恐的语气说："这么晚了，让林先生一个人回家，我的母亲一定会责怪我。"

刑从连不由分说，直接拉开车门上车发动引擎。望着窗外流逝的霓虹灯影，林辰总觉得这个方向似乎和去市实验小学的相反。不知为何，他有种被警察绑架的错觉。等车再次停下时，他们已到了市里最著名的大排档一条街。

"今天冒昧请您到警局协助调查，我内心万分愧疚，请千万答应让我请您吃顿便饭。"刑从连拉下刹车,回头极为真挚地对林辰说道。

林辰张了张嘴,却发现自己说不出话来。任凭谁面对那般诚恳的言辞,短时间内都找不到拒绝的理由。

反倒是付郝反应过来,用手拍拍刑从连驾驶室椅背,大声嚷道:"今天你耽误我师兄一天时间,光吃大排档赔罪,老刑你能不能要点脸?"

"大排档怎么了,现在小龙虾都要六块钱一只了。"刑从连满脸肉疼地说,"案子没破啊,这个月的奖金都没了,必须提前省点儿。"

上回是请喝茶,这回是请吃饭,但幸好不是牢饭。

虽然台风将至,但宏景的夜市依旧很热闹。

霓虹灯下,烟雾都染上了迷离的光色。

虽然嘴上吐槽近来小龙虾价格飞涨,但刑从连还是很豪气地要了10斤麻辣小龙虾。一时间,白色塑料桌被一盆盆鲜红的麻辣小龙虾占满。四周是食客互相交谈的热闹声响,大排档老板在油锅里撒了一大把辣椒,呛人的白烟飘满长街。

付郝环顾四周,被呛得连连咳嗽:"老刑你好歹是有身份的人,能有点儿品位吗?"

林辰抬眼,只见刑从连一动不动地与小龙虾战斗,非常认真专注。

听到付郝的质疑,刑从连只是端起啤酒瓶与之轻轻碰了下,严肃地说道:"麻辣小龙虾是国粹,再吐槽麻辣小龙虾和你翻脸啊!"

林辰闻言挑了挑眉,伸手剥了个花生,然后端起一次性塑料杯,喝了口啤酒。从刑从连的角度看过去,林辰好像也没那么难搞。他剥虾壳的动作很认真细致,喝啤酒的姿势也没有半点儿故作的矜持。街灯昏黄,他眼神清澈明亮,嘴唇因为麻辣小龙虾而变得有些红润。

"你觉得这是怎么回事?"刑从连举起杯,与他轻轻一碰,问道。

"我不知道。"林辰喝了口酒,回答得很干脆。

"医院的事情无所谓,就算是有些精神病把死人摆个姿势,这种案子都够不上立案标准,可如果再加上菜场的尸体和刚才摔死的市民,这些事情加起来,可就没那么简单了吧?"刑从连专注地看着林辰。

林辰被盯得有些吃不消。毕竟刑从连的眼睛本来就好看，睫毛长度又有天生种族优势，因为仰起了头所以可以在他胡楂覆盖的脸上看清侧脸轮廓。不得不说，刑从连确实非常英俊。林辰移开视线。

见他没有回应，刑从连更是锲而不舍："那你能给我讲讲，怎样的人会喜欢玩弄尸体吗？"

"心理变态。"林辰很理所当然地答道。

"当然是变态，不变态还能搞这？"刑从连敲了敲桌。

"所谓心理变态，是指人的行为偏离社会认可的准则，你必须追溯行为背后的产生机制。"大概是被轻微的酒气侵袭了神经，林辰鬼使神差地给刑从连解释起来，"造成这样行为的原因，大概有三种。第一种是仪式，它代表了某种诉求。第二种是幻觉，出于大脑错乱的神经元活动。"林辰顿了顿，好像在考虑第三种可能性，"第三种，也是最难以捉摸的一种，这是犯罪行为本身的一个环节。"

"犯罪行为本身的一个环节，什么意思？"

林辰看向远处，厨师在油锅里倒下细密的配菜，香气翻腾："或许是土豆丝，或许是青椒，谁知道这盘菜，到底是什么呢？"

他说得十分隐晦，刑从连却像得到了点拨。他拎起外套说："走，去医院看看。"

付郝反应更快，刑从连还没跑出两步，他就冲上去勾住刑从连的脖子，大喊："又想逃单是不是？"

"付老师、付老师，我真没钱啊！"

"老子明明在你钱包里看到那张黑色信用卡，别以为我不知道，金卡往上才是黑卡，你这个死土豪！"

"那是道具、真道具！"刑从连很无辜地说。

刑从连被付教授强硬地拽回酒桌，可等他们回到桌边时，周围已经没有了林辰的身影。

付郝要去找人，刑从连却一把按住他："老付，你老实告诉我，他到底是谁？"

"我师兄啊！"付教授理所当然地答道。

总之，这个问题，基本上问了等于没问。刑从连当然也很想深入地问一些诸如为什么你已经评上副教授了你师兄还在小学当宿管，或者你师兄明明很牛的样子为什么还扭扭捏捏不提供破案线索之类的问题。但他终究还是没有问，毕竟这么刨根问底实在是太八卦了！

夜晚的天气比白天差了许多。或许是台风将至，气候变化极快，空气中有湿润的水意，雨也似乎要淅淅沥沥地下起来。

林辰回到学校，和门卫打了声招呼，移动门"咔啦咔啦"挪开，他的手机也随之响起。屏幕上是个陌生号码，林辰看了眼来电地址，接电话的动作有些许迟疑。电话接通后，两边都有数秒沉默。

"陈先生，您好。"林辰靠在门卫室后墙上，单手握着电话。

"林辰，你还是这么不安分啊。"电话那头声音很冷，并且拖长了语调，因此听起来非常冷酷。

"如果向您汇报的人足够仔细，一定会提到，我是戴着手铐被带到警局'协助调查'的。这说明我并非自愿，希望您能够理解。"

"听说你现在在做宿管？"电话那头的人并没有理睬林辰的解释，反而变换话题，显得更加居高临下。

"是，在您的施压下，这是我勉强能找到的最体面的工作。"林辰微微垂首，另一只手插在裤兜里。

"哈，没想到当年永川大学的林辰也会有今天，你现在，过得苦吗？"

"是，我现在过得很苦、很穷，失去了梦想和人生目标，每天像一只卑贱的蝼蚁，如您所愿。"

林辰熟知男人想要听的话，每说一个形容词，电话那头的呼吸就轻快一点。不过他虽嘴上自贬，表情却很轻松。从门卫室透出的稀薄灯光轻轻落在他身上，他的衣衫宛若透明。

"你不能再害人了！"

"是啊，多亏您'约束'我。"

"啊，说起来，你最好离你愚蠢的警察朋友和你的好师弟远一点儿，万一你又害死他们，岂不是又要忏悔很多年？像你这样的人，怎么配有朋友呢？"

"明白。"林辰答。

电话挂断时，雨下了起来，落在发丝和肩膀上，带着初秋的凉意。像是掐着点一样，林辰走进宿舍楼后，暴雨就接踵而至。雨很大，噼里啪啦的雨点落在树木和叶片上，发出巨大的、仿佛野兽嚎叫般的声响。

林辰转身上楼，按照管理预案，他要将学生统一安置，方便看护。实验小学的寄宿学生本就不多，大部分孩子被父母提前接走，实在走不了的学生也就十来个。他和另外的宿管挨个敲了宿舍的门，清点好人数，帮孩子们整理好书包及换洗衣物，一起带到早已准备好的大宿舍里。

宏景的孩子们也不是第一次遭遇台风天气，所以没人显得过分担忧。大大小小的学生们聚集在两间大宿舍里，灯光昏黄，宿舍一角摆放着零食和饮用水。大家在一起的时候，窗外不见五指的黑夜和狂风怒号的校园，也显得没那么可怕了。晚上风雨实在太大，将近天亮时，孩子们才再次安睡。林辰与值班的宿管打过招呼，才回自己房间休息。

他打开灯，白色灯光瞬间照亮他的房间。这里除了书桌和床，没有任何家具。

风越来越大，雨却好像暂时停了。屋外芭蕉被狂风吹得东倒西歪，硕大的绿色叶片哗啦啦地抖动着，在墙壁上投下凌乱的阴影。书桌前的窗不知何时打开了，桌面被雨水打得湿透，变成汪洋一片。而就在那片汪洋里，还漂着一艘粉色的小船。那是一封信，被折成了爱心形状。

林辰快走几步，从水里捞起那封信。信封被雨水浸得湿漉漉的，林辰看了眼信封上自己的名字，内心有了不好的预感。他摸索着信封边缘，想要将之拆开，摸到信封里面，似乎有团硬邦邦的东西。那东西很硬，又似乎很绵软……他飞快拆信，映入眼帘的是一团黏附在信纸上的沙子。沙子洁白无瑕，可被雨水浸泡，还是丑陋地凝固在一起。在沙盘游戏里，沾水的沙子也有属于它的寓意。他在房间里找了个塑料袋，将黏附在信纸上的白沙轻轻掸落，露出底下模糊的字迹。

那是一首诗，字迹边缘早已模糊，黑字化开，像丝丝雾气卷缠在整张信纸上。

亲爱的，我终于能平静地面对死亡了

我不再犹疑、胆怯和恐惧

死神双臂温柔，眼神迷人

它那乌黑瞳仁绽放出湿润的花朵，我终于嗅到了它的芬芳

我看到它的指尖伸出无数根系，一头扎进人世间，你可不可以摸到？

字迹模糊。

仿佛有一股凉气顺着林辰的脊柱，缓缓弥漫到他的头顶。

05·情书

林辰觉得，某些阴魂不散的人真是很麻烦。刑从连却觉得，林辰有些麻烦。他早上刚到警局，就着新鲜出炉的报告，刚啃了一口在食堂买的包子，就被手下通知去局长办公室"坐坐"。

老局长沏了杯不那么正宗的龙井，捧着杯子坐在办公桌后，一副要和他促膝长谈的模样。

"从连啊，案子怎么样了？"局长摸着茶杯，很是语重心长。

刑从连望着局长半秃的头顶和锃亮的脑门，案件那么多，但目前的焦点只有一件事，于是汇报道："具体情况还在调查。我刚拿到鉴证科的报告，报告显示公园的吊环有明显的人为损坏痕迹。所以，这应该是起谋杀案。"

听见"谋杀案"三个字，局长表情一瞬间变了："从连啊，我年纪大了，心脏也不好啊，这么刺激的词我希望你能小点儿声说。"

刑从连只当没听懂老局长的意思，继续汇报："凶手的作案动机和犯罪手法都尚未明确，初步怀疑，与医院和长街的白沙案都有关联……"

"住嘴！"老局长几乎要捂着心口，"这种关系就不要随便扯了！"

"但付教授说……"

"胡扯！"老局长猛一拍桌子，"付郝要有这水平他老师做梦都能笑醒了！"

"我们付教授毕竟是外聘专家嘛。"

"鬼扯，付郝学的是心理测量，外勤都没出过你跟我说他会分析刑事案件了？"

"您的意思是，有人在背后指点付教授？"刑从连反问道。

"刑从连！"老局长真是气不打一处来，"就在昨天，有人向上级举报，说宏景市局利用编外人员参与办案，严重影响程序公正性和警队纯洁性！"

刑从连皱了皱眉。也真是奇怪，他昨天不过是把林辰铐进警局顺路带人看看现场，最后请人家吃个小龙虾的工夫就被举报了？这是怎么一回事？

"付教授不是您通过正规手续聘用的顾问吗？"刑从连继续装听不懂。

"白痴，当然不是付郝！"老局长被气得够呛，直接指名道姓，"你抓谁不好偏要抓林辰！"

"是林辰吗？"刑从连垂眸望向局长，问，"林辰是谁？"

老局长看到下属认真的眼神，才意识到自己落入了对方的圈套。

"年轻人不要太八卦！"老局长强作镇定，饮了口茶。

"有人因为林辰，特地向我们上级举报？"刑从连边思考边说，"我昨天只是带林辰回来做个笔录，如果不是我们局里有人认出林辰，就是有人通过内部联网得知这个消息。能这么快反应是因为有人一直盯着他……"

刑从连边说，边看着上司越来越黑的脸色，判断道，"他之前是警察吗？如果不是警察，难道曾经是警方心理学顾问？"说完，希望能从上司脸上看到一些反馈信息。但老头除了脸色不好之外，连个眼神都懒得暗示他。

不仅如此，老局长还放下杯子反问："你今年八十了吗？"

"还有些距离。"

"那就滚滚滚，没事别跟个老太太一样八卦！"

刑从连反而明白过来："您的意思是，让我把林辰排除在案件侦破工作之外？"这虽然是疑问句，但刑从连语调很平，反而更像是冷漠的陈述句。他说完，转身就走了。

"站住。"老局长忽然抬起头，望着下属笔挺的背影，反问，"我刚说什么了吗？"

局长是老油条，遇事绝不会暴露内心真正的想法，想从他嘴里套出林辰的背景也基本没可能。

刑从连离开办公室,坐回自己的位置,窗外暴雨倾盆而落。雨丝嘈杂繁密,被狂躁的风一吹,伞柄便东摇西晃,连人都没法站稳。刑从连收回视线,开始翻阅刚放在他桌上的现场勘查报告。他能读懂这份报告上的每一个字,却无法理解报告背后的东西。医院穿戴整齐的男尸、水果店伤人案、死去的老人、公园断裂的吊环……这一切似乎毫无关联,却又因为沙子,若有若无地联系在了一起。他不由自主地想起那位安静的宿管,想起对方平和的双眼和极度镇定的言辞。他非常想站起来冲入雨幕,走到对方面前问一句:"你究竟知道什么?"

于是刑从连连夜这么做了。他随即站起身,拿着钥匙,提上外套,走出了警局大门。正当他想跨入雨幕去开车时,突然看见风雨中有人自远方而来。四野茫茫。那人身形单薄,撑着把黑伞,伞骨一边有些塌陷,整张伞面被风吹得摇摇欲坠。然而那握伞的手很稳,那走路的步伐很稳,甚至连落在伞面上的雨水,都发出沉闷的声响。

望着从雨中而来的人,刑从连忽然想抽一支烟。

林辰踏上台阶,收起伞,抖了抖身上的雨水。他浑身湿透,整个人像被从水里捞出来一样,脸上却没什么特别表情。没有寒暄或是闲聊,林辰微微抬头,很直截了当地问:"你想破案吗?"

"想。"刑从连很干脆地回答。

"你相信我吗?"他又问。

"信。"

"你怕被打击报复吗?"

"怕。"刑从连诚实答道。想起刚才老局长意味深长的警告,他大概明白林辰为什么要问这个问题。他以为林辰听到回答会失望,可林辰的眼底反而有了笑意。

于是刑从连也笑了起来:"但我更怕破不了案拿不了奖金啊,毕竟现在是小龙虾丰收的季节。"

"所以,为了您的奖金和麻辣小龙虾,请让我加入。"林辰很确定地说。

其实林辰的话音并不算响,尤其在漫天大雨中,更显得几不可闻。但那一瞬间，刑从连怔住了。在刚才决定寻找林辰帮助的那短短一分钟时间里，他想过该怎样开口林辰才会答应。可在他的所有剧本台词里，从没有林辰主动加入这回事。如果没有早上在局长办公室的谈话，刑从连会认为林辰是处心积虑想参与案件。但当林辰问出那句"你怕被打击报复吗"时，刑从连忽然意识到，林辰知道自己将承受多大压力，也很清楚他们会承受多大的压力。但他依旧撑着伞、冒着雨走到这里，说"请让我加入"。

刑从连吸进一口烟，问："为什么？不是有很多人不让你查案吗？"

"你在乎吗？"林辰笑了笑，"我一点儿也不在乎。"

刑从连想做什么事的时候，一定会爱谁谁做到底。可没想到，林辰看起来平和安稳，骨子里竟也是这样的人。刑从连哈哈大笑起来，被烟呛得连连咳嗽，却还是在笑。

"欢迎加入。"他伸出了手，扔掉了还没熄灭的烟。

虽然并不在乎被投诉和警告，但刑从连仍考虑了一个常年犯心脏病的老人的心情。所以他没带林辰回警局，而是将人领到他位于颜家巷六号的家。屋内一片安宁，狂风暴雨都被关在瓦屋之外。同样的位置，不同的时间。刑从连看到林辰坐在靠河的木床上，还是有些心虚。所以他主动拿出了毛巾，还泡了杯热姜茶。可林辰似乎对浑身湿冷的感觉毫不在意，接过刑从连递来的干毛巾和茶，随手放在一边。

"其实我这次来，是因为我收到了一封信。"林辰这样说，随后郑重地从口袋里拿出一个密封袋。

密封袋里有只粉色小船，正漂浮在细腻濡湿的白沙上。小心翼翼观察着密封袋中的小船，上面果然还有隐约可见的黑字，刑从连只觉得头皮发麻。

"你知道这信谁写的？"刑从连问。

林辰沉默下来，没有马上回答。

在他的记忆里，写信的是位很年轻安静的姑娘。如果不是每天要登记宿舍出入人员名单，他或许至今也不知道对方姓名。他之所以能确定对方是谁，不仅因为曾很多次注意到那个女孩在偷看他，还因为他还很多次收到过对方放在他桌上的信——天蓝色的、米黄色的、粉色的，封面上永远是秀雅的"林辰收"三个字,可他从没拆开过。

"寄信人名叫于燕青,是我们学校修剪花木的园丁。"林辰告诉刑从连。

"园丁这么有文化?"刑从连端详信件,读了好几遍,才读通信上的拗口诗句。

"她年龄不大,25岁到28岁,且应该受过良好教育。"

"她为什么给你写信?"

"我之前以为,她是暗恋我。"林辰平静地陈述事实。哪怕说起"暗恋"两个字时,他也完全没有脸红或害羞,因此显得非常正直,正直到连刑从连这样爱开玩笑的人,也没法用园丁暗恋宿管的事打趣他。

"那信里的白沙怎么来的?总不能也是她从你房里偷出来的吧?"

"我不知道。"林辰说。

"她为什么要在信里塞白沙?这些白沙和最近发生的那些事,有关系吗?"

"我还是不知道。"林辰顿了顿又说,"但我怀疑有关。"

刑从连忽然有所觉悟:"你现在是怀疑整起'白沙案'可能与你有关,所以必须参与案件侦破,对吗?"

林辰并未直接回答,反而说:"不管如何,我都有可能帮到你,不是吗?"

刑从连无奈点头,然后听到林辰说:"如果你信任我,那请现在派人搜寻于燕青,我怀疑她可能已经死亡。"

06·信任

信任,是个很古怪的词。

初次相识,未及深交,说起信任,就有些可笑了。

但林辰说,如果你信任我。

刑从连想,我当然信任你。

这种信任来源很是奇怪,但刑从连认为林辰为人正派有担当,所以信任他的判断。

按照林辰的请求,刑从连安排手下全城布控,搜寻于燕青。不过于燕青一未犯案,二未被报失踪,因此所谓的布控只是监视她的身份证和各种市民卡、银行卡信息，并通知她暂住地和公司附近的民警注意，发现行踪立即汇报。这是刑从连所能做到的极限。

他撂下电话，回望林辰。

林辰正微微垂首，双手捧着姜茶小口小口啜饮。仿佛感受到刑从连的目光，他抬起头，说："带我去医院看看。"

宏景市第三人民医院。

一切故事始于这所医院，如果想深入了解这个故事，那也必须回到这里。

因为台风的关系，医院里空荡荡的。狂风一下下撞击着大门，急诊室偶尔会送入担架。

四周是冰冷的白墙和暗色的烟灰地砖，因台风意外受伤的病人被安排在急诊大厅紧急处置。那些受伤的低沉哀号声在空间里回荡，痛苦烦躁且冰凉可怖。

林辰放下伞，掸了掸肩上的雨水。

医护人员在病患间忙碌，接待他们的是医院保安科科长。保安科科长体形巨大，在最前方引路。将近楼梯拐角时，林辰没来由地感到一阵寒意。一阵风吹过，他身后的电梯门突然打开。穿白大褂的医生第一个冲出，两个护士紧随其后。医生迅速冲入其中一间病房，不多时，死神呼唤，生命检测仪尖锐的声音几乎要刺破人的耳膜。病房外家属或哭泣或呆滞着不敢相信，唯独有一人迤迤然地离开了纷乱人群，他若无其事地四处看了看，然后找了排蓝色长椅，继续躺下睡觉。

在上楼梯前的一刻，林辰的目光停留在那人身上。

"那是医院的护工。"像是看出了他的疑虑，刑从连解释道。

"很奇怪。"

"奇怪什么？"

"有人死了，他却没有任何悲伤情绪。"林辰说。

"看多了，当然就麻木了。"一旁陪同的保安科科长回头看了眼那护工，不以为意道。

"看得多了？"

"当然，我们医院和劳务公司签约，清洁工、护工一类都是长期工，他们在医院时间比有些医生在医院的时间还长。"

林辰停下脚步，和刑从连心有灵犀地对视一眼。

刑从连敏锐地问道："和你们医院签约的劳务公司，是哪家？"

"'好家'啊，市里最大的劳务公司就是他们家了。"

林辰点了点头。

刑从连果断打起电话，吩咐手下："把于燕青的照片同曾出入三院太平间的人员做比对。"

他电话打得很快。挂断后，他又开始和保安科科长有一搭没一搭地聊天，想知道更多于燕青的消息。然而大医院的科长不会对一个普通工作人员有太多印象，所以他没得到什么关于于燕青的有用消息。刑从连下意识搜寻林辰，发现林辰一直跟在他身后。只是林辰走得很慢，似乎一直沉浸在自己的世界里思考问题。

"想什么呢？"刑从连简直想戳戳他，"想于燕青是不是那个在医院摆弄尸体的人？"

"不。"林辰摇了摇头，"我在想，为什么是这里？"

"选这里肯定是因为这个地方很特别。"刑从连答。

"那么，特别在哪里呢？"

"我不知道啊，可能是这里的某个人、曾经发生的某件事，甚至他就是看上这里了，这个答案太宽泛了……"

"也并没有那么宽。"

说话间，他们停下脚步。在他们面前，是扇普通白色木门，门牌上写着"太平间"三个字。头顶的白炽灯轻微闪烁，哭泣声在望不到头的空间内幽幽沉浮。

保安科科长取出钥匙，小心开门，凉气扑面而来。停放尸体的地方不过两百平方米大小，床与床之间挨得极近，白床单垂到地上，仿佛无际的雪原。明明此间并不宽广，但生与死之间的距离，却比天堑更难逾越。

保安科科长表示出现过古怪男尸的床铺都空着，林辰于是走到一张空床边，围着它绕了一圈。因为空间狭窄，他还不小心碰到了旁边一位死者的手。他看了眼那僵硬而惨白的手背，忽然想起付郝曾说，停尸床下曾被睡过。为什么要躺在一具尸体下？躺在一具尸体下，是什么感觉？

无法用理性分析，那就闭上眼睛，好好感受。林辰掀开垂下的床单，弯腰钻进床下，平躺在地上。地面很凉，四周一片黑暗，眼睛看不见，耳朵听不到，好像所有感官都被封闭了起来，唯独思维清醒。你可以想象周围一具具尸体，想象他们或悲或喜的一生，甚至想象他们出生与死亡的全部过程。心跳会因为恐惧不由自主地加快，大脑却因为恐惧而愈加冷静。在这样幽冷、安静、闭塞的空间里，你会发现死亡离你如此之近……到底，是什么感觉呢？

倏忽间，一阵轻快的铃声在房间内响起。林辰猛然睁开眼睛。

刑从连掏出手机，按下接听键，林辰从床下爬了出来。

刑从连握着手机说："有线索了。"

发现线索的人，是刑从连手下的技术员，名叫王朝。小同志拥有技术宅的一切优良秉性，手快、话痨，还会卖萌。见到林辰的第一眼时，戴着鸭舌帽的年轻人就掏出口袋里所有糖果排在桌上，然后快速挑选里面的巧克力全部送给他，嘴上还说个不停："阿酱、白菜、马玉玉，你更喜欢谁？魔兽、DOTA、LOL你更喜欢玩儿哪个，有空单挑一盘怎么样？"

林辰头一回被问得哑口无言，王朝眼神纯真，他只能向刑从连求救。

刑从连吸了口烟，淡淡地道："还想报销打车费吗？"

正在吹泡泡糖的年轻人一脸"你太无耻"的表情，然后乖乖地在桌前坐下，打开笔记本电脑。

因为下雨，颜家巷六号泛着轻微的霉味。

年轻人打了个喷嚏，边开机边说："老大，不是我说你，为什么要住这里？我奶奶才住这种房子，老了容易得老寒腿！"

"你奶奶真有品位。"刑从连说着敲了敲王朝的脑袋，"少说废话，什么线索？"

"你早上不是让找一女人吗？我在看医院监控的时候发现她，你猜她在哪儿？"王朝脸上挂着浓重的黑眼圈，边快进边说，"就是医院第一次发现有尸体会自己穿戴整齐的那段时间,她曾推清洁车进过太平间。"

王朝说到这里,按下暂停键,监控录像中出现一位娇小女子。王朝将图片放大。那是张干枯瘦小的面孔,五官也小得几乎要挤作一团。女子脸上无悲无喜,似乎被生活折磨得失去了棱角。

林辰看着视频中的女子,点了点头,确认那是总给他递情书的园丁。

"这姐姐是叫于燕青吧?"王朝说着快速调出一溜视频文件,然后选中一个双击打开,"我利用了简易的人脸检索技术,在与今日案件相关的全部视频资料里搜了她的照片,你猜怎么着?"

他说完,又按下暂停,画面定格在傍晚骚乱的街道。

"她在这里!"王朝指着一位站在街边的长发女人。

"然后,你猜怎么着?"王朝啧啧叹道,眼中有傲人的光彩,飞快地点开列表中最后一个视频文件,"摄像头位置在中心公园前十字路口,时间是吊环男子死亡前 35 分钟。"

可让人意想不到的是,在这条监控视频中,于燕青发生了翻天覆地的变化。她穿了条红裙子,还抹了口红,整个人容光焕发,正神采飞扬地朝小公园走去。同一个人出现在三起案件的相关场景中,无法用巧合解释。

刑从连望向林辰:"看来我们确实有必要找到这位美丽的女士。"

"恐怕已经来不及了。"林辰摇了摇头,嗓音沙哑。

他看着技术员的电脑屏幕,指向第二处案发时的窗口,说:"带我去春水街看看。"

07·回忆

颜家巷到春水街不远,步行可达。

雨小了些,可乌云浓重,白天与黑夜的界线不再分明。不知是受台风还是命案影响,春水街人烟稀少,没有几家店还开着。雨水早已一遍又一遍冲刷过街面,曾经的血迹不见踪影,地面干净,空气里也满是台风天的清新水汽,清新得令人只想放慢脚步。

林辰走得很慢,且没有打伞,刑从连撑了把黑伞,跟在他身后。不知为何，刑从连总觉得林辰应该很年轻，虽然付郝总是叫他师兄，可他似乎比付郝还小一些。明明就还是刚大学毕业的年纪，他却好像老僧一样腐朽，冷漠淡然，无悲无喜。他可以冷静地做出推断，可以很平静地独自一人躺在尸体下，可以看到于燕青三次出现在案发现场而脸色毫无变化。刑从连很想知道，究竟有什么事情能让林辰动容。

案发水果摊前，卷帘门紧紧拉着，摊位早已无人经营。

林辰在当日于燕青所站的地方立定。此刻阴云密布，雨又下了起来。那天的情形却不是这样。

那时太阳还没有落山，人很多，空气里有雨、肉腥味，也有水果的香甜味，然后很突然地，骚乱开始。所有人目光注视着发疯的水果摊主，看着摊主一刀刀砍向无辜的妇女，却没人注意到他们面前还坐着一位死去多时的老人。而当妇女扑向店主，老人悄无声息倒下，死亡的恐惧被无限放大再放大。在场每个人都仿佛被一双无形的大手扼住了喉咙，他们不再是旁观者，而是死亡的亲历者。这大概就是案发时的全部场景。

凶手是谁？他为什么在太平间做那些奇怪的举动，又为什么要在这里观看这个场景？他想看什么，又看到了什么？

林辰微微仰头，双目轻闭，任凭零星雨水飘落在他的面门。

见此情景，刑从连有些莫名不安。似乎不想看林辰完全陷入其中，他左右看看，然后拍了拍林辰的肩，林辰蓦地睁开了眼睛。

刑从连手指着街道一头的监控摄像头说："那个监控是几年前的东西，清晰度不够，覆盖面积小。"他说着，又指向长街的另一头，"另一边坏了。"

"小公园和太平间里，没有监控覆盖吗？"林辰问。

"公园面积太大，必然有监控盲点，太平间内确实没有监控。"

"那这就出现一个问题。"林辰顿了顿，说，"罪犯看起来很了解摄像头的分布情况，总能在犯案时躲过监控。那么为什么于燕青总被监控捕捉，这不是很奇怪吗？"

"说得很有道理。"刑从连点了点头，"不过技术是死的，人是活的嘛。以前总觉得电视剧里的心理学问案很神奇，那种是真的吗？"

他环顾四周,向水果店斜对面还开着的一家五金店走去。

五金店老板是个五十岁出头的中年人,秃顶、两鬓斑白。

见到刑从连亮出证件,他把手在围裙上蹭了蹭,轻车熟路地说:"您又是来问那天的事情的吧?我是真没看清对面到底出了啥事,您看我面前都挂着东西,我连老爷子啥时候开的店门都不知道。"

老板语速很快,同样的话已经重复过很多遍,所以态度有些不耐烦。

"那天的情况,您再跟他说一遍。"刑从连打断了老板,指了指林辰。

林辰用实际行动回答了刑从连的疑问。他向前走了半步,将挡在老板面前的广告板向旁边移开,语气温和,如同在漫天大雨中撑开的一把伞。

他说:"我希望您能替我回忆一下,那天天气怎么样?"

他声音平静且目光宁和,老板不由自主地放下抵抗情绪,仿佛陷入漫长的回忆。"天气挺好的,太阳还没落山,但菜场里一直阴沉沉、黑乎乎的。"

林辰声音舒徐:"你闭上眼睛,吸口气……周围有一点点声音,人们走来走去,你能闻到那时的味道吗?"

随着林辰的话音,老板真的长长吸了口气,而后缓缓开口:"有,有香香的鸡蛋糕,生肉、牛肉的味道,还有鱼腥味……"

"你听见周围的声音慢慢大了起来,脚步声越来越响,你很努力,想要把那些声音听得更加清楚。"林辰的嗓音越发柔和,和着雨声,仿佛一抹悠扬的笛音。

五金店老板沉默了一会儿,才再次开口:"哭声,有人在哭。街上很乱,到处都是哭声喊声,那个女人在喊,救命啊、救命啊……但是我不敢动,我吓得不敢动!"

"那是怎样的感觉呢?"

"我觉得很害怕,砍人什么的我一点儿都不怕,我手边有刀,他敢砍我我就敢砍他。但是后来,对门老爷子倒下去的时候,我看到他躺在那里一动不动。他脸是青的,脸上还在笑,我想起我爸死的时候,我害怕了。"老板边说,脸上的肌肉也随之紧绷起来,他紧紧攥起拳头,当日的恐惧原来从未消失。

忽然间,一道宁和的声音响起,如同涓涓细流,缓慢而有力地冲开他紧闭的心房。"你还站在街上,抬起头,看到天上有一张纸,那张纸很长很宽。它从天而降,慢慢地,包裹住整条街道。"

那声音很轻很缓,老板发现,他的脑海里真出现了一张纸。那张纸从街道一端滚向另一端,包裹住所有一切,连他自己都陷入短暂空白。

空白中,停顿的声音再次响起。"现在,请伸出你的手,慢慢地把那张纸揉小。它里面有很多东西,所以你揉的时候,必须很小心、很缓慢。"

随着轻柔的指示音,老板呆呆地立在原地。他的双手垂放在裤袋两侧,指尖却奇妙地轻轻动起来。

刑从连几乎要看呆了。他时而看着林辰宁和的面容,时而又看向闭着眼的五金店老板。

林辰再次开口:"请你把纸团握在手心。"

听他这样说,老板也握紧了拳头。

"你抬起手,越抬越高,直到手臂超过你的头顶……你觉得手有点累,手里的东西却变得很轻、很轻……然后,请你用尽全身力气,抛出纸团。"

鬼使神差地,在老板的脑海中,他似乎真的把纸团扔了出去。他感到自己抬着头,直到那雪白的一点,消失在视线里。然后,他感到肩头被拍了一记。他蓦地睁开眼睛,看面前的这位年轻人。年轻人不高,有些瘦,穿一件白衬衣,衣衫湿漉漉地贴在他身上。他面容平静,而那双眼睛,清澈得宛如朝阳下的溪水。

老板耳边再次响起了熟悉的声音:"非常感谢您。"

年轻人停顿了下,直视着他的双眼,最后认真地说:"还有,那些都已经过去了。"

天依旧灰蒙蒙的。

告别五金店老板,刑从连撑开伞,将伞往林辰那里靠了靠,压低声音:"刚才那是什么,催眠?"

林辰摇头:"心理学没有你想象得那么诡异,没有人能看你一眼,就催眠你。"

"那是什么?"

"那只是心理治疗师惯用的一种治疗方法,用来帮助来访者摆脱一些过分恐怖的记忆。"林辰看了眼他,然后默默移开视线。

刑从连不知该说什么,在问案时还顺带治疗心灵创伤,这服务似乎也太周到了点儿。"那你有问出什么吗?"

"很奇怪。作案人好像在故意制造某种氛围。"林辰若有所思。

太平间床下幽寂的恐惧,街边店铺里突然倒下的老人,公园吊环下垂死挣扎的青年,一切都将死亡恐惧一步步呈现。

"把付郝叫来。"像是想起了什么关键之处,林辰忽然开口。

08·沙盘

付郝赶到时,林辰正坐在自己的员工宿舍喝茶,只披了条薄毯,头发还没干。

付教授甫一踏入冰冷屋内,看见苍白四壁和孤零零的木桌,便忍不住跑到床边,对林辰说:"师兄,这不是你该待的地方。"

林辰看了他一眼,没有说话。

"你搬去跟我住呗!"

这回,看他的人却换成了刑队长。

虽然不很明白老刑干吗看自己,但付郝觉得老刑有点儿不耐烦,换成更通俗易懂的句子就是:你小子瞎说什么呢!

付郝以为刑从连是怪他打扰了林辰思考,所以马上闭嘴,乖乖地坐着不说话了。林辰也没有说话。

过了会儿,付郝实在憋不住,试探着开口:"师兄,有没有可能压根儿不是连环杀手?"

林辰点头:"确实没有证据表明,这些人死于谋杀。"

他用词谨慎,坐在一旁的刑从连忽然开口:"今天早上鉴证科出了报告,公园的吊环是被人为损坏的。"

付郝用"你怎么不早说"的眼神回敬刑从连,刑从连则很无辜地看他"我根本没时间说啊"。

"谋杀与非谋杀混在一起，比单纯的连环凶杀案还复杂你知道吗？"付教授生气地道，"那公园的沙地附近检出白沙了吗？是不是可以把这几起案件放在一起联合侦查？"

"其实没必要。"林辰忽然开口，打断了两人的讨论。

"什么没必要？"

"没必要大费周章在大概念里寻找小概念。"

"你是说沙？"

林辰点头："白沙是沙，黄沙是沙，沙是唯一可以把所有案件联系起来的线索，不是吗？那我们就认为这些案件是有关联的。所以，问题出现了……"林辰几乎是在与自己对话，"为什么是沙？"

林辰问："为什么是沙？"

付郝想：我要是知道，早就破案了啊。

可是在林辰面前他也不能爆粗口，所以只能认真回答："沙，是个特殊意象。"

"嗯。"林辰点点头，鼓励他继续说下去。

"佛教中，有'恒河沙'或是'一沙一世界，一叶一菩提'之类的描述。但你说过，罪犯所用的沙很特别，是沙盘游戏里的沙子，所以……"

林辰看着付郝，鼓励他继续说下去。

"难道真的是沙盘游戏？以前老师不是简单给我们介绍过，沙盘疗法就是在沙子上自由地摆放人物，以反映潜意识的心理状态。凶手在玩沙盘游戏？"付郝问。

林辰看向付郝，眼里是一抹赞赏。他从床上起身，推开屋内一扇紧闭的房门。

木门打开，一张巨大的天蓝色沙盘缓缓露出了全貌。沙海茫茫，在场所有人仿佛进入一个全新的世界。那些细腻的、洁白的、或高或低的沙堆，绵软延伸，令人觉得浩瀚无垠。而在一旁的木架上，则摆放着整整一面墙的袖珍玩具。那里有各式小人、微缩日常用品，闪闪发光的车模，甚至还有些建筑模型……明明那都是些小玩具，可付郝和刑从连站在旁边，只觉得自己都霎时渺小起来。

"沙自古以来，都有其'神性'的一面。它既非固体也非液体，而是介于液体与固体之间。它常用来表征时间的无限性，代表精神的流动性。因为沙的这些特性，沙盘游戏这个心理治疗流派认为，沙盘可以使客观外部世界与人的内部世界结合，凝结成具体可见的'精神实质'。"

林辰所说的内容，在刑从连听来更靠近玄学那类范畴。但他也很能尊重这些不同心理学流派的理论，毕竟不同学科也有自己不同的研究方法，所以只是问："那沙子对凶手来说，意味着什么？"

"你还记得凶手在尸体边放着的沙子吗？"林辰问。

"当然记得。"

"我们总是在推测凶手出于什么目的要放那些沙子。但其实反过来想，我们也可以从他的行为，推测出他的心理状态。"

"心理状态？"

"设想一下，这个世界是他的沙盘游戏，他在不经意间摆下了他的玩具，那么通过沙盘游戏的理论，我们也可以反向了解他究竟在想什么。"

"所以，他做得越多，就越是将自己一步步暴露出来？"

林辰用手将沙盘里的白沙推开。

"首先，在沙盘游戏中，沙盘本身会被限制大小。因为可控的安全空间是非常重要的。但凶手的沙盘不同，它非常大。对患有自恋障碍的人来说，他们自诩伟大的错觉，会使他们膨胀。这或许是他的沙盘超出边界，无限庞大的原因。"

"你是说，凶手有'自恋人格障碍'？"刑从连问。

"我并不确定，只是在靠沙盘游戏的理论，进行推测而已。"林辰说。

"那还能分析出什么？"

"其次，无论儿童还是成年人，面对空白的东西，比如一张纸或者空白的沙盘，他们都有创作的欲望。但如果一个心理出现问题的人面对大量空白，会产生畏惧感，因为'空白'中会出现他们所畏惧的阴影人物、邪恶造型或者恐怖意象。而这些都会凝结在他的'沙盘'上。"

"凶手畏惧的是什么？"

林辰抓起一把沙子，细沙纷纷扬扬落下。

"是死亡。"林辰说。

"他怕'死亡'？"刑从连和付郝异口同声问道。

林辰没有马上回答这个问题，只是凝望着眼前的沙盘："死亡是个狭窄而又宽泛的概念。但毫无疑问，无论在医院的病床下，还是在那条长街上，甚至小公园里，都有一种死亡的氛围。那是凶手刻意营造的，他想让人们产生对死亡的恐惧和战栗。正因为如此，或许也可以推测……"

"推测什么？"

"他本人处于混乱和无序的状态中，他极度畏惧死亡。或许他的至亲离世，又或许他经历过屠杀，总之死亡曾给他带去过极端的痛苦。"林辰说。

很神奇，很古怪，很诡异……这是刑从连从头听到尾后的所有感觉。林辰只是摆弄了几下沙子，就做出了一系列推断。从理智上来说，林辰说的每一句话都太过玄奥，甚至对破案也没有任何直接的推动作用。但从非理性的角度来说，他确实认为林辰所说的每句话，都是在沙盘游戏的理论框架下进行的有理有据的分析，他也认可这些分析。

因为一夜未睡，又耗费太多心力，林辰看起来很疲惫。他穿上干净的睡衣，在床上睡着了。付郝还想赖着不走，刑从连拖他一起离开了。其实刑从连也不是很想走，但局长已经给他打了一下午的夺命连环CALL，再不回警局，真就再也别想回去了。

老局长依旧在办公室里喝茶。见下属风尘仆仆地赶回来，他先示意对方关好门，然后再请对方落座。刑从连刚回来，来不及从下属那儿打听情况，只好盯着老局长的脸，试图从那张面皮褶皱、额头光滑的脸上找出蛛丝马迹。

"听说你带林辰去医院了？"老局长喝了口茶，问道。

"是啊，去了。"刑从连很随意地说道。

局长看了眼大马金刀坐在沙发上、完全不知悔改的下属，气不打一处来。

"我早上怎么跟你说的！"

"您说不要让他参与案件调查。"

"那你为什么不听？"

"因为您没有说服我。不带林辰办案的理由是什么？非警务人员不得参与案件侦破工作，您怕别人举报？"刑从连吸了吸鼻子，从裤兜里掏出烟盒。然而因为暴雨，整盒烟都已湿透，他也因此变得有些恼火："还是说，因为有人不让林辰参与调查？请问这是哪儿来的黑恶势力？"

"关黑恶势力屁事！"

"那你告诉我是哪个领导打的招呼，我写检举信揭发他去！"

"我们队伍的纯洁性是你质疑得了的吗？"

"那是谁啊，演哪出，总裁狂霸酷炫拽？"刑从连抹了抹满脸胡子，笑问道。

局长似乎再也忍不了刑从连，猛地拍桌："你知道林辰是谁吗？你什么都不知道！"

刑从连被局长吼了一嗓子，突然有些愣怔。是啊，他和林辰明明认识也不过一日，林辰又沉默寡言，所以他们说的全部话加起来也不满百句。从任何角度看来，他于林辰也不过是半个陌生人。

想到这里，刑从连认真地看着自己的领导："那他的故事，您能告诉我吗？"

局长愣住了。此刻，他的下属正用真诚又满含期待的目光望着他。他差点儿就憋不住了。不得已，他抄起茶杯猛灌了一口，才克制住想要讲故事的念头。

"你不是和林辰关系很好吗？"局长笑了笑，"自己去问他啊。"

当你极度想知道某件事，却总有人对此讳莫如深，那种感觉最为抓狂。刑从连揉了揉头发，愤怒起身，准备走人。

他的手刚搭在门把手上，背后忽然传来老局长的声音："听过陈家吗？"

"哪个陈家？"

"搞房地产那个陈家。"

"听上去很有钱？"

"不是很有钱，而是非常有钱。"

"有钱了不起吗？我家也有钱啊。"头发乱糟糟的刑警，很不以为意地说道。

09·找到

林辰是被敲窗声惊醒的,窗外站着位身穿黄色雨披的保洁阿姨。

他起身开窗,只听阿姨中气十足地说:"小林啊,工具房的钥匙你有吗?"

林辰摇了摇头,忽然想起什么,问:"今天不是全校停课吗?"

"学校停课嘛,老板又没给我们放假咯。"阿姨拄着长扫把,"我们扫地多命苦啊。"

林辰敏锐察觉到异常,为什么保洁阿姨要特地来问他要工具房的钥匙?于是他问道:"您为什么要来问我要工具房的钥匙?"

"以前地下室里那间工具房的钥匙不是在于燕青那儿?她辞职了呀,说把钥匙留给你了。哎哟谁不知道,她平时有事没事总往你这儿跑啊。"阿姨笑盈盈地调侃道,"你们是不是好上了啊?"

林辰却忽然有了不好的预感,于燕青辞职,没有归还工具房的钥匙,还对其他人说钥匙在他这里?可他从未收到那把钥匙。那么后续呢?如果他没有钥匙,门是锁着的,阿姨会找人去破门。所以现在,那扇门后是什么?

想到这里,林辰开口稳住阿姨:"钥匙可能是在我这儿,但我得找找,请您先去打扫别处可以吗?"

他对阿姨说完,就立即关窗,转身回到床边,拿手机拨通了刑从连的电话。

刑从连赶到时,林辰正独自靠在地下室入口处的墙壁,显然已经守了很久。看到刑从连身后跟着的鉴证科警员和法医,他才点点头,站直身子,让开路。

楼梯间只亮了盏昏黄的灯,灯光衬得林辰面色阴郁,甚至是有些悲伤。作为刑侦人员,刑从连当然可以闻到空气中的异常。他面色一黯,戴上手套,打开地下室的大门,充满血腥味的污浊空气使人的呼吸为之一窒。

警察按规章拉起警戒线,照明灯尽数亮起,灯光刺目,照得黑暗地下空间霎时宛如白昼。

地下室里摆满了损毁的课桌、破旧的床铺,还有散落的课本……这里每一样物品都被射灯照得明亮清晰,甚至连灰尘都蒙上了一层荧光。而在整个空间的尽头,是扇被关起的赭色木门。那应该就是于燕青保管钥匙的工具间。

有警员找来万能钥匙,请示刑从连。刑从连看了眼林辰,径自接过钥匙,走到赭色木门前。开门明明是很简单的事,钥匙插入锁眼,轻轻扭转,"咔嗒"一声,门很快就被打开了。此时此刻,刑从连却觉得好像世间很难有比这更艰难苦涩的事了。血的味道顺着门缝飘散出来。手电筒射出强光,照亮整个房间,里面的场景令人浑身战栗。

在狭小的工具房内堆放着数不清的工具——拖把、修剪花木的大剪、锄头,还有断裂的植物根茎,种种杂物相互堆叠,形成肮脏而浓重的黑色背景。于燕青蹲在墙角,身上有数不清的细密伤口,成为背景上最醒目的"画作"。她的鲜血喷洒在房间的每个角落,好像无数猩红蚯蚓正在攀爬,吸食生命的所有热量。

刑从连在于燕青身边蹲下。她手中还握着一把小刀。那是学生铅笔盒里最常见的样式,浅蓝色刀柄,刀刃上满是凝固的血。饶是见惯凶案现场的警员,也有不少人受不了此时的血腥场面。

现场安静得落针可闻,最先响起的是快门"咔嚓"声,闪光灯次第亮起。鉴证科警员蹲下身,拍摄不同角度的现场照片。然后法医走入现场,将于燕青放平,动作有说不出的缓慢庄重。没有人说话。

就在于燕青躺下的刹那,她僵硬的手指指缝里流下了一把细沙。

一把洁白的、细腻的,像无数蚜虫,蜂拥而出的沙。

刑从连一把抓住林辰,将人带出地下室。台风天总是很古怪,暴雨不知何时停了,天低得仿佛下一刻就要坠落。刑从连把林辰按在长椅上,他们身后是茂盛的香樟。他从车子后备厢拿了矿泉水,塞到林辰手上,然后径自在一旁坐下。林辰很早就说过,于燕青或许已经死了,可作为刑警刑从连很清楚,能预知生死的只有凶手和知情人,但他不知为何很确信林辰不是凶手。那么问题出现了:林辰究竟在这些事件中,扮演着怎样的角色?

"我不是凶手。"

林辰拧开瓶盖,似乎能看穿他心中所想,解释得也很直白。

"公园案发时你在警察局,你当然不是凶手。"刑从连说。

"如果你信我,那么我也不是杀害于燕青的凶手。"林辰仰头,喝了一口水。

这是林辰第二次说"如果你信我"。刑从连想,我当然还是信你。

可就算这样,有些事他也必须问清楚。

"为什么?"刑从连问。

"还记得那封信吗?"

"嗯。"

"她说,'亲爱的,我终于能平静地面对死亡了',我……终于……"林辰盯着刑从连,眼神冰冷,"想想看,你什么时候会用这样的词?"

"我终于吃到小龙虾,我终于喝上冰啤了。"刑从连老老实实回答。

"这是表明一种已完成或即将完成的状态,包含极度迫切的情绪。"

刑从连点点头,表示理解林辰的意思。

刑从连顿了顿,突然想到其中一种可能性:"于燕青会不会是被逼的?"

林辰摇了摇头:"她所有的话,都用的是第一人称。说明在写下这封信时,她的自我意识很强烈。"林辰的语调难得的温柔,像是在怀念什么,"她之前也给我写过一些信,和她死前那封信的字体并没有区别。如果于燕青是受胁迫,那么她情绪波动强烈,写下的字也一定笔触颤抖、字迹凌乱,然而事实上并没有。"

刑从连挠了挠乱糟糟的头发:"这姑娘到底在想什么?她写出来的东西都这么冷吗?"

"我拆过其中一些信,其余的我想应该可以当作死者遗物,交给警方了吧。"

林辰有些伤感。他只是简单地把信收起来,却从未想过有朝一日会如何处理这些东西。没想到今天,他要把一个女孩的所有心思交给警方,这显然是那些信件最令人伤感的归宿。

林辰独自回到宿舍取信,没想到宿舍前有人在等他。那是三个西装革履的男人，衣衫齐整，面容肃穆，甚至皮鞋都擦得一丝不苟，其中两人，是学校校长和一位董事会成员，而另一位，林辰则认识得更久。很多次，在民宿中、小屋里，林辰被敲门声惊醒，站在门口的人便是这位。

"陈平先生，您好。"林辰在自己的小宿舍前站定，微微欠身，向站在最前的那位高瘦男子行礼。无论称谓与气质，眼前这位满头银发、气质高贵的集团高管，都和学校朴素的校舍背景显得格格不入。

像是被灰尘呛到，又像是电影里所有反派开口前都会做的那样，陈平轻轻咳了一声。他低着头，居高临下地望着面前的年轻人。他其实很欣赏林辰。怎么说呢？作为陈家的老员工，他了解太多秘密。他不仅清楚这个年轻人曾经做了什么，也很清楚那些人的偏执。可林辰却是狂风下生长的草芥，虽然有无尽压迫，可依然能坦然生存。所以陈平觉得林辰有些了不起。

但陈平也很专业，陈家给他相当可观的年薪。所以他可以替东家解决各种各样的麻烦，当然，这项工作也可以包括找各种各样的麻烦。所以他不仅驱车数百公里赶到宏景，还兴师动众通过陈家在当地的关系找上宏景市实小的董事，只为提一个要求。这个要求很小，甚至说是微不足道，那就是——解雇学校的某位宿管。

其实，这种小事本不用学校校长与董事出面，他甚至没有必要与林辰见上这一面，但很巧的是，当他要告辞时，有人急匆匆推开校长室——学校工作人员汇报，校内工具间发现一具女尸，而报案人，正是那个叫林辰的宿管。

"林辰，你被开除了。"宿舍楼前，校长直接说道。

"哦，好。"林辰不以为意地道。

校长突然怔住。他本来准备一堆理由数落对方失职，林辰却没给他这个机会，直接干脆地同意了，这种不以为意又轻描淡写，简直令人太难受了。

可就在他想回应时，另一个更加轻描淡写、更加不以为意的声音在他身后响起。

"你就这么答应了啊？"他问林辰。

10·信件

刑从连头发杂乱、胡子拉碴。因为今日便衣出行,他还穿着早先沾满泥水的白色 T 恤衫,配上毫不讲究的沙滩裤和人字拖,显得非常穷酸。因此哪怕他亮出警官证,在市实小校长眼中也不过是个小警察。他确实也只是个小警察。

"警官先生,辞退员工是我们学校内部的事情,好像与您无关吧?"校长问。

"那当然。"刑从连掏出烟塞在嘴里。他说着,想起这里是学校,强忍着什么不适,把嘴里的烟重新塞回烟盒。

"那您是什么意思?"

刑从连和林辰挨得很近,他生得高大,看上去很像是要替小弟出气的大哥。

"签劳务合同了吗?辞退赔偿总得要点儿。"刑从连说。

"这位宿管员是临时工,遣散费我会给足,不劳您费心了。"校长很客气地说。

刑从连没有说话,因为在思考很严肃的问题。作为警察,他有太多方式可以为难校方,轻松保住林辰的工作。然而当林辰真遇到麻烦时,他忽然发现自己是个警察。因为他是警察,他想的那些方法都没法用。

刑从连想了很久,最后只能对林辰说:"我确实插手不了。"

林辰像是很明白刑从连的心情,点点头似在宽慰:"我明白。"

"那我们收拾东西?"

"好。"

对话非常简单,简单得让门口三位西装人士觉得尴尬。然后刑从连做了令在场三人更觉尴尬的事,他抬起手掌,向一边扇了扇,对三人说:"那,麻烦你们,让让?"

陈平没有动,一直在看刑从连。各种消息中,林辰身边确实有位警察,是宏景刑侦大队队长。林辰挑选朋友一贯挑剔,所以陈平很认真地在观察刑从连，从刑从连懒散的衣着看到他胡子拉碴的面容，最吸引陈平注意的，是那双眼睛。那双眼睛很漂亮、很狡黠、很聪慧，更关键的是，那双眼睛非常干净。该怎样形容这种干净呢？譬如，林辰的眼神也非常干净，好像崖边的雪又或是雪化作的水，清冽冰凉，让你有时甚至不敢与他对视；那么这位警官的眼神，却广袤深邃，正因为这样，很干净后必然加上另外三个字——看不透。虽然看不透，但作为顶级集团的高管，陈平认识到一条真理：金钱面前，再硬的骨头都会被砸软。于是陈平掏出了名片夹，华美的金属盒打开又关上，抽出一张，喊了一声"刑队长"。

此时，刑从连早就带着林辰挤进宿管站，听到背后有人喊他也没回头，反而问林辰："我不接话，是不是不太好？"

"好像确实不好。"

"该死的章程。"刑从连嘟囔着回过头，脸上强扯出笑容："这位先生，请问我有什么可以帮助您的吗？"

"鄙人是陈家的陈平，久闻刑队长大名，想与您商谈一些事情，这是我的名片。"

陈平递出暗金压花的纸片，举在半空中，对面却迟迟没有接过。

刑从连摸着胡子，又问林辰："他是不是想向我行贿？"

"你说太大声了。"

"当然要大声一点儿，否则别人误会我怎么办？"刑从连很苦恼地说，"我们基层公务员，最怕这种麻烦了你知道吗？"

刑从连一副"我很清廉"的样子，林辰继续点头表示了解，于是走到门口，向外面三人微微欠身行礼，然后就随手把门关上了。

"麻烦解决了。"他对刑从连说。

片刻后，屋里爆发出笑声，留下门外三人尴尬地面面相觑。

这是刑从连第二次来林辰的宿舍，当然也应该是最后一次。他爬到床底，在林辰的指示下，从那张简易木板床下搬出一个大纸箱。

"你可以来我家住啊，我家地方挺大的。"刑从连轻轻拂去箱子上的薄灰，故作轻松地看林辰一眼。

"出了什么事？"

刑从连叹了口气，有个通识人心的朋友，真的很麻烦。

"两件事。"

"嗯？"

"第一，于燕青应该是死于自杀。第二，我们在刚才的工具房里，搜出了一些注射用剂。"

"什么注射剂？"

"苯丙胺类。"

"兴奋剂？"林辰若有所思，"大剂量的兴奋剂确实会致人精神错乱，之前发疯砍人的水果摊主，应该就是服用了类似药品，这说得通，但还是非常奇怪。"

"当你需要什么线索时，什么线索就出现在你面前，肯定很奇怪。"刑从连席地而坐，不以为意地说道。

和聪明人说话确实偶尔会有心有灵犀之感。林辰点了点头，也在一边坐下。他没有说话，而是打开了面前的纸箱。刑从连也曾想过会在箱子里看到很多信，但从未想过会看到那么多信。那些信把整个纸箱塞得满满当当，甫一打开，甚至有几封飘落下来。

林辰并没有在意他，而是迅速分拣箱中信件，将其中一些信挑出来放在地上，另一些则重新塞回箱内。最后，他把箱子重新封起。整套动作有种说不出的行云流水感，地上则多出了十余封信。

"里面那些？"刑从连努努嘴，试探着问道。

"也是别人寄的信。"林辰说。

"你都没看过吗？"

"没有。"

"谁给你写这么多信啊？"刑从连说着，觉得自己语气有点儿八卦。

"我们很熟吗？"林辰很干脆地反问。

"好像，也不是很熟啊。"刑从连有些委屈地说。

"那我为什么要告诉你？"

刑从连简直不知该如何接话，想起付教授初见林辰时的狗腿态度，只好依样画葫芦,把下巴枕在箱子上,眼巴巴看着林辰。

林辰果然移开视线,有点儿不好意思地补充道:"同样地,我和这些寄信人也不熟,为什么要看呢?"

"好像很有道理啊。"刑从连认同林辰的观点。

房间里有些静,屋外也没有雨声。林辰拆开一封信仔细阅读,刑从连则看另外一封。和林辰相比,刑从连的阅读速度极快。不多时,他就把信全看完了。

他只觉得一阵凉意从后背升起,浑身直起鸡皮疙瘩:"真可怕啊。"把几封信往林辰那推了推,"这些通篇都是在讲人死的时候怎样痛苦。"

然后,他又拿起另外一封,把信纸抖了抖:"这是谁说的?'给我一打婴儿,我能把他们变成你想要的任何样子'?"

林辰放下信看着刑从连:"那是行为主义心理学奠基人华生的观点。"

"于燕青出现在三起案件的案发现场,她信中讨论了大量与死亡相关的内容,凶手会是她吗?"刑从连陷入沉思。

林辰垂下眼帘:"如果这真是沙盘游戏,根据凶手在沙盘上的'画作',表明凶手本人应该非常畏惧死亡。"

刑从连猛地抬头,忽然想到了什么关键:"但问题是……"

"如果她畏惧死亡,又怎么敢自杀呢?"林辰反问。

11·呈现

不知谁说过,最合理的就是最不合理的。于燕青看起来嫌疑很大。首先,三起案件案发时,她都出现在监控录像中。其次,自杀前,她留下一封可以算作遗书的信件。最后,在她自杀的工具房里,发现的针剂药物表明,她或许就是制造长街伤人案的凶手。

一切看起来相当完美,但问题也在于太过合理。

刑从连说:"你没证据证明,于燕青因畏惧死亡所以不可能自杀,因为她已经死了。"

"我确实没有证据,而她确实也是自杀死的。"林辰说着极矛盾的两句话，折起手中的信纸，"我只是很想知道，她是怎么克服本能，用刀子割开自己的喉咙的？"

林辰静默了片刻，像是在寻找恰当的语句："人总是畏惧死亡，无论是心理还是生理，人类有极度复杂的自我保护机制。所以其实自杀从来都不简单，除非这背后有强大的动机支撑。"

"想死还不简单？"刑从连纳闷了，"不过刚才法医说，于燕青身上的伤口有问题。"

"什么问题？"

"她身上的伤口深浅不一、新旧不同，应该很早就开始了自残行为，先在一些并不危险的地方划下小伤口，然后，伤口慢慢扩展到手腕、胸部和脖子附近。"刑从连顿了顿，"最后，她用刀割开了自己的喉咙。但那时她并没马上死亡，她还挣扎着，试图把那柄小美工刀插入心脏。"

刑从连说完，偷偷看了眼林辰。林辰只是低着头，光线灰暗，看不清他脸上的表情。屋内陷入难耐的沉默，天色已快要黑透。终于还是刑从连忍不住，再次开口。"这说明什么？"他问。

林辰开始收拾地上的信纸，将那些信全数塞回信封："这说明，她下定决心去死，态度之认真、意志之坚决，世所罕见。"

林辰的回答很干脆很直白，任何一个看过现场的人都会得出这样的结论。

许多人自杀，都是因为人生苦痛、生无可恋，而于燕青则好像只是单纯恋慕死亡的感觉。如果她只是因为躺在尸体下面而去杀人，似乎也完全可以说通。但所有的问题，依旧会回到最后那三个字上——为什么？

刑从连抹了抹脸，他确实想不明白这个问题。

"你说，人死的时候究竟是什么感觉？"林辰问他。

"试试不就知道了？"

看着林辰困扰的面容，刑从连冲他笑了笑。

自古以来，人们对死亡总是讳莫如深。它太危险、太恐怖，它代表了生命的终结，但在某些特殊场合，它也会散发迷人魅力，诱人靠近。

林辰跟着刑从连站在马路边。此时华灯初上，风不大，雨很细，路灯都因此带着迷离的光晕。恰逢下班高峰,十字路口车水马龙。车辆裹挟雨水呼啸而过,人声、喇叭声、发动机声,无数声音混作一团,令人头皮发麻。

"做好准备了吗?"刑从连问他。

林辰还没反应过来,就被一把拽住,飞速冲向车流。他衣角刚划过前灯,后退便又碰上车尾,偏偏刑从连力气巨大,令人无法挣脱,他只能被拖着向前冲去。他的每一步都像踏足死亡,前一秒刚穿过这片车流,后一秒又有另一辆汽车碾压上来。肩膀生疼,奔跑却未停止,风声灌耳,耳边的轰鸣足以撕碎鼓膜,空气里像有一只只大手,将他们推入深渊。最后,刑从连带他纵身翻过隔离带,林辰差点儿一头栽倒在绿化丛中。他们站在自行车道上大喘气,刑从连还紧紧拉着他。路上有两位司机不停地按着喇叭,离两人最近的一辆奥迪车,司机降下车窗破口大骂。

"感觉怎么样?"刑从连笑得很坏,似乎没有任何恐惧感。

林辰抬头看向刑从连:"我现在,终于相信一件事。"

"什么事?"

"你真的有异国血统。"

刑从连皮糙肉厚。虽然他挺小心的,但林辰还是不可避免地受伤了。林辰左腿擦伤,腰际青了一大块,路都有些走不稳。

他们两人回学校时,于燕青的尸体已被运走,付郝也应召前来。得知刑从连竟然带林辰去找死,付教授三步并作两步,一跃而起,捶了刑队长很重一记拳,刑队长被捶得发蒙。然后,付郝拉着林辰的手,上上下下仔细查看,言语和动作一样婆婆妈妈:"师兄你以后离这种人远点儿!"

"他不要命啊,你可再不能不要命了啊!"

"要不要先去医院啊,晚上你还是去我那儿住吧,万一伤口发炎,我还能照顾你……"

"你来宏景出差,住的不是快捷酒店?"刑从连一听这话,很干脆地揭穿了付教授。

"我住的可是标准间!"

"可你师兄这是要搬家,还得把你师兄的大沙盘放酒店?"

付郝为人单纯，并没有意识到其中的问题，反而冲刑从连嚷嚷："你那屋子也很小好吗！"

刑从连嘿嘿一笑："可我家有很多房子啊。"

"你哪有房子？"

"颜家巷啊。"

作为高级知识分子，付教授非常厌恶这种纯铜臭的对话。只是文化人依旧拗不过流氓，并且方向盘还在刑从连手里。等刑队长把大吉普停在颜家巷巷口，事情便已成定局。

眼前是古老的街道和两旁的粉墙黛瓦屋舍，驾驶座上的刑队长问林辰："你想住哪儿？"

后座上付郝正在喝水，握矿泉水瓶的手轻轻颤抖，强忍着不把水洒出去。"怎么挑？说得你好像把这条街都买下来了？"他嘲讽道。

"我看这里不错，所以买下来了啊。"刑从连随口说着下车去取行李，非常理直气壮，令人无话可说。

趁他去后备厢的间隙，付郝赶紧扒住林辰，小声提醒说："师兄，我跟你讲，男人最好面子，你为人耿直，千万别拆穿刑队长了。"

林辰很郑重地点头，表示理解。

果不其然，虽然说话间好像买下了颜家巷，但实际上，林辰的所有行李还是被搬到了颜家巷六号的老屋。

刑从连的理由也非常恰到好处："其他房子都没打扫过，一起住还方便讨论案情。"

林辰与付郝对视一眼，再次点了点头，表示理解。

天已黑，老屋里没有太好的照明，刑从连在八仙桌上支了盏台灯，又端出三碗红烧牛肉面。付郝无话可说，只能认命地吸面条。可刑从连变本加厉，又从抽屉里翻出火腿肠，一人分了一根，很是大气豪爽。林辰撕开塑料包装，毫不嫌弃地咬下一口。付郝终于忍不住了，猛地一拍桌子，手里的塑料叉碎成了渣。

"老刑你知不知道我们今天看了凶案现场，有多血腥多残酷，吃红烧牛肉面也就算了，火腿肠是怎么回事？！"

"付教授不要嫌弃嘛，又不是碎尸案，火腿肠也没什么嘛。"刑从连宽慰他。

付郝这下是彻底没胃口了。

雨再次下了起来，一时间，老屋里只剩下雨打瓦片的清脆声响。

付郝撑着脑袋，看着林辰认真喝汤的侧脸，忽然开口："师兄，我一直很不明白，于燕青既然暗恋你，给你写那么多信，为什么又突然自杀了呢？她为什么不杀了你，然后再自杀啊？"

"你说什么？"林辰突然放下面碗，很严肃地看着付郝。

付郝被吓了一跳，不知自己说错了哪句话。他眨了眨眼，小心翼翼地重复了一遍："我说什么了？"

"刚才那句话，再重复一遍。"

"她为什么不杀了你，然后再自杀？"

林辰看向刑从连，很确定地说："这里有问题。"

刑从连点头，心想我当然知道这里有问题。但在林辰灼灼的目光下，他只憋出了一个字："嗯？"

"如果是同一人犯案，无论如何混乱，必然有内在的秩序。所以我一直不明白的是，这些案件的内在秩序在哪儿？"林辰顿了顿，对刑从连说，"麻烦给我找支笔来。"

纸笔被很快拿来，林辰推开了泡面碗，对付郝说："你重复下案件过程。"

付郝脱口而出："首先，是医院太平间发现换好全新衣物的死者。然后，街上店铺里出现了老人的尸体。再然后，小公园里的青年从吊环上摔下。最后，于燕青自杀……"

付郝边说，林辰边写，纸上很快出现了几个关键词，这些关键词被箭头连起，形成了一个圆环。

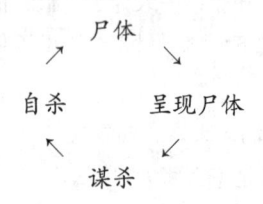

```
           尸体
          ↗    ↘
     自杀      呈现尸体
          ↖    ↙
           谋杀
```

刑从连望着林辰写下的词，同样觉得似乎摸到了整件事情的核心，但好像又缺少了最关键的一环。

12 · 关键

台风夜，暴雨如注。雨水击打在瓦片上，发出击缶般沉重的声响。

林辰躺在木板床上，刑从连则在地板上打了个简单的地铺。再平静的人两天内经历如此多不平静之事，也会失眠，尤其是在这个很深的雨夜，尤其是他刚经历死亡。林辰睁着眼，望着天花板，无法入眠。他没办法不想起于燕青。这世界上有太多痛苦之事，但真正能令人不顾一切去死的事却并不多。他想起了刑从连，这世界上有太多人容易轻信他人，但把刚认识两天的陌生人直接带回家的人一定少之又少。这或许是信任，但比信任更深的，大概是绝对的、超然的自信。林辰侧过身，望着地板上隆起的棉被，渐渐闭上了眼。

清晨。

敲响颜家巷六号木门的并非狂风暴雨，而是一双很胖、很稚嫩的小手。

刑从连很机敏地睁开眼，床上林辰则睡得很熟。他蹑手蹑脚起来开门，看见一个只到他腰际的小胖墩。

而门外，一男一女正牵着小胖墩的左右手，显得有些不好意思："冒昧打扰了，我们家臭小子说要找林辰，但我们去宿舍的时候，林先生已经搬走了。"

小胖墩的父亲，试探着开口。

"来这里找林辰。"刑从连低头，看着腿边的小孩觉得很奇怪，"你怎么知道林辰在我这儿？"

他话音未落，只觉得小腿一热。小胖墩如考拉抱树，四肢紧紧缠住了他的腿。孩子父母非常尴尬，拉着小胖墩的后颈肉，想把他拖开，然而小朋友就是不撒手。

"我们特地跟学校保安打听了，保安说林先生似乎是跟警察走了，臭小子就让我们来这儿。"

林辰睁开眼时,看到了一幅诡异情景。刑从连拖着一条腿从屋外进来,腿上还绑了只"巨型沙袋"。小胖墩抱着刑从连,两人一起眼巴巴看着他。想起先前自己对小胖墩关于"卖萌"和"抱大腿"的教诲,林辰感到有些后悔。

"很管用的方法,很正确的对象,但有些过激。"他教育着小胖墩。

只是他话音未落,小胖墩便猴子上树似的甩掉鞋子爬上床,直接抱住他脖颈不放了。林辰看了眼刑从连,刑队长果断堵在门口,把两位家长"留"在房间内。

小胖墩把脸埋在林辰颈间,闷闷地指指自己,说:"水。"

林辰像是明白了什么,把小朋友从自己身上拉开:"如果你太在意自己的心理障碍,那就是最大的障碍。"

见儿子死死拽着别人不松手,小胖墩妈妈上前两步,想将儿子拉走,嘴里还念叨着:"对不起、对不起,我儿子……他这里……"她说着,指了指自己的脑袋,"有时候我们也搞不懂他在说什么。"

"你想说什么?"林辰抬头,冰冷的目光直视那位母亲。

女人被林辰看得有些发怵,转头寻求丈夫的帮助。

未等男人开口,林辰就说:"你们是不是一直认为孩子口齿不清,不能理解他在说什么,以为他智力低下,连带他见人都觉得很丢脸?"林辰把小朋友抱在一边,"我不知道你们是怎么做父母的,你们难道没有带他去过医院,或者甚至从未怀疑过,他或许不是智力低下,而是智力超常儿童?"

刑从连从未见过林辰如此生气,听他一个字一个字地教育家长,简直想替面前的这对父母点根蜡烛。

"您说……他是天才?"母亲很不能理解。

"我给他做过韦氏儿童智力量表,测验结果很显然证明了这点。"

"那您能教教我们,平时该怎么和他沟通吗?"

林辰说着,微低头看身旁的小胖墩,并没有回答男孩母亲的问题,而是问:"发生了什么事,慢慢说。"

"奶奶……怕水……"小胖墩拉着林辰的衣角,有些急切。

林辰皱了皱眉头，似乎也对这样的关键词提示有些摸不着头脑。

小胖墩用力指着自己，又用力指了指门口，想拖着林辰出门。

"你说，你奶奶怕水，想让我去给你奶奶治病？"林辰试探着问道。

小胖墩立马点头。

林辰心念电转，看向这对父母："他奶奶最近被犬类咬伤了？"

小胖墩父亲也摸不着头脑，望着自己媳妇，说："妈好像没说起过啊？"

"他有没有拉着奶奶，给你们学狗叫？"林辰又问。

"你怎么知道？"

"马上带你们母亲去医院！"林辰说。

刑从连开着大吉普，在无人的马路上飞驰。

一路上，林辰系着安全带坐在副驾驶位置，一言不发。

刑从连透过反光镜，看了眼后座上抱着孩子的父母，终于忍不住想要缓和下紧张的气氛，于是又开始没话找话："小胖墩奶奶被狗咬伤了，为什么来找你啊？"

"因为他的父母，无法理解他想要表达的内容。"林辰依旧耿直。

后座的这对父母，再次露出尴尬表情。

不过林辰虽然生气，但依旧很耐心地向刑从连解释起来："小胖墩很怕水，我曾经教过他治疗这种心理问题的方法，他来找我，是想让我去帮他奶奶治疗。"

"你们天才间的交流我们凡人果然理解不了啊……"刑从连感慨道。

"您是说我儿子有恐水症？他确实从小怕水，不过最近好像好多了。"后座的家长说。

"怕水是怕水，恐水症是恐水症，后面那个是狂犬病的别名。恐怕是小胖墩知道奶奶被狗咬伤，你们又一直不明白他在说什么，他就干脆来找林辰了。"刑从连解释道。

赶到小胖墩家时，老太太正提着太极剑，要去公园锻炼。见儿子儿媳紧张兮兮地冲过来问这问那，老太太还摆摆手，表示被狗咬了是小事，也没发病，不要耽误自己锻炼。

胖墩爸一把将儿子塞到林辰手里，和媳妇一左一右架着老人就往自己车库跑，边跑还边说："林先生，我儿子麻烦您照顾一下。"

小胖墩望着父母离去的方向，满脸担忧。林辰牵着小孩肉乎乎的手，很疼爱地揉了揉小孩毛茸茸的发顶，温柔宽慰："你做得很好，奶奶不会有事的。"

"这才七岁啊，感觉成精了。"刑从连看着孩子感慨道。

为预防未成年人吸食二手烟，刑从连叼着没点着的卷烟，声音含混不清。

林辰牵着小孩的手，在刑从连身旁稍后的位置走着。

"他的智商比正常同龄人高出四个标准差，大约有160，不是'这么聪明'，而是非常、非常聪明。"

"这小子放这家养真是可惜了，当爹妈的抱着天才当白痴养。"刑从连极具暗示性地看着林辰。

"其实他的父母非常包容他，这并不是件坏事。"林辰顿了顿，很认真地望着小胖墩："因为这样你才有非常平静而安稳的童年。你的父母不会逼迫你进行永无止境的学习，你可以像普通孩子一样成长到现在，这点非常重要。"

刑从连问："那，你刚才干吗又告诉他爹妈，孩子智力超常这事呢？"

"因为时间要到了。"

刑从连不理解"时间到了"是什么意思，想继续问下去，却见小胖墩抬头望着林辰。孩子像大人似的郑重地点了点头，仿佛懂了。或许林辰是在说，天才终要长大，会有被人发现超乎常人的那天，所以时间要到了。

见此情形，刑队长只得无语凝噎："果然是超人宝宝，理解力超群。"

"他第一次偷偷跑进沙盘间，我以为他是来玩玩具的，可他非常完整地说出了'沙盘游戏'四个字。"林辰说着也是感慨。

"有点可怕啊。"刑从连震惊。

"他甚至能正确表达自己的症状，并表现出想要克服心理障碍的诉求。"

"他说他怕水，你给他治好了？"刑从连很想要重复之前的喟叹，天才间的交流果然不是凡人可以理解的，"那我要是怕什么，是不是也可以找你谈谈心？"他非常无耻地说。

"你怕什么呢？"

"呃……"刑从连只是想逗逗林辰，可见林辰问得认真，他竟一时语塞。

"其实无论你怕什么，都可以用系统脱敏的方法解决，也就是缓慢地、由远及近地接触你的焦虑源，就可以慢慢克服心理障碍。不过说来简单，但你要有克服这件事的恒心和毅力。"

"比如怕水，就慢慢接近水？"

林辰点了点头："如果你怕水，就先走到一个能看到水，又相对安全的环境里，尝试着放松自己。刚开始总归是不舒服的，但慢慢地，你能完全适应这个距离。以后的任务就是一次又一次地放松冥想，逐渐缩短这段距离。"

"难怪他在我家拼命赖在我床上，因为床边能看到河。"刑从连突然想到。

说到这里，他忽然顿住，下意识看向林辰。

恰逢此时，林辰也正望向他，漆黑的瞳仁中仿若有光。

13·燕青

由易到难，重复练习。

这是人类在近万年的演变中掌握的学习方法。

而"学习"克服，也是学习。

"你的意思是，于燕青做这一切是为了克服死亡的恐惧？"颜家巷六号里，刑从连这么问林辰时，付郝带着早点前来，还没来得及把热乎乎的牛奶、面包放下，就听见刑从连的重要剧透。

"师兄你们有新线索了？"付教授赶忙问道。

"听过系统脱敏没？"刑队长坐在桌边，很是得意地问道。

付郝赶忙放下塑料袋，没有理他，而是凑到林辰身边问："系统脱敏？"

刑从连完全被无视，也不生气，反而上赶着给付郝解释："是啊，于燕青应该在用系统脱敏的方法，缓解自己对死亡的恐惧。"

"你安静点。"付郝瞪了刑从连一眼,转而问林辰:"师兄,到底怎么回事?"

"我们先前就发现,这个案子的所有意象都与死亡密切相关,并呈现出一种逐渐放大的恐惧感。"林辰轻咳了一声,话语间反而不如刑从连那样轻松,"但我们一直缺一条可以将所有事情贯穿起来的线索,是小胖墩给了我们这个重要提示。"

付郝跟着看了眼坐在板凳上玩沙子的小朋友。

林辰说:"从作案的过程推断,于燕青可能用了系统脱敏的方法,让自己克服对死亡的恐惧。整个过程应该分四步:第一步是靠近尸体,幻想自己已经死亡,慢慢地做放松训练,以适应与尸体的距离。所以医院太平间床底下有被睡过的痕迹。而将尸体穿戴整齐,也表示对死亡的一种尊重。"

林辰顿了顿,似在思考:"第二步是观看一起残酷的凶案现场,观察他人对死亡的反应。这就是春水街骚乱的原因,只是受伤妇女侥幸未死。第三步是亲手杀死一个人,看着他在你手里死去,适应这种生命消逝的过程,这或许是锻炼的青年被杀的原因。"

付郝越听越冷,嘴唇轻轻颤抖,轻轻问道:"最后,是自杀?"

"目前看来,第四步是自杀。"林辰说出口时,也觉得齿颊皆冷。

"那,我们结案了?"付郝颤抖着问道。

于燕青杀了人,留下遗书,自杀而亡,似乎是可以结案了。

林辰坐在坚硬冰冷的木凳上,手指搭着凉了一半的水。他有意无意地轻叩杯壁,像是没听见付郝的问题。

"看上去写结案报告,也不是不可以。"刑从连用手掌蹭着自己毛茸茸的胡子,停顿片刻又说,"但总觉得好像缺了点儿什么。"

好像一团恐怖的迷雾,你费尽千辛万苦在迷雾中穿行,最后不过是摸到了一堵高墙。上下高耸,巍巍峨峨,想说句"原来如此"也可以,却又好像远远不够。

"我想再看一看于燕青的资料。"林辰停止敲击杯壁,淡淡开口。

大约半小时之后,一位年轻的话痨技术员便抱着笔记本,站在了门口。

他反戴了顶黑色鸭舌帽,帽檐滴水,眼睛亮晶晶的,一见刑从连就语气十分哀怨:"台风天啊老大,车好难打。"

刑从连咬着烟,示意他赶紧坐下干活儿。

王朝于是挑了靠近林辰身边的位置,边开机边说:"林先生,你玩不玩LOL,我教你好不好?"

刑从连反手就抽了他一记头皮:"速度,于燕青的资料。"

"我说老大,你这样真的有点儿大材小用。"王朝的手指在键盘上飞速跳动,片刻后,一份详细的个人资料便展露开来,"这些事你让小笼包做也是一样。"他调出资料,把鼠标往林辰手里一塞,便靠在椅背上。

于燕青的生平整理得非常详细,从她幼年住所到教学经历,包括曾经任职的所有公司,都有记录。

林辰看得很快,从头到尾用了不到两分钟。

他松开鼠标,却没有说话。

刑从连于是凑上去问:"看完了?"

"看完了。"

"有什么问题?"

"什么问题都没有。"

于燕青是一个非常普通的姑娘。她出生于边陲小城,念完九年义务教育便外出打工。她做过服务员和工厂女工,后来进入"好家"劳务公司,在市实小担任维护绿化的园丁工作,平日在医院兼职做清洁工。寒暑假时,她则干更赚钱的护工工作。她很忙碌,几乎没有休息日,人生被排得满满当当。与此同时,她的履历也简单干净,与千千万万个和她同龄的乡村姑娘没有什么不同。唯一不同的是,她在非常美好的年纪里,选择用最残忍的方式结束了自己与他人的生命。那么在她生命的短暂时光里,必然出现了某桩强有力的事件,推动她离开那条本应属于她的平坦轨迹。可在于燕青的履历中,林辰并没有看到这样的事情出现,这和"沙盘"上展现的问题完全不同。

"你之前说,凶手有自恋人格,于燕青有吗?"刑从连问。

"从简历中看不出来,但就我平日接触来看,她并不是自恋型人格障碍，甚至有些自卑。"

"这和你分析的凶手不一样。"

"这里有两个可能性。"林辰说，"或许凶手本身并没有将整座城市当作'沙盘'，在上面进行'创作'，那用沙盘游戏的理论来分析凶手心理就不正确。"

"但你的分析说服了我。"刑从连很干脆地说，"我有时候反而觉得，看似模棱两可的感受性分析，要比充满逻辑和证据链的理性分析，更靠近真相。"

闻言，林辰认真地看着刑从连，甚至把刑从连看得有些不好意思了。

"怎么了？"刑从连摸了摸自己的脸。

"没什么。"林辰收回视线，回归思考。

过了会儿，他问王朝："于燕青父母仍然健在？"

"对啊。"王朝点点头。

"家里的祖父辈老人，都在她很小的时候便已过世？"

"是啊。"

"看起来这位姑娘经历简单，父母双全。她究竟经历了什么，才会深入钻研死亡？"刑从连觉得奇怪。

"我想看看于燕青详细的银行卡记录。"林辰对王朝说。

王朝小同志点点头，双手如飞，拉出了一长串记录。林辰坐到他身边，跟着快速过滤着于燕青的银行卡记录。于燕青平日很节约，入账"涓滴细流"，支出很少。但她每月都有一笔几乎占工资80%的转账，定期汇出。

"这个'于井'是……于燕青的父亲？"刑从连发现了问题。

"这姑娘在城里生活够苦的，每个月赚5000元，4000元都转给她爹了？"付郝皱眉。

"难道家里出了什么事？"王朝也跟着插嘴。

"我之前已经安排人去她家乡了解了。"刑从连说。

三人讨论的时候，林辰一直没有说话。在他眼前的银行记录，仿佛就是于燕青的人生。她不停工作，日夜奔波，有种说不出的忙碌与苦涩。

"看出什么了吗？"终于，刑从连问他。

林辰摇了摇头:"她生活一直很稳定,看不出有什么太大变故。"

"那究竟是什么地方出了问题,刺激到了她?"

"目前看来,最有可能的还是医院。"林辰说。

医院是事件伊始,是充满了悲剧与死亡的所在,或许是于燕青生活中最有可能接触让她偏离既定人生轨迹的所在。

林辰从刑从连的吉普车上下来,仰望着医院标识。一辆救护车拉响笛声,也恰好在他身旁急刹车。车门洞开,医护人员抬着担架下车。担架上躺着一位古稀的老人,老人身后是一双哭肿双眼的儿女。林辰与他们擦肩而过,听到他们边跑边喊"妈妈"。

刑从连推开门,只见林辰依旧在回望那对中年兄妹。

"怎么?"他问。

"其实我们每个人都或许经历过死亡,然而正常人面对亲人的离去,会伤心、会难过、会痛苦。但不至于对死亡产生强烈的恐惧感,甚至想要克服。"

刑从连手搭在玻璃门上,听他缓缓说道。

片刻后,林辰抬头,神色迅速冷凝下来:"我第一次收到信是在7月13日,而后每隔一个礼拜收到一封。医院里第一次出现穿戴整齐的男尸是在9月7日。"他顿了顿,又说,"那么在这个时间段内,市立医院一共过世了多少位病人,其中哪几位在于燕青负责打扫的楼层过世,于燕青在这期间和谁交往密切,这些,都得调查清楚。"

刑从连点点头,直接打电话给王朝去查。他刚走了两步,却听到林辰在他背后说:"死亡日期应该是星期三,病人有可能住七楼或者在第七栋。"

"为什么?"

刑从连刚问出口就突然意识到7月13日和9月7日都是星期三,每隔一周一封信,甚至医院出现穿戴整齐的尸体的时间间隔,也正好是七天。他们以前认为这可能只是凶手作案的规律,但现在看来,可能有更深一层的心理原因。

望着刑从连离开的背影,付郝往林辰身边站了站,神色郑重地问道:"师兄,你心里到底有没有数,这究竟是简单的杀人案,还是……"

他欲言又止，林辰也没有接话。林辰抬起头，凝望医院雪白的墙体，目光顺着玻璃幕墙，攀爬至很高的楼层。

"去七楼看看。"林辰说。

电梯缓缓升上顶楼，金属门向两侧移开，"肿瘤科"三个红字映入眼帘。在那一瞬间，哪怕是付郝也忽然明白了一些事。林辰低低咳了两声，走在最后。肿瘤科病房安静异常，间或有老人扶着栏杆缓缓走动。这时，有位护工搀着一位老人走过。林辰想起自己几天前见过对方，于是走上前去，拍了拍那名护工的肩膀。

那位护工很奇怪地抬头，未等开口，林辰便很直截了当地问："您好，我想请问，您认识于燕青吗？"

对方点点头，语气不屑："她怎么了？"

"她死了。"

那人难以置信地睁大眼睛："她怎么死的？"

和病人家属打过招呼，林辰带那位护工到病区外的长椅上坐下。

"我和于燕青不熟，你问我也没用。"短暂震惊后，护工又恢复先前麻木的样子。

"平时她有没有和什么病人关系比较好，或者说，她是否曾因为什么事情显得突然情绪低落？"林辰试探着问。

"我不知道。"护工直接回答道，"我们真不熟，而且她就寒暑假在。我们每天忙得要命，哪记得你说的这些，什么情绪低落什么的。"

护工说得也很实在，林辰点了点头："那您可以简单聊聊，对于燕青的感觉吗？"

"感觉？"

"比如，有些人像树上刚摘下的苹果，香甜可爱。您觉得于燕青是什么样的人？"林辰问道。

"我觉得她像厕所里的拖把。"护工说。

"拖把？"林辰怔住了。

"我也是拖把，每天被人拽着脑袋忙这忙那，干最苦、最累、最脏的活儿，可不就是拖把嘛。"

护工说完，像印证他说的是事实一样，家属已经出来喊他回去帮老人放尿了。

看着护工走远的背影，林辰陷入沉思。

"怎么了，师兄？"

"或许我想错了。"林辰近乎自言自语，"未必是什么重大变故让于燕青想要去死，麻木和重压下疲惫的生活本身，也可能让人想放弃生命。"

30年前，中国农村妇女的自杀率曾居高不下。但随着城市化进程的加快，能够进城务工，远离早早被决定的不幸的婚姻和家庭重压，使这一自杀率不断下降。① 可于燕青不同，她虽然进城务工，每月的转账记录却足以证明她根本没有摆脱家庭的重担。

刑从连来到肿瘤科病区外，听到了林辰的这段分析。他能感受到林辰心中的悲哀情绪，很想说些什么让林辰情绪高涨一些，可他带来的也只有同样的消息。

"于燕青出生地的警方，替我们做了一些调查工作。"刑从连说，"据当地村支书讲，于燕青的父母认为女儿无法传宗接代，所以过继了同村的一个小男孩当儿子。男孩还在上小学，但父母要求于燕青帮家里在镇上买房。于燕青每个月寄回去的费用，是还房子的贷款和父母及男孩的生活费。她在撑着那个家。"

肿瘤科病区外寂静无声。

清洁工戴着口罩，正抓着长而巨大的拖把擦拭地面，像女人无人爱护又疲惫孤独的生命。

"她或许，只是累了。"林辰缓缓开口。

很长一段时间，刑从连和林辰都没有说话。

付郝有些耐不住寂静，想缓解一下氛围，于是试探着开口："那，如果于燕青有自杀动机，可为什么要用那么惨烈的方式结束生命？"

"因为凶手不是她。"林辰说。

---

① 张杰，景军：《中国自杀率下降趋势的社会学分析》，《中国社会科学》2011年第5期。

"不是她？"

"如果你相信我对凶手沙盘的分析，那真正的凶手和于燕青应该是两个人。他们可能认识，于燕青或许非常信赖甚至爱慕凶手，但他们是两个人。"林辰很确定地说。

14·调查

一个人是于燕青；另一个，则是恐惧死亡并想要克服的自恋型人格障碍患者。而真正经历过死亡创伤，所以想克服的人是后者。以上是林辰的分析。

从于燕青的社会关系和曾经服务过的病人及其家属入手，想找到后者并不算难。刑从连充分信任林辰，迅速安排手下的技术员王朝干活儿。他们根据林辰提供的线索缩小范围，很快锁定了一起医院自杀案件。死者名叫冯雪娟，女，58岁，于8月10日因不堪病痛折磨，选择在医院大楼一跃而下，结束了自己的生命。

8月10日是周三。

不过于燕青并未直接受雇于冯雪娟及其家属，服务的是同病房中另外一位老人。因为确认于燕青死亡至今还不到16个小时，排查相关案件的警员甚至还没来得及调查到这个前案。

林辰和刑从连来到医院保卫科，科长迅速赶到，一听警方要调冯雪娟跳楼的录像，瞬间满面愁容。保安人员还在调取视频，王朝却已坐上转椅。他抬了抬帽檐，迅速滑过去将人挤走。他看了眼文件格式，很快搜索到命名文件，将时间轴一拖一放，屏幕上精准出现了冯雪娟自杀时的场景。

画面中，身穿病号服的干瘦妇女从窗口一跃而出，如断线风筝般向下急坠。生命结束的瞬间令整个监控室鸦雀无声。因为反光，病房窗口白茫茫一片，根本无法看清房间里面的具体情况。

过了一会儿，刑从连走到窗边，向外望去。医院本身安装了完备的监控系统，几乎覆盖了所有公共区域，他环视四周，目光最后落在院墙的监控上。

"那台监控的编号是多少？"

他伸手指着医院围墙上正在转动着的探头，保安科科长顺着刑从连手指方向看了眼，跑到文件柜去翻资料。王朝看了看监视屏，迅速搜索到编号。他的手指轻敲键盘，屏幕一暗，又迅速亮起。接下来的视频内容，远超他们的想象。黑与白的像素颗粒相互挤压，监控正对医院楼间的一片小树林，不少老人在长椅上晒太阳聊天。其中有一位，在场很多人觉得非常面熟。

"那是？"付郝不可思议地问道。

"春水街上被发现尸体的老人。"刑从连答。

监控画面中，冯雪娟自杀那天，春水街倒下的老人正坐在长凳上晒太阳，然而紧接着——

"那个人？"付郝的手点住屏幕上一个背对镜头的年轻人。

王朝赶忙调出另一侧监控，录像重新缓放。石子路上的年轻人露出正面，竟是死在公园吊环下的青年！十秒后，于燕青也出现在了监控录像中。她刚从楼上狂奔而下，呆滞地站在树下望向前方，不远处，冯雪娟的身体还在血泊中轻轻抽搐。

监控室内，鸦雀无声。

所有人只觉得周身发冷，如坠冰窖。

在没有客观证据前，林辰就分析了事件中的潜在心理学联系，而今，它们之间真正的关联节点终于浮出水面，再次佐证了林辰曾经的观点。

可就在这时，一阵手机铃声打断了所有人的思绪。

琴音纷乱，众人猛地一颤。

刑从连接起电话，那头传来局长字正腔圆的声音，话依旧很短，只有八个字——

"上面来人了，滚回来！"

警局外，有人在等。那人不是等在温暖的办公室内，而是等在湿漉漉的屋檐下，雨水将他的肩章打湿，银星因此愈加明亮。

林辰坐在车里，远远望见屋檐下站着的人。他解开安全带，手却被刑从连一把按住。

他很清楚刑从连这是在关心他，因此，也同样感激这种关心："是熟人,不用担心。"他宽慰刑从连,然后很坚决地将刑从连的手挪开。

他推开车门,没有打伞,走到了警局檐下。

三年未见,站在他对面的青年似乎消瘦不少,气质因此更加锋锐,像柄将要出鞘的剑,锋刃冰冷,不近人情。

林辰很难得地笑了笑,欠身道:"黄督察,很久没见,近来可好?"

"听说你又不安分,我就来看看。"

一模一样的话从不同人嘴里说出,感觉还是有所区别的。

林辰这次没有沉默以对,反而抬头看着眼前的男人说:"黄泽,你太闲了。"

刑从连拎着车钥匙走近,恰好听到林辰这句话。查案才短短三日,就已经有很多人跳出来找林辰麻烦,林辰的回应却一次比一次更有趣。他忍不住咧开嘴,强忍着不笑出声。同属一个系统,刑从连当然听说过黄泽黄督察的大名,"警队之星、正义使者"之类的词已经被记者用烂。黄泽出身好,为人刚正清廉、神鬼莫近。关键这小子长得还不错,经常出现在各种警方对外宣传渠道里。

他走到黄泽面前,敬了个礼,还未开口,就见对方也朝他行礼,说:"刑队长,我奉命前来,督察您办理此次案件。"

好嘛,原来是被黄督察盯上了,难怪老局长这么火急火燎。然而黄泽言辞恭谨、举止谦和,让人挑不出半点儿差错。哪怕他言下之意就是"上头让我来盯着你,你好自为之",可由那样的人说出来做出来,公事公办到了极点,令人无可挑剔。

"我们刚发现了重要线索,黄督察不嫌烦,来一起分析分析?"刑从连笑着问。

刑从连当然是客气客气,没想到黄泽一点儿也不客气。黄泽甚至没有理睬他,只是转身一马当先,走入警队办公室。他和林辰只能跟在后面。

张小笼正在办公室里紧张地摆放茶杯,警队一干大佬围坐在办公桌四周,她拎着茶叶、热水瓶,匆匆冲下热水。听见推门声音,她赶忙回头,差点儿烫到手。

"小笼啊,小心小心。"刑从连笑着说。

林辰向张小笼点头致意，而后在角落找了张椅子坐下。让人没想到的是，黄泽无视了明显为他空出的主座，反而走到林辰身边端正坐下。他顺手掏出了一个巴掌大小的牛皮笔记本，按了两下圆珠笔，摆明是来旁听的。

刑从连看了看角落的两人，总觉得气氛有些诡异，他咂了咂嘴。付郝跟着王朝落在后面。走进办公室时，付郝看见林辰身边坐着的人，忍不住揉了揉眼，眼珠瞪得都快掉下来了。他拼命朝林辰挤眼，林辰却像没看见似的，开始闭目养神。

原本有些嘈杂的办公室内，瞬间安静下来。

林辰靠在椅子上，看着陆续有人落座，椅子又多摆了一圈。

刑从连最后拉开椅子坐下，老局长清了清嗓子，道："'9·10'杀人案的调查有了新的突破，我们请刑队长来说一说。"他官腔十足，摆明了是说给空降的那位督察听的。

进展都是最新内容，来不及整理，所以王朝直接把笔记本连上投影设备。

"根据最新案情进展，我们认为，冯雪娟之子冯沛林有重大作案嫌疑。"刑从连简单介绍了林辰根据"沙盘游戏"，对凶手进行的心理分析结果。

王朝则开始播放他们刚在医院找到的最新监控录像内容。所有与案件相关的死者，尽数出现在冯雪娟死亡现场。饶是刑从连提前剧透，在看到所有死者尽数出现在同一画面时，黄泽仍忍不住感到一阵心惊。

不过很快，黄泽开口了："刑队长因为这帧监控录像，就认为冯雪娟之子有重大作案嫌疑，未免太武断了。从相关证据来看，于燕青作案嫌疑最大，你不能因无关人员随意揣测，就对案情妄加判断。"

像是被谁推了推，林辰勉强睁开眼，发现所有人都围坐在一起。会议秘书在沙沙地不停写着什么，其余人手里拿着沓资料，目光都齐聚在自己身上。空调嘶嘶吐出凉气，办公室里温度霎时更低了。林辰微抬了眼，知道黄泽是在针对他。

"瑞士心理学家多拉·卡尔夫在1962年国际心理分析大会上，根据荣格的分析心理学正式提出'沙盘游戏治疗'理论。虽然一切都是我的揣测，但'沙盘游戏'有其翔实的理论基础，本身并不随意。"

黄泽眸色一沉，很明显有动怒迹象："又是你那套故弄玄虚的理论？"

林辰说："其实我早该想到。在沙盘游戏的意象中，沙子本身就象征着大地和母亲的身体。它是我们世界的初始物质，通过触摸沙子的质感，我们感受大地也感受我们自己的母亲。"

"所以你的分析就是，于燕青看到冯雪娟自杀，所以死者的儿子反而有重大嫌疑？"

"这个案件中有两个人，于燕青和冯沛林。于燕青认识且爱慕冯沛林。但他们的关系不止于此。他们有更深层的精神联系。于燕青觉得人生苦痛，而冯沛林承诺会带她走向解脱。冯沛林因为母亲自杀而产生对死亡的巨大恐惧，可他本身是自恋型人格障碍，不能允许这样的事情发生。他极其膨胀，想看看自己是否有办法征服死亡，而于燕青只是被冯沛林利用实践他想法的工具。"

林辰说得很慢，声音有些沙哑，可也带着令人信服的态度。但他说的一切在黄泽听来，不过是一派胡言。

黄泽极其严厉："你不会认为，警方会因为你的一面之词，怀疑一个与本案毫无关联的人士吧？"

这时，老局长的声音适时响起："有什么证据能证明于燕青认识冯沛林吗，还'爱慕'冯沛林？"

"你们俩是情侣吧。"

林辰没看黄泽，反而盯着办公室里另一位旁听的警员，没头没脑来了一句。

"你说什么？"警员蓦地抬头。

"你和那位姑娘，你们应该是情侣吧？"林辰指着一旁做笔录的女警。

办公室顿时开始了窃窃私语，女警把头埋得低低的。年轻警员黝黑的脸上，也显出了尴尬的神情。

"找一段于燕青和冯沛林同时出现的视频。"林辰转头对正在操作电脑的王朝说道。他的手肘不由自主撑在扶手上，以便支起沉重的脑袋。

王朝闻言，赶忙调出段视频，按下回车键后，画面出现了。

屏幕上，于燕青正拿着拖把，弯腰从冯沛林身边经过。冯沛林让开了身子，于燕青偷偷看了他一眼。

"就是这样。"林辰温和地望着女警。

女警的头低得很低，眼睛却不由自主看向男友，眼神羞涩钦慕又甜蜜，正好被捕捉到。

屏幕内外的眼神，几乎一模一样。

"小蒋，你连这都瞒着我！"刑从连边拍桌子边笑。

"刑队，你别取笑我们了。"蒋警官赶忙说道。

"别在这儿和我耍小把戏。"黄泽铁青着脸，对林辰说，"你没有证据。"

下一刻，王朝又切换了一个全新的监控镜头。那是在殡仪馆中冯雪娟的葬礼后，冯沛林在一位女性怀中哭泣。风雨中，他们孤苦相依。而那位女性，正是于燕青。

整个办公室静得落针可闻。办公室外传来噔噔的鞋跟声，女警张小笼拿着一沓资料，跑进办公室。她脸色苍白，左顾右盼，显得有些惊魂未定。

"怎么了小笼？"刑从连抬起头问。

"您刚才让我去查冯沛林，资料上显示，冯沛林和于燕青的确认识。"

"怎么说？"

张小笼说话间，下意识看向林辰，然后咬了咬嘴唇，继续说下去："冯沛林和于燕青都是三水乡人。他们都曾就读于三水中学，不过差了三年。出于家庭原因，于燕青读完初中就外出打工了，而那年，冯沛林正是三水乡的高考状元。"

"那冯沛林现在在哪儿？"局长问。

"冯沛林三年前来到宏景，他和于燕青同样在市实小工作，是一位语文老师。"

闻言，林辰蓦地抬起头。

15·旧事

窗外风雨渐大，狂风吹动枝叶拼命敲打窗棂，张小笼在很恰当的时刻住嘴。屋内数十道目光，再次汇集在林辰身上。那些目光中带着怀疑和惊愕,林辰却双目轻闭,不为所动。付郝想开口,却被刑从连按住。

"看起来,得请冯先生来喝杯茶了,您说是不是啊,局长?"刑从连将所有人的注意力从林辰身上拉回。

老局长和他一唱一和,先故作深沉,沉吟片刻后说:"是得去调查一下。"

刑从连站了起来,椅子与地面发出巨大的摩擦声。他下意识看着林辰的方向,想带林辰同去,林辰却不看他。

黄泽收起本子,冷峻的脸微抬起一个角度:"刑队长,让无关人员参与警方办案,似乎不太好吧。"

"林先生对本案侦破工作起了关键性作用,怎么是无关人员呢?"

听了刑从连的话,黄泽翻了翻本子,像是看到了什么记录,然后抬头问:"似乎付教授,才是宏景警方特聘的心理学专家吧。"

刑从连想再做争辩,却看到林辰微微眯眼,看着他摇了摇头。

付郝赶紧拽住刑从连:"走走老刑,我们逮人去!"

路边的香樟树被风吹得东倒西歪,吉普车疾驰而过,付郝噤声不语。刑从连只顾踩着油门,车内气氛阴沉得吓人。

遇到红灯,刑从连一个急停,扭过头冷冷道:"你怎么不解释?"

"解释什么啊?"付郝说。

"林辰是你师兄,是专家中的专家,你为什么不说?"

"那是黄泽,我师兄都不说话,你别强出头!"刑从连态度强硬过头,付郝被逼得有些生气,于是冲他嚷道。

"黄泽怎么了?看见黄泽你就吓得不敢开口了?"

"黄泽,那是师兄的……"

付郝快要把话说出口时,却见刑从连目光闪烁,忽然明白刑从连这是在套话:"老刑你学坏了哈!"

付郝气得牙痒。

"快说快说,黄泽和林辰怎么了,到底有什么过节?还有那姓陈的。"他说话间"咔嗒"一声落下车锁,"你今天不说清楚,就别想出这个门。"

男人八卦起来确实比女人还要麻烦，因为很执着，也很有手段。

付郝望着变换颜色的交通指示灯，感受到缓缓加快的车速，长长叹了口气："你听过'周吴陈黄'吗？"

"哪本小说里的？"刑从连随口问道。

付郝用一种看外星人的眼神看刑从连，只觉得刚营造出的高深莫测气氛荡然无存。

"老刑，你怎么这么不食人间烟火？"付郝很无奈，语气也忽然平静下来，"但就算你活在世外，也必须知道，这个世间还是有些人，他们很有钱。有钱就代表有势力，普通人很难接触到这些人，但一旦接触，就必须小心谨慎，这不是小说，这是比小说更奇葩的现实。"

"什么意思？"

"南北集团，周吴陈黄。"付郝目视前方，轻轻开口，说了八个字。

车外的雨声有些大，车内的引擎声也有些大，付郝没有说话，刑从连也不说话。

过了很久，胡子拉碴的男人将车停在路边拉上手刹："哦，然后呢？"

他语气很轻，轻到不以为意，也就是毫不在乎。付郝忽然很无语，他以为自己的话已足够郑重其事，绝对能让人警惕，可刑从连好像半句没有往心里去。

"你能不能认真点儿，这四家人涉足很多行业，很有钱的好嘛。"

"他们有钱又不给我花，和我有什么关系呢？"

"那什么才和你有关？"

"周吴……什么黄，林辰到底是怎么得罪他们了，这还和我有点儿关系。"

付郝心想：那也是我师兄的事情，更和你没有关系。

"这个，不能说。"他想了想，摇了摇头。

"为什么不能说？"

市实小的校门近在咫尺，狂风吹落了满地枝丫，眼前一片萧瑟景象。

"不能说就是有人下了封口令啊。"

"你这个人真没意思。"刑从连看着眼前的满地落叶，从烟盒里抽出根烟叼在嘴里，然后就准备开门下车。

他的一条腿刚跨出车外,便听见身后的人问了一个问题。

"老刑,你觉得人生而平等吗?每个人的性命,都是一样的吗?"

"难道不是吗?"

"那么小偷的命和富家子弟的命,你的命和冯沛林的命,都一样值钱吗?"

这个世界上有很多问题令人难以回答,也有很多人令人哑口无言。

警队办公室里,只剩下两个人。

原本想留下来整理的女警还没来得及搬起一张椅子,就被空降的督察大人赶出房间。林辰感觉到有人递了杯水给他,水温很合适,大约40摄氏度。连喝一杯水都要把温度精确到个位数的人,也只有黄泽了。知道是黄泽端来的水,林辰就收回搭在纸杯上的手,于是那杯恰到好处的温水便掉落在地,水溅得到处都是,甚至有一些还溅到了黄督察笔挺的裤管上。

随着漫淌的水流,黄泽说:"你病了。"

林辰烧得有些晕,只觉得有人将冰凉的手背覆上他的额头,然后声音响起:"高烧,39.5摄氏度。"

他动作也很亲近,与方才的冷面督察判若两人,唯独那双修长的凤眼很冷,冷得能滴下水、结成冰。

"黄泽,你这样很没意思。"林辰没有打开黄泽的手,那样会显得太矫情太做作,所以只是微微转过头,闭起了眼。

黄泽在他面前蹲下,双手扶在把手上,然后问他:"这三年来,你过得好吗?"

"我如果过得好,您早就亲手收拾我了,又怎会这么安心?"

"你后悔了吗?"黄泽问。

因为距离太近,林辰几乎可以感受到他冰凉的气息。

车内,校门口。

风中似乎带着海洋的咸湿气息,付郝深深吸了口气,对着刑从连缓缓开口:"举个例子吧,假设有20个孩子,出于某些原因,被丢在铁轨上独自玩耍。其中四人是有钱人家的孩子,他们很聪明并且是业界精英,他们劝告其他的孩子说：虽然这里看似荒废，但我们所在的这条铁轨，可能会有列车经过。我们应该去旁边另一条铁轨上，那才是废弃的铁轨，会更安全。然而剩下的16个孩子出于某些原因，没有听从劝告。于是四个聪明孩子独自走到废弃的铁轨上。理所当然地，火车来了。如果这个时候，你有机会站在铁轨的切换器旁，你可以选择让火车转向废弃的铁轨，牺牲其中四人，以救出更多的孩子；相反，如果你不这么做，更多的孩子将会死去。"付郝望着刑从连的背影，很艰难地开口，"请问，如果你遇到这样的事情，会怎么做呢？"

刑从连的发丝被雨水打湿，探出车门的半截身体也已湿透。他保持着这个姿势，如石雕一般，仿佛思考了很久。他当然知道，付郝所说的那个故事，并不是纯粹的假设。类似的故事，很有可能真真实实发生过。因为真实，所以很沉重。凡是拷问人性的问题，都理所当然沉重。他掏出打火机，打了两下，却并没有点着。

"这个问题，我没有办法回答。""咔嚓"一下，火苗终于冒了出来，他把火机凑近烟，点了很久，才把烟点着。他吐出一口烟，然后说："但我一定会敬佩那个能做出选择的人。"

在等待回答的过程中，黄泽望着林辰因为高烧而干裂起皮的嘴唇。

他想，如果林辰回答"是"，那么他一定会再为林辰倒杯水，然后逼林辰喝下去。

"这个世界上，并不是所有问题都会有答案。"林辰凝视着他的眼睛，语调反而轻柔下来，"也并不是所有的答案，都可以用对错来区分。"

黄泽猛地起身，如果不是还在刑警队中且四周监控严密，他一定用力掐住林辰的脖子。

因为停课，市实小里没有学生，上班的老师也很少。上课铃照常响起，刑从连望着空荡荡的校园熄灭了烟，跟着学校保安来到冯沛林办公室。大办公室里空空荡荡。刑从连一眼扫过去，却从那些堆满课本和教辅书的办公桌中一眼就认出了冯沛林的那张。因为在所有书桌里，它实在太干净了——浅褐色桌面上只有一本书，其余什么也没有。

刑从连戴上手套，走到窗边，拿起了那本书，翻开封面，扉页上写着一句话——

　　没经过激情炼狱的人，从来就没克服过激情。
　　　　　　　　　　　　　　　　——卡尔·荣格

字体清秀，笔触细腻，写字的人很认真，刑从连却从这种认真中感受到了嘲讽。哪怕不用林辰在场，他都可以想象，写字的人用怎样的姿态坐在窗边，嘴角微提，写下这行字。

他面无表情地开始翻书，这时，一封信蓦地从书里掉了出来。信封是白色的，纤尘不染，且没有封口。他将信封倒转，轻轻抖了抖，一把细腻的白沙纷纷扬扬飘落，除此之外，里面什么也没有。

如果说扉页的话代表着嘲讽，那么装满白沙的信封，却是赤裸裸的挑衅。

保安带着一位梳马尾辫的女教师来到刑从连身边，小心翼翼道："刑队长，这位是安老师，和冯老师一间办公室。"

"您好。"刑从连将书和信封放入证物袋中，递给付郝，自己同女教师在一旁坐下。

"想请问您几个关于冯老师的问题。"他对女教师说。

女教师眉头紧蹙，抿紧了唇，有些紧张。

"冯老师他对学生怎么样？"

"他对学生很好，语文老师嘛，又风度翩翩、文采斐然的，学生都喜欢他。"

"冯老师的家庭情况怎么样，您是否了解呢？"

"冯老师还没结婚呢。"

"那冯老师平日里，有什么让你觉得奇怪的地方吗？"

"要说奇怪的地方……"女教师蹙着眉，仿佛想起了什么，"冯老师每天都要给他妈妈打电话，而且要固定时间。有时候突然调课，到了固定时间，也会跑到走廊去给他妈妈打电话。"

刑从连忽然想起林辰的推论，忍不住与付郝对视一眼。

"不过听说冯老师妈妈身体不好，也可以理解吧，说不定要定时监督着喂药什么的。"女老师自言自语。

刑从连点了点头，继续问道："那他平日还有什么让你觉得奇怪的地方吗？"

"还有？"女教师揉了揉鼻子，说，"其实我和冯老师也不熟，因为他看起来很清高，平时也不太理人。他喜欢坐在窗边，一个人发呆。"

"坐在窗边？"

刑从连站起来，坐到了冯沛林书桌前，向窗外看去，然后愣住了。

见刑从连在窗前如石化，好久不说话，付郝忍不住推了推他："怎么了老刑？"

刑从连将付郝拉到与自己视线平齐的位置说："冯沛林办公桌窗外，整个学生宿舍一览无余，而最为清晰可见的，正是宿舍外的宿管站。"

"冯沛林，是在看我师兄？"付郝感到毛骨悚然。

16·请他

刑从连想，三年了。三年来，冯沛林或许一直在观察林辰。无论天朗气清还是暴雨如注，冯沛林总是安静地坐在窗前，看着对面宿管站里比他更安静的那个年轻人。他或许会看林辰读书写字，或许会看林辰和小朋友们交谈。不论林辰做什么，在离他不远的地方，总有一对目光如影随形，如芒刺背，甚至比芒刺更可怖。

想到这里，刑从连忍不住打了个寒战。

他带着一本书、一封信和一捧沙子回到了警局。

警局里那场生硬的寒暄早已结束，气氛很冷也很平静。林辰在椅子上浅眠，身上盖着一件警服。那件警服上银星闪耀，黄督察穿着白衬衣坐在旁边。他左腿搭在右腿上，正翻着手里的笔记，而另一只手里则端着杯温水。

刑从连愣在门口，屋子里有那么多椅子，黄泽偏偏就非要坐在林辰身边，偏偏又坐得如此自然，仿佛就应该坐那里。付郝从刑从连身后钻出，看了眼办公室里的情形，赶忙把愣在门口的人拉进了屋。

与此同时，林辰恰好睁开了眼睛。见他们回来，林辰站了起来，顺势把身上搭着的衣服挂在扶手上，并没有看黄泽一眼。

"我发烧了，需要退烧药，带我去买药。"林辰语气虚弱，请求也很生硬，不过想离开警局的意图非常明显。

黄泽在座位上抬起头，放下手边的笔记本，就在刑从连以为黄泽会说"公务时间禁止处理私人事宜"一类的话时，却听见黄泽说："记得买阿司匹林，他对大部分抗生素过敏。"

台风即将登陆，整座城市笼罩在风眼之下，雨反而停了。

林辰脚步虚浮，却坚持步行，刑从连拗不过他，只得走在他身边，付郝很心虚地走在最后。足音落在青石板上，踢踢踏踏、黏黏腻腻。

刑从连心里疑问如雪球般越滚越大，比如黄泽与林辰究竟是什么关系，又如黄泽对林辰的态度怎么又突然180度大转弯？但他忍住了，并没过问那些闲碎的八卦，而是从怀里掏出证物袋递给林辰："冯沛林给你留了一本书、一封信和一把沙子，你和他到底有什么关系？"

林辰愣住了，但愣住的原因并不是冯沛林给他留了东西，而是刑从连居然没有问他任何与黄泽有关的问题。这个世界上有太多人热爱探寻他人隐私，很少有人能按捺住心中对那些隐秘事情的好奇。

林辰抬头望着刑从连，非常真诚地说："谢谢。"

刑从连点了点头，继续道："而且，刚才我坐在冯沛林书桌前，从他办公桌窗口望出去，正好能看见你的房间。"

林辰听到这句话，当时便顿在原地。

"他在看我？"

"他应该是在看你。"

因为高烧，林辰脑海中的片段如蒙太奇般浮掠而过。那些洁白的沙盘、诡异的街市、雪白的床单、鲜红的血迹，一帧帧切换，令人非常混乱也非常痛苦。

时间过了很久，久到一切画面都回到最初的原点，久到檐上的雨滴都快落尽,他把证物袋塞回刑从连手里,重新迈步。

刑从连看着林辰的背影,微微眯起眼。

林辰的样子,显然是想起了什么,又显然不愿透露。

虽然不愿意,但他必须装作咄咄逼人:"于燕青给你写信,冯沛林每天看着你,我可以不问你的过往,但与这件案子有关的事,你都必须说清楚。"

他的话很直白,林辰的脚步也理所当然停下:"刑队长需要我交代什么?"他背对着刑从连,在前方问道。

"你是否认识冯沛林?"

"不认识。"

"那他为什么留这封信给你?信里的白沙到底是什么意思?"

"很简单,因为我房间里有沙盘,他想让我知道我所做的一切分析,只不过是他想让我看到的东西而已,他在向我挑衅。"

"他为什么要向你挑衅呢?"

"我不知道。"

"你不知道?"刑从连很无语,"三年多了,他每天偷窥你,制造谋杀案,向你挑衅,你却不知道为什么?"

刑从连的话很不客气,也做好了林辰很不客气回应的准备,林辰却微微转身,脸上浮现出笑容。那不是嘲讽、生气时的讥笑,而只是单纯在笑,仿佛刑从连刚才的问题非常有趣。

"刑队长您或许不知道,在这个世界上想挑衅我的人,心理变态者也好,高智商罪犯也罢,真的非常非常多。如果我需要在乎他们每次向我挑衅背后的动机,那我可以不用活了。"

这话说得很有道理,刑从连顿时哑口无言。

"为什么?"他于是只能问出这三个字。

"因为我曾经真的非常有名。"

这是一句骄傲的话,从林辰嘴里说出来却没有任何夸耀意味,反而显得很诚实,诚实得可爱。

如果是一般人听到这样的话,大概会大笑,但刑从连确实不一般。他点点头,很认真地说:"我想也是,我从没见过像你这么聪明的人。"

他的眼睛很好看,低垂着眼凝望你的时候,湖绿色的眼眸深邃如海。毕竟是有异国血统的男人,夸人的时候,有特殊的种族优势。

林辰毫无意外地脸红了。他很难得有点儿尴尬,毕竟前几秒他的语气还很冲,差点和刑从连吵起来,几秒后,却被对方夸到脸红,显得太没定力。

可自己开的话题只能自己扯开,所以,他又咳了一声缓解尴尬,并对刑从连说:"时间很紧迫,我想冯沛林恐怕要自杀。"

"于燕青自杀了,冯沛林也要自杀?"

"于燕青只是受冯沛林操控的一枚棋子,冯沛林恐怕是利用她完善自己的想法。"

"什么想法?"

"人可以通过关于死亡的训练,来克服死亡的恐惧,这是我们先前得出的推论。"林辰顿了顿,接着说,"而我之所以认为于燕青不是幕后凶手,是因为她并没有充足的作案动机。"

"但是冯沛林有?"

"冯沛林应该成长于单亲家庭,冯雪娟一手将他带大。自恋人格障碍儿童的父母,通常对孩子衣食住行照顾得不错,但问题在于,不会给予孩子足够的安全感;相反,依赖自己的孩子,向儿童索要安全感,从而导致孩子和父母的角色错位。所以如果我没有猜错,冯雪娟应该对冯沛林有很强的控制欲,要求冯沛林做很多在他人看来非常奇怪的事。"

"刚才你们学校的老师确实提到,冯沛林每到规定时间都会给母亲打电话,这也是冯雪娟的要求?"

林辰点了点头:"这样的控制会导致两种结果。"

"什么?"

"第一种是极度叛逆,第二种是极度顺从。如果你从小到大精神都为此人服务,那这个人理所当然就是你的神。"

刑从连忍不住打了个寒战。

"如果你是冯沛林,你的女神临死时摔成肉泥的惨状被别人看到,你会有什么想法?"林辰又问。

虽然很想吐,但刑从连必须承认,如果他是冯沛林,自己敬若神明的母亲惨死于他人面前,他确实有杀人的冲动。

"就算冯沛林是因为母亲死前惨状被无关人等看到,所以他想把这些人杀掉,但他为什么要利用于燕青,还要设计一个个步骤,克服死亡?"

"这当然是因为他怕死。"林辰看了刑从连一眼,好像在说你的问题太白痴了。

"确实,你一开始就分析过,凶手极度畏惧死亡,可是为什么?"

"准确地说,是冯沛林的母亲冯雪娟害怕死亡。"林辰说了很多话,嗓音沙哑,音量也逐渐变轻,"还记得于燕青打扫的病房吗?那里是肿瘤科。而冯雪娟得的是胃癌,这是最令人痛苦不堪的疾病之一。她自杀是因为她忍受不了癌症的折磨,更忍受不了死亡一步步迫近的恐惧。"

"所以他其实是在利用于燕青,研究怎么能让人减少面对死亡时的痛苦?"刑从连反应很快。

"这么看来他的研究成功了?"付郝忍不住插嘴,"于燕青自杀了。"

"虽然我不清楚,于燕青究竟怎么与冯沛林相识。但不管怎样,冯沛林母亲病重,需要有别的女性来缓解他的焦虑和痛苦,于燕青的崇拜和仰慕让冯沛林非常受用。而同样地,冯沛林对于在城市孤苦无依的于燕青来说,也是心灵支柱般的存在。但是……"

"但是?"

"但是冯沛林的母亲死了,于燕青的支柱失去了他的支柱。他们都没了活下去的念想,不如就一起去死。"林辰缓缓说道。

"所以,他们在一起研究如何克服死亡恐惧?"刑从连问。

"冯沛林做的一切,都是为了让自己能平静地走向死亡。"林辰的视线落到很远的地方,"我们之前认为于燕青的死亡训练有四步:靠近尸体、观察凶案、亲手杀人、自杀,但如果换作冯沛林,这个训练应该是五步。"

"靠近尸体、观察凶案、亲手杀人、帮助并观看于燕青自杀,然后自杀?"刑从连脱口而出,话既出口,又觉得这里面有些问题,"可,冯沛林杀了谁呢?"

"你们可以查查,是否还有被警方遗漏的凶杀案。"林辰道。

如果林辰想让你相信一件事，那么你一定会深信不疑。刑从连迅速掏出电话致电王朝，要求调查近几日内遗漏的凶杀案，并排查冯沛林可能出现地点的所有监控视频。而后他又给交警部门打了电话，请求通力合作，在全市范围内布控追捕冯沛林。

几通电话下来，刑从连落在了后面，林辰竟然在他身边陪着，反而是付郝很缺心眼地一个人走在前面。

见他终于挂断电话，林辰问："怎么样？"

"大海捞针啊，最近旅游节，警力本来就有限，我们需要更多时间。"

"其实不用这么麻烦。"林辰像是下定了什么决心，蓦然抬头，说，"我可以负责让他出现，地点你定。"

他声音虚弱，却认真得可怕。后来，刑从连想，如果那时他能发现林辰的异常，或许就不会有之后那么多的故事。但很可惜，林辰不会给他这样的反应时间。

"不相信我可以请冯沛林现身，那我们做个试验吧。我中午想吃天星居，你请客。"林辰看了眼付郝的背影，对刑从连低声说道。说完他迅速走到路边的小店，站在柜台前，花一块钱买了六个星球杯。

刑从连接到林辰递来的星球杯时，还呆立在原地，并没有搞懂林辰想做什么。

林辰却快走两步，追上付郝，将剩下五个星球杯全放在他手里。

"欸，师兄？"付郝诧异地看着手里的小零食。

"你最近表现不错，这是给你的奖励。"

林辰眨了眨眼，见如此生动的表情出现在林辰脸上，付郝恍然大悟。

"你别这样啊师兄，搞得我也想老爷子了，我要哭了啊。"付郝边说，边撕开星球杯，"你一块钱买了几个？"

"六个。"林辰说着，脸上难得地露出了笑颜，在阳光下细微却灿烂。

刑从连在后面看呆了，忍不住勾住付郝的脖子，凑过去问："谁是老爷子啊，这是什么'梗'？"

"老爷子是我们的导师，他老人家最喜欢师兄了。每次我们论文写得好，他就给我们买星球杯作奖励。但是我们学校超市老板看他年纪大了，就欺负他,每次都卖他一块钱五个。老爷子还一直以为自己占到了便宜,其实那东西一块钱可以买六个。"付郝边说边笑。

林辰依旧在笑,气氛很轻松很闲适:"等下去哪里吃饭?"他貌似不经意地问道。

"天星居。"付郝飞快地回答。

付郝的回答很轻松,这句话在刑从连听来却不啻一道惊雷。他不可思议地看着林辰,又在背后戳了戳付郝的头顶,张开了嘴。

林辰像是看穿了他的心思,转身指了指刚才路过的公交车站。车站广告牌上是一张中式餐馆的照片,餐馆匾额上"天星居"三个大字潇洒夺目。

"我们的老师是天星居的忠实拥护者,每次师门聚会,总在那里。"

"所以你刚才故意让付郝想起老爷子?"

"我拿星球杯和老师暗示付郝,再加上付郝刚才扫过一眼天星居的广告。他潜意识里会把广告和老师挂钩。当我问他吃饭的地方时,天星居的广告图依旧在他脑海最容易提取的短时记忆中,所以他的第一反应就是那里。"林辰认真解释道。

"你要用这种方法给冯沛林下套,他真会往里跳?"

"相信我。"林辰这样说道。

17·问问

晚饭时,宏景市市民意外发现,电视里放了大半个月的旅游节宣传片换了新花样。伴随琴声鸣响,电视画面逐渐转亮,一片翡翠色的河水缓缓出现在画面中。河里有几只小鸭子在玩儿水,它们摇头晃脑,像是急着赶回家——一、二、三、四、五、六、七。

稚嫩的童音压过了清脆的琴声,一位牵着孙儿的老人出现在石拱桥边。小男孩脚步未稳,一遍遍数着台阶跳来跳去,格外兴奋。镜头移向小桥另一侧,有位背双肩包的旅人站在桥边。他愣了片刻,随后念出了拱桥石柱上的楹联:"春入船唇流水绿,秋归渡口夕阳红。"

旅人声音悠远动听,令人心情平静宁和。而后,旅人渐行渐远,镜头随着旅人的足迹来到一片开阔江面。江水气象万千，汹涌澎湃。

镜头扫过横跨江面的大桥，最后落在"太千桥"三个字上。

配乐骤停，女主播俏丽的脸庞再次出现。

"下面播报一条紧急新闻，本月10日，市区发生了一起恶性杀人事件。嫌犯冯沛林，男，30周岁，曾在市实小担任语文教师。警方提醒，此人极度危险，如您见到此人，请及时报警。"

女主播嗓音肃然，冯沛林的照片立刻出现在屏幕左上方。他嘴角噙笑，好像在嘲讽什么。

这则短片正是林辰用来诱捕冯沛林的陷阱。

对此林辰的解释是，任何犯人都有他的"心理归属点"。就像人们去买东西，都下意识地选择最便捷的地方，嫌犯作案，也会围绕着能让他们心安或者有特殊意义的地点。冯沛林的作案地点，都是在以市实小为圆心，半径1.5公里的区域内，太千桥恰好就在这个区域内。更奇妙的是，桥下江水充沛，水代表了生命最初的涌动，同样也与沙盘的意象有关。为了满足对数字"七"有强迫症的嫌犯，短片中共出现了七只小鸭子、数字"七"，这些无一例外会让冯沛林觉得舒适。而太千桥又是七笔，在冯沛林潜意识中，他会认为这个地方很称心。

如果说，安宁祥和的短片是为了勾起冯沛林的美好回忆，那么，紧接着播放追缉令则是让冯沛林得知警方正在通缉他，这会迫使他加快行动速度。在无意识记忆和外部压力的双重魔法下，他一定会选择太千桥。

凝视着冯沛林苍白俊逸的脸庞，有人抬起遥控器关闭了电视。屏幕变得漆黑，桌上的台灯还散发着温暖的光，当然还有一处地方也很亮，那是头顶的反光。

"黄督察啊，您怎么突然想到要找我这个老头子来喝茶了啊？"警察局局长办公室里，老局长端着茶缸，喝了一大口茶水，绝口不提方才新闻里的宣传片。

黄泽坐在老局长对面，斟了碗茶，轻轻推到老局长面前："我这次来，主要是想来见见您。"

老局长忍不住深深吸了口气，闭着眼，像是在享受黑夜里宁静悠远的茶香，更像是根本没有听见黄泽的话。但黄泽并没有因为这样的无视而生气，他在等待。这样的等待，代表了恭敬。

时间又过了很久，久到屋里的茶香都淡了，久到桌前的老人都绷不住了："黄督察啊，太客气，太客气了啊。"

老局长捞过茶盏一饮而尽，动作随意，看上去好像在路边喝一块钱一杯的茶水。

"应该的。"黄泽再次满上茶盏，"我只是来替别家的朋友们问问，世叔您究竟是什么意思？"

黄泽没有给老人打哈哈的时间，很直截了当："没有您的默许，林辰不可能参与这次案件调查，您究竟是什么意思？"

黄泽问了两遍"什么意思"，这本身就很有意思。像黄泽这样身份的人，已经很少需要通过强调语句来表达情绪和立场，却连问了两遍。这说明老人真的惹恼了他，究其原因，当然还是林辰。

林辰是个小人物，没有背景以及靠山，他们可以像拍死蚂蚁那样轻易拍死他。而林辰之所以现在还活着，只是因为他们想看林辰梦想尽碎跪地求饶如蝼蚁般苟且偷生。

前两年，林辰一直活得很苦。

直到数日前，林辰再次出现在他们视线中。他重操旧业，强势介入宏景当地案件。如果没有老人的默许，无论那位刑警队队长多么信任林辰，像他这样的小宿管都是不可能在案件侦破中发表关键性意见的。警方也不可能因为他的几句话，就在三小时内，制作出精美的电视广告诱捕冯沛林。所以黄泽坐在这里的主要目的，其实就想问问这位在背后推动这一切的老人：您到底是什么意思？

毕竟老人姓吴，"周吴陈黄"的吴。

"你之前和小林，不是还挺好的吗？"吴老局长挤了挤眼，很轻易就化解了他的质问。

"世叔，这并不好笑。那一夜死的人里，有我的亲妹妹。无论怎样，我和林辰都不可能再回到从前。"黄泽面色阴沉，认真且固执地回答着老人的问题。

"不做好朋友,也可以做朋友嘛。"

"我不会和一个杀人凶手成为朋友。"

"武断,武断了啊。"

"我说的难道有什么问题吗?他的口供和现场勘查情况一直有出入,他至今没有洗脱自己的嫌疑。"

听黄泽这么说,吴老局长只是很无奈地叹了口气。

"世叔,请问这究竟是怎么回事?"黄泽依旧锲而不舍地问道。

"小林跟我说,这是一起非常危险的案件。"

"所以您同意了,您就不怕他害死更多人?"

"他说,这个案子结束之后,他就会离开。"

9月14日,星期日。

台风刚刚过去,硕大的云团尚未消散干净。

天蒙蒙亮,零星灯火点缀着尚在晨雾中的街道。

太千桥下卖早点的摊位,却比往常足足多了一倍。紧邻太千桥的一座大楼的第六层被临时征用,刑从连和付郝在屋子里面,通过粗犷的黑色望远镜,密切观察太千桥的行人。

经过一夜守候,所有警员都到了最困倦的时候。

林辰在一旁靠背椅中和衣而睡,仿佛对抓捕冯沛林这件事并不在意。

"头儿,我们都守了整整一晚了,冯沛林也没出现,您找的心理学家真管用吗?"

将近六点半,依旧没有可疑人员出现,刑从连按住对讲耳麦,不想让手下的声音传出,但林辰还是听见了。他看了眼墙上的时钟,缓缓坐起说:"让我去桥上。"

"不行,太危险。"

"你布置了这么多警力,我会有什么危险?"林辰反问。

"你要是出现,他万一知道是陷阱,不上桥了怎么办?"

"你觉得对一个活着就是找死的人来说,陷阱有任何意义吗?"

不得不说,林辰总有令人哑口无言的能力。在屋内所有警员的注目下，刑从连只好挥手，放林辰上桥。林辰穿了件干净的白衬衫，一只手扶在汉白玉的桥栏上。江风扑面而来，桥下江水茫茫。远处一片黛色屋顶，如巨兽的脊背，横亘在城市中央。

天渐渐亮了，桥面上来来往往的行人车辆，也慢慢多了起来。有父母骑着自行车送孩子上学，也有小贩艰难地推着三轮车，还有老人拄着拐杖向桥顶缓缓走去。

刑从连举着望远镜，注视着桥上的人，心中不好的预感却愈加浓重。

"老付，我觉得有点儿问题。"

刑从连无法解释自己现在的感觉，从确认嫌犯到实施抓捕，这一切都太快了，快到他没有时间思索其中的关节。他觉得这里有问题，也肯定这里有问题，却无法抓住问题的关键。

"老刑，我师兄也是见过很多大阵仗的人，他能照顾好自己。"

付郝话音未落，刑从连的手机铃声突然响起，狂乱的钢琴音让人十分不安。

"老大，有个问题，不知道现在是不是方便说。"电脑前，王朝咬着铅笔，按下暂停键。

"什么事？"

"阿辰的推理好像有点儿问题啊，他不是说冯沛林去看于燕青自杀了吗？从程序上，我要查冯沛林那个时间段在哪里，然后我发现，在于燕青死亡的时间段里，冯沛林开车去她母亲坟前扫墓了。高速公路收费站拍下他的照片了，这事儿好像也不是很重要，但我好像还是得提一下。"

王朝在电话那头絮絮叨叨，刑从连心下一沉，终于突然意识到，不对劲的地方究竟在哪儿。林辰是那样缜密的人，冯沛林又是那样有强迫症的人。林辰对死亡训练的步骤推理只有四步，于燕青也是严格践行这个步骤，那么既然冯沛林想自杀，也该执行这四个步骤，而并非林辰所说的五步——

靠近尸体→观察凶案→亲手杀人→帮助并观看于燕青自杀→自杀

那么，如果"帮助并观看于燕青自杀"这个步骤，本身就是林辰杜撰出来的呢？大桥上，拄着拐杖的老人在离林辰不远处，停了下来。像是感知到什么一样，桥上穿白衬衣的年轻人，也回过了头。

"还有不到 30 秒，最近的警员就会冲上来逮捕你。"林辰看着伪装成老人的犯罪嫌疑人，这样说。

"对于一个传信人来说，30 秒足够了！"冯沛林激动地说道。

"讲。"

"他说你会陪我死，你真的会陪我吗？"

"废话。"

离桥顶最近的便衣警察感觉到异常，开始狂奔。

像被榔头重重敲了一下，刑从连的脑袋都要炸开了。如果整个死亡训练的过程回到之前的四部曲，就并没有林辰所说的被警方"忽略"的谋杀案，如果冯沛林到现在为止还没有杀死过任何人，那么桥上的林辰，就是最诱人的祭品。什么"太千桥"、什么"广告短片心理暗示"，林辰要做的其实再简单直白不过。他不过是要告诉冯沛林"我在太千桥等你，来杀了我"，而现在，冯沛林已经到了。刑从连想到了最坏的可能性。

桥面上，老人扔掉拐杖，"变"回了那个年仅 30 岁的青年教师。

他以百米冲刺的速度扑向林辰，将林辰死死压在桥栏上，近乎虔诚地吟诵道："他就是想问问您，在这一粒沙的世界中，在这极微小与极宏大的对抗中，您会站哪一边？"

下一刻，桥栏突然断裂开来。

"林辰！"刑从连凄厉的吼声响彻云霄。

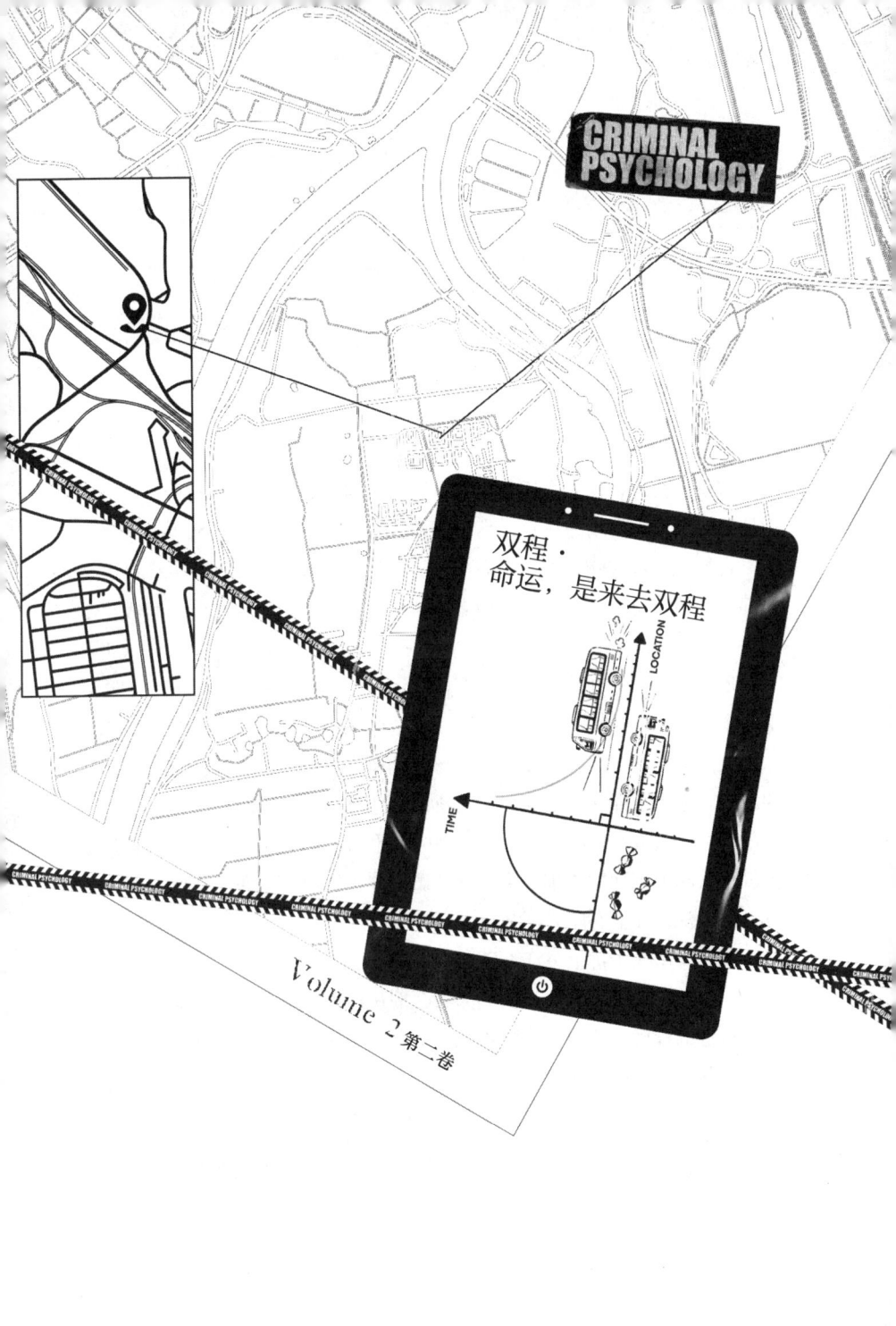

CRIMINAL PSYCHOLOGY

双程·
命运，是来去双程

Volume 2 第二卷

01·扫墓

宏景的初春，还是很冷，但好歹已过惊蛰，雨水也丰沛起来。流云在天地间勾勒出极生动的场景，满城草木，一半新绿、一半黛青。

自行车丁零作响，左一下右一下，仿佛是敲醒昆虫的小钟。马路边是连绵的花摊，有奶黄的康乃馨或者是淡紫的蝴蝶兰，行人花极少的钱，便可以买到一束。

刑从连把车停在路边，跨出车门走了两步，在一棵梧桐树下停住。树下有个花摊，卖花小女孩戴着顶绒线帽，脸冻得红红的。见到他，女孩甜甜地笑了笑。他掏出十块钱，小女孩照例递来一束百合。百合还带着露水的清香，他揉了揉女孩毛茸茸的发顶，转身向花街深处走去。

在这条花街的尽头，是一处隐秘墓园，越走越近时，花香会渐渐淡去，烟火味道则随之浓郁起来。这片墓园并不在山明水秀的郊外，而是临近一条大江，江上有座桥，名叫太千。

离林辰从太千桥上坠江，已过去半年多了。

江水沙沙地舔舐着岸边的鹅卵石，刑从连在零星的墓碑中穿行，在离江岸最近的墓碑前，他停住脚步，放下了手中的百合。那块墓碑上，甚至没有一张照片，姓氏被油墨涂得红红的，或许是因为描字时沾了太多的油彩，细小的墨迹从名字的边缘漏下，好像某些昆虫的触须。

他在墓碑前随意地盘腿坐下，然后点燃一支烟，任由火光把烟一寸寸烧尽。

那日林辰和冯沛林从桥上掉下去后，他们在江面上搜寻了很久，却只捕捞到冯沛林的尸体。三天三夜，不眠不休，他第一次体会到从饱含希望到希望破灭的感觉。直到现在,他有时还会想起林辰坠河时的面容。

他见过许多人临死时的脸,却从未见过有人像林辰一样平静坦然,平静得仿佛只是出门吃一顿早饭,坦然得好像秋叶理应从枝头落下。他常常会想,林辰是不是根本没有死,毕竟他们没有捕捞到尸体。那么或许某日,林辰便会站在这座衣冠冢前,捡起墓碑前的百合,轻轻一嗅。所以他很喜欢来这儿,就算什么事也不干,发呆也可以。这种感觉很舒适。

他坐在林辰坟前,漫无目的地四望。

就在这时,他裤兜里的手机猛地开始振动起来。

"老大,他又出现了。"电话那头这样说道。

"在宏景高速十方路段……"

"没有伤亡。"

刑从连挂断电话,凝视着墓碑,深吸了一口手头的烟,然后把烟头扔在地上,用脚跟踩灭了火星。

宏景市刑警队与林辰坠桥前的样子并没有什么两样。办公室里大部分警员都已出警,只留下王朝一个技术员在看录像。刑从连抢过王朝手里的冰柠檬茶猛灌了一口,凉得牙齿都在打战。

"老大,虽然你不嫌弃我,可这不代表我不嫌弃你,麻烦你自己买一杯好吗!"王朝单手抢回冰茶,分外嫌恶地将杯口换了个方向,另一只手并没有从鼠标上离开。

"情况怎么样,还是那小子?"

"你自己看。"王朝说着,点开一段视频,开始播放。

那是一段经过剪辑的录像,记载着一辆客车在高速公路上的八分钟。那是早上六点多,星月才刚刚隐去,高速公路两边满是柔曼的芦苇,每当有客车疾驰而过时,靠近路边的芦苇便会如海浪般摇曳起来。

车里人很多,因为坐得太过满当,人与人呼吸中的水汽在车窗上凝结成一层薄雾。大部分乘客在闭眼休息,空气里也满是昏昏欲睡的味道。窗边的座位上,带孩子的妇女撕开棒棒糖的包装,小女孩接过哈密瓜牛奶味的糖果,舔得津津有味。

忽然间，一块绿底白字的巨大路牌出现在窗外，因为车速太快，路牌倏忽一下便闪逝过去，唯独硕大的字体在视网膜上留下浅色的残影。这块路牌好像启动了奇妙的咒语，窗外的雾气仿佛一下子渗入车厢内，监控画面开始剧烈晃动，录像画面变得模糊，窗帘齐刷刷飞起，乘客尽皆左倾。声音是随后才刺入耳膜，司机猛打方向盘，喇叭声与急刹车的尖锐声响相互叠加，震耳欲聋。小女孩手中的糖果啪地落在地上，奶黄色的棒棒糖表面沾染了地毯上细小的绒毛和灰尘，向后排滚去。

等客车在临时停车带里停下后，乘客们才如梦初醒。他们赶忙左右查看，过了好一会儿才发现，周围似乎没有其他车辆。路很空，空得可怕。他们于是下意识地看向司机，几个年轻力壮的青年按着前排椅背站起。仿佛如有危险，他们会即刻冲出去。可突然间，他们都愣住了。因为他们看到了一把枪，一把顶在司机太阳穴上的枪。不知何时，竟有人摸到了驾驶座边。

那是个年纪很轻的少年。他戴了条烟灰色的羊绒围巾，围巾蒙住口鼻，只露出微微上挑的眼眸。那双眼珠好似润泽的琉璃，让人禁不住想要亲吻。只见他躬身凑近司机耳旁，似乎说了一句什么话。

现在是法治社会，枪支管控严格，大部分人没有亲眼见过手枪，更不用说亲历劫案、遇到一把上膛的手枪了。

等了几十秒钟，劫车人似乎没有任何动作，乘客们开始窃窃私语。母亲搂着孩子轻轻拍背，男人们纷纷警惕地站起身，车厢内的气氛渐渐骚动起来，胆大的年轻人开始走上过道，尝试靠近驾驶室。

劫车人双眼微微眯起，好像在笑。

下一刻，枪响了。那是真正的枪声，如同爆竹炸裂、水瓶炸碎，震得路边堆积的雾气都摇晃起来。乘客们第一反应是捂紧耳朵闭起双眼。子弹擦过司机头顶，打碎了驾驶室一侧的车窗。玻璃碴落满地，司机咬紧牙关缩成一团，浑身都忍不住在颤抖。原先还抱有侥幸心理的乘客们终于认识到，这个拿枪的少年是一个认真劫车的匪徒。

车内霎时鸦雀无声。

站在客车最前方的少年却笑了，他的眼睛弯成好看的弧度，只见他手臂一撑，跳坐上客车的面板台，手上的枪支却已经放下。

一个穷凶极恶的劫车犯该如何开口？是说"把你们的钱都交出来，否则杀了你们"，又或是说"不想被爆头的话，把值钱的东西放到袋子里"？

已经有客人自觉脱下手腕上的金表，却意外听见很奇怪的话："女士们先生们，把你们的糖果都拿出来，另外，我很不喜欢柑橘口味！"

少年这样说道，像玩游戏似的，把枪从左手抛到右手。忽然又一伸手，他把枪管又朝向妄想乱动的司机："我说了，请不要乱动。"

轻柔的嗓音如温水般侵入每位乘客的耳朵，所有人都以为自己听错了，迷茫地左顾右盼，谁也不知究竟发生了什么。

"快一点，我可没有开玩笑哟。"少年坐在面板台上，笑了起来。他淡蓝色的牛仔裤下面配了双明黄的新版耐克鞋，双脚悬在半空，左左右右，轻轻晃动。

就在所有乘客都还沉浸在未知的迷茫中时，"砰"的一声爆响，少年再次扣动扳机。这一次，子弹飞向了客车最前方，挡风玻璃"哗啦"一下炸裂开来，冷风瞬间灌入车厢。风吹起了少年乌黑柔软的发丝，也让司机的脸色寒如银箔。变戏法似的，少年从上衣口袋里掏出一顶枣红色的绒线帽，体贴地给司机戴上。

但是下一秒，他举起手枪，黑洞洞的枪口对准最前排想偷偷掏电话的不安分中年人，冷冷道："快点！"

中年人颤颤巍巍，从怀里掏出半卷 HALLS（荷氏）薄荷糖，交了出去。少年很满意地接过糖，单手从里面挑出一颗，放入口中，还顺手把糖纸塞到了自己口袋里。

有人带头，后面就好办很多。白色的凉糖、浅黄的柠檬糖、粉色的泡泡糖，乘客交出的五颜六色的糖果，纷纷落入少年口袋，甚至有人交出满满一盒金色费列罗，少年人嫌弃地看了眼巧克力，表示拒绝。

八分钟过后，车上所有糖果被扫荡一空。

车载呼叫器不时传来通话请求，智能电脑上的红点闪动不停。少年像是嫌烦了，关掉呼叫器，又顺手将平板大小的车载电脑从架子上摘下来。

"祝大家旅途愉快。"

他说完,便跳上客车最前方的操作台,还顺手做了个飞吻的动作。

下一刻,只见他毫不犹豫地飞身跃出客车破碎的前窗,在公路上打了个滚,飞也似的蹿下高速公路,如一只归家的白鹭,飞入茫茫芦苇丛中。

02·命运

画面最后落在劫车少年似笑非笑的飞吻上。"厉害不厉害!"警局里,年轻又话痨的技术员王朝敲下暂停键,兴奋赞叹道,于是又不出意外遭到了队长的暴击。

"你觉得这很有趣吗?"望着录像中的劫案,刑从连冷冷地问道。

"劫车欸,为了抢糖果,脑洞何止是大!"王朝又唠叨两句,才意识到周围氛围不对。他抬起头,这才发现刑从连脸色铁青,于是小声问道:"老大,没有人受伤?"

"没有人受伤?是幸好没人受伤!"刑从连拉过鼠标,拖动进度条,画面停顿在少年举枪射击的刹那,"你有没有想过,如果他不小心射偏,造成子弹回弹,很可能有人因此丧命!"

画面上,少年持枪的手很稳,仿若磐石。这样的姿势绝不会出现在一位不谙世事的少年身上,所以那也绝对不是什么一时兴起的恶作剧。车上的乘客或许不会发现,但从录像里可以很清楚地看见,少年从举起枪的那一刻起,目光就没离开过监控摄像头。他在看监控,也在看看监控的那些人。

王朝被训得不敢辩驳,只好假装喝茶,一不小心就一口气喝光大半杯冰柠檬茶。刑从连捞起杯子喝一口,发现已经空了,又开始吹胡子瞪眼。幸好电脑右下角的头像开始闪烁,救了王朝一命。他迅速点开对话框,在现场勘查的民警传来了最新图片,照片上是一枚刚从被劫持客车中找到的子弹。

刑从连俯下身,看了眼照片:"又是9毫米转轮手枪?"

王朝闻言调出视频,放大了少年手里的枪。

"不知道是不是同一把?"王朝咬牙,"这个案子也很奇怪啊,那个小兔崽子是不是有什么毛病?"他试探着问道。

王朝说着靠向椅背,一只手转着笔,另一只手拍了拍刑从连的肩。只见一小撮锡箔灰从刑丛连肩头飘落，王朝捻了捻烟灰，问："老大，你又去阿辰墓边了？"

自从林辰失踪后，警队原本的心理学顾问付郝教授因为受不了打击，选择回母校永川大学教书，心理学顾问一职便空缺下来。

"分析案情的时候能不能专心一点儿？"

刑丛连很尴尬地直起身，迅速拍掉王朝手里的锡箔灰。

从林辰坠江到现在已经过去很久，久到林辰这个人好像从没在他的世界里出现过。刑丛连只是偶尔会去林辰坟前坐一会儿，大多是在案件太过烦琐古怪、令人毫无头绪的时候。这次的连环抢劫案确实比"白沙案"还要诡异。一个专门在高速公路上持枪抢劫客车的劫匪，他身手敏捷，受过专业射击训练，往往能在30秒内控制一辆客车。但匪夷所思的是，他甘冒巨大风险劫持客车，只为几块甜蜜糖果。

少年如彩虹糖般绚烂，媒体甚至将他命名为"糖果大盗"。中二少年喜欢他；新闻媒体喜欢他；连被抢劫的途安客运公司，都因为这个劫车少年上了几次热搜，知名度大大提升。所以整桩事情，怎么看都像是特殊团体戏耍警方的游戏。

在这种娱乐至死的氛围里，刑丛连却觉得很不安。他也说不清这种不安究竟源自何处，但总觉得这好像是场拆弹游戏，剪错一根引线，炸弹会立即爆炸。

手上满是冰柠檬茶杯壁上的水渍，刑丛连用沾满冰水的手撸了撸脸，准备离开。说来也很巧，那时他的视线因为水渍而变得模糊，脑子里甚至没在想林辰。可当视线不经意从电脑屏幕上晃过时，他却在客车车厢后座看到一个人。然后，他的心脏不可遏制地剧烈跳动起来。

那个人坐在靠过道的位置，戴黑色鸭舌帽，仿佛正在酣睡，但刑丛连很清楚，那人根本没睡着。因为就在少年掏口袋拿枪之前，那人抬起头看了一眼少年的背影。这是极微小的动作，也是极其心有灵犀的动作。哪怕是提前0.1秒的预知，也是预知。所以这不是巧合。但是否巧合已经不重要了，因为那个人的脸，刑丛连实在太过熟悉。熟悉到就算是在低像素的黑白监控录像中，就算他只露出一双眼睛，刑丛连也能将他认出。那就是林辰。

刑从连按了下回车键,画面暂停,他的手指在屏幕上画了个圈,圈起了一张脸。

王朝盯着视频看了一会儿,问:"老大,你不会是想说,车上有小兔崽子的同伙?"

"是林辰。"

王朝以为自己的耳朵出问题了,赶忙截图,放大图片,又用软件处理了一遍,就算都快把像素颗粒扣下来,也没能将图片里的人和林辰联系起来。

所以,他只能回过头,盯着他老大的眼睛,认真地说:"老大,讲真话,我觉得专家说得很对,你该去医院看看。"

刑从连猛抽了王朝一记头皮。

小同志抱着头,欲哭无泪。

无论警局里的人看多少遍录像,劫车少年都已飞入茫茫苇丛,不见踪影。而被解救出的乘客都被分批送往最近的休息站,吃一些简单的食物,并等待笔录。

食堂的空气里有些油腻,气温也有些低。

所以大部分乘客坐在靠近落地窗的一边,让暖融融的阳光烘烤着身体。他们相互交谈,缓和因劫车案产生的惊恐不安情绪。在人群外,一处有些阴暗的地方,有位青年正将脖子里的围巾解下,给身旁拖着两个麻袋的老太太围上。老太太像是很高兴有好看的青年坐在自己身边,摸了摸脖子上的围巾,笑呵呵地从随身包裹里掏出一只橘子,塞到青年手里。

橘子很凉。

如果王朝在场,一定会跪着咽回之前那句话。因为青年正是林辰,与冯沛林双双坠入湍急江水、至今生死不明的林辰。

林辰摸着冰凉的橘子,不经意间望向出口方向。他第一次发现,自己的命真的不是很好。如果你为了离开,通过诈死骗了一些人,其中还包括很关心你的朋友,那你一定会很害怕再见到那些被你骗过的朋友。或许某一天,你会和你的朋友在茫茫人海中再次相遇,这是你为重逢做的设定之一。但在所有设定中,一定不包括坐上一辆大巴并在你朋友所管辖的路段遇上劫车的匪徒。

这个设定太离谱，太作弄人。

命运，真的是太无情。

同样感慨命运无情的，当然还有警局里某位悲伤了大半年的刑警队队长。

"告诉现场的兄弟们，请车上的乘客好好在休息站休息，警方会统一安排车辆，送大家离开，记得，我到之前，谁，都，不，许，走。"刑从连勾起嘴角，一字一句地说道。

他说完扭头要走，可就在他去拉门的瞬间，有人先推开门走了进来。来者仿佛是什么业界精英，穿齐膝的驼色风衣，脖子上围着条烟灰色菱格围巾。

刑从连与之一握手，对方从口袋里掏出张烫金名片，双手持着递到他面前："杨典峰，途安客运公司总经理。"

事实上，因为连环客车劫持案，警方和途安客运公司打了很多次交道。这是帮油盐不进的生意人，并不配合调查。所以刑从连接过名片，很没耐性地坐在办公桌上，点了根烟塞进嘴里："杨总，有什么事吗？"

"宏景高速的案子，还请刑队长多费心。"

一听又是打官腔，刑从连吐出一口烟圈："其实你们还挺高兴的吧。"

"刑队长何出此言？"

"出了个客车怪盗，可比得上黄金时段的广告了。"

"刑队长是在暗示，连环抢劫案是鄙公司所为？"

杨典峰的围巾上露出一小块商标，那是出自高档专卖店的限量款，单单一条围巾就抵得上刑从连的半年工资。

"哪有哪有。"刑从连心不在焉地答道。

"刑队长或许会认为，这是鄙公司为了生意而玩的游戏。但事实上，为提高知名度而担那么大的风险，并不划算。"

"杨经理来找我，就为了说这么几句话？"

"事实上，鄙人是来为刑队长提供一条线索的。"杨典峰从手提包里抽出一台银灰色的笔记本电脑，"我们公司的所有客车都配备了基于地理信息系统和MEMS（微机电）加速度计的自主呼救系统，今天，被抢劫的A7645号客车上的车载电脑被劫匪取走。但我们发现，客车信号没有消失。"

王朝闻言猛地起身，抢过杨典峰的电脑，在上面一阵敲击，然后突然说道："老大，和平北路方向，向南行驶。"

杨典峰抱臂靠上椅背，冲刑从连挑眉一笑。

03·曾经

知道林辰就在休息站，刑从连反而不急了。他很清楚，以他那位朋友的聪明才智，一定知道自己已经暴露。那么看着一位平素冷静镇定的人焦虑不安，真的非常有趣。

和平北路上，交警拦下了那辆小型校车。

刑从连到时，校车司机还在和拦下他的交警纠缠不休。

"师傅，您确实没有违章，是警察同志想问你一些问题。"交警站在校车边，耐心劝说。

"学生们赶着上课呢！"校车司机拍了拍方向盘。

刑从连绕着明黄色的校车转了一圈。车上的学生已经下车接受检查了，少男少女们穿着私立学校校服，在路边三三两两地站着。女孩子的水手裙裙摆在膝盖上方，风一吹，就露出青春活力的腿部线条；男孩们丝毫没有骄纵气息，虽然被耽误了时间，却很安静地等待问询。

"枫景学校？"刑从连目光落在校车左侧金色枫叶与银桂枝组成的校徽图案上。

"市里有名的私立学校，开设从幼儿园到高中的课程，学费可贵了！"王朝指了指路边顶着蘑菇头的小女孩，小女孩也穿着藏青色校服裙，由一个高大的男生带着。

"这么小的孩子，家长就放心让她自己上学？"刑从连问。

"在枫景，幼儿园的孩子都由专门的高年级学长学姐一对一负责接送，怎会不安全？"听到了他的疑问，站在一旁的客运公司经理忍不住回答。

"你家有孩子在枫景？"

"我最小的弟弟在里面念高中。"

"有钱人啊。"

听他这么说,杨典峰意味深长地看着他,笑了笑却只是说:"毕竟教育质量好,化再多钱也是值得的,刑队长若是也想送孩子进去,我可以介绍您认识校长。"

"我们警察穷,付不起学费啊。"

刑从连这么和杨典峰有一搭没一搭聊着天,忽然间,协助处理现场的警员从一位女生书包里翻出了什么。

"我不知道它是从哪儿来的!"女学生紧握包带,言辞却平静。

警员将东西封进证物袋,递给刑从连。

刑从连看了眼袋子里的东西,再次走到女学生的面前:"小妹妹……"他刚开口,王朝就从侧面踹了他一脚。

"这位同学,你说这东西不是你的?"他迅速转换语气,将证物袋举到女学生眼前,里面正是前不久刚被劫车少年拿走的车载平板电脑。

女生点了点头:"我早上收拾书包的时候,没有这个东西。"

"那么你也从没有碰过它?"

女生眼神清亮:"我想你们可以去检验指纹。"

"有道理。"他用手摸下巴上的胡楂。

"我书包今天一直都背在身上,除非是有人在我从家走到校车接送点的时候把这东西放到我包里,但这个可能性也不大。"女生看了眼自己的书包,上面的铁搭扣扣得牢牢的。

"有道理。"刑从连继续摸胡楂,"你几点出家门的?"

"七点三十五。"

"你家住哪儿?"

"若水街。"

"哦?"刑从连端详着女生,却没有问其他问题。

"那叔叔,我可以走了吗?"说完,女生就往校车方向走去了。

"有趣。"刑从连望着马尾辫女孩的背影,自言自语。

王朝快要看不下去了:"老大,你快把平板给我,赶紧去休息站找阿辰吧，求你了！"

准备瓮中捉鳖的刑警队队长才不会在意下属的哀求，迤迤然递出了平板电脑，悠闲地抱起手臂在一旁等待。看着刑从连愉悦的面容，王朝一口恶气憋在胸中，却还是只能认命地干活儿。他迅速将平板连上电脑，敲击下一堆令人眼花缭乱的代码。地图上勾勒出一条复杂的红色路径，显示着这块车载平板离开被劫车辆后的途经路线。仿佛蛛网般的路径图令人完全摸不着头脑，王朝却像突然意识到什么。他从口袋里掏出手机，输入了两个位置。

"见鬼了……"王朝看了看手机，又看了看电脑上的路线图，下意识冲刑从连喊道，"老大，这电脑的 GPS 有问题，这根本不可能！"

闻言，途安公司总经理面色一变："警官先生，这套车载系统是我们公司最新配备的，不可能出问题！"

"你看哦，我刚用手机导航简单计算了下。从宏景高速十方路段到我们现在的位置，总计 165 公里，要两个多小时车程。"他说着，把手机朝向杨典峰，然后戳了戳手机右上角的时间，"但你看看现在刚到八点啊，离客车被劫才一个半小时，而且他的行驶路径这么复杂，怎么可能在这么短的时间内从那儿到这儿？"

"或许是抄近路呢，你分析下这些路径，应该会有线索。"刑从连说。

王朝想反驳，但想了想觉得也有道理，于是调出一张宏景市周边地图，开始埋头认真研究起来。

刑从连端详整张地图，道路密密麻麻，如同附着在人体上的血管。

"刚才那个小妹妹说，她是七点三十五出门的，她很确定在这之前，这个平板一定不在她书包里。所以你着重研究下，在七点二十五到八点这段时间里，我们可爱的平板究竟经过了哪些地方，又是怎么到小妹妹的书包里的。"

王朝眼前一亮，他按刑从连所说的开始调取数据，但很快就郁闷了。

"杨经理，讲真你们的系统还是有问题。"王朝一脸懊丧，"为什么你们的 GPS 定位系统没有'位置—时间'记录？"

"什么意思？"刑从连问。

"就是他们的这个系统,只会记录机器所在位置和行驶路径,却不会记录它是什么时候经过了这些地方。"

杨典峰很无奈地摊了摊手:"对于我们来说,系统只是方便我们管控、监视车辆行驶路径,可能出于这个原因,没有加入时间数据。"

"那只能结合监控排查了,我去问校车司机拿他每天的行驶图,你比对看看。"刑从连也有些失望地拍了拍王朝肩膀,似在宽慰。

"可这也没有意义啊老大!"王朝搓了搓手,"就算比对出来了,知道它是怎么进小妹妹书包的,可又能证明什么呢?"

"证明什么?"刑从连语气有些冷,"证明一个罪犯有能力办到一件我们通常无法办到的事情,证明我们被他耍得团团转,证明我们还不知道他的目的。"

刑从连说完,径自向司机走去。

王朝看着自己老大的背影,总觉得自从那个满是暴雨和血腥气息的秋天后,他的老大似乎正默默发生一些变化,可又说不好究竟是哪里不同了。

"刑队长,稍等。"刑从连走出没两步,就被杨典峰叫住。

"我这里有最新的宏景地图,纸质的。"杨典峰跑到自己的车子里,从置物箱里拿出一份地图,小跑着送到他手上,"您让司机直接在地图上画,这样看得会更清楚。"

校车司机似乎也发现刑警队队长脸色不善,于是出奇地配合工作。他在地图上标出了自己每天的行驶路线,不仅如此,还注明了校车每个停车点的上下车时间。

刑从连最后扫眼地图,拍照存档后,把地图拿回去给王朝。王朝对照着地图上的校车路线,将路径编入电脑。于是一条简洁明了的黄色校车行驶路线,与平板途经过的红色路线交织起来。

"真见鬼了。"刑从连终于忍不住重复刚才王朝说过的话。

图中所示,两条路线最早的交叠点是在枫景学校门口。而在那之后,校车、平板两线多次分开又多次重叠,令人完全摸不着头脑。

"如果配上时间轴线,就很简单了。"王朝很郁闷地说。

"我去转一遍这段路。"刑从连指了指校车路线。

"我和您一起去吧。"杨典峰笑着说。

车窗外,路牌不停变换。杨典峰坐在副驾驶位上,见刑从连只看了一眼地图,却没有拐错半个弯。

"刑队长记性真好。"

刑从连叼了根烟,懒得搭话。他把车开到离枫景学校最近的路口,找了个地方停车。正是上学时间,远处少男少女们正纷纷走入校门。杨典峰跟着刑从连一起下车,在遍植香樟的林荫道上漫步。刑从连走得很慢,双手插袋。微寒的春风和喧闹的言语从他身旁拂过,他却兀自前行。

"您在想什么呢?"杨典峰终于忍不住问道。

"曾经,我有一位朋友告诉我,如果有事情想不明白就好好感受。"刑从连闭上眼,深深吸了口气。

"那您感受到什么了吗?"

刑警队队长睁开眼,却没有说话。

04·重逢

不知谁说过,每一次重逢,都是为了下一次的分别。这句的潜在意思是,重逢并不一定都是好事。对林辰来说,他现在无法确定命运安排的重逢到底是好是坏。他只知道,等待重逢是件难熬的事。

阳光悄然无声洒下,休息站里很宁静。

工作人员拿来棕色毛毯,第一批到来的女警正在给乘客倒茶。见女警动作不紧不慢,也没有询问口供的意思,林辰意识到刑从连应该是发现他了。

"你们什么时候才做笔录啊?我们赶时间回家呢!"有乘客捧着纸杯,语气略微透着不耐烦。

"就是,留两个人下来说说就好了!"另一位乘客附和道。

"您稍等一会儿。"女警笑得十分温柔,"前面鉴证科同事还没清理完现场,高速公路在限流通行。客运处新调来的车,也被堵在半路呢。"

"还要鉴证科,像拍电视一样!"

"这都快俩小时了,还没弄完啊?"

"搞这么大阵仗干吗？我们人又没事，小朋友恶作剧而已！"

林辰坐在很角落的地方，角落有些冷，也因此非常安静。他很认真地观察每一个人的表情，心中渐渐升腾起奇怪的感觉。再次提起劫案，所有人脸上都很轻松很无所谓，不仅没有任何惊恐慌张，反而责怪警方大惊小怪。林辰的目光最后落到女警脸上，女警轻轻将长发拨至耳后。很可惜的是，他也没有在女警美丽的脸庞上找到任何属于紧张或者凝重一类的情绪。那么，现在所有人之所以还留在这里，除了刑从连的命令外，大约就真的是因为后方堵车。

不知为何，林辰渐渐觉得事态有些严重。他向窗外望去，外界是延伸至天地尽头的青绿色芦苇。风一吹，便漾起海一般的涟漪。空间里渐渐安静下来，又渐渐变得太过安静。

忽然，林辰听见楼下传来脚步声。那是典型用皮靴敲击大理石地面的声音，且声音越来越密集，像是来了很多人，应该是警方的大队人马。那些人踏入大厅走过转角然后上楼……

意识到这点，林辰忽然觉得紧张。这种紧张不至于让双手出汗身体颤抖，但足以瞬间打断所有思路，他很明显感到心跳很快、大脑很空白，所学的任何心理调节法，在这一刻都已失去效力。他在紧张，因为即将到来的某一人而紧张。

"啪嗒"一声，皮靴踩上最后一级台阶，林辰下意识抬起头。如果说，紧张感到来是毫无缘由的条件反射，那么紧张退去，也只是一瞬间的事情。楼梯口的身影很挺拔，如同岩石堆砌的孤峰；也很料峭，仿佛降霜的冬夜。那人警服笔挺，肩膀上银星闪耀，那人姓黄，"周吴陈黄"的黄。

接到王朝电话时，刑从连刚走进枫景学校。

"老大不好了，黄督察要带人去休息站做笔录了，你赶紧去，晚了我怕我家阿辰惨遭毒手啊！"

电话那头，王朝连珠炮似的吐了一堆词，因为发音太快，刑从连并没有听得太清："你说哪个督察？"

"黄泽、黄泽、黄泽啊！"王朝简直要急死，"高速堵车最佳行车路线我已经发你手机了不谢么么哒!"

王朝话音未落,刑从连就听见手机响起新消息提醒,低头一看,是封新邮件。

"出什么事了吗,刑队长?"杨典峰隐约感到电话那头的声音很紧急,忍不住关心地问道。

刑从连皱了皱眉,然后迅速转身,向路边的吉普跑去。

高速公路食堂,因为数名警察的到来而喧嚣。

大厅一角的旅客纷纷抬头。

日光从落地窗和高处的透明顶棚洒落进来,黄泽站在楼梯口,却听不见周围的任何声音。

阳光明亮,大理石光滑如镜,黄泽上楼后,感觉被什么东西刺到双眼,一阵恍惚。他好像看到了林辰,那也确实是林辰。但林辰的尸体明明该在滚滚江水里,林辰的魂魄明明该在什么墓地里……可林辰就站在旅客中间,他眼神清亮,头发因阳光而显得微微湿润。黄泽忽然间很想笑。

他看见林辰放下手里的纸杯,转身替身边的老人披好围巾,说了些好像是安抚情绪的话,然后才慢慢走过来。果然是林辰,哪怕撒下弥天大谎,哪怕被人当场撞破,也依旧波澜不惊、毫无歉意!

林辰越走越近,黄泽的拳头也越握越紧。最后,林辰终于在他面前停住脚步。他居高临下地看着林辰的眼睛,妄图从中看出任何歉意或者愧疚,可是没有。林辰依旧很平静淡然,淡然到仿佛在看一个陌生人。

在那一刻,黄泽再也克制不住内心的愤怒,猛地挥拳,冲林辰脸颊打去。那是用尽全身力气的一拳,把林辰打得猛一踉跄。但他并没有解恨,见林辰捂脸退了两步,再次握紧拳头,向前挥去。

林辰被打得有些恍神,疼是其次,主要是眼前陷入短暂黑暗,失去行动能力。他意识到黄泽又向他挥拳,觉得自己应该躲开,可身体完全不听指挥。然而第二拳并未如期而至,黄泽脑子不知道出了什么问题,他的拳头似乎在半空中生生停住。林辰感到自己直接被黄泽一把扣住肩膀,等反应过来时,他的脸被黄泽按在什么硬质布料上,耳鸣很厉害,脸火辣辣地疼，嘴里满是血腥的味道。直到心跳声传来，他才意识到，他正被黄泽紧紧抱住。

"你为什么不去死呢？"他听见黄泽在他耳边说。

他能明显感觉到，黄泽声音哽咽，可是又哽咽什么呢？林辰觉得奇怪，也很尴尬，双手不知该放哪里，然而黄泽却没有放手的意思。最后，还是旁边不知谁的一个问题解救了他。

"你就是林辰？"

黄泽如梦初醒，像扔垃圾一样，将他猛地推开。林辰捂着脸抬头，看到了一头蓬松杂乱的鬈发，那些头发几乎要遮住眼睛。

"你果然没死啊，黄督察还伤心了很久呢。"那人的语气很随意，仿佛早就料到此事般胸有成竹。

"忘了自我介绍，我叫姜哲。"见他没反应过来，有些呆愣，姜哲脸上露出一丝嘲讽。

林辰点点头，很自然地伸手。

姜哲却没有伸手："'11·11'特大杀人案，你的嫌疑还没洗清，我不和杀人凶手握手。"

姜哲的声音很大，大厅内的所有目光齐刷刷地向他聚来。

哦，果然是黄泽的人。林辰收回手，很礼貌地欠了欠身。既然打过招呼，又没有其他话可以说，他就向自己的座位走去。

"你为什么在这里，这次劫车案和你有关吗？"

身后传来姜哲连珠炮似的发问，林辰只好再次停下。他转身，看着姜哲微挑的眉和嘲讽的唇，很认真想了一会儿，才回答："不是，我只是刚巧路过，不那么走运的一名受害者。"

像是被触怒了似的，姜哲猛地拔高音量："是，受害者，上次冯沛林的案子你也是受害者。我看过报道，你还和受害者一起搂着跳江！你直觉敏锐，会不知道有人观察你三年？你根本就是在帮冯沛林逃命，只是最后冯沛林死了，结果不好而已，也只是那些白痴警察不会怀疑你！"

姜哲语速很快，声音很冷，整得玻璃窗似乎都在抖动。

就在这时，楼下传来很轻飘很随意的声音："欸欸，姜专家，在背后说人坏话不好吧。"

姜哲猛地一怔。

林辰也猛地一怔。

05・资格

刑从连觉得，这件事到刚才为止，都非常有趣。比方说他想让林辰多待一会儿，以此惩罚林辰无声无息、无情无义的诈死。然而他没想到，一路上，其实体会煎熬的人又变成了他自己。又比方说，他设定了好几种再见林辰时的情境，可等到楼下，他听见姜哲的话，想好的对策又统统不管用了。他扶着把手走上楼梯，真心觉得，命运啊，它总是这么有趣。

二楼楼梯口，被愤怒的黄泽和比黄泽更愤怒的姜哲占据。

隔着两人的身影，林辰也同时看到了刑从连。他们对视一眼，这时才觉得，原本预设的一切剧本，好像瞬间失去效力，仿佛水流总会入海，仿佛冬天过后便是春天。

原来重逢见面，是件很寻常的事。

既然很寻常，那也就无须太激动。

林辰擦了擦嘴角上的伤。

刑从连一副装作没看见黄泽和姜哲的样子，从那两人中间穿过，走到他面前。

"他打你了？"刑警队队长身材高大，穿着件警用风衣，身上还带着春风的寒气，混着满身薄荷烟草的气息，有些清冷，也有些甘甜。

"是啊。"

"疼吗？"

"疼。"

林辰回答完毕，却久久没有听到接下来的话。他抬起头，恰好望进刑从连的眼眸，那双眼睛带一点绿、带一点蓝，如海般深邃。而林辰这时才发现，刑从连把头发剃成了板寸，混血儿的容貌，实在是好看极了。他很少注意别人的容貌，总是在看一些和长相无关的东西，比如情绪又或是眼神,但今天,确实很纯粹地在看刑从连的脸。刑从连大概真的不知道林辰只是单纯在欣赏他的长相。

见他这么仰头,刑从连想了想,然后对他说:"没事就好。"

半年一百八十多天,林辰偶尔空闲时也会想,如果刑从连知道自己没死会说些什么。综合那位的个性,一定会说些很奇怪的话,但他从没想过,刑从连会这样轻描淡写。

没事就好——没有哪句话比这句更轻,也没有哪句话比这句更重。

林辰有些动容。

刑从连说完,见他没有动,大概是觉得自己做得还不够,他向前走了半步,伸手抱了抱他。拥抱很清浅,搂紧又松开,至多也不过两三秒钟。可林辰仿佛闻到刑从连身上的烟火气息,于是叹了口气,声音几不可闻。刑从连抱完林辰后,目光再次落在林辰侧脸上,只见他脸颊青紫、嘴角开裂,甚至还渗着一些血迹。

黄泽意识到自己下手有些重,就在此时,他见刑从连回头,看了他一眼。刑从连眼神很冷漠,仿佛在说:要打也是我打,你有什么资格打?那是一种混杂鄙夷与轻视的冷漠。其实刑从连和林辰从交谈到拥抱结束,也不到一分钟时间。但落在黄泽眼中,则刺目得过分。而被人轻视,更是黄泽从小到大从未体验过的感觉。刑从连只用一个眼神,就成功点燃他所有的怒火。

他按住了想要回击的姜哲,对刑从连冷冷道:"从案发到现在两个多小时,刑队长这是才到吗?"未等刑从连回答,他又说,"如果不是知道林辰在这儿,刑队长还准备让乘客再等多久?"

身为上级督察部门负责人,黄泽这句话说得非常诛心,并且无视了最先抵达现场安抚乘客的民警。

乘客们微微有些骚动。

刑从连有太多理由可以用来辩解,比如出现了新的线索要去追查,又如前方堵车之类,但任何理由在此时此地听起来都像在推卸责任。

那么,无须辩解,他拍了拍林辰的肩,而后向乘客们点头致意:"等客运站车来,大家就可以离开了,辛苦大家久等了。"

"刑队长,你就这么让乘客离开?笔录做完了吗,错过重大线索,这个责任你担得起吗?"黄泽冷笑道。

"你急着走吗?"刑从连问林辰。

"暂时没什么大事。"

刑从连点点头,指了指林辰对黄泽说:"线索说他暂时不走。"

黄泽气结,一时被噎得说不出话。

"刑队长的线索,指的是重大凶杀案的犯罪嫌疑人?"见自己要巴结的对象正渐渐处于劣势,在一旁的姜哲忍不住开口。

"您是?"刑从连忍不住问道。

姜哲吓了一跳,忍不住求助黄泽。

"姜哲老师是犯罪心理学专家。"

刑从连:"黄督察不是说不能用编外人士协助警方破案,这次怎么破例了?"

"姜哲和我在附近工作,知道有案件,顺路过来看看而已。"黄泽说。

言下之意是不算参与破案。

"刑队长接下来准备怎么做?"黄泽反问。

这两人的态度真是没劲透了,刑从连于是说:"我现在准备去案发现场看看,黄督察要一起吗?"

"倒也不必。我看刑队长现在想好好和林先生叙旧了。既然这样,本案现在由江省警队负责,刑队长可以休息了。"黄泽向前走了几步,轻轻拍了拍他肩头。

刑从连接手公路连环劫车案已一月有余。

黄泽轻飘飘一句话,就把他踢出案子,甚至连个理由都不给。任何人听到这话,都会生气甚至吵闹,但刑从连没有,毕竟他真的很看不起黄泽。

"行啊,这里你最大,你说了算。"他看了眼林辰,然后双手揣兜,转身就走。

林辰很自然跟在了他身后。

他们边走,还边小声交谈。

"你怎么发现我的?"

"那小子动手前，你看了他一眼。"

站在一旁的黄督察听见空气里飘来的零星问答，于是更生气了。

到了刑从连的吉普车边时，林辰才发现，他副驾驶上还坐着一个人。

"杨典峰，出事那家客运公司的经理。"刑从连装作不经意地介绍道。

林辰点了点头，坐上后座。

"怎样？"见刑从连上车，杨典峰关切地问道。

"没事，我上级不让查了，现在这案子不归我管了。"

"怎么会这样！"杨典峰急切了起来。

刑从连却不以为意，拉上车门，回头看了眼林辰说："和你没关系，黄泽这一看就是早想把我踢走。"

"嗯。不过按照跨省协同办案条例第三章第四条，如发生重大案件，为了保证警力资源合理分配，地方警员应听从上级系统一调配。但在不影响调查的前提下，案发当地警方亦有独立调查权。"林辰说。

"背得真熟。"刑从连点了根烟，叼在嘴里，像是早有打算，迅速发动吉普，"那一起查吗？"

"嗯。"

听到他的回答，刑从连脸上漾起一抹笑意。

十分钟后，他们来到真正的案发现场。

客车外围了明黄的警戒线，两只皮毛光亮的马林诺斯犬正好回来，其中一只嘴里还叼着只明黄色板鞋，怎么也不肯放。

"怎么回事？"刑从连下车问道。

"说是追踪了十公里，只找到一只鞋。"提前来到现场的王朝蹲下身，抚摸着搜寻犬的脑袋。

训导员正努力从搜寻犬嘴里掰出鞋子，林辰默默来到刑从连身边。

王朝抬头看了他一眼，见状不由分说，一拳捶在刑从连背上："老大你怎么下这么重的手？我家阿辰是读书人！"

被偷袭时，刑从连正戴着手套检查那只板鞋，不由得一个趔趄，脸和板鞋差点儿亲密接触。他刚想喊冤，却察觉到了什么异样。跟着刑从连的动作,林辰也吸了吸鼻子,空气里除了柔和的草木气息,竟然还有丝丝缕缕的香气。

"这个味道,是香水?"杨典峰不知何时凑到刑从连身旁蹲下,也闻了闻,这样说。

"嗯?"

"很像是 LANCOME MIRACLE 的味道,但我不能确定。"杨典峰说。

"那是什么?"

"是一款女士香水,很多女孩喜欢。"杨典峰如数家珍,"可是,按照这个留香程度,他很有可能是把香水专门洒在鞋上。"

"为了扰乱视线。"刑从连说。

06·名人

刑从连勘查完车外,绕开满地碎渣,向大巴内部走去,杨典峰就一直跟在他身后。林辰站在车外,在同王朝说话。

"你是说,他拿走的车载平板,出现在市里?"

"对啊,奇怪吧?而且路线很诡异,看上去 GPS 像坏了一样。"王朝看了眼跟在刑从连屁股后面的杨典峰,戳了戳,"我怀疑,他们家车有问题。"

听了王朝的话,林辰眉头轻蹙:"有什么依据吗?"

"暂时还没有啊,就是看他太谄媚了,一定有问题!"王朝很肯定地说道。

望着大巴里勘查现场的警员,林辰莫名觉得这件案子很奇怪也很危险。那个少年可以为糖果劫车,可以让警方追踪十公里,可以完成看似不可能的偷运任务。这些都非常厉害,却也毫无意义。没人会花这么大代价去做毫无意义的事,这就是此案最值得警惕之处。

忽然,远方传来引擎轰鸣声,打断了他的思考。林辰回过头,发现对面车道异常空旷,有十几辆车正从远方高速逆向行驶而来。领头的是辆白色警车,后面跟着大大小小的商务车。所有商务车无一例外,都喷涂着各大电视台台标,显然是新闻采访车。而在车队最后,竟还有辆高速公路清障车。

转眼间,车队便行至眼前。白色警车猛一刹车,擦过白色分道线,发出尖锐声响。其后十几辆车纷纷停下,溅出无数烟尘,然而车上的人都没下车。就在这时,清障车上跳下几位工人。他们行动有序,迅速移开一段护栏,这十几辆车便从中穿过,最后,齐齐停在黄色警戒线外。

望着近处的纯白色警车,林辰心里有种不好的预感。果然,"咔嗒"一声,车门开了。有人从车上跨下,皮靴锃亮、裤料笔挺,正是黄泽。林辰看到了黄泽,黄泽当然也看到了林辰,所以感慨阴魂不散的,就不止林辰一人。然而黄泽并没理睬他,黄督察有更重要的事情要做。他转过身,走到警车后方,拉开车门。他举止庄重,非常绅士,引来一片镁光灯。

然后,姜哲从后门走了下来。林辰看呆了。

但令他更吃惊的是,就在姜哲下车后,所有镁光灯、话筒,被迅速抽离黄泽身侧,尽数凑到满头糟乱鬈发的犯罪心理学专家面前。

"姜老师,请问您对凶案现场有何分析?"

"姜老师,您是认为劫案还会再发生吗?"

"姜老师,您能对劫车少年的心理情况做一下分析吗?"

"姜老师……"

记者们问题很多,语速非常快。

姜哲刚从国外回来,在著名电视台担任犯罪心理学节目主持人,以犀利而不留情面的风格著称,黄泽与他相识也是因为警方与电视台的这档合作节目。而他们最近的节目内容正是"糖果劫车案",碰上案发,姜哲就想来现场看看,黄泽最后也同意了。

不知为何,记者们也都提前收到风声,跟着一起来采访。

"糖果大盗"的案子本就十分离奇。劫车只为抢劫糖果的少年,行动果决、幽默风趣,把所有警察都耍得团团转。他这一刻在嚼泡泡糖,下一刻说不定就混在休息站的乘客里面,谁知道呢?再加上本身就很有话题的姜哲,媒体人简直爱死这样的组合了。

"根据劫车少年的年龄分析,他应该处于青春叛逆期。反叛行为是为了吸引人们注意,和脱裤子的露阴癖一样。"姜哲一如既往犀利。现场气氛愈加热烈,快门声此起彼伏,每个记者脸上都写满兴奋。

"是这样吗?"看见大批人员到来,刑从连走下大巴,站在林辰身边。

"听上去也没什么大问题。"望着采访现场,林辰说,"正因为没问题,才很可怕。"

王朝在旁边听得迷糊:"啊,什么?"

"你看,如果他做这一切,是为了吸引关注,他无疑已经成功。"林辰说。

记者字正腔圆的播报声、采访声随风飘来,姜哲神采飞扬,逗得记者们前仰后合。

林辰继续说:"那么问题来了,他为什么要吸引关注?"

"中二少年都这样!"王朝不以为意答道。

"没错,青春期的到来,会导致青少年急需社会关注,这个没有问题。但出现这种问题的年轻人,内心必然不平衡。他们是极端的、偏执的。反映在行为上也是同样的状态。但那个少年没有,他行为果决、举止优雅、言语风趣……"

"你这么一说,人设有点萌啊!"

"对,他会让你觉得可爱觉得很酷。可他是个持枪抢劫犯,你却有这种想法,这不是最可怕的事吗?"

"他脑子不正常你别理他。"刑从连正检查完现场,从车上下来。他拽住王朝的衣领,把人往后拖。

"怎样?"林辰问。

"车上很干净。"刑从连脱下手套,塞在口袋里。

刑警队队长口中所谓的干净,当然不是指客车里的卫生状态,而是指少年做事很干净,没留下什么痕迹。

"指纹、毛发,都得等后续结果,但看起来都是现场乘客的,他连糖果纸都一起带走。"

"胆大心细、处心积虑。"林辰说。

"他的目的一定不只是吸引关注那么简单。"刑从连看着姜哲以及在采访现场外的黄泽,冷冷地道。

远处芦苇丛直到天地交接的尽头,林辰终于开口:"刑从连,封闭这一路段吧。"

他话音未落,最先反应过来的是刚才一直在安静旁听的客运公司经理杨典峰:"你开什么玩笑!宏景高速全长317公里,西起穹山,东至永川江,是连接两省的交通枢纽,日平均车流量在3万辆,哪怕只是封闭半小时,都会让高速公路出口排起一眼望不到头的长龙。更何况公路系统牵一发而动全身,为了已经发生的公路抢劫案而封闭整条高速,这是闻所未闻之事。"

客运公司经理如数家珍,刑从连却觉得林辰没有在开玩笑。事实上,他同林辰一样,心中有非常不好的预感。以他的经验,无论是全城乱跑的平板还是漫天芦苇地里的女士香水,都是为了分散警方注意。既然对方想要分散警力,那说明他想要针对的重点已经出现,他要开始最终行动了。然而这一切又都只是猜想,他们没有任何实质性证据,只能眼睁睁看着危险到来。

"这个事情,我做不了主。"刑从连很诚恳。

林辰却仿佛看出他心中的不安,指了指远处笔直挺立的督察,问:"那么他能做主吗?"

刑从连顺着林辰白皙的手指看去,黄泽仿佛感知到什么,恰好转过了头。

"刑队长,您说阻止您调查的上级是黄泽?"杨典峰恍然大悟。

"嗯啊,就是他啊。"刑从连随口答道,继续和林辰说话:"要试试?"他问。

"黄督察是出了名的强硬派,他对您有成见,您何必去自取其辱?"杨典峰有些着急地劝说道。

刑从连看他一眼,很无所谓地说:"说服黄泽是捷径,有捷径,总要试试。"

林辰点了点头,显然和他是一个态度。

这时,黄泽已走到他们面前,没看林辰一眼,而是很目空一切地对刑从连说:"刑队长,此案似乎已经不属于您的管辖范畴了吧,请您带无关人等,马上离开。"

黄泽所说的无关人等,当然是林辰了。

"黄泽,你这样很没意思。"刑从连微微低头,看着黄泽,平静地说道。

"刑队长手头没有别的案子要查吗?为什么您还在这儿,纳税人可不是付钱让您上班观光旅游的。"

"我手头没有案子比这个案子更重要。"

"重要?你真觉得这个案子重要,为什么一个多月来的调查没有任何进展,现在你来谈重要性,不觉得有点儿晚吗?"

"吵架没有意义,要吵架我可以和你吵三天三夜而你一定输,你现在认真听我说话。"刑从连打断黄泽,"我们怀疑,罪犯很有可能有大动作。希望你能出力,向更高层反映,关闭高速,以防万一。"

07·有钱

人和人,是不同的。这是句废话。这句废话却告诉我们,对任何人和任何事都不要抱有成见。

刑从连当然不喜欢黄泽,可对黄泽没有成见。对刑从连来说,不想做纨绔子弟的人总是值得尊重一下,这是他还愿意找黄泽商谈的原因。

黄泽也确实在思考,但没有迅速给出回答。

他的目光从林辰脸上睃巡而过,问:"是你的意思?"

"这件事很危险。"林辰并没有再多说什么。

"我不可能因为你的看法就封闭这段高速。"黄泽看了眼正接受采访的姜专家,说,"那才是真正的心理学专家,我需要听专家的意见。"

黄泽墨守成规、一丝不苟,这是他击败一十竞争对手,成为省厅督察的原因。这种个性并不是件坏事,但有时也不一定太好。

刑从连叹了口气。

黄泽向记者礼貌致歉,把姜哲带到林辰面前。

姜哲一听缘由,瞬间炸了:"这就是个青少年叛逆时期的恶作剧,因为恶作剧封闭高速,你开什么玩笑?"姜哲压低声音,似乎不愿让远处记者注意到这里发生的事情，冲林辰冷笑："我知道，其实你就是想把事情闹大，好再出点儿名，你以为你还能回到以前风光的日子？"

他说完甩手就走，林辰却叫住他："姜哲，你能为你所做的每一条分析负责吗？"

"林辰，怎么，你还想吓唬谁？"姜哲扭头，见鬼似的看着林辰，"我不能负责，难道你能吗？"

"我可以。"

那明明是句反讽，林辰却回答得很认真。他的声音并不响亮，却很郑重，令人无话可说。

"有病！" 姜哲语塞，他憋了半天，只憋出这句。

说完，满头糟乱鬈发的犯罪心理学专家头也不回地走了。

黄泽耸耸肩，对林辰和刑从连说："很抱歉，我的专家告诉我，你的想法是无稽之谈。"

"黄泽，如果真出事，请一定要通知我。"林辰望着黄泽，这样说。

"你为什么很巴不得出事的样子。"

"不是我希望出事，而是一定会出事，事情的发生并不会以我的意志为转移。"

林辰说完，刑从连拍了拍他的肩，对他说："走吧。"

如果你时间紧迫，又想封闭一条高速公路，那么最快的方式，就是直接去高速公路运输管理处。刑从连坐在车里，一踩油门，吉普车便飞快蹿走。车里气氛压抑，没有人敢开口。林辰坐在副驾驶座上，王朝和杨典峰则坐在后座。

后座上那位客运公司经理像是憋了很久，终于忍不住对刑从连说："黄督察这样，其实您根本就没有必要和他谈。"

林辰注意到，杨典峰说话时还一直盯着自己，像是对他方才的提议很不满。

"职责所在嘛，我不说是我的问题，他不听是他的问题，没什么。"刑从连双手紧握方向盘，对此不以为意。

林辰看他一眼，然后刑从连对他说："给我根烟。"

林辰在车里找了找，并没看到烟盒。

"在我口袋里。"刑从连微微侧身示意。

后座上，杨典峰看着他们的一举一动，感到自己再次被无视了。

"您就这么走了，黄督察这根本就是挟私报复，您应该向上级申诉！"杨典峰加大音量，再次开口。

"我和他计较干吗？"刑从连像是从头到尾都没有把黄泽放在心上，猛踩油门，迅速超过前方车辆，"生气浪费时间。"

如果黄泽在场，听到这样的话大概会再次吐血。

宏景高速运管处，距最新劫车案发生地约五十公里。就算刑从连全速行驶，也在半小时后，才到达运管处。在车上时，刑从连已致电老局长，报告了最新案情进展，希望得到帮助，所以宏景高速运管处的人早早就等在停车场。

"刑队长您好，我是宏景高速公路有限公司董事长助理柳行。"

他们一行人下车后，一位戴金边眼镜的青年便迎了上来。

"你们董事长呢？"刑从连步履如飞，边走边问。

"董事长正在开会。"

柳行打量着刑从连一行人，他虽然态度良好，但语气中还是透着一丝不在意。刚才他在办公室接到电话，听说刑警队队长想见高速公路管理层，并要求封闭高速，他就已经觉得可笑了。市刑警队队长是什么级别，竟然敢提出这种要求？

现在见了真人，他看见那辆破吉普和对方的朴素衣着，就更确定这位刑警队队长没有任何背景，既然没有背景，那也只是个普通的公务人员，态度良好地随便打发一下就是。"董事长正在开会"这种搪塞的话，他对很多人说过。有人愤怒有人怀疑，当然也有人会苦苦哀求。但令他没想到的是，这位刑警队队长的反应和那些人都不一样。

"事急从权，就算董事长现在在上厕所，我们也只能硬闯了。"刑从连停下脚步，用一种"我和你好好讲道理"的语气威胁他。

108

柳行打了个激灵,作为助理,当然不能让老板那么尴尬,所以把刑从连一行人请入董事长办公室,然后打了个电话。等他放下电话时,进门的四人正站在门口,对着门内的陈设露出非常吃惊的神色。

宏景高速横贯两省,利润极高,公司董事长的办公室也很是奢华——橡木地板、红木家具、真皮沙发、玉石貔貅。办公室里的土豪四件套很是惹眼,唯独不同的是,那张真皮老板椅背后,没有挂仿外国名画或是猛虎下山图,而是挂了张巨幅照片。照片很旧,边角泛黄,里面的人身着二十世纪八十年代末服饰,正在为高速公路奠基。如果你仔细看会发现,照片里的其中几位,已从高位上退下,所以这是张老照片。整张照片,只有一处是新的。那是照片右下角一位美丽的女士,女士穿了件简单真丝旗袍,长发用一根乌木簪盘起,几缕黑发垂至鬓边,更显得她耳垂如玉、面容素净。她全身上下没有任何首饰,只是怡然静立,却气质高华、美丽天成。整张巨幅照片也因为她的存在而熠熠生辉。

柳行收回视线,再看向几位访客。

"董事长说,他马上就到。"他轻咳一声,打断了认真观赏照片的四人,"刑队长对这张照片很有兴趣?"室内一片静默,柳行勉强找了个话题,"这是当年我们宏景高速奠基时的照片,奠基仪式非常隆重,有数位高层领导亲临,更重要的是,公路出资方的一位重要人士,也亲临现场。"

这段话柳行背了很多遍,毕竟这是宏景高速最辉煌的一段历史。每次有人参观,他也总负责讲解。他仰望着照片中的美丽女士,开始侃侃而谈。作为国内第一批投建的高速公路,宏景高速在建设之初筹措资金时曾一度陷入困境,那时民营资本刚刚兴起,所谓的南北集团也才刚起步。时任宏景市市长为了筹建高速,四处化缘,最后几经周折,来到了传说中的华人第一集团的门口。据说那天市长到了那家人门口,敲了敲门,进去喝了一杯茶,出来时,就已经拿到可以完成高速建设的全部资金。

"这位美丽的女士,不会是邢小姐吧?"杨典峰说这话时,意味深长地看了刑从连一眼。

"不,那不是邢小姐,而是邢夫人。"柳行说着,也随之望向刑从连,笑道,"说来,刑队长也是姓邢呢。"

"没有啦,我们老大的刑是立刀旁的,和大土豪家读音一样而已。"王朝听了这话,重重拍了拍刑从连的肩膀:"老大,同样姓'xing',你为什么就这么穷呢?"

刑从连被拍得一个踉跄,望着照片中的女士,很意外地沉默下来。王朝固然是在开玩笑。但华人第一集团在普通人心中,除了有钱,大概就还是有钱了。

邢家自明末清初开始经商,已绵延数百年,触角几乎遍布世界每一个角落。大至石油矿产,小至油盐柴米,邢家经营一切。但如果是这样,邢家也只是普通有钱人家而已。然而事实上,很多人对邢家肃然起敬。

自百年前战火纷飞时起,邢家便为无数海外华人提供庇佑。直至今日,它依旧经营着海外最大的华人慈善机构,为无数飘零异国他乡的海外华人提供各种便利与帮助。所有赞誉归结到最后,只剩下一句话——邢家,真的很了不起。

在一片静默中,大门被突然推开,宏景高速有限公司董事长大步跨入房内。董事长先生没有理睬办公室里等候的诸人,径自在座位上坐下,然后开始接电话。电话内容大约是出国考察等一些无关紧要的内容,他有一搭没一搭和电话那头的人聊着,似乎并没有放下的意思。就在这时,刑从连走过去,按断了电话。

"你谁啊,谁让你进我办公室的?"董事长斥责道。

"刑从连,宏景市刑警大队队长。"刑从连出示警察证。

或许是因为刑从连眼神太冰冷,董事长在僵持片刻后,终于软了下来:"哦,刑队长啊,请坐吧。"董事长挥了挥手后单刀直入,"听说你来找我,是想封闭这段高速公路?"

"我们判断,那位'糖果大盗'恐怕在今天会有大动作,为了旅客生命安全,希望您能同意暂时关闭宏景路段。"

"就因为你的判断,就要暂时封闭这条高速公路?宏景高速是本省交通大动脉,牵一发而动全身,上至我们高速股东要承担巨大损失,下至普通市民出行不便。封闭高速带来的后果,这些您都清楚吗?"

"这些我都不清楚,但我知道,如果你不愿意在此刻承担责任,下一刻就要承担后果。"刑从连眼底尽是寒霜。

"后果?"董事长嗤笑起来,"刑队长,你不会以为这条公路是你家开的吧?"

听见这话,刑从连的脸色忽然有些古怪。

08·失踪

就在宏景高速董事长办公室里发生一些不算太严重的争执时,在宏景高速西南的一处山脉里,也发生了另一些事。

穹山在宏景西南,海拔近千米,终年云雾环绕。由晴将转雨时,这里风景最好。湿漉漉的水汽凝结在岩壁上,沾湿青苔,顺着细缝最终汇成汩汩溪流。山谷间,小溪边,有一处穹山风景区露营地。从远处看去,整片营地色彩斑斓,有不少露营帐篷与数不清的正在搭建帐篷的人。更重要的是,那里有许多孩子。

王闲之是枫景学校一位普通的小学老师,今天是枫景学校小学低年级学生集体春游的日子,地点定在穹山。王闲之站在营地边,假扮山民的工作人员为孩子们牵来一只山羊。小朋友们好像从没见过活的山羊,纷纷围在四周指指戳戳,看上去兴奋极了。王闲之的视线从山羊移至水边。还有些孩子在小溪边看鱼,挤在一起,似乎在商量要怎么捞鱼。作为老师,王闲之没过去阻拦。因为溪水很浅,是特意营造的人工景观,他也相信他的学生们不会在寒冷的初春弄湿自己的鞋袜。

一切景象看上去都很安宁和谐。

可不知为何,王闲之心中的不安却越来越重。

远处传来急促的脚步声,王闲之循声望去。同他一起带队的教导主任和另一位老师正迅速向他跑来,二人面色凝重,冲他摇了摇头。

"还没联系上吗?"他下意识问道。

"没有啊,许师傅电话打不通,安老师电话也关机,半个小时前车就该到了!"教导主任低声说道。

王闲之看了看手表,距预定集合时间,已经过去很久了。

今天学校春游，校方租赁了六辆大巴，送孩子们来穹山。他们一大早在学校门口集合，从学校到穹山车行四个多小时。来时路上因为高速堵车，他们多花了不少时间。也因为堵车，大家都顾不上彼此，所以几辆车相隔十几分钟，才陆续到达穹山集合地点。如果只是这样，那不过是耽搁行程的小事。但在五辆大巴到达集合点后，3号车却迟迟没到。3号车上乘坐的是学校一年级（3）班26名学生以及两位带队老师。他们一直以为，3号车是因为堵车被落在后方，可当他们尝试联系司机和两位老师时，手机一直无法接通。他们起初以为，是山区信号不佳。可就在刚才，教导主任和另一位老师去景区管理中心尝试用座机拨打老师手机时，电话那头依然是机械冰冷的女声，他们意识到3号车很有可能是出事了。

"就算出车祸，电话也不会无法接通啊！"一旁的女老师忧心忡忡道。

"那您给高速公路那边打电话了吗？"王闲之继续问道。

"打了啊，他们说在查，暂时还没有找到。"

"还是报警吧。"王闲之果断说道。

宏景高速董事长办公室内，三处电话几乎同时响起。

刑从连在办公桌前退后半步，掏出手机；董事长微微松了口气，很不耐烦地接起了座机；柳行听见助理办公室的电话在响，起身跑了出去。片刻后，刑从连看向林辰；董事长面色僵硬；柳行冲回房间。

电话那头，是最不好的消息。

"市局刚接到报警，枫景学校的一辆旅游大巴在高速上失踪了。"刑从连按住话筒，告诉林辰。

"怎么会失踪呢？高速出口都有监控啊！"杨典峰惊呼道。

刑从连皱着眉，依旧在接听电话，没时间回答杨典峰的问题。而林辰薄唇轻抿，在沙发上正襟危坐，也没有开口。过了一会儿，刑从连忽然抬头，单手按住电话，另一只手指了指手机，又冲王朝勾了勾。王朝很快反应过来，从裤袋里拿出手机就要递给刑从连，刑从连却示意他把手机给林辰。

"学校老师马上会打电话进来，你接一下。"他说着对电话那头报了一串号码。

很快,王朝手机铃声响起。

穹山风景区,露营地。

王闲之手心冒汗,同行的女教师已经哭成泪人,脑海中不断浮现出各种恐怖画面。就在电话接通的刹那,他忍不住冲接电话的人喊道:"车找到了吗,还是出事了?这可怎么办!"

他说完,电话那头大约沉静了三秒,才有声音传来。那是平静而宁和的男声,好像溪涧的流水或是山间的清风,缓缓注入他的耳中。

"您好,我很理解您现在的焦急心情,但您需要平静下来,跟我做深呼吸,然后回答接下来的问题。"

王闲之当然知道深呼吸是什么玩意儿,但事情都这么急了,哪还有时间做深呼吸?他虽然这样想,身体却不由自主地跟着电话那头的平静指示,开始深深吸气,然后吐气。

"请问大巴是几点从学校出发的?"

"六点半。"

"好,我现在需要你仔细回忆,最后一次见到那辆校车,是在什么时候。"

声音依旧平静醇和,但这个问题让王闲之再次慌乱起来,他脑海中一片混乱,下意识说:"我不记得了,每辆车都一样,我分不清楚啊!"

电话另一头,林辰像早已料到这点。他放下笔,转过白纸,朝向王朝。

在他对面,王朝反戴鸭舌帽。纸上写着"车、最近照片、调出",王朝看完点点头,开始敲打键盘。

电话那头声音消失了数秒,王闲之甚至觉得山里的风都变冷了。他冲着电话"喂"了两声,那头的声音马上传来。

"您好,我在。"

清风般的话语再次传来,王闲之稍稍放松了下,然后听见那人说:"或许您现在记不清,但事实上人类的记忆不会因时间流逝而完全消退。人有另一套内隐记忆系统,你以为忘记的东西,其实大脑都以另一种形式保存了下来，所以我需要您冷静下来，回忆一些东西。我需要您在回忆时竭尽全力，这非常重要。"

同样流水般清澈的声音也在王朝耳边响起，但是王朝显然没有闭上眼睛的机会，他很紧张。听见林辰那样说后，他迅速接入天眼系统，调出六点二十左右春游队伍在枫景学校校门口集合的画面。六辆大巴在马路上依次排开，车身纯白，上面喷绘有彩云图案，依稀可辨"宏景外事车辆管理有限公司"字样。

几辆大巴外观一致，王朝焦急地抬起头，林辰已不知何时站在他身旁。

林辰白皙的手指滑过，停留在第三辆大巴车身："放大。"

王朝依言放大图片，车身上"外事"两字越来越大，其余字则变得更加模糊。

"这里。"林辰用手指点了点后轮上方的一块位置。

王朝仔细看了看，在车身后方原本该覆盖彩云喷绘的地方，似乎缺了一块，看上去并不完整。很可能3号车刚从修理厂出来，缺了的那块刚经过修理，所以喷绘缺失。

王朝下意识看向林辰，林辰已走到了窗边，他再次放缓语速，对王闲之说："3号车后轮上方的蓝色云朵缺了一半。虽然你不会注意到这点，但你的大脑一定会将之如实记录下来。所以现在，我需要你闭上眼睛，然后开始回忆……

"你们上了高速，你坐在车里，高速繁忙，周围车非常多。大巴里有孩子们的笑闹声。因为有些吵，又因为早起，所以你会觉得有些困了，你走神了。你偶尔向窗外看去，外面景色很美，那里有漫天芦苇丛，你时不时看到有车超过你们。忽然间，你看到一辆车，那辆车很奇怪，它后车轮上方的图案好像少了一块，你看的时间很短，但那真的非常奇怪，所以你记住了那个画面……"

跟随着轻柔的声音，王闲之仿佛真的回到了那辆嘈杂的大巴上，他向窗外看去，恰好有辆大巴经过。

"是有这么一辆车。"他缓缓说道。

"请您努力看看,周围有什么标志性建筑物吗?或者是绿色的路标,它会矗立在路边,非常显眼……"

"没有没有啊,周围都是芦苇。"王闲之眉头紧皱,像是要拼命抓住那即将闪逝的图像,"等一下,我想起来了!有孩子跟我要上厕所,然后司机说前面马上到梅村休息站了!"王闲之猛地睁眼。

林辰迅速回到办公桌前,拿起笔,在纸上写下"梅村"两字。

"您或者您身边的老师,记得到梅村休息站是几点吗?"

"你等下,我问问。"

电脑前,王朝已经调出宏景高速全程地图。他边看地图,边在纸上计算:"梅村服务站在宏景到穿山约130公里的位置,堵车发生在七点之后,他们六点半出发的话,算上堵车时长的变量,到达梅村休息站,大概是八点半。"

王朝刚扔下笔,电话里传来急切的男声:"我们主任说,进梅村休息站是八点半!其他我真的想不起来了!"

那头的男老师声音非常歉疚。

"已经很好了,非常谢谢您,您帮了大忙。"

见林辰挂断电话,王朝松了口气,心里又觉得奇怪:"林辰怎么知道3号车会有不一样的地方?!"

"我不知道。"林辰拿起技术宅的演算纸,然后说,"但那个时候,只能寄希望于运气。"

"如果运气不好呢?"

"运气不好,就继续碰运气。"

09·炸弹

运气是世界上最可靠,也是最不可靠的东西。它好时,能让你觉得自己无所不能;它坏时,又让你觉得永无翻身之日。所以,如果可以,千万不要碰运气。

林辰也曾想,如果他们运气好,那名少年也许只是想和警方开玩笑。

他们或许会遇上假警报、恶意堵车车祸、电话信号故障等诸如此类的危机。可是现在不一样，他们丢了一整车的孩子。这运气确实非常不好。

"老大，两小时，车丢了要两小时了！"王朝见过很多事，也处理过很多危机，但一辆乘坐 26 名儿童的大巴失踪两小时才刚被察觉，这事令他都开始慌乱，"两小时，如果这辆车被劫持，它完全可以到世界上任何一个地方了！"

刑从连终于从接连不断的电话中脱身，挂断电话，眼神很冷，语气也很冷："好好说话，认真思考以后，再告诉我具体半径。"

王朝吓得蹿起，抢走林辰手上的白纸，继续演算。

"按每小时 80 公里平均车速计算，两个小时车程，应该是半径 160 公里左右的区域。"他说着，跑到电脑前，迅速敲下一段代码，"排除掉芦苇地和堵车道路，他们可能到达的区域就是……"

回车键轻响，绿色地形图中央，被一片红色扇形缓缓覆盖。

"带我们去监控中心，排查这个半径内的所有收费站过往车辆。"刑从连将显示屏转向，对着董事长这样说。

董事长很郁闷，他在任三年从没出过大型事故，突然有警察来跟他要说封闭高速，又没有确切的理由，当然觉得是在夸张。可是现在，满载儿童的大巴就消失了，哪会这么巧？他依旧抱着侥幸心理："刑队长，您先冷静冷静，现在每辆车上都有 GPS 定位的，一查就知道车在哪儿。"

"GPS 定位？"刑从连冷冷看着董事长，"刚才 GPS 定位显示，那辆大巴现在应该在芦苇地里！"

"这不可能啊，车开不进芦苇地啊。"

听到这话，王朝瞪大眼，不可思议地看着刑从连："老大，今天早上我们就被 GPS 耍过，不会真是那小子干的吧？"

董事长还在挣扎："就算 GPS 失效，现在每辆大巴上都配有自主呼救系统，真出事了，我们管理中心是会自动收到警报的。现在没有警报，车应该没事，可能遇到了别的什么事，或许他们手机在信号盲区？"

刑从连看着沙发里窝坐的中年男人，加重语气，再次重复："带，我，去，监，控，大，厅。"

管理局一楼，宏景高速监控大厅。

这里常年驻扎近百位工作人员，放眼望去，密密麻麻的显示屏幕令人头晕眼花。而大厅正中的墙面上，是一块四分之一篮球场大小、完整显示全线道路的巨大LED屏幕。屏幕上车流如织，单靠肉眼不可能完成搜索任务。助理柳行掏出门卡，刷开玻璃门。电流滋滋作响，与暖气一起扑面而来。

六人的脚步声嘈杂纷乱，砸在安静的空间里，犹如暴雨洒落，所有工作人员齐齐回头看着他们。

"主监控台在哪儿？"刑从连扫视四周。

"那里。"董事长指着最靠近大屏幕的位置。

刑从连向王朝使了个眼色，王朝压压帽檐，向最前方跑去。主监控台上是监控中心首席技术员，他感到有人拍了拍他的肩，抬头看见个年纪很轻的男孩。

"麻烦让一让。"王朝咧开嘴，礼貌鞠了个躬，然后把人挤开。

"你们谁啊！"中年人被挤走后很不高兴。

"警方办案、警方办案。"王朝边说边开始敲击键盘，随后对刑从连说："老大，准备好了。"

"无关人等不得接触监控台！"看着自己的显示屏迅速跳到另外一个界面，中年人赶忙阻止。

"相信我，他接触过的监控系统一定比你多。"刑从连说。

"规定就是规定！"中年人看到同时走来的董事长，朗声道。

"我现在和你讨论的是26个孩子的生命安全，所以，不要跟我讲规定！"刑警队队长神情微寒，长身静立，自有一种迫人气场。

中年人立即噤声，不敢多说半句。

"你放心啦，这个系统核心模块是INFINOVA系统，我入侵X国系统的时候用过，不要紧张！"王朝宽慰道。

"有点夸张了。"刑从连踹了下王朝的椅子，让他集中精力干活，"调八点半以后全线收费站录像，排查车牌。"

"好嘞！"王朝双手如飞，嘴里还念叨个不停，"要排查车牌呢，只需要接入收费站的VLPR系统（Vehicle License Plate Recognition），谢谢

VLPR，我们可以自动检测、提取车辆牌照信息，生成可供检索的数据。也就是说，见证奇迹的时刻马上要到了，五、四、三……"

倒数未完，王朝双手悬停半空，整个人凝如雕塑。

"怎么？"刑从连赶忙问道。

"没……"王朝把屏幕侧了侧，指着空空如也的检索结果说，"我把时值设置在八点半以后，没有那辆大巴出入收费站的任何记录。"他下意识地摸了支笔开始转了起来，"这不可能啊，宏景高速全长317公里，现在已经十二点半了，开了六小时还在高速线上，不科学啊。"

董事长一听这话，忽然就来了精神："我说嘛，可能是车坏了，在路边停着呢。我派公路养护队全线查一遍就对了。"

"这件事已经有人在做了。"刑从连沉吟片刻，"我们可以把高速看成一个封闭系统，大巴没有出高速，就说明还在线上。它不可能凭空消失，除了路边临时停车，只可能在途中休息站。"

"从梅村到穹山，中间只有两个休息站。"王朝迅速查阅资料，"共有大型车辆车位总计270个！"

"我马上找工作人员去查。"董事长很积极地说道。

"等下，我现在就查。"王朝说话间，在屏幕调出了休息站停车场监控视频。随着摄像头，画面飞速移动切换，各色卡车、货车、大巴迅速闪逝……然而在这所有大大小小各色车辆里，却还是没有那辆白底蓝云的外事客车身影。

"看来是不在安亭休息站。"王朝说着，继续调取下一个休息站实时监控。

画面飞速流淌，王朝突然停下摄像头。

"在这儿！"他暂停视频，指着屏幕右下角。

在停车场边缘，靠近树丛的隐秘角落，停着一辆白色大巴，车身上的蓝云和文字依稀可见。

"通知休息站保安去查看，一定要小心。"刑从连对董事长说，然后转头看向王朝："放大。"

"好嘞！"王朝说着，边扩展图像边唠叨，"这个监控系统比较旧了，清晰度肯定不够，看到马赛克大家不要太吃惊。"

"停！"刑从连喝止道。

如王朝所说，高速休息站监控视频像素确实太低，放大几次后，图像已变得模糊不堪。但依旧可以从画面中看出，那辆大巴后轮上方的云朵图案的确残缺，这很有可能就是那辆满载 26 名儿童的 3 号车。

董事长松了口气，林辰却跨前一步，站在刑从连身旁："大巴的窗帘都被拉上了，有问题。"

虽然视频模糊，但还是隐约可见大巴的车窗被帘子尽数遮挡，车内一切都不再明晰。此时，得到通知的保安已开始冲入停车场。

"如果是你，费尽心机劫持一辆大巴，为什么要这么容易让别人找到？"林辰问。

"让保安不要去拉车门！"仿佛意识到什么，刑从连对刚挂断电话的董事长喊道。

"又出什么事了！"董事长嘟囔着，再次解锁手机。可还没等他电话接通，监控视频中，休息站保安已跑到车边。两位保安站在门前，伸手用力拉开车门锁扣。所有人倒吸一口凉气，然而危险却并未发生。董事长看了眼刑从连。

"接通保安的对讲机，对准电话。"刑从连直接拿过董事长的手机。

画面中的保安像听到什么声音，也拿起了对讲机："喂喂。"

滋滋的电波声顺着听筒传出。

"师傅，我现在需要您小心地离开门口，然后走到大巴前面，看看里面是什么情况。如果您听到，就请对准西南角'M 记'标志，点头示意我。"刑从连的指令足够清晰。

片刻后，屏幕中的保安按照指令，冲刑从连示意的方向点了点头。然后，他们绕到车辆最前方。监控中，已经无法看见两人的身影。大厅内忽地安静下来，只有细微的电流声从监控中传出来。如果仔细分辨，依稀可以听见两位保安的对话。

"只有司机啊。"

"那是什么？"

"为什么在闪？"

"那是不是炸药啊？"

一秒后，听筒内响起惊恐而犹疑的声音。

"警察先生……我们好像看见定时炸弹了……"

10·拆弹

这条高速多久没出过大事了？柳行已经不记得了。作为宏景高速集团资深员工，他刚毕业就进入这里工作。他见过太多堵车、撞车、翻车等一系列事故。但是定时炸弹？很多人恐怕一辈子没见过。可就在五分钟前，就在宏景高速狼川休息站停车场里，他们发现了一枚绑在大巴司机身上的定时炸弹。据说炸弹上的数字还在不停闪烁跳跃，那代表着时间正一分一秒地流逝。所有工作人员当场都吓坏了，仿佛远在百公里外的炸弹碎片也会伤到他们。

柳行站在监控台前，没有动。这并不是代表他不想离开这个恐怖的地方，而是有人正用一种极度镇定的眼神看着他，让他无法动弹。

"柳行是吧，在高速上工作多少年了？"

"六年。"

"那应该很熟悉高速疏散方案吧？"

柳行听到面前的刑警队队长按住话筒，对他这么说。

柳行原来挺看不起刑从连，可他不知道，为什么刑从连会忽然变成另外一个人，冷酷、镇定。但真正令他无法挪动脚步的，是他在刑警队队长的目光中看到了信任，这让他不由自主地点了点头。

"让工作人员有序清空休息站，不要泄露定时炸弹的消息，防止造成恐慌。"刑从连对柳行说完，又松开话筒，继续对电话那头说："师傅您好，我是宏景市刑警大队队长，我叫刑从连。您能告诉我，现在车厢里一共有多少人？"

"就一个人啊！"保安焦急地问道，"我们什么时候能走，还有 29 分钟炸弹就要爆炸了！你们警察什么时候过来？"

听闻此言,在场所有知情人内心俱是一震。车上明明还有26名儿童加两名带队老师,那些人去哪里了?

刑从连按了按林辰的手,继续对保安师傅说:"现在麻烦您拿出手机拍两张现场照片给我。"他顿了顿,更加具体地说道,"第一张,我希望您拍摄司机身上的定时炸弹,把炸弹结构拍得越清晰越好;第二张,请您对准车厢,拍摄车内的具体环境。"

很快,电话那头就传来回应:"拍好了,拍了很多张!"

"您有微信吧,请用微信发给我。"刑从连给王朝使了个眼色,技术宅很快在电脑上打开微信界面,准备接收照片。

监控画面中,保安似乎想要打开车门,刑从连加大音量,制止对方:"请不要开门!"

"29分钟?难不成有根引线从定时炸弹连到锁扣上,在拉门的瞬间启动定时器?"电脑屏幕前,王朝正焦虑地等待现场照片,见刑从连还在和电话那头的人说着什么,他小声嘀咕。

"恐怕就是这样。姜哲有句话没说错,他想引起关注。那么在停车场直接炸掉大巴,远不如放一个定时炸弹效果好。"林辰看了看已被征用的两个手机,和还在不停打电话的刑警队队长,继续说道,"但他必须保证我们找到这辆车时车还没有爆炸,那么在锁扣上装引线是最简单直接的做法,一旦有人开门,定时器自动开始倒计时。"

"那小朋友们呢?小朋友们去哪儿了?"

"26个孩子,太显眼了,他不会愚蠢到把孩子藏在休息站里。所以最大可能是孩子们在梅村到狼川中途被转移了。"林辰微微俯身,对王朝说,"你可以调高速监控查一下这辆3号车的行驶轨迹吗?"

"阿辰,我必须给你科普下,高速上大部分监控摄像头是用于计算车流量和拍摄违章车辆,除非那辆大巴正好被拍到违章停车,系统才会把它的车牌信息提取和过滤出来,否则追踪需要花费大量的时间和人力,也就是目前我们最缺的东西。"

"我问你是可以呢,还是可以?"林辰看着王朝,摸了摸对方的脑袋,很温柔地说。

王朝打了个激灵，赶忙说道："理论上来说，我们可以利用OCR技术，也就是扫描纸质文稿再识别成文字的技术，识别在这四小时内从梅村到狼川的所有监控拍下的照片。然后检索那辆大巴的车牌，再生成这辆大巴的具体行驶轨迹，但是……"王朝欲言又止。

林辰看着王朝的眼睛，似乎在等待他说接下来的话。

王朝只能硬着头皮："但是，过滤高速监控照片的模块，没有内嵌OCR技术。"

"所以？"

"所以……我要稍微升级一下系统。"王朝咽了口口水，看着高速监控大厅的领导和董事长，这样说。

"你开什么玩笑，这个系统万一出点什么事，关系人民生命安全，你担得起责任吗！"

"不用他担，我来担。"刑从连按住董事长肩头，对王朝说："开始吧。"

王朝像是被打了剂强心针，深吸了两口气，然后宽慰他们："安啦，我刚给这系统杀了两个木马所以不会出什么大事。我把2号桌电脑开了，你们可以在那看照片，最后，第35桌在玩扑克的妹子，请问能留个电话吗？"

一连串话说完，整个监控大厅便静得只剩下电流和暖气的滋滋声。

最后，林辰叹了口气，问刑从连："你从哪里找来的？"

"他欠了我点儿钱。"

"那欠的一定不少。"

"确实。"

与此同时，一张张彩色照片迅速传来。他们走到2号桌旁，查看现场情况。现场照片中，只有驾驶员一人被绑在驾驶室内。除此之外，大巴内空空如也。原本应坐在座位上的26名儿童和两名老师仿佛凭空消失。

而在接下来的照片里，可以看到，绑在驾驶座上的司机似乎正在拼命挣扎。司机身上赫然绑着一枚简易定时炸弹，炸弹是由简易雷管和引爆装置组成的。雷管之上，火线裸露、相互交缠，仿佛是病人可怖的血管。更重要的是，照片上引爆装置上的倒计时时间，只剩下27分钟了。

刑从连俯身看向屏幕，不断调整照片位置和角度，没有第一时间做出回应。

"得赶紧派拆弹专家去啊!"董事长焦急万分。"那个大巴旁边就是加油站,万一爆炸后果不堪设想!"

"刑队长,您必须想想办法啊。"另一旁的杨典峰,也终于开口。

"那是座孤岛。"林辰看了眼沉默的刑警队队长,缓缓开口,"所有的拆弹专家都在市区,就算清空车道,他们也要一小时后才能到达那个休息站。"

"那怎么办?"杨典峰又说,"现场找人拆弹吗?我看过电影,你们不能在这儿告诉那边的人,要剪哪根线吗?"

"真正的拆弹过程非常复杂。"林辰看着屏幕上的定时炸弹,说,"没有受过专业训练的人员排除炸弹,与自杀无异。"

"那我们怎么办!"正在编写代码的年轻人双手如飞,还是忍不住插话。

"继续碰运气。"刑从连突然扭头,对王朝说,"查一下休息站工作人员、附近交警,或者保安里,有没有当过兵的!"

听他这么说,林辰突然看向刑从连,问:"你有多少把握?"

"这个定时炸弹构造并不复杂,只需拆除引爆器和雷管之间的点火装置。所以我需要一个手非常稳,并且能抗压的人来拆除这个炸弹。"

林辰沉默片刻,抬头再次凝望面前巨大的LED屏幕。屏幕的左半边已被王朝切换到了现场监控,人海茫茫,到哪里找这个人呢?

"你需要一个心理素质非常好的人,意味着他抗压能力强,在混乱中也能遵守交通规则、保持车辆直线行驶,甚至还会给加塞车辆让道……"林辰的目光迅速扫视。

"头儿,我们的运气好像不是很好,那个休息站工作人员里没有退伍军人啊。保安都是临时工,我调不到资料。交警系统要权限,要不我黑进去,这样快点?"

"不用了。"林辰忽然开口。

只见大屏幕上,一辆白色警车正逆着车流驶入休息站。在那辆车之后,跟着十几辆或大或小的新闻采访车。不多时,白色警车飞速驶入停车位,一位警服笔挺的青年拉开车门走下来。

看着屏幕上的人,林辰淡淡地说道:"黄泽特种部队出身,我很确定,他受过专业的拆弹训练。"

11 · 专家

记者是这个世界上消息最灵通的人,所以最先得知枫景学校旅游大巴失踪的人并不是黄泽,而是省台每日新闻播报的一位女记者。

那时他们刚结束在大巴劫持案现场的采访,正准备收工回去。那位女记者悄悄拿着手机,走到黄泽身边说:"黄督察,我在市局的朋友说,穹山出大事了,您让我跟这个独家,我就不告诉别人。"

黄泽看了看女人精致的妆容,第一反应并不是震惊,而是酸涩,林辰啊……果然真是这样,那既然真是这样,又还能怎样呢?如同蚂蚁传递信息又或是蜂群相互舞蹈,枫景学校一年级整班学生失踪的消息很快在记者群中疯传开来。对于记者来说,还有什么比在采访途中再次遇见大事件更激动人心的呢?

黄泽被围困在话筒与摄像机中央,只能用公事公办的口吻回答:"警方目前还在调查此案,相关细节不方便透露。"

但这根本阻挡不住记者无孔不入的触角,那么与其让这些触角胡乱伸展,还不如将之控制在可控范围内。所以黄泽将这些记者,一起带往穹山。

快到狼川休息站时,他们看到许多车辆正从狼川休息站蜂拥而出,休息站管理人员满脸凝重,正在路口疏导过往车辆,很显然休息站里发生了什么事情。未等黄泽反应过来,在他身后的新闻采访车甚至抢在他之前,驶入休息站。等他们下车,已有摄影师拿出机器开始拍摄。

黄泽深深吸了口气,空气里混合着奇怪的味道、粽子的香气、关东煮的味道、婴儿喝奶时的柔嫩香味,这些味道都被包裹在浓烈的汽油味中。在他四周,越来越多的车辆开始撤离,他举目四望,尾气同烟尘幕天席地,佩戴胸牌的工作人员正向他跑来,满脸惶恐不安。

他知道,这里出事了。他也知道,林辰和那个警察又猜对了。很巧的是,当他想起对方时,对方似乎也想起了他。他裤袋里的私人手机开始振动,他拿出手机,低头一看,那是个不知名的号码,归属地显示是宏景。

知道他私人电话的人确实很少。

"你好。"

宏景高速监控大厅内,电话里传来黄督察冷漠的声音,王朝举着手机,泫然欲泣,刑从连接过了电话。

LED屏幕上,警服笔挺的黄泽微微侧头,低声问:"你在哪儿?"

这个问题太过熟稔,语气中有种说不出的别扭情绪。

刑从连唇角微提,抬眼看着大屏幕说:"黄督察,你好。"

低沉而沙哑的声音传至黄泽耳中,他心中有种不妙的感觉,眉头微微蹙起。

"首先,真诚感谢黄督察和您身后媒体朋友们的到来,现在有件小事,需要请您帮忙。"刑从连目光移至显示屏中,他看着停车场角落那辆大巴车,继续说道,"我想您应该已经得知,枫景学校早些时候丢失了一辆满载学生的旅游大巴。现在,如果您向九点钟方向看去,应该发现一辆喷绘蓝色云彩的旅游巴士,它正是学校丢失的那辆大巴。车内师生失踪,而司机现在正被用一枚定时炸弹,绑在座椅上。"

听闻此言,黄泽猛然抬头朝九点钟方向望去,然后迈开脚步开始奔跑,跑得很快,嘴里却问着无关紧要的问题:"刑从连,你为什么会有我的私人号码?"

听到这话,刑从连看了眼林辰,然后说:"特殊事件,所以用了一些特殊手段。"

"呵,定时炸弹,特殊手段?"黄泽嘴角露出嘲讽的笑容,似乎感知到什么,抬头看着停车场一角的摄像头,说,"把电话给林辰。"

监控大厅内,林辰站在一旁。他注意到刑从连忽然扫来的目光,刑警队队长神情古怪。

黄泽站在旅游大巴正前方,车内,司机面如金箔、满头大汗,正在座位上拼命挣扎。而在司机胸前,红色的计时器正在一秒秒跳动,见此情景,黄泽心中莫名愤怒:"刑从连,你是不是很得意?"

然而那边回应他的，却不再是低沉的声音，而是清澈安宁的称呼："黄泽。"

黄泽觉得很可笑："林辰，你说高速要出事，高速就真的出事，我甚至要怀疑，这一切都是你安排好的。"

LED 大屏幕前，林辰的脸被屏幕的亮光染成极为明亮的蓝绿色。

闻言，他微抬头，眼中没有怒火，而是浓浓的失望："闭嘴黄泽，我没时间听你的阴谋论。"他声音很冷，"你看看你面前的大巴司机，如果你不想救他，现在马上掉头走人。"

"这算什么？你给我出的伦理问题吗？让我在没有防护措施的前提下去拆弹，看看我是不是会用我的命，去赌我和司机两个人的命？"

"不，这不是伦理问题。"林辰说，"救人不过是你职责所在。"

不得不说，在说服他人方面，林辰有着绝对的优势。

"也就是说，如果我不救他，就是个渎职的懦夫。"电话那头，黄泽低声冷笑了一声，然后很干脆地说，"要我做什么？"

林辰没有再说什么，而是把电话交还给刑从连。

刑从连接过电话，稳了稳气息："黄督察，这辆大巴所在的位置正好是监控死角，在你带来的记者里面，一定有人携带具备无线传输功能的摄像机，请他将摄像机连接休息站的 Wi-Fi 网络，我们需要看现场的实时图像。"

"哦，然后呢？"

"然后……"刑从连有些不好意思，"然后请您将摄像机镜头对准那枚定时炸弹，我们需要您亲手拆解这枚炸弹。"

"好。"

画面中，停车场的记者们正向黄泽的位置跑去。

黄泽被人群包围起来，不知说了什么，有一部分记者吓得转身就跑，剩下一些胆大的记者还留在现场，有人跑去给黄泽拿无线摄像机，还有些人直接将摄像机镜头对准了黄泽。忽然间，人群中不知发生了什么争吵，变得有些纷乱。刑从连对着话筒"喂"了两声，依稀听见黄泽在说些什么，然后便有另外的声音强硬插入。

"黄泽，您不能冒险啊！"说话的人，正是早先时候认为劫车案不过是叛逆青少年恶作剧的心理学专家姜哲。姜哲紧紧拉住黄泽的衣袖。他很清楚，如果黄泽真冒险拆解炸弹，万一发生任何危险，那么把黄泽带入这等险境的他，一定会承受黄家的百倍怒火。

"你不是说，这不过就是恶作剧吗？那么我应该不会有什么危险吧？"黄泽看着身旁的犯罪心理学专家，露出微讽的笑容。

"是啊是啊，姜老师，车内的定时炸弹也是'糖果大盗'为了吸引目光的手段吗？您能分析一下，车里的孩子究竟去了哪里吗？"

记者们的长枪短炮很快从黄泽面前，移到了姜哲面前。

"不，不，劫匪的行为已经升级了，这已经不是单纯青少年叛逆期行为，我怀疑，那名少年很有可能是反社会人格障碍患者！他的暴力性和攻击性根植于他的基因，他做这一切都是为了满足他的犯罪快感，他说不定正通过监控看着我们，人死得越多，他的快感越强烈。所以黄督察，你看他为什么将大巴停在加油站附近，那是因为他想把这里都炸毁，他要大规模伤亡。您就算去拆解炸弹，也一定不会成功，因为他一定会在定时炸弹上做手脚！"

姜哲语速很快，力求震慑住黄泽。而因为姜哲的话，一些原本还准备现场报道的记者也开始恐慌。黄泽却依旧是一副无所畏惧的模样。见此情形姜哲意识到，一定是刚才在那通电话里，林辰和黄泽说了些什么。

他忽然激动起来，一把抢过黄泽的手机，冲电话里吼道："林辰，如果你真的想报复黄家，一切都冲我来，不要让无辜者因此丧命！"

手机那头的监控大厅里，姜哲慷慨激昂的声音通过公放，几乎要传遍整个大厅。所有目光向林辰齐齐射来，那些眼神如刀如剑。林辰看着刑从连，刑从连也看着他。发觉电话那头陷入沉默，姜哲正准备乘胜追击，却忽然听到了一个问题。

"姜哲，你能背一遍吗？"

好像一拳打入棉花又或者火星落入水中，姜哲只觉得一口气憋在胸口："背什么？"

"DSM-IV-TR 中关于人格障碍的诊断标准，你能背一遍吗？"

"那是什么东西！"姜哲脱口而出，"林辰，你不要顾左右而言他！"

"DSM-IV-TR 是美国精神医学学会 2000 年修订的《精神障碍诊断与统计手册》，那是世界上最权威的精神疾病诊断手册之一，既然你认为嫌犯是反社会人格障碍患者，那请你把诊断标准背一遍。"

监控视频中，姜哲的脸涨得通红："这种情况下谁会背书，你会背就了不起了吗？！"

"是啊，你要听吗？"

12・拼命

电话里不再传出姜哲恼羞成怒的吼声，林辰将电话递还给刑从连。监控视频中，黄泽戴上蓝牙耳机，然后扛起了一台高清摄像机，向停车场角落的大巴靠近。

"你们都后退吧。"

黄泽的声音从手机内传出，他在赶走身后的记者。

刑从连凑近话筒："黄督察，开启车门时请务必小心，嫌犯很有可能将启动定时器的引线连接在车门上，所以……"

"所以也不排除我再次拉动车门时，炸弹突然爆炸的可能？"

"是。"

刑从连话音未落，黄泽已扛着摄像机，唰地拉开大巴车门。

所有人心脏猛地揪紧。

车门洞开，高清无线摄像机已将现场影像传回。从图像中可以清楚看到，一根连接着定时炸弹和车门的细线正软绵绵垂下。大巴司机面对突如其来的警察，张大嘴，并始疯狂挣扎。

黄泽将摄像机架在前排座位上，调试机器，然后问："画面怎么样？"

镜头正对准司机胸口，在司机心脏偏左位置上，定时炸弹的线路与雷管纤毫毕现。定时器由一枚最简单的电子钟改造而成，鲜红的数字正在不断闪烁，时间只剩下 19 分 58 秒。

刑从连沉吟片刻，遮住手机话筒，对身边的工作人员说："高速的休息站会有汽车修理仓库,去把所有型号的管钳和铣切工具找来,用清水清洗干净,十分钟之内送到大巴旁。"

听闻此言,林辰忽然拉住邢从连:"你不是说这个炸弹并不复杂,只要拆除点火装置就可以了吗?"

"那是101式后置碰炸雷管,拆除点火装置就像剪断那根火线一样,并不完全保险。如果黄泽受过专业训练,我们还有一个更保险的方式,那就是直接卸下保险垫片和安装点火电极的盒子。"

画面中,黄泽蹲在地上,他拍了拍司机的手背,随后凑近炸弹看了一会儿。然后他转过头,盯着摄像机镜头,问:"邢队长,你有什么想法?"

"Plan L or Plan L。"

"Life or Luck,拼命或者拼命。"黄泽笑了起来,镜头中,他的发梢已被汗水打湿,却依旧在笑,"看来是我一直小看邢队长了,您是哪个部队出来的?"

邢从连面色凝重,并同黄泽有对上暗号的惺惺相惜感:"想请问黄督察,您排掉一根雷管,最快用时是多少?"

"一定比邢队长快一些。"黄泽看着司机胸口跳动的数字,说,"我需要一套3号管钳还有铣切工具,如果没有的话,美工刀和螺丝刀也可以凑合用。"

"已经在准备了。"

邢从连说完,黄泽淡淡地"嗯"了一声,再没有说别的话,两人陷入难耐的沉默。

就在这时,一直紧盯大屏幕的林辰忽然开口:"黄泽,把你的蓝牙耳机给司机。"

"你想做什么?"黄泽猛然转头,死死盯住镜头。

"问口供。"林辰说。

大屏幕中黄泽目光愤怒,林辰却再次将视线移到大巴司机脸上。他语气平静单调,似乎并未将接下来会发生的生死瞬间放在心上。

黄泽转头看了眼司机,然后压低声音对林辰说:"这个男人快要被吓死了,这种时候你想的居然还是问口供?"

"他掌握着失踪的26个孩子和两名老师的全部线索。"或许是屏幕光线太亮,林辰微微眯起眼,"等一下可能来不及了。"

林辰说完,饶是刑从连,也深深看了他一眼,似乎也觉得此刻审问并不很恰当。

黄泽跟着冲下车,压低声音,并不想让司机听到这段对话:"你意思是,如果我失败,我们两个都被炸死了,你就来不及问口供了对吗?"他深深吸了口气,说,"林辰,你真的很冷血。"

监控大厅内,黄泽的痛骂声再次通过手机公放传出。

林辰却对那些质疑目光恍若未觉,嘴唇轻启,只说了一个字:"对。"

黄泽冷笑了下。他愤怒地扯下耳机、冲回大巴,拍了拍司机的肩膀,低头宽慰了一句,最后将耳机挂在司机耳朵上。大巴司机似乎仍沉浸在极度恐慌中,并不理解发生了什么,只是拼命摇头。

"师傅,我希望您能平静下来,回答我几个问题。"听见听筒内传出急促的喘息声,林辰开口说道。

闻言,司机下意识看向镜头,他张了张嘴,肢体再次紧张到抽搐,好像已经组织不出完整语言。

"您面前的警官先生,正冒着生命危险解救您,但我们至今没有车上剩下28位师生的线索。如果您无法冷静,我会要求现场的工作人员给您注射一针氯丙嗪,也就是俗称的镇静剂,帮助您平静下来,然后回答我的问题。"

林辰话语冷酷。他说话间,场内响起窃窃私语,刑从连微微皱眉,却不再看向林辰。因为在黑暗中,林辰悄悄拍了拍他的手。

很明显,突发事件的现场并不存在氯丙嗪这种东西,但也很明显,大巴司机并不知道这一点。

林辰的话竟奇迹般让司机平静下来,他喘息着,断断续续地说:"救我,求求你救救我!我还有孩子……我老婆,还等我回家吃饭……"

司机带着哭音,令在场所有人动容,有些年轻的女孩甚至忍不住落下泪来。

"您是否还记得,这辆旅游大巴被劫持的经过?"

"在梅村休息站,抽烟的时候,有人拿手枪顶住我的后背,让上车,按他说的去做。"

闻言,黄泽掏出手机,调出一张模糊的监控照片,问司机:"是这个人吗?"

司机看了眼照片,赶忙点了点头:"对对,那个人有点矮,戴着灰围巾,所以看不清他的脸!"

林辰眉头轻蹙,抢在黄泽说下一句前继续发问:"那您记得他是怎样控制整辆大巴的吗?"

"他让我坐下,假装开车。他自己坐在仪表台上,孩子们上来的时候,他就掏出一堆糖分给孩子们。等老师上来,他就悄悄用手枪顶住老师的腰。"

"那车上的孩子和老师们到底去了哪里?"

"那人让中途停车,然后给我身上安了炸弹。让把车停到狼川休息站停车场里,还说要停到27号停车位,说如果停错位置,车就会爆炸。"

时间一分一秒过去,林辰的问题还在继续。

"你所说的中途是哪里?"

"过饮川北出口的地方。"

"离饮川北出口多远?"

"大概十分钟吧。"

"您还记得他们下车的具体时间吗?"

"不记得了,没时间记这个啊。警察先生,你们怎么还不行动,快要来不及了啊!"司机说着,再次低头看向胸口,时间剩下不到14分钟了。

黄泽闻言,就要去取耳机。

"我还有最后一个问题,您能重复一遍,他是怎样控制整辆大巴的吗?"

林辰再次回到先前问过的问题,监控大厅的低声交谈变成了一片哗然之声。

"这个问题我已经回答过了,我刚才没有讲清楚吗?为什么还要问我!"司机猛然提高音量,显得愤怒而激动。他拼命挣扎,大巴内形势忽然间变得极为不可控。

"林辰,你到底想干什么!"黄泽猛地取回耳机,冲话筒吼道。

"黄泽,请你把蓝牙耳机戴回自己的耳朵上,然后回答我几个问题。"

画面中,黄泽依言戴上耳机,林辰再次开口:"你真的能在13分钟内拆完这个炸弹吗？"

"你想听实话吗？"

"你有多大把握，在使用工具拆除炸弹时，不会因为不小心溅起的火星或者说轻微的震动而引爆雷管里的炸药。"

"在时间充裕的情况下，成功率在75%~80%。"

"也就是说，现在时间不充分，你的成功率会大大下降，并且有可能在拆卸炸弹过程中，会将它引爆。"

"是。"

"黄泽，你相信我吗？"林辰面色平和，怡然静立，忽然问出了一个无关的问题。

数个月前，他问过刑从连相同的问题。现在，答题人更换，林辰不能保证，自己能得到预期的答案。

"我相信你什么，在你害死小薇以后，你让我怎么相信你？"黄泽面朝着摄像机镜头，黑发濡湿，满脸汗水。他扯开嘴角，声音沙哑。那一字一句，完全都是说给林辰听的。

刑从连可以清晰地看见，在黄泽提起某个女孩闺名时，林辰古井无波的面容上出现了一丝异样的神情。那神情并非悔恨亦非追忆，而是痛苦，仿佛钢钉扎入骨髓又或者是重锤敲断脊背，再深沉而内敛的人，都会因为某个名字的突然出现，而在瞬间无法控制情绪。许多人把那种情绪称为锥心之痛。

但林辰依旧是林辰，脸上的痛苦神情很快便不见踪影。他的声音依旧那般干净和缓，没有半点哽咽："你看到那根将司机固定在座位上的红色火线了吗？等会儿工具送到后，请你直接将那根线剪断。"

林辰如此说道。

13・选择

比如在茫茫人海中遇到真爱，又或者在许多导线中剪到正确那根，这都是在电影里才有的桥段。但电影主演总是超级英雄，黄泽想，这个人一定不是他，他运气没有那么好。

早些时候，在把林辰赶走后，他再次陷入一种难言的情绪中。

他并不后悔，哪怕他现在蹲在一枚定时炸弹前，被迫面对即将到来的死亡，也不觉得后悔。毕竟如林辰所说，既定事实的发生并不以个人的意志为转移。他之所以有种莫名情绪，是因为他发现，原来他真的会因为林辰而变成另外一个样子——情绪化、不理智，甚至思考方式都变得丑陋，这与他一贯所受的精英教育完全相悖。这一切，都因为林辰。那么现在，当林辰再次要求他做不理智的事情时，他又该怎么做呢？

近百公里外，监控大厅内。

林辰静立在大屏幕前方，等待黄泽思考的结果。

"你应该知道，这很危险。而且他剪除那根火线的同时，有可能那枚炸弹会瞬间引爆。"刑从连微微侧首，靠在林辰耳边，低声说道。

"我知道，但在还剩十分钟的情况下，让他拆弹也同样危险。"林辰按住话筒，似乎并不想让黄泽听到接下来的话，"而且我很怀疑，那个司机在说谎。"

"怎么说？"

"有三个问题。第一，人在说谎时，会不经意将主语'我'去掉。他说'在抽烟的时候'而不是'我在抽烟的时候'。'让中途停车'而不是'让我中途停车'。因为这些事件并非他亲身经历，所以在编造谎言时，这些句子失去了主语'我'。"

"这也太牵强了吧，他也有说'我'啊。"未等刑从连开口，一直在旁关注事态发展的董事长开口。

林辰点了点头，然后看向全场，他的视线落在正拼命敲打键盘的年轻人头顶，说："王朝，回答我你的年龄，第一次说谎，第二次讲真话。"

"啊？"被点名的技术宅抬起头，还不清楚发生了什么。

"你今年几岁？"

问题来得很快，他完全没有任何反应时间。

"16岁啊！"王朝昂首，理直气壮答道。

"我问你今年几岁？"林辰加重了语气，再次问道。

"好吧……我今年 18 岁了。"

听到这个回答,林辰转头看向刑从连,有些不可思议:"童工?"

刑队长略显尴尬,却只好说:"他成年了啊!"

董事长还想反驳,刑从连看他一眼,他不由得噤声。

"继续讲。"刑从连对林辰说。

"第二,谎言和真实事件的回忆不同。谎言往往有更多的细节并且非常清晰,当我在问他嫌犯是如何劫车时,他的回答非常清晰,并且能很快回忆出'饮川'这个地名。反观我问询枫景学校老师时,也是用了一些方法,才让对方回忆起具体地名。"

"但也不排除师傅特地记住了他们下车的位置的可能!"

"确实。"林辰点头,然后说,"所以还有第三点。当人们说完一句谎言后,会倾向于认为自己已经蒙混过关,所以当你间隔一段时间,再次询问他这件事时,他会出现两种反应——愤怒或者一不小心吐露真言。"

"可是在那么紧张的情况下,你问他已经回答过的问题他难道不应该生气吗?!"

这次,质疑林辰的人换成了一直在后方观看大屏幕的客运公司经理杨典峰。而在他周围,许多工作人员望向林辰的眼神里,也有相同的意味。那是一个被定时炸弹绑在客车座位上,只想回家吃一顿热饭的客车司机。如此质疑受害者,总显得太冷漠。

林辰没有丝毫动摇,好像很理解他们的质疑,所以只是看向刑从连,说话声音很轻也很平淡:"哪怕是测谎仪的结果都无法作为呈堂证供,一切对谎言的判断都不可能百分百正确。"

"你为什么不告诉黄泽?"刑从连注意到林辰按住话筒的手,忽然问了个与之无关的问题。

"你看,就算是我在这里说这些话,也会有那么多人质疑。那又何况是黄泽听到呢?"林辰微微仰头,看着屏幕中警服笔挺的督察,如此说道。

"然后?"

"然后我很确定,如果黄泽不知道司机在说谎,他会按照我说的去做。但如果他听完这些分析,我就无法预测他接下来的行为。"

刑从连眉头轻蹙，很认真地思考了林辰说的话，然后用同样认真的眼神看着林辰："但如果我是黄泽，无论如何我都想知道这些信息。"

"哪怕你会因此做出错误的选择？"

"对，在生死面前，我希望能自己做出抉择，而不是由别人帮我做出最合理的决定。"

林辰回望刑从连，其实并不很明白这句话的意义。但刑警队队长的眼神太过坚定，他于是点了点头，说："我明白了。"

大巴车内，黄泽正蹲在司机腿边，仔细研究那颗炸弹的构造。

此时已有工作人员发来信号，清洗干净的修理工具已被送至车外。

当黄泽转身迈出大巴后，林辰松开按住话筒的手，说："黄泽，继续走，不要回头，我想和你说一些事。"

"林辰，你开着公放是吗？"黄泽走到摆在地上的管钳与铣切工具前面，蹲下身问道。

"对。"

"关掉公放，我有话和你说。"

刑从连听到这话，有些不可思议地看着林辰。

"嗯。"林辰回望着刑从连，然后在众目睽睽下将通话转为听筒播放，说，"关了。"

"你让我剪火线对吗？"黄泽微微挑眉，轻声问。

"是的，你听我说，我很怀疑……"

可黄泽并没有听完。画面中，黄泽轻轻笑了笑，面朝停车场监控似乎说了一句什么话。下一刻，黄泽摘下耳机，很轻松地放在口袋里，然后弯腰拿起剪刀。

监控大厅内，所有工作人员都倒吸一口凉气。

黄泽的身影很快再次出现，他左手提着再简单不过的修理剪刀，定时器上的红色数字还在不停跳动，时间还有将近九分钟。

"快别让他剪，还有时间，为什么要现在动手？！"

监控大厅的人群中，不知有谁喊了这么一句，周围人纷纷响应。

"对啊，对啊，还有时间啊，再商量一下！"

私下低语声渐渐汇集成洪流，刑从连却没有动，单手按在林辰肩头。

屏幕中，黄泽没有再看镜头，显得非常平静。他的面容与衣着还是那般一丝不苟，他拿起修理剪，毫不犹豫地将之卡入繁复的导线中。有些胆小的女孩直接双手掩面，不敢再看。"咔嗒"一声轻响，火线应声而断。监控大厅所有人都没听见这极细微的响声，目光只是注视大屏幕中那双干燥而稳定的手。导线断成两截，铜线裸露，没有火光与冲天烟尘，炸弹并没有发生爆炸。可没等人们悄悄松口气，下一秒，黄泽退了半步，在场所有人脑海中都爆发轰响，仿佛江水入海，只见定时器上的数字正在迅速跳动，时间很快从九分钟减少到七分钟，读秒的红点疯狂闪烁。

黄泽立刻返回车门边，冲隔离线外守候的记者与少数工作人员大喊。他的嘴张得很大，手挥得也非常用力。在模糊的监控镜头中，可以看见远处所有人纷纷趴倒，双手用力抱紧头颅。但这些都没有声音，因为黄泽关掉了唯一的通信设备，所以停车场正在发生的一切，仿佛一场盛大的默片。

监控大厅内，有人紧闭双眼，有人开始落泪。

时间过得很快，时间又过得很慢，只见黄泽再次出现在高清摄像机镜头范围内。他慢慢靠近镜头，衣料的纹理逐渐清晰。然而因为靠得太近，他的面容始终不在镜头范围内。忽然间，黄泽抬起干燥而稳定的手，画面变成了静止的黑暗。黄泽在最后时刻，关掉了摄像机。

大厅内出现隐约的哭声。

林辰怡然静立，他的呼吸和面容一样都没有任何紊乱。

"王朝，把摄像机最后的画面调出来。"刑从连的声音依旧很稳定，在悲伤的氛围中显得太过不近人情。

屏幕中再次出现了黄泽笔挺的衣角，透过他的手与身体间的缝隙可以看到，司机身上的定时炸弹的倒计时已经归零。大厅中，人们通过屏幕也发现这点。他们交谈声逐渐变大，开始是桑蚕啃叶般的交头接耳声。而后声音逐渐变大，从疑惑到庆幸。有人开始鼓掌，有人开始欢呼。

与此同时，原本全黑的画面忽然亮起。

黄泽打开镜头，愤怒地扔掉手中剪刀，三下五除二就把绑在司机身上的炸弹拆卸下来。可就在定时器断电的刹那，闪耀着的液晶屏突然"砰"

的一声弹开！许多五颜六色的小彩带溅射开来，在彩带中，蹦出一个晃晃悠悠的小丑。

黄泽被吓得坐在地上，小丑的手指几乎要戳到黄泽脸上。黄泽面色铁青，他站起身，握住了小丑的手。

在小丑手中，正摆着一块甜蜜的、用柠檬黄纸包装的糖果。

14・目的

"那是什么？"

"如果我没看错，好像是 Sugus 瑞士糖，柠檬味的。"

简单的对话问答不仅在大屏幕前响起，也在百公里外休息站响起。现场在短暂的疑惑后，所有人都开始庆祝，有人欢呼，有人开始鼓掌，甚至有人吹起了口哨。

黄泽是当之无愧的英雄。

一些激动的记者等不及要冲上大巴采访英勇无畏的督察先生，先前提供摄像机和无线传输设备的那家电视台更被同行们层层包围起来，讨要第一手素材。劫后余生的气氛总能感染很多人，连董事长先生本人都像个孩子似的兴奋地拍打身旁刑警队队长的肩膀，仿佛事情已到了皆大欢喜的结局时刻。

然而被许多双手拍打的刑警队队长却依旧面色凝重。刑从连注视着小丑手中那块柠檬黄的糖果，糖纸边缘翘起，里面似乎有黑色的笔迹。林辰把手机递给刑从连，手机壳因为汗水而有些微濡湿，刑从连点了点头，拨通了黄泽的电话。

监控画面中，作为拆弹英雄的黄泽已经被话筒和摄像机包围。周围闪光灯亮个不停，现场非常吵闹，他隔了很长一会儿，才意识到手机在振动。他看了眼来电号码，在那一瞬间，竟有些不愿意接通。

"黄督察，要麻烦您取出小丑手里的糖果，里面好像写着什么字。"

刑从连的声音还是那般讨厌，黄泽皱了皱眉，重新走回大巴上，依言将柠檬糖取出。原先架设在座椅上的摄像机早就被人扛起，镜头凑到黄泽手边。

一行手写数字出现在糖纸上——

139×××1976

黄泽跟着念了一遍,瞬间意识到,这是一个电话号码。

"王朝!"在数字出现在屏幕中的瞬间,刑从连就提高音量,喊了那位年轻技术员的名字。

王朝几乎要变成八爪的章鱼,抬头看了眼屏幕,然后迅速打开一个新窗口,开始搜索号码所有人和归属地。

"这是让我们打电话联系他?"黄泽看着号码语气很不好,任谁刚受过定时炸弹的惊吓,心情都不会太好。

在看到号码的刹那间,一些记者就已经拿出手机。

"黄泽,让他们别打电话!"见此情景,刑从连火气都快要上来了。

黄泽闻言,向周围看去:"你们怎么回事?都把手机放下。"

原本兴奋的记者们有些失落地放下手机,其中胆大的记者们还试探着问道:"黄督察,等会儿您给绑匪打电话的时候,我们可以录音吗?"

似乎是听到"绑匪""电话"这两个关键词,原本缩在人群外的姜哲突然拨开身前几人,站到黄泽面前:"黄督察,这很有可能是绑匪特地留下的信息,他会通过电话向我们索要赎金,我们必须慎重。"

刑从连当然也听见了这句话,当然也明白姜哲这句话的意思。既然是绑匪让打电话,那必然要有人负责谈判。负责谈判的人若是心理学专家,那更是再好不过。

几位与姜哲相好的媒体记者也明悟过来,赶忙说道:"对对,姜老师经验丰富,幸好姜老师在这儿!"

现场有些混乱,姜哲又像要发表长篇大论,黄泽低着头,不知在思考什么。

刑从连加重语气,对电话那头说道:"黄泽!"

"刑队长,我知道你的意思,但这事关重大。"黄泽缓缓说道,他不像之前那般强硬,但依旧不容置疑。

"我明白了,但在与绑匪谈判前,我这里还要做一些准备,所以请您等待我的信号。"

刑从连没有多做争辩,说完就直接挂断电话,然后转头问:"王朝,怎么样了?"

"查到了这个电话归属地是宏景,但应该是在网上购买的电话卡,电话登记人是个80岁的老太太,我还要继续查下去吗?"

"暂时不用,失踪车辆定位做得怎样了?"

"刚改完代码,测试一遍没有问题,就可以生成路径了。"

"测试需要多久?"

"十分钟吧。"

"测试的时候你需要在这儿吗?"

"给我根网线,我在哪儿都一样的。"王朝拍着胸脯,很自信地说。

"你现在能搭建一个电话追踪系统吗?等会同绑匪谈判时,可以定位他的位置。"

"可以是可以啊,但是我不在那儿啊,要是等会儿那边打电话,我在这儿做追踪,会有时间差,很麻烦啊头儿。"

刑从连没有说话,只是看了他一眼。王朝立即会意,马上闭嘴。

刑从连又看向高速集团董事长:"陈董,请借一间安静的房间给我们。"

"我办公室就可以啊。"

王朝闻言,马上从座位上跳起:"好嘞!"

一行人离开监控大厅,王朝熟门熟路蹿上楼。刑从连落在人后,他掏出手机,打了一个电话,并对电话那头的人说:"我要查一个人,叫姜哲。"

那边不知说了什么,但大约是"稍等"一类的词语。

"十分钟内给我,翻倍。"刑从连说完挂断电话。

他抬起头,林辰恰好在台阶上方等他。

"聊两句。"刑从连掏出根烟,挥手示意其余人先走,然后叫住林辰。

"你准备怎么做?"林辰靠在窗边,淡淡问道。

"你觉得姜哲这个人怎样?"刑从连反问。

"有些奇怪。"林辰想了想,似乎并不能找到太好的形容词。

"那你放心把谈判这件事,交给他吗?"

林辰想了想,又摇头。

"那好,这件事我来解决。"邢从连掏出打火机,在手上转了一圈,却没有点烟。

"你想说什么?"林辰注意到这个意味深长的停顿。他被单独叫下,当然是有更私人的话题要谈。

邢从连按下打火机,闪烁的火星映衬在他侧脸上。他深深吸了口烟,然后说:"我可以理解,每个人都有自己的过往和隐私。但我希望在事关这件案子的问题上,你不要对我有所隐瞒。"

因为抽着烟,邢从连的声音有些沙哑,他话里的意思却非常明晰。

林辰当然明白,邢从连指的是冯沛林案件中,他故意误导警方视线,然后只身上桥,引诱冯沛林现身的事情。他也一直在想,邢从连会在何时又以何种形式提及这件事,毕竟这是他们的心结,他没有想到,邢从连会特意在这里和他说这句话——很敏锐、很真诚、很恰当,真的很好。

"你觉得,在这起绑架案里,我有特意隐瞒你的事?"

"之前你分析案件,一定会从嫌犯的动机和目的着手,这是你的强项。但这一次,你除了认为这条公路会出大事外,我从头到尾都没听你分析过犯罪动机,这就有点儿奇怪了。"

林辰无奈地笑了起来,和太聪明的人做朋友有时的确令人很无奈,他说:"如果我说,当我发现那枚炸弹不会爆炸的时候,我忽然在想,那个孩子应该不是坏人,你觉得这个观点怎么样?"

"因为弹出的不是炸弹,而是一个小丑?"邢从连似笑非笑地说道,"我暂时无法认同你的观点,因为现在他手握28条生命,并且很明显,他要用这些孩子的生命来胁迫我们。"

林辰缓缓摇头,说:"我曾经近距离地接触过他。他上车的时候戴着长围巾,在第一排坐下,倒头就睡,他这样的举止引起了我的注意。那时我想,他那么做大概是为了躲避监控摄像,所以问题出来了,他为什么不想被拍到?"林辰用安抚性质的眼神看了邢从连一眼,继续道,"那时候以我所在的位置只能看到他的腿和手，我发现他在颤抖。很可惜，我没机会上前询问。之后他很快突然发难，提枪顶在了司机头上。你能明白我的意思吗？他在发抖，因为紧张而发抖。这很不合理。既然他能镇定从容地抢劫，为什么会在事发前紧张得发抖呢？我觉得这很奇怪。"

刑从连哑然失笑："听你说完，我觉得他完全不像那个肆无忌惮的'糖果大盗'。"

"如果让我分析他犯案前的情绪，我只能说，他很焦虑。"林辰顿了顿，说，"焦虑，是人应对现实威胁和挑战的情绪反应。他很紧张，本意不愿意那么做，但又必须那么做。"

刑从连皱眉说道："如果我根据你的思路继续想下去，我会认为那位少年只是某起大事件的其中一环，他被某些人威胁利用扮演'糖果大盗'，目的是制造更大的事件？"

"对，我当时很怕他是被人胁迫，劫车只是演戏。"林辰稳了稳气息，镇定地说道，"如果那样，他花费那么大代价，不可能只为抢劫几块糖果。我当时觉得，他背后的人的目的一定非常不简单。"

"那现在呢？"

"现在，我觉得我好像多虑了。没有人胁迫他，这一切都是他主导的。"

"话题又绕回来了，既然你认为他主导了整个案件，为什么又认为，这个安装定时炸弹、劫持人质的罪犯不是坏人？"

"既然无人胁迫，那么他做这一切，就有迫不得已的原因。并且到现在为止，他都没有伤害任何人。"

"你的这些推测，为什么之前不告诉我？"

"之前仅是怀疑，没有任何依据，宽容罪犯不可取，所以我不想说。"

"那现在呢？"

"现在，"林辰望着刑从连的眼睛，缓缓地道，"不管怎样，我希望当你面对他时能尽量不要伤害他，你可以权当这是我期望大团圆结局的一些私心吧。"

15 · 陷阱

某些话，只能说与某人听；某些话，一定不能说与某人听。这并非虚伪，只在于说话的时机和说话的对象是否恰当。

林辰与刑从连的交谈时间很短，再上楼时，王朝一个人控制着两台电脑。这位年轻的技术员冲他们点点头，意思是追踪软件已经就绪，可以拨打绑匪电话。办公室里的皮沙发很亮，桌上的貔貅也很亮，邢夫人的面容还是那般明艳动人。董事长也好、助理先生也罢，甚至一同前来的客运公司经理都目光灼灼地看着他们，迫不及待在等拨通电话拯救人质。不过很显然，刑从连没有马上行动的意思。他在王朝身边坐了下来，很有耐心地同后者说着什么。

办公室里那些人忽然变得很失望，就好像燃起了熊熊烈火，却突然被一阵清风吹灭。

林辰在办公室里环视一圈，先走到窗边，推开了窗，又在办公室里转了一圈，在饮水机上拿了纸杯，很自然地给自己倒了杯热水。

五分钟时间过去，刑从连依旧同王朝低声说话。

半开的窗带来了清新的空气，然而办公室里其余三人却变得更沉闷了。

终于，这间办公室的主人忍不住了，年逾四十的董事长清了清嗓子，问："刑队长这是在等什么？"

同样忍耐不住的，还有百公里外，面对十几家媒体镜头的黄督察。记者们已经架好摄像机以及收音设备，然后就这样等了将近十分钟。姜哲站在摄像机前，觉得原本即将面对绑匪的紧张兴奋情绪都快要被消磨殆尽。他再次看向人群外，黄泽依旧站姿孤傲，满脸生人勿近。

姜哲想了想，把手机收在口袋里，在向媒体致歉后，走到黄泽身边低声说道："黄督察，记者那边已经等得有点儿不耐烦了，万一因为刑队长那边拖延时间，导致解救人质的过程出点问题，被记者指责行动不力的只会是您啊。"

姜哲或许会被林辰嘲讽背不出 DSM-IV-TR 手册，对于官场人的心态，却琢磨得很透彻。因此,在他加重了"刑队长"三字后,黄泽终于有了反应。仿佛有心灵感应般,刑从连看了看电脑右下角的时间,十分钟刚过,他的电话就应声响起。

"黄督察。"

"刑队长。"

在接近毫无意义地打完招呼后,两人又很默契地安静下来。

"黄督察,有什么事吗?"

刑从连很随意地问道,因为随意,他的声音落在黄泽耳中就变得非常刺耳。

黄泽音质很冷:"我是打电话来通知刑队长,本次案件已从单纯抢劫案升级为人质劫持案,且案发地也不在宏景市范围内。准确来说,刑队长只能协助案件侦破,而没有主导权。"

"我知道啊黄督察,这个案件您不是早就不让我参与了吗?不过是我刚好在监控中心,所以能稍微帮一点儿忙。"刑从连把手机换到右手,拍了拍王朝的肩,"我们局里技术员也正好在,他搭建了一个追踪平台,您先找个笔记本电脑,然后我让他接电话,他会教您怎么追踪绑匪电话。"

在被刑从连拍肩的瞬间,王朝像是得到了什么信号,立即刷新了当前页面。但如果黄泽在场,就会很震惊地发现,那并不是什么追踪平台,而是最普通的邮箱页面。

伴随着网页的刷新,一封新邮件随之出现。

"啊啊,黄督察您好,久闻大名如雷贯耳,不知您玩不玩魔兽啊,您选的阵营是联盟还是部落啊?"王朝边接电话,边点开邮件。

"现在绑匪手中握有28条无辜生命,你觉得你现在的言行对得起你的身份吗?"黄泽不是刑从连更不是林辰,听到王朝这么说,他随即毫不留情地训斥道。

"哦,我估计您一定玩的是'矮人'。"王朝漫不经心地回答着黄泽,目光扫视那封邮件,看到一半他就目瞪口呆,冲刑从连比了个口型:"我的天!"

刑从连只扫了一眼邮件,就收回视线,好像对结果并不意外,敲了敲桌，示意王朝不要把黄泽晾太久。

"哦对，黄督察，步骤很简单的，我教你怎么入侵电信局服务器哦，我在电信局服务器上留了个后门给你，你先打开DOS命令编辑器，我教你敲几行代码。"

"王朝，警务人员不要知法犯法！"黄泽终于被激出火气，"把电话给刑从连！"

"刑从连，你怎么回事？我给你时间不是让你入侵电信局网站的！"

"可是黄督察，我们现在要解救人质不是行动越快越好吗？和电信局工作人员沟通后再行动，三地联合定位追踪的话，实在需要花费太多时间了。"刑队长很无辜地说。

"刑从连，你究竟想怎样？"此刻，黄泽似乎预感到刑从连的意图，"你不会是想说，让林辰和绑匪谈判，然后再让你那位给电信局服务器开后门的技术员负责定位追踪绑匪电话吧？"

刑从连没有再装傻更没有继续辩驳，唇边露出很轻的微笑，只说："黄督察，现在麻烦您，查收一封邮件。"

电话被挂断，听筒里传出的忙音让黄泽有种不可思议之感。与此同时，他的手机通知栏闪烁，邮箱提醒他有一封未读邮件。黄泽虽然很生气，但还是打开了邮箱。信件简略，但内容丰富。那是封调查报告，出自柯恩五月旗下最著名的独立调查公司，而被调查的对象正是当红犯罪心理学专家姜哲本人。

黄泽看了眼姜哲乱糟糟的鬈发，避开姜哲。他的手指在屏幕上滑过，脸色很不好看。独立调查公司的调查报告显示，姜哲所谓的在X国常春藤大学心理学院的学习经历其实另有蹊跷。事实上，在国外的那三年时间，他一直在X国首都郊外的一所社区人学读书。

而姜哲回国后，便通过关系，在著名电视台主持一档心理学类节目。因为他言辞犀利幽默又善于自我调侃，所以大家的注意力永远都在他制造的那些热点话题上。而之所以没有人怀疑他是否真在那所常春藤大学读过书，是他曾坦诚自己因与教授理念不合，所以中途退学，故并未取得学位证书。就是这样一个胆大、心细的骗子，用简单的谎言就将媒体与记者玩弄于股掌之中。

沙发旁，林辰捧着茶杯，也很不可思议："你找人调查姜哲？"

"对啊。"

"在这么短时间内？"

"专业调查机构，总是比较有效率。"刑从连一副我也是被逼无奈的样子，"而且，我终归不能调用警局的资源去查他。"

"你怎么知道姜哲的学历有问题？"

刑从连微微垂下眼眸，看着林辰，很温柔地说："见过真的，当然就能分辨出假的。"

林辰有些无奈地叹了口气，对于刑从连时不时流淌出的天赋技能，真的很少有人招架得住。

不多时，迅速看完报告的黄督察，再次气势汹汹地打来电话。

"刑从连，你到底想要什么？"

刑从连气息很缓和，静默了片刻，语气忽然非常认真："黄泽，其实你很清楚，在这种情况下谁更适合与绑匪沟通。收起你的私人恩怨，我们的目的都是把那些孩子平安送回他们父母身边，不是吗？"

电话那头，黄泽陷入了沉默。对于这个问题，他根本无法做出否定的回答。林辰和刑从连一起给他挖了一个坑，林辰的坑里是"职责"，刑从连的坑里是"道义"。不过相比而言，刑从连城府更深为人也更奸诈。他先暗中调查姜哲，再利用追踪技术方面的缺陷引诱，最后晓以大义，用很温和但有理有据的方式，将他一步步推入坑中，令他必须交出主导谈判的权力。

黄泽深深吸了口气，平稳了气息："那刑队长，你现在究竟想怎么样？"

"那不如您现在特批一个心理学顾问的职位，这样林辰参与谈判，也符合章程、名正言顺。"

听到这个回答，黄泽忽然在想"哦，原来这么简单"。刑从连做这些安排，其实都是为了林辰有一个合理的身份。但隐约间，黄泽又忽然发现，姜哲的事情与其说是打脸，更像一个台阶，刑从连之所以要兜这么大圈子，似乎也是因为他在尊重自己作为警队督察的意见与判断。这样的人和这样的处事手段，黄泽真的无话可说。谈话进行到这里，只能以一个

"好"字收尾——很快,也很干脆。

"老大你心机真深。"

听完全程的王朝小同志终于忍不住摸着浑身鸡皮疙瘩,蜷在沙发角落,拒绝刑警队队长的靠近。林辰放下纸杯,抬头望着他的朋友,张了张嘴,却发现自己好像一句话也说不出来了。

16·判断

林辰有片刻失语,但也只在很短时间内。

没有多做感慨,他直接向刑从连伸出手:"电话给我。"

"黄泽,有件事需要你做。"林辰说。

听到话筒里再次传出那道宁和的声音,黄泽觉得有些讽刺。可在讽刺之后,他竟有奇异的安心的感觉。但数年来与林辰的针锋相对,让他几乎是下意识地用上了嘲讽的语气:"哦?林顾问新官上任就要放火吗?"

林辰的手指在电话上轻轻摩挲而过,他向刑从连致意,而后走出了门。

"事情是这样的……"林辰说话声音很低,并没有在意黄泽的嘲讽,语音一如既往平静清晰。

停车场里,黄泽站在人群之外,听到关键处,抬起头看了看先前被解救下的客车司机。

因为黄督察一直低着头,满脸阴沉,举着电话不知在说什么,所以当黄泽突然抬头后,姜哲很快意识到,有一些事情发生了。

姜哲见黄泽把灰色蓝牙耳机重新戴上,赶忙上前几步,拉住黄泽问:"黄督察,您看什么时候开始谈判?"

望着姜哲极有造型的爆炸式鬈发,黄泽心中竟有种说不出的恶心与黏腻。但现场媒体众多,他必须忍耐:"姜哲,这次案件,不需要你参与了。"

"黄督察,您不能这样啊!"虽然已预感到黄泽态度转变,但等到宣判时刻,姜哲只觉得紧张和惶恐。

黄泽甩开姜哲的手,向客车司机处走去。司机正坐在停车场边的小椅子上喝着热水,接受媒体采访。

见黄泽似乎铁了心要听林辰的话，姜哲猛地提高音量："您忘记林辰上一次作为谈判专家，最后发生了什么事吗？"

他的声音很大，不仅成功叫停了黄泽，甚至连一旁的记者们也纷纷侧耳。

黄泽回过头，警靴锃亮、警服笔挺，他说："姜哲，你不觉得，这些话我已经听得太多了吗？"

他说完，走到司机身边，拍了拍两位记者的肩膀，示意两人回避。

司机抬起头，可面对刚才冒着生命危险拯救他的人，司机眼底却似乎没有太多感激之情："警官先生，您有什么事吗？"

黄泽微微俯身，靠那位中年司机很近，说："我想通知您一声，警方已经定位了那名绑匪，特警正在赶去的路上，应该很快就能将人质解救出来，请您放心。"

黄泽话音未落，司机忽然紧张起来，饶是黄泽，也能看出对方眼神中的闪烁之意。

司机嘴唇轻轻抖动，想了想，然后很不安地问道："你们会抓到他吗？"

"我们派去的特警都是最好的狙击手，一旦掌握绑匪动向，能迅速将其击毙！"黄泽语速很快，神情很冷漠。

"别！"听到这话，司机脱口而出。

黄泽锐利的目光停留在司机担忧的面容上，但他没有再多说什么。他直起腰，转身走了几步，然后按住耳机，问："听清楚了吗？"

"非常清楚。"林辰顿了顿，没有马上挂断电话，说，"黄泽，谢谢。"

黄泽想："你谢我什么？"

林辰挂断电话，回到房内，很意外看见刑从连向他使了个眼色。

林辰的目光掠过办公室那几人，最后，落在董事长脸上。

"有什么事吗？"他问。

董事长焦急地问道："你们还在等什么？为什么还不给绑匪打电话？人命关天啊！"

如果说有谁最担心事情无法圆满解决，那大约就是宏景高速的董事长先生了。毕竟他是这条高速的主要和直接负责人，所以此时此刻，他比谁都焦虑急躁。

林辰微微叹了口气，转回身，在饮水机边又灌了半杯热水，递到董事长面前。

他说："请放松。"

大约是林辰太过镇定，又或是有人天生能平复人心，董事长握住刚递来的纸杯，杯子上还印有"宏景高速"几个字，再抬头时，神情有所缓和。

林辰宽慰他："其实绑匪要我们给他打电话，是希望我们在经历人质危机和炸弹危机后，会变得紧张焦虑，以便更容易答应他所提的条件。"林辰回到沙发椅边，王朝很自觉地给他移了个空位，林辰继续道，"但是主动权很重要，如果我们在发现他的信息后，让他变成等待的那个人，他也会有同样的情绪体验。"

董事长被说得有些不好意思："我是有些急了，但就算让他像我这样，那也没什么好处啊。万一他情急之下，伤了孩子怎么办？"

林辰微微垂下眼眸，解锁手机，看了看时间与电量说："首先，我要等他先开口。其次，他不会伤害孩子。"

林辰语气很淡，也没有再说什么。他按下那串早已熟记于心的号码，然后看了看身边的技术员。王朝接过手机，替他开启电话录音功能，然后再次测试追踪定位系统，最后递给他一副耳机。林辰点了点头，又分了其中一个耳机给身旁的刑警队队长。耳机线并不长，他与刑从连靠得很近，他把耳机自带的话筒拿到唇边，为了方便，刑从连又侧了侧头，与他贴得更近些。林辰按下了通话键，嘟……嘟……等待音一下又一下传来，连响了五次，电话接通了。耳机内外一片静默，随后又轻又缓的呼吸音渐渐响起。

林辰没有说话，他在等待。

于是，绑匪开口了。那声音既轻柔又礼貌，好像是家世良好又仪态优雅的贵公子，全无绑匪应有的暴戾之气。

他说："姜老师，我等您很久了。"

刑从连睁大眼望向林辰，眼神中满是不可思议。他忽然明白林辰为什么说要等对方先开口。人在等待中，会变得紧张焦虑，也最容易犯错。

林辰的呼吸稳定平静,像是毫不在意绑匪暴露出的称谓。他只是捏着耳机线上的话筒,微微笑了起来,声音清朗宁和:"你好。"

电话那头,传来了一声轻笑:"我等您很久了。"

"和你说话前,我也需要好好准备。"林辰很简单地化解了对方的质疑。

"瑞士糖的味道,怎么样?"电话那边的少年笑问道。

"我还没来得及尝一口,糖就被打包送往证物处了。"林辰笑着说。

"那真是太遗憾了,柠檬口味的瑞士糖真是棒极了,我想您应该试试。"

"这个主意不错。"林辰的手指轻轻缠了半圈耳机线,然后开口,"天有些冷,你们中午吃过饭了吗?"

"哈哈,吃了小朋友们带的零食啊。"少年笑了起来,说,"姜老师,您其实是想问,我们在哪儿吧?"

"那你方便告诉我吗?"林辰完全没有在意挑衅,顺着话题,很随意地问道。

"咦,你们和绑匪谈判,难道不用电话追踪吗?通过基站三角定位的话,你应该很快就能知道我在哪里吧?"

闻言,林辰看了眼刑从连,刑从连已经凑到电脑前。然后他见鬼似的把电脑屏幕移给林辰看,屏幕上的追踪红点已经稳定下来,并清晰显示出,绑匪此时正在宏景高速旁那片遮天蔽日的芦苇丛中。

纵然是林辰,也有些微惊讶。只是未等他开口,电话那头忽然传来棉花糖般柔软稚嫩的女童声音,女童仿佛在念着什么东西,磕磕巴巴,却又非常清晰认真:"叔叔,希望你们,在 90 分钟内把结果带到我面前。"

柔嫩的嗓音在林辰耳郭中转了一圈,甜得几乎要扯出细密的糖丝。林辰按着耳机,并未追问到底什么是"结果",只是凑近话筒淡淡开口:"我们做个约定吧。"

"什么约定?"

"我会把你想要的东西带给你,但是也请你务必保证孩子们的安全。"林辰的声音很认真很郑重,唇边的笑容也消失不见。

"姜老师似乎胸有成竹啊?"电话那头传来了轻微的嘲笑声。

"其实没有。"林辰坐直身子,脊背笔挺,"我只是觉得……"

"你觉得什么?"少年似乎觉得很好笑,忍不住反问。

"我觉得,你活得很痛苦,而有良知和道德底线的人,总是活得更痛苦一些。"

电话那头的少年似乎也没想到会听到这样的回答,也是安静了一会儿,才再次开口:"姜老师,我忽然觉得要对你刮目相看了。"像是为了平复心情,他拆开了什么包装纸,然后把糖果塞进嘴里,边咀嚼边说,"那就 90 分钟以后见啊,请您带着那些记者朋友一起来啊。"

说完,他轻松挂断了电话,林辰仿佛听到电话那头还传来了飞吻声音。

"姜老师,姜哲?"邢从连摘下耳塞,修长的指节轻敲台面,"也难怪今天来了这么多记者。"

"大概是被利用了吧。"林辰把手移到还温热的水杯上,轻轻感叹道,"真是个太聪明的孩子。"

17·平衡

费尽心机绑架一车人质,只为一个"结果",这不是聪明又是什么呢?但问题的关键在于,什么是"结果",又是什么"结果"?

宏景高速董事长先生再次忍不住发问:"林……林先生,绑匪到底是什么意思?"

"他大概是想说,给你们一个半小时,找出他想要的东西,否则他在 90 分钟之后要杀人了。"林辰想端起茶杯,手却被邢从连按住。

"什么?撕票?!"刹那间,董事长只觉得冷汗要顺着脊背流下来,"这简直是穷凶极恶、丧心病狂!你不是说他不会伤害那些孩子吗?!"

林辰微微摇头,回避了这个问题,他再次拨通了黄泽的电话。

"怎么样了?"黄泽声音有轻微的紧张情绪。

"绑匪主动暴露了位置,王朝等会儿会将具体位置发给你。"

"什么叫主动暴露位置?"

"他主动暴露位置,要求您与随行的记者到场,然后他称我为姜老师。"林辰平静地叙述道。

"他为什么会喊你姜老师？"黄泽转头看向在车里生闷气的姜专家，心念电转，忽然明白了林辰的意思。事实上，今天早些时候记者不约而同上高速采访"糖果大盗"一案时，他就觉得有些奇怪。虽然此案备受瞩目，但十几家电视台记者同至似乎又显得太过小题大做。

林辰回答："我猜想，绑匪利用了姜哲把这些记者骗上高速，因为当事情达到最高潮时，他需要记者在场。至于他怎么利用姜哲的，这件事我想你还是与姜老师面谈最好。"

林辰的话令黄泽一时语塞。

"绑匪提了什么要求吗？"黄泽提着电话，向警车走去。

"他要一个'结果'。"

"什么'结果'？"

"他没有说。"

"所以你们根本没搞清楚绑匪的诉求究竟是什么？"

"是，但我猜想，以那个少年谋篇布局的能力，他大概已经把所有的线索都摆在我们眼前了。"

然而，关于线索和结果，这些都并不是黄泽关心的问题。他所关心的只是案件会如何解决，而解决之后的结果又是否在可控范围内，所以他并没有追问任何关于线索和结果的问题。他走到车边，对林辰说："告诉刑从连，宏景特警大队已经在半路上了，让他把绑匪具体位置发给我，再抄送特警大队大队长一份。"

黄泽说完，挂断电话。

他看着后座上满头乱发的姜专家，弯下腰，敲了敲车窗。

车里，姜哲百般不情愿地侧过头，见是他，眼底又冒出些许期盼的光芒。

黄泽主动打开门，坐进了车里。

办公室内。

黄泽挂断电话，林辰握着手机，微微垂眸。

刑从连很敏锐地察觉林辰的忧虑："黄督察怎么说？"

"他让我们把绑匪的坐标位置发给他，还有特警大队队长。"

两人对话很短，也很默契地没有再继续说下去。

刑从连心下了然，轻轻敲了敲王朝的脑袋："你把位置给黄督察发去，然后去现场协助黄督察处理案件。"

王朝嘴里叼着的笔"啪嗒"掉下："我为组织立过功，组织不能这样对我！"

刑从连没有再与王朝开玩笑，严肃认真地说道："你处理完追踪系统后，有确认枫景学校那辆旅游大巴究竟停靠在哪里吗？"

"哦，你等等。"王朝说着，切换了另一个窗口，将方才电话追踪定位的结果与车辆追踪结果两相比对，然后对刑从连说，"欸老大，阿辰刚是不是说，那个老司机说他们是在过饮川北出口后下的车是吧，果然是个老骗子嘿。"他把笔重新咬回嘴里，啪嗒啪嗒敲了几条指令。随后，屏幕上准确驶过枫景学校那辆丢失的旅游大巴，王朝顺势切换至下一个高速监控摄像头，大巴却不见踪影。

王朝看了眼两个监控之间的坐标参数，把鼠标移到地图上，说："位置是在梅村北30公里处，还远远不到饮川。"

"好，你把失踪大巴可能停靠的范围以及嫌犯具体位置一起发给黄泽，然后让老彭他们特警队派个人接你，一起过去。"刑从连了揉了揉王朝的脑袋。

"司机是绑匪同伙吗，姜哲也是？"此刻，一直跟着刑从连的客运公司经理听了半天，终于忍不住问道。

刑从连并没有回答，也是这才意识到房间里还有个一直全程跟随的人："杨经理，实在不好意思，要麻烦您自己回去了。"

他说完，很干脆地拎起车钥匙。

这时林辰也恰好站起，几乎不用语言和眼神沟通，和刑从连一起离开，留下办公室内一群人面面相觑。

其实姜哲完全没有想过，事情会变成现在这样。他承认，他是个有贪念的人。他贪图钱财、贪图名声，却从不觉得自己是个坏人，也从没想过自己会变成所谓的帮凶。可当黄泽满脸铁青拉上车门保险并在他身边坐下后，姜哲才意识到，好像事情真的不受他控制了。

"姜哲，你知道吗？伪造简历并不犯法，但我向你保证，合伙实施绑架一定违法。"像黄泽这样职位的人，当然不会像刑从连似的随身带一副手铐。但他只需跷起腿，保持生人勿近的脸色，再加上一句分量够重的话，就足以把他人吓得屁滚尿流。

"黄……黄督察……"姜哲的声音顿时颤抖起来，"绑匪和林辰说了什么？"

"绑匪说，希望姜老师您带着记者去与他会合，可为什么绑匪会把林辰认作你呢？"

听到这句话，姜哲终于明白，他最害怕的事还是发生了。事实上，从见林辰第一面起，他心中就有不好的预感。正因为有这样的预感，所以他才不断阻挠着林辰参与这个案件。这件事本身非常简单，背后是个无伤大雅的约定：由他帮助一个无国界组织完成某种行为艺术性质的"表演"。他承诺带去记者，表演方在完成展示后，会假装被他说服，最后释放人质。这是皆大欢喜的故事。

虽然他从未与对方见过面，但对方一直在信守承诺。剧情完全在按他们预定的方向发展，除了和绑匪谈判的人换作林辰外。所以，问题都出在林辰身上！姜哲这样想着，心中也仍旧抱有一丝幻想。他对黄泽说："您知道绑匪把孩子们带到哪儿了吗？您带我去试试吧，我真的能说服他！"

可黄泽只是冷冷地看着他，没有再说任何话。

下楼后，刑从连并没有马上去取车。他在楼外的香樟树下站定，靠着树，准备抽根烟。

"有什么在人前不能说的话，现在可以说了。"

林辰听见刑从连对他这么说，愣了愣，反问道："有没有人告诉你，太聪明不是件好事？"

听到他的话，刑从连笑了起来，眼角眉梢有些恣意和潇洒的意味："刚才陈董追问你他会不会伤害那些孩子，你没有回答。但这个问题对我来说也很重要，所以我希望能听到你的答案。"

林辰声音不大，却非常确信地说："不会。"

"怎么说？"

"你听过斯德哥尔摩综合征吗？"

"人质对于绑匪产生感情甚至是依赖的某种心理效应？"刑从连心念电转，却还是觉得不可思议，"那个说谎的老司机斯德哥尔摩了？"

"我刚才让黄泽做了个小测验，黄泽故意对司机说特警已经找到了绑匪，并且会很快击毙绑匪、解救人质，那时，司机慌张了，他更关心绑匪安危，这不是斯德哥尔摩又是什么？"

"小兔崽子也厉害得过分了，为什么能这么短时间内让人质完全信服他？"

"这就是他太聪明的原因。"林辰有些感慨，"事实上，如果不是司机说谎，我或许还猜不到他之前一次又一次抢劫大巴、索要糖果究竟是为了什么。"

刑从连没有接话，只是目光灼灼地看着他。

"其实，他在做常模。"

"常模？"

"常模是心理测量中的一个概念，你可以把它理解为是种平均标准，即大多数人面对某个测试时的普遍反应会是怎样。"

刑从连眉头轻蹙："他之所以不停劫持客车，是因为他要评估大多数人面对一个劫持者时会有什么反应？所以，他把抢劫当成了心理测试？"

"进行测试，然后评估，再测试，这是非常重要的。在这循环往复的过程中，他要做到让劫持者不仅不恨他，还要信任他、帮助他。"

"有点疯。"刑从连打开烟盒，发现烟已经抽完，于是又将盒子塞回口袋，"我承认，他确实很吸引人。他幽默风趣，行为举止很有风度，而且大部分人不认为抢劫糖果的少年会真的伤害他们。但只是这样，司机就能够甘愿为他说谎，孩子们就甘愿跟着他跑？"

"要完成这项行动，人格魅力和武力当然都不可缺少，但最重要的是说服人质们的理由。"林辰低下头，树根下的泥土，有些微的湿润，"我猜想，他所要的结果也就是他说服所有人质的理由，而这个理由一定非常沉重，沉重到所有人都愿意为他服务。"

林辰深深吸了口气，越细想这件事情，就越觉得其中迷雾重重，既湿且冷。

"这件事绝对不能让黄泽知道。"突然,刑从连果决的声音打断了林辰的思索。

风吹起茂密的香樟叶,林辰抬起头,有点诧异。

"现在,那个少年、我们,与黄泽之间,正处于微妙的平衡。"刑从连迈开长腿,边走边说,"少年知道我们在找答案,黄泽知道他正制约着罪犯,而我们也知道,他们两方之间没有人敢轻举妄动,这是最好的平衡。但平衡很快会被打破,留给我们寻找答案的时间会非常短暂。"

这样的总结,很直白很清晰,胜过千言万语。

林辰望着刑警队队长顾长的背影,很是吃惊,他也很想问一问刑从连:这些制约与权衡之术你究竟从哪里学来的?

18·推断

这个世界很大,这里的故事也很多,你要在万千故事中寻找一个答案,比大海捞针更难。

林辰跟在刑从连身后,原想对方说得这么有理又步履匆匆,大概要急着去寻找答案,没想到,刑从连却直接带他绕过停车场,径直走向道路管理中心食堂。

过了饭点,食堂打饭的窗口早已关闭,门口的小超市里,猫和看店的老阿姨在一起打瞌睡,连灯都没有开。刑从连进小超市里转了一圈,出来的时候,手上多了两碗刚加了热水的泡面,又是红烧牛肉口味。

林辰想过去帮忙,刑从连却用手肘敲了敲口袋。林辰于是会意,把手伸进刑从连长风衣的口袋里,不出意外,摸到了一盒未拆封的烟。

人在烦躁时烟瘾确实会变大很多。林辰于是耐心地拆开塑料包装,抽出一根,递给刑从连。刑从连又转了半圈,让他从另一个口袋里拿打火机。林辰掏出打火机,只见刑从连微微低头,很自然地把烟凑到他手边。"咔嚓"一声,火苗点燃卷烟。昏暗的空间里,刑从连眼眸低垂。他睫毛有些长,而被纤长睫毛覆盖着的眼眸绿意盎然,澄澈如水。

林辰收回手,很自然地将打火机放回刑从连的口袋。

刑从连深深吸了口烟,忽然就满足起来。

从头到尾,刑从连都没有说话,他很认真在抽烟,然后慢慢走回车边。

他把两碗泡面放下,拍了拍引擎盖问:"自己上得去吗?"

林辰单手撑着盖子,脚踩在保险杠上,坐上引擎盖。等他坐稳才发现刑从连为什么要选这处地方。吉普车所停之处正对着漫天芦苇,远处有白鹭掠过天际。午后阳光温暖,清风拂面,很舒适也很惬意。他拿起身旁的泡面,挪了挪位置,让刑从连也跳坐上来。

泡面还是烫的,掀开碗盖时热气扑面而来。刑从连很贴心地递来叉子,他们两个人就谁也没有说话,开始默默吃起迟来的午餐。

等真的吃上两口东西,林辰才发现自己真的已经饿过了头,鲜香的汤水和柔韧的面条进入肠胃,紧张和疲惫感终于被抚平了一些。

"认识这么久,还不知道你是哪里人?"刑从连吃了两口,忽然开口问道。

风很软,芦苇很青,这句话也像是再平常不过的闲聊。

"我家在逢春。"

林辰答完这句,忽然想起对方其实拿出手机打一个电话,等几分钟,就可以知道他的全部信息。刑从连现在这个看似不经意的问句,其实是想告诉他,他并没有通过那些调查手段探寻过他的过往。果不其然,说完这句话后刑从连便很安静地继续吃面。

林辰这才注意到,虽然只是吃一碗泡面,但刑从连脊背笔挺,端着食物的手很稳,进食频率也很稳,自有一种不动如山的意味。林辰忽然想起很早之前老师开玩笑时曾说,吃饭最能看出一个人的性格。那么林辰想,刑从连这个人确实很可怕。

但是林辰的感慨只维持了很短的时间,因为刑从连很快就吃完了面,并且连面汤都喝得一干二净。他把面碗一放,顺势躺倒在引擎盖上,看上去好像真的要睡觉。

"你们心理学家是不是说过,如果想不明白一件事就要换换脑子?"刑从连躺在引擎盖上这样说。

林辰看他一眼，点了点头："因为思维定式有时会阻碍人产生新的想法，所以……"

他还没有说完，手肘就被拉住，刑从连不知何时支起上身，把他手里的泡面碗拿了下来放在雨刮器边上，然后不由分说，拉着他一起躺下。

"那来睡一觉吧。"刑从连说。

就这样，林辰很莫名其妙地被迫躺在引擎盖上，更莫名其妙的是，身旁还有一个警察。

林辰觉得有些昏昏欲睡，耳边却突然响起熟悉的低沉嗓音。

"你不会真的要睡着了吧？"

废话……

"我刚刚在想，既然他让我们找答案，我是不是可以理解为他其实是在走投无路后，在寻求警方的帮助？"

林辰微微睁眼："好像，也可以这么认为。"

"既然他要寻求警方帮助，那么其实早就已经把他想表达的事情表达清楚了。按你的话说就是，他已经把所有线索摆在我们面前了。"

"对，是这样。"

"他交给我们的线索，第一是宏景高速，因为毫无疑问，所有事件都是发生在这条高速路上。"

"嗯。"

"你又分析说，如果他能说服那些人，那么他的理由一定很沉重，那么这个世界上能令人感到沉重的东西，必定关乎生死。所以，在公路上发生又关乎生死的事情……"

"车祸？"林辰瞬间清醒，"你是说，他想让我们寻找某次车祸事件的真相？"

"如果我的思路是正确的，那他之所以要寻找记者，就是为了公开复仇，他要让那次车祸的始作俑者或者说是幕后黑手身败名裂。"

林辰想了想，觉得这个思路实在很清晰，于是说："很有道理，那又要麻烦王朝了。"

"这是他的荣幸。"刑从连说着掏出手机，再次拨通了那位小技术员的电话。

王朝刚坐上车，顶头上司的电话就来了，他内心很郁闷，真的很郁闷。

"你查一下，到现在为止一年之内，宏景高速上发生了多少起车祸。"刑从连的声音通过手机传出，因为刚上车要放东西，王朝本就用肩膀和耳朵夹着手机，听到这话，觉得非常心累："老大，你知道吗？就算一天三起车祸，一年内这条高速上就要发生上千起车祸啦。"

"你安静点，听我说。"刑从连顿了顿，语音清晰，"首先，排除其中没有任何人员伤亡的事故。"

"嗯。"

"然后，过滤一遍伤亡人士名单，看看里面是否有枫景学校的学生或者老师。"

"欸，老大，调数据和排查需要时间，你要稍等我下的。"

"我知道，最后你还要再过滤一遍所有车祸伤亡人士家属名单，看看家属里是否有15~18周岁的少年。如果有，看看是否有枫景学校的学生。"

"哦哦，我明白你的意思了。不过我在高速上啦，无线信号不是很好，你要多等一会儿。"

通话内容让刑从连敏锐察觉到一丝异常："你没有跟老彭他们的车吗？"

"没有啊，彭老大好像已经快到劫持人质的现场了，刚刚杨经理说反正他回去也没事，就借了辆车送我过去。"王朝随口汇报完，就挂了电话。

芦苇丛的吉普车上，刑从连盘腿而坐，将手机移下耳旁，他眉头轻蹙，没有说话。

"怎么了？"林辰问。

"我忽然想起，其实绑匪还送了我们一条线索。"

"嗯？"

"一块车载平板电脑。"

其实最早时候，那名少年就以无比崎岖的手段，将一块车载平板送到警方手上。但王朝已经仔细查过，除了GPS所记录的诡异行驶路线外，这款车载平板电脑里并没有任何异常信息。

"你不是曾经说,这块平板,经过了人力所不能完成的复杂诡异路线吗?"

刑从连与他对望一眼,突然揉了揉头上的板寸,跳下吉普:"一个人的力量,当然没有办法完成这件事。其实很简单,导航是根据高速公路计算路线,他却可以跳下高速抄近路,然后只需要将这款平板传递给什么人,并由那个人传递给下一人,几次传递后,路线当然会变得诡异莫测。"

"有人在帮他。"林辰坐起身来,"你说得没错,年轻人,尤其同学好友之间,很容易产生热血义气。"

刑从连再次将车开上了高速,这次没有赶路,反而以踏青的姿态慢悠悠开车。该流逝的时间还是会一分一秒过去,离约定的90分钟,又近了许多,在时间的洪流面前,再多的努力和思索总显得杯水车薪。

春风和青草的香气,让人身心放松。窗外是比人还高的芦苇,那名少年说不定正躲在其中某一片草里,和孩子们在一起玩儿游戏。然而或许下一刻,狙击手的子弹就会击穿他的头颅。

没有答案,就没有大团圆结局。

前方的路面被太阳晒出明亮的光泽,像涂了层薄蜡,刑从连的车刚开出没一会儿,就似乎遇上前方交通事故。车流速度渐渐变缓,远处车尾都亮起了红灯,刑从连不时刹车躲避碰擦,最终还是只能把车停下。

令人意外的是,就在刑从连停车的刹那,前方车流又忽然动了起来。林辰拉住把手,只见他们正前方停着一辆黑色别克,黑别克车刚要起步,右侧车道的大客车猛然加塞过来,并瞬间别过来小半个车头。本就等得有些焦躁的别克车司机遇见加塞,不愿相让,一怒之下猛踩油门。谁知客车司机也不肯停,"砰"的一声巨响,别克车与大客车结结实实撞在了一起。因为车型差距太大,别克车撞扁了小半个头,挡风玻璃全碎。客车上的乘客突遭车祸,全被吓得噤若寒蝉。

见此情形,客车司机立马打开车门跳下,一脚蹬在别克车的车头上:"你不要命老子还要命,老子车上一车人,你想找死是不是!"

火暴的客车司机嘴里骂着还嫌不够,见别克车司机像是被卡在驾驶室里,使劲踹了脚车门,像是要把这门夯实。就在这时,愤怒的客车司机突然感到脖子一紧，瞬间被掀翻在地。他在倒地后还想爬起，却背上一疼，被人死死按在地上。

刑从连松开膝盖，伸手按住客车司机，取出手铐将人铐住，动作行云流水，说不出地果决迅速。做完这一切后，他才站起身回到别克车边，驾驶室里气囊尽数弹出，司机被卡得动弹不得。

林辰则靠近车窗，询问司机身体受伤情况。就在这时，逆向车道上突然传来警笛鸣响声，刑从连盯着远处而来的闪烁警灯，皱起了眉头。

19 · 时间

交警来得很快，那是个开摩托车的小警察。

"这又是怎么回事？"小警察停好摩托，看见卡在驾驶室里的司机和被铐在地上的另一人，赶忙从摩托上下来。

刑从连向他敬礼，递出证件。

小交警拿过证件看了一眼，想到人质绑架和定时炸弹事件，迅速敬礼递回证件："哦哦哦，是刑队长吧，您是要去那边现场吗？"

刑从连对此不置可否。

林辰站在车边，忽然转头对两人说："司机可能有颈椎损伤，应该不严重，但还是要叫急救人员来。"

"那稍等会儿，救护车应该很快就会来的。"小交警凑过来看了看车内情况，见司机意识清醒，看上去并无大碍，但也不敢乱动。他于是绕车走了一圈，走到被刑从连铐上的火爆中年司机旁，悄悄问刑从连："这是您铐上的？"

刑从连点头："让他冷静冷静，等会儿我给他解开。"

"他撞了老子，你们警察还铐老子，老子要投诉！"司机听到这话，竟在地上扭曲蠕动起来。

"哎哎，师傅，您看您这车明显就是变道嘛，变道不让直行，出了事就是您全责。"

见交警开始教育肇事司机，林辰打断他："叫救护车了吗？"

"你等下,我看看。"

小交警跑上肇事大客车,从仪表盘边取下一块银灰色平板电脑,然后跑下车在平板上按了几下。很快,平板电脑上面清楚显示出车辆行驶记录,以及遭受撞击后的一系列参数。

林辰与刑从连极有默契地对视一眼,不约而同地来到小交警身边。

"已经打过120了。"小交警说着,将屏幕翻转过来。林辰在屏幕上清晰看到"已自动呼叫高速交警大队及120急救中心"的字样。

就在这时,小交警胸前的对讲机也响了起来。

对讲机那头的人问道:"小曹,你那边是不是又出事了?"

"两车相撞,不算严重,不过有人受伤,急救车来了吗?"

"我看看……"那边停顿片刻,然后说,"已经出发了。"

小曹交警点点头。

"效率真高。"刑从连觉得隐隐抓住了什么关键。

"对啊,我们换新系统了嘛,现在七座以上客运车辆、危险品货运车啊,反正容易出安全事故的车辆,都配了最新的定位和呼救系统,指挥中心会通过系统评估综合调配警力和救护资源。"

"你说的这个系统,就是基于……MEMS加速度计什么的?"

"基于MEMS加速度计的自主呼救系统,不过这只是车载终端的名字,全称是'公路安全分级预警系统'。"交警小哥语速很快,"这套系统很好的,尤其在高速这种地方,路面空旷,有些司机受伤失去意识,没法报警,车辆都能自动报警,国外都在用啊。"

"也就是说,车辆受撞击后,装有这种呼救系统的车,会自动评估车辆受损程度,并综合分析车型路况等一系列因素,发出求援信号。指挥中心系统接到报警,会以此为依据派警察和救护车前往现场。事故越严重,系统评级就越高,更多的警力和救护资源,会被迅速分配到这样严重的事故中?"刑从连锁眉沉思,语气凝重,"那么,相反呢?"

"什么相反?"小交警不是很明白刑从连的意思。

刑从连感激似的拍了拍小同志的肩:"对于这个系统,你还知道什么?"

"怎……怎么了?"小交警望着刑从连肃穆的面容,忽然胆怯起来。

"回答我的问题。"

"这套系统吧,好像是由途安客运公司引进的,前年起开始试用的,效果不错,然后慢慢向全省乃至全国推广。反正所有货车、客车尤其是危险品车辆之类容易出现重大安全事故的车辆上,都必须安装。"

仿佛是有那么一条丝线,将所有的事情都串联了起来。

"途安公司,这套系统是由途安客运公司引进的……为什么?"

"这有啥为什么?系统是途安公司引进的,途安公司和交通局签订的协议负责系统的安装推广和维护。"

刑从连没有再接话,林辰被他拽着走到路边。

"怎么了?"林辰问。

"还记得枫景学校那辆旅游大巴被劫持后,我们大概是几点得到的消息吗?"

"大概十二点十五?"

"对。"刑从连声音低沉又郑重,"但大巴被劫持的时间,应该是在八点半到九点这段时间内。"

"中间差了三个小时。"林辰很快意识到其中关键,"我们反应太慢了。"

一次小型撞车事故,交警能在几分钟之内赶到现场。但整车的儿童被劫持,从事故发生到警方接警,却花费了三个多小时,这本就骇人听闻。

"他想让我们找的车祸事故答案,应该和他操作的劫持案很像?"刑从连说。

林辰答:"因为救援反应不及时而造成的有严重后果的车祸。"

"所以,他针对的目标是公路安全分级预警系统?"林辰站在护栏边上,甚至觉得春风都变冷了,"或者是某个能够直接接触到系统的人?"

刑从连再次拨通王朝电话:"你下车了吗?杨典峰还在你身边吗?"

"黄泽过河拆桥,说不需要我了,让我直接在芦苇丛里趴着,怎么了老大?"

"你离杨典峰远一点,我有几个问题问你。"

电话那头传来窸窸窣窣的声音,过了一会儿王朝说:"好了,我悄悄走的,特别不动声色!"

"我让你比对的案件，有结果吗？"

"刚比对完啊，你不知道我的工作条件有多艰苦！我查了下，枫景学校只有两名学生在宏景高速上因车祸受伤，但是伤情并不严重。"

"有学生亲属因车祸身亡的吗？"

"讲真老大，你认为劫车案是枫景学校的小兔崽子做的？"

"像他那个年纪的孩子，当然还是学生。从自己学校下手当然最方便，也最容易找到愿意帮助他的人。"刑从连回答。

"哦，我明白了。"王朝说着，又打开另一个文档，"那么，枫景学校有3名学生的直系亲属因交通事故身亡。"

刑从连想起小交警的话，如果系统还在推广过程中，那么并不是所有车辆被强制安装："你可以查到在这三起事故中，是否有安装过MEMS自主呼救系统的肇事车辆，重点应该在客运和货运车辆上。"

"欸好。"王朝低低应了一声，他声音有些犹疑，"有点儿不大对啊，老大。"

"有线索了？"

"2014年5月11日清晨，宏A牌照的中型客车，在行至永川江路段时，因车辆刹车系统出现问题及司机驾驶失误，致使整车翻入永川江内，车上23名乘客，无一幸免。"王朝深吸一口凉气，念得很慢，看到接下来的字句，只觉得齿颊皆冷，"在此次事故中，年仅40岁的缉毒警员方志明，因公牺牲。"

要在万千故事中寻找一个答案，当然如同大海捞针。然而要在三起车祸中，找到最特别的那起，很简单。

刑从连也曾想过，案情或许会很沉重，林辰也给他打过这样的预防针，可他从未想过，事情与他牺牲的战友有关。也是隔了许久他才开口："把案件详情发我。"

说完这句话后，刑从连才发现，他甚至抱着一丝微妙的侥幸心理。他想，说不定这起车祸与"糖果大盗"无关，而那个劫车的少年，也或许不是一位缉毒民警的孩子。

邮件很快传来，他的手指在手机屏幕上迅速滑过，而后僵硬停留。

刑从连绿色眼眸里流露出的震惊与哀恸，让林辰心中一怔。他的视线移至手机屏幕，刑从连平素沉稳的手竟有轻微的颤抖。顺着刑从连的指尖，他的目光落在屏幕中一行小字上。

其中两名乘客因重型颅脑损伤死亡，一名因肺部穿刺死亡，剩余二十名乘客溺水身亡，名单如下：
……

日光隐没，春风骤寒。
"这就是他要说的故事。"林辰抬头，缓缓说道。

刑从连以不要命的速度驾车疾驰，阳光追逐着车身，又很快被甩开。
这个故事很简单，乘客溺水身亡，意味着坠入水中时都还活着，或许受伤或许哀号，但都活着。车不会迅速沉入江中，他们在水中等待着、期盼着有人能够来救他们，或许有五分钟或许有十分钟或许有更长的时间。他们等待着、绝望着，直至冰冷的江水将他们完全淹没。
刑从连开车很认真很专注，但神情太过肃穆，还没处理完事故就被强掳上车的小交警甚至不敢大口呼吸。
"不用担心，我们只是有些事情想问你。"察觉出小交警的惶恐情绪，林辰低声宽慰道。
"我，我能帮什么忙？"
"你在高速上执勤多久了？"
"两年啊。"
"在两年的执勤过程中，有没有一些车祸让你觉得很奇怪？"
"什么叫奇怪啊？"
"比方说，因为救援不及时导致车祸伤亡惨重。"
"您这话什么意思？什么叫救援不及时？"听到这话，小交警有些生气，"车祸发生路段又不是我们可以控制的，再加上堵车等因素，就算我们想第一时间赶到现场，也得能飞过去啊！"

"可是你知道吗，公路分级预警系统本身就有漏洞！"

"有什么漏洞？"

"分级报警是基于车辆撞击参数，不是吗？系统按车祸严重程度分级预警，如果车辆毁损严重，指挥中心会接到最高级别的报警，但如果车子没有遭受损坏，却发生了更危急事件呢？比如，整辆客车翻入江中。"

"你说的是特例，再说客车掉到江里，怎么可能一点点都没有损坏？我们肯定会接到报警的，你你……不能因此否认公路分级预警系统的作用！"交警小哥听得直摇头。

"没有发生过？"刑从连猛一按喇叭，"'5·11'特大车祸，整个车翻入永川江内，没有发生过？"他看着后视镜，目光很冷。

交警小哥眉头轻蹙，似乎不知刑从连为什么突然提起那次车祸："我记得啊……'5·11'车祸，是由于司机操作失误造成的。而司机在客车翻入江中之前就已经按下了报警按钮，医疗队在第一时间赶到了现场。"

"如果救援及时，那为什么会有20名乘客溺水身亡？"

"永川江深啊，而且江水又急，那天时间又晚，救援难度更大，救援队伍赶到的时候，很多乘客都不行了。"

"可你不觉得这起车祸太特殊了吗？"

"这案子确实伤亡惨重，但是你非觉得是因为我们和医护人员救援不及时，可以查系统数据啊。看看司机报警时间和我们到达现场的时间，到底有没有问题啊。"

小交警的话，并没让林辰轻松。是啊，只因为父亲没有得到及时救援，就要劫车、绑架儿童，这显得太过激太没有道理。如果是没有道理的事情，没办法说服司机欺骗警方，更没有办法说服那些在暗中帮助他的人们。但如果不是这样呢，那么事件背后的真相，又究竟会有多可怕呢？

林辰没有任何迟疑，再次请求王朝的帮助。

王朝趴在芦苇丛里，浑身都半干不湿，听到电话里传出林辰的声音，忽然就有了精神："这位先生，请问我有什么可以为您效劳的吗？"

"我和刑队长怀疑，公路安全分级预警系统存在漏洞，你能查到'5·11'特大车祸发生的时间、车载系统发出求援信号的时间以及交警救援部门到达车祸现场的具体时间吗?"

"哦,后面那个好查,交警出警档案里就有的,我看下。"王朝把电脑搁在腿上,席地而坐,"'5·11'当天,交警到达现场的时间,是二十一点二十分。"

"预警系统里接到的车辆自动报警时间呢?"

"这个啊……这个数据要进交通局的后台看,有点儿小麻烦。"

"有什么问题吗?"

"因为我,又要做……违法乱纪的事情了!"王朝说着,小幅抬头看着不远处黄泽傲然挺立的身影,"你和老大啥时候来?"他边说,边小心翼翼地入侵着交通局的系统。

"现场情况怎样?"

"黄督察你还不知道吗?能强攻他绝不谈判啊,特警队的狙击手都已经就位了,太可怕了,真人CS啊!"王朝说完,轻敲了下回车键,"Bingo,二十一点十二分。"

"也就是说,交警部门只用了八分钟就赶到现场了?"

"是啊,没问题啊。"

林辰将手机贴在耳边,却一时不知该说些什么。

"不,这里面有问题。"刑从连按了下喇叭,边避让开前方车辆边说。

小交警立马说:"我就说你们想多了嘛。高速上再怎么晚,也都车来车往,就算车辆自身没有报警,路过司机看见,也会报警啊。"

听到这句话,林辰忽然想到了什么,而开车的刑警队队长抢先开口:"你说得没错,所以如果这不只是一起意外事故呢?"

"王朝,'5·11'车祸当天夜里,警方系统中有收到人工报警吗?我是说除车载系统自动报警之外。"林辰冲手机那头问道。

"这个啊……"王朝再次查询记录,恨不得有八只手,"好像没有欸。"

"也就是说,当时并没有人目击车祸究竟是如何发生的。"刑从连顿了顿,反问道,"为什么会这么巧呢?"

"王朝,如果有人修改过后台记录,你可以查到吗?"林辰最后问道。

20·少女

离"5·11"车祸已经过去一年了。一年时间不算长,但足以抹平许多痕迹。如果时间允许,他们现在该做的,就是回头去再次调查这场车祸。无论是排查过往车辆也好,回顾调查报告也罢,他们甚至可以一一核对现场救援人员口供,可时间又怎能允许呢?

前方人头攒动,依稀可见全副武装的特警、刑警正在疏导交通。

黄泽在不明情况时,或许还会允许与绑匪谈判。但若真被他掌握局势,那么一定会贯彻铁腕手段,不谈判、不同意、不妥协。

这样的原则很没有道理,但这本身就是一种道理。无论你基于何种诉求,劫持人质本身就已经违法,既然你已经违法,那么你就必须清楚,当你将枪口对准他人时,这个世界上也一定会有枪口将对准你。这就是刑从连要保持这种微妙平衡存在的原因,他必须保证对劫车绑架嫌疑人的威慑是存在的。

林辰想,你真是让我很难办啊,孩子。

车已在路边停下,身材颀长的刑警队队长率先走下,与刑从连相识的特警走上前去与他交谈。远处的芦苇地里,隐约出现一条小路。

林辰坐在车里,手轻抚过屏幕。

过了一会儿,刑从连走过来敲了敲车窗:"我们走吧。"

"过去要走多远?"

"大概一刻钟。"

林辰看了看时间,离约定的90分钟,正好还剩下一刻钟。

广袤的芦苇地是太过奇妙的世界。周围寂静无声,青绿色叶穗在头顶飘荡。这里有鸟鸣,有流水,有新鲜的青草香和突如其来的野花香气。但这样的寂静与安详是最虚伪的假象,因为在这片芦苇丛深处,有许多枪口。或许下一刻,子弹便会击穿绑匪的头颅,留下满地滚烫的鲜血。

时间太紧迫,刑从连甚至没有时间再抽一根烟。他的手拨开不停倒伏下的芦苇,并且须在这种情况下仔细翻阅车祸调查报告。

"刑队长啊，为什么你们一定要觉得这次车祸有问题呢？你现在看的这份报告，是经过层层审阅，才会批准发布的。"小交警踩了满脚泥跟在他们身后，言下之意是，那么多交通事故方面的专家看过，并且他们都认为这起车祸纯属意外，你难道比他们还要专业？

林辰跨过一片水洼，松开刑从连的手站在原地，回答了这个问题："因为在这片芦苇丛深处，有个孩子拿着枪指着另外一些孩子，威胁我们一定要找出他父亲死亡的真相。"

"这孩子有问题！"小交警拨开恼人的叶片，"每年高速车祸死这么多人，生死都是命，怎么就他这么偏执呢？"

"因为他父亲是一名缉毒警员。"刑从连回过头，冷冷说道。

"欸？"小交警提高音量，"你们不会是怀疑，有人想杀了那个警察，顺手就杀了车里其他人？"

"我们确实是这样怀疑。"刑从连答道。

"你这么一说，我倒是听说过，有些缉毒警员被曝光身份，然后全家都被毒贩追杀。"小交警打了个寒战。

听见这话，刑从连忽然回头。

"我们大概忽略了一件事，他要那些记者到场恐怕还有其他更重要的理由。"林辰说。

刑从连点了点头，打开手机浏览器窗口，用最简单的方式在搜索框里，输入了"方志明"三个字。随着滚动条缓缓推进，答案出现了。

那是一些旧新闻，搜索日期显示，新闻刊发的时间是在 2014 年 3 月到 4 月，所有新闻的标题都大致相同。

> 永川警方成功破获一起特大制毒贩毒案，新闻频道专访缉毒神探方志明

刑从连挑了其中一条点了进去，最先出现的是一张照片。照片中的男人面带笑容，身着警服，看上去憨厚可亲。谁也无法想到，就在这则新闻刊发后一个月，这名警员便命丧于永川江上，而与他一同溺亡的，还有 22

条无辜生命。

　　林辰收回目光，望着刑从连刀削般的侧脸，只觉得喉头堵塞，很难说出话来。

　　"这不是意外，这是报复。"刑从连把手机递给跟在最后的小交警说，"还有十分钟时间，请你仔细看一遍事故报告。"

　　小路很快要走到尽头，远处是一片湖。飒飒春风拂过水面，水上野鸭凫水，水底草荇摇曳。

　　湖边有一幢白墙红瓦的小屋，像是早年养鱼人留下的屋子。因为长时间无人居住，小屋看上去又脏又破。虽然条件很差，但这间小屋胜在周围毫无遮挡、视野开阔，所以他们很难在不惊动屋里人的情况下强攻下来。

　　不得不说，那个孩子所选的藏身地点非常恰当。

　　王朝趴在地上，沉浸在与"公路安全分级预警系统"的搏斗当中。忽然感到肩膀一重，有什么人搂着他的肩膀坐了下来，他吓得差点喊出声，却看见自家老大那张严肃的面孔。

　　"怎样了？"刑从连没有与他寒暄，很直截了当地问道。

　　"老大您能不能别这么吓我！"

　　"回答我的问题。"

　　刑从连声音低沉肃穆，王朝吓了一大跳。林辰恰好蹲下，他赶忙捅了捅林辰，问："我老大这是怎么了？"

　　"方志明死因蹊跷，很有可能是因为照片泄密，被贩毒集团蓄意报复。"

　　"一整车23条人命啊，交警调查报告里没有半点问题，这怎么做到的？"听到这个问题，刑从连拍了拍小交警的脑袋说："他问你呢！"

　　"我……我怎么知道！"小交警很委屈。

　　"你是我们中间最熟悉交通事故的人，你刚才已经看过这份调查报告了，告诉我，如果你是凶手，会如何完成这场谋杀？"

　　刑从连的目光深邃，令人生不起半点反抗念头，小交警想吐槽的话在嘴边转了一圈，最终还是自己咽了下去："我记得，事故报告认为，车辆坠江是因为司机操作失误和刹车系统故障所致，关于这两点，我们现在都没办法回头查证，但如果调查无误，这两点确实是导致客车坠江的原因，那么……"

"什么？"

"那么，也有可能不是司机操作失误。如果我是凶手，我要制造这样一场天衣无缝的车祸，我就得逼司机自己把车开进江里。我以前见过类似的事故，用一辆重型卡车，在高速行驶中，把司机逼靠在最外面的车道上。然后再让另一辆车的司机在客车前突然刹车，如果前车是危险品运输车辆就更完美了。两车逼迫下，司机会下意识猛踩刹车猛打方向盘，大巴车身都不会有任何撞击痕迹，加上刹车系统问题的话，车会冲出护栏，翻到江里。"小交警闭着眼睛，拼命挠头，甚至显得有些痛苦，"但要完成这一切，我必须确保大巴内所有乘客、乘客……"

"无一活口。"林辰神色冷淡，替他完成了这个回答。

王朝很快反应过来："噢！所以阿辰你让我查有没有人篡改后台数据，因为大巴配有自主呼救系统，就算大巴坠江，乘客们都以为很快会有人来救他们。可是黑心的家伙直接篡改了报警时间，把所有乘客活活淹死在车里了！"

王朝很激动，赶忙把笔记本屏幕移给林辰看："阿辰你看，我早上就觉得，杨典峰他们那个系统用的GPS定位有问题。因为没有'时间—位置'定位，我很难推算出当时方警官乘坐的那辆大巴车的具体坠江时间。不过我查了系统日志，后台记录的报警时间确实被人为修改过！"

"能查到是谁做的吗？"林辰的目光定格在屏幕右下角的时间上面，他问了最后一个问题。

"这个很难查，不过我见过这个系统的程序员，没见过这玩儿的啊，心特别大。获得权限的管理员不仅可以修改时间，还可以修改行车记录，这何止是筛了，这简直是老奶奶的裹脚布好吗！"

"比喻用错了。"刑从连拍了拍王朝的脑袋，然后问林辰："你怎么看？"

林辰很清楚，刑从连问"你怎么看"，实际是在问他"你想怎么做"，或者说，"你准备怎么做"。

现在案情尚未明朗，一切都只是猜测。

林辰沉吟片刻，终于开口："在场所有人中，有两个人或许知道事情的真相。"

不远处的芦苇丛中，衣着精美的客运公司经理早已注意到三人的到来。此刻，他正弯着腰，小心翼翼向他们挪动过来。湖边小屋里，在那层灰蒙蒙的破败窗帘后，那名犯下滔天大案的绑匪或许也在等待最后时刻的到来。

"那么，终究还是要让他们面对面，把事情说清楚。"

刑从连抬头，林辰与他极有默契地对视一眼。他们甚至不用说什么话，只需两次目光移转，便能明白对方心中所想。刑从连把自己的配枪交到了林辰手里："没有子弹。"林辰正要站起来，刑从连却把自己的蓝牙耳机一并拿出，塞进了他耳内。

"小心。"刑从连说。

此时此刻，十几家电视台记者正匍匐于芦苇丛中，镜头焦点都牢牢锁定着湖畔小屋。而几十位全副武装的特警正在战术隐蔽中，狙击手的火力也早已覆盖完毕。同时，在这片芦苇丛的某处，那位衣着笔挺、言辞如剑的警方督察也一定在做着强攻前的最后决断。

现在局势如同一堆干燥稻草，随便一点火星就能烧起燎原大火。

那么，在当前状况下，解决问题的唯一方式，只有快刀斩乱麻。

"真的不谈判吗？"特警中队指挥员名叫彭然，他按住耳麦，问身前的人。

"任何人都应用正当途径表达诉求，所以，不妥协、不谈判。"黄泽抬腕，看了看手表，"按原定计划，倒数三十秒。"

他话音刚落，一道清隽的身影在远方芦苇丛中缓缓站起，黄泽不用细看，就知道那是林辰。王朝还不知发生了什么事，刚想拉住林辰，却只听见"咔嗒"一声轻响，林辰果断将手枪上膛。林辰迈开步伐，快走两步，轻轻松松抬手，冰冷的枪口就抵住杨典峰的额头。没等杨典峰喊救命，林辰便拨动手枪保险，将枪调至射击状态。

像是为了表示果决的态度，林辰一把将杨典峰从地上拉了起来，缓声道："放松点，我最多一枪打死你。"

他步速不快，举止也毫无戾气，像长风拂过松林，清淡闲适，仿佛丝毫没有将人命放在心上。一时间，场内诸人，皆悚然无比。

杨典峰脸色煞白，原本整齐好看的西装也因为在芦苇地里蹲了半天而变得又脏又皱。他只觉得额头冰凉，一直提心吊胆的事情终于还是发生了，哆嗦着嘴皮子，却说不出半句话来。

林辰半拖半拽，拉着杨典峰走出了隐蔽的芦苇地。

"别去看系统了，直接给我查杨典峰的银行账户。"目送林辰拿住杨典峰，刑从连很果断地对王朝说道。

既然程序有很大问题，那么作为引进整个系统的负责人，杨典峰又怎会不知情呢？吩咐完这些，随着林辰一脚跨出芦苇丛，他也站了起来，然后很无所谓地朝黄泽方向走去。

匍匐在芦苇丛里的特警见到突然出现在湖边的两人，一时搞不清状况，因此不敢有半点动作。

黄泽的眼睛几乎要眯成一条细线。他望着林辰，刚想发难，不远处又大大方方站起来另一个人。长风衣拂过青绿色芦苇，刑从连态度潇洒无畏，气场逼人。

刑从连到了黄泽面前没说话，先斜过头点了根烟，又抽出一支顺手递给一旁做"木头人"的彭队长，弄得彭然接也不是不接也不是。

"刑队长，您这是什么意思？"

刑从连抬眼，笑了笑，仿佛在说：黄督察总问什么意思，真是很没意思。

"林辰手里的枪，是哪儿来的？"

"我给的。"

"刑队长先是姗姗来迟，又擅自将配枪借出破坏解救行动，如果学生出现任何伤亡，这责任刑队长你担得起吗！"黄泽语速急切、音调渐高，说了一大堆，但意思很简单：你一个小小刑警队队长，还把不把我放在眼里！

等黄泽说完，刑从连悠悠吸了口烟，才缓缓说道："黄督察说的这些罪名我还担得起。"他的声音轻飘飘的，眼皮也没抬，意思更加简单：我当然确实就是没有把你放在眼里。

彭然左看右看。他和刑从连本是旧识，虽然黄泽算他们半个上级，但终究不是亲近的同僚。见刑从连这个态度，本来就反对强攻的他当然乐意再缓缓。他挥了挥手，示意手下人不要妄动。

刑从连和林辰配合得默契无双，他在这里拖着黄泽说了两句话，那边林辰已将杨典峰带至小屋门前。

90分钟的倒计时刚好走完。

林辰一撞杨典峰的膝窝，杨典峰顺势跪倒在地。

"你要的结果。"林辰平静开口，对着小屋里的人朗声说道，"所谓自主呼救系统和公路安全分级预警系统，本身就有巨大的漏洞。第一，如果车辆本身没有受到严重撞击却出现更为严重的问题，这种情况往往耽误特殊事故的救援，比如说整辆车坠江，或者像你正在做的这件事情，我说得对吗？"林辰对着小屋里的人这样说道，他声音不轻也不重，却拂过湖畔的每一个角落。

"你在说什么？"杨典峰忽然挣扎起来。

"别乱动，我手不是很稳。"林辰牢牢持枪，这样说却懒得去看杨典峰一眼，"第二，MEMS系统的GPS定位，不曾记录'时间—位置'这一重要参数。任何系统都不可能是完美的，漏洞也是必然存在的。但掌握系统权限的人可以利用这个缺陷更改车辆求援时间，以在表面上填补这一漏洞。"

话音掷地，四野皆寂，甚至连丛中的野鸟都很恰到好处地收声。

小屋的门，被"吱呀"一声推开来。

屋外的天光顺着门缝，如潮水般向屋内倾泻而去。

少年顶着漫天明光，缓步走出。

他依旧围着烟灰色羊绒围巾，穿一条浅蓝牛仔裤，脚上是明黄色的板鞋，鞋子上大大的对钩，如同最灿烂的笑脸。少年把门拉了开来，数道红点瞬间对准他胸口，他坦坦荡荡毫无畏惧，甚至手上连一把枪也没有。

芦苇丛中，特警的手指扣在扳机上。

见此情形，林辰走了两步，直接挡在少年面前。

"他这是在找死吗？不要以为我不敢击毙他！"饶是离得很远，林辰也能听见黄泽对刑从连怒吼。

刑从连正提着手机，似乎正和电话那头的人交流什么。他面容越来越冷,好似完全没有听到黄泽的质问声。

林辰站在少年面前,只见少年从口袋里掏出两颗柠檬糖,一颗扔到自己嘴巴里,另一颗递给了林辰:"谢谢你救我,给我打电话的人也是你吗?我倒是被你骗了呢。"他微笑,似乎并不介意剧本被打乱这件事。

林辰摇了摇头,没有说话。

"还有第三点吗?"见此情形,少年又问。

林辰说:"第三点,也是最可怕的一点,正因为系统记录可以被人为修改,也就意味着有人可以利用这个漏洞,制造一些近乎完美的谋杀案。"

对于他的答案,少年仿佛很满意。"所以,他就是害死我爸的那个人吗?"少年指着杨典峰,很平静地说道。

"我不清楚,所以我把他带到你面前,我想你应该很乐意亲自问他。"

"你人真好。"少年笑笑,蹲下身来,他的目光与跪在地上的杨典峰齐平,对地上这位客运公司经理说:"听他的意思,是你改了车辆自动报警时间,让我爸活活淹死在车里的吗?"

杨典峰的脸色好像最苍白的雪砂纸,一戳就破,颤抖着双唇,几乎要拼尽全身力气才能说出话来:"你们说的什么,我什么都不知道!"

林辰压紧耳麦,那头传出刑从连的声音。刑从连的声音很低沉很镇定,令人莫名安心。

"王朝刚才已经查过杨典峰的账户,在'5·11'车祸前后,杨典峰母亲的账户里先后收到两笔总计100万元的汇款,王朝还在查汇款人。"

林辰微微叹了口气,心中勾勒出整个事件的原貌,枪口轻轻戳了戳杨典峰的脑袋,然后说:"杨先生,'5·11'特大车祸发生当晚,你受贩毒集团所托,为了报复缉毒警员方志明,修改了方志明所乘车辆的自动报警时间,致使23条无辜生命溺亡。这件事,你总还是要给人家孩子一个交代的。"

"不关我的事,不是我干的!"杨典峰激动地喊道,"你不要血口喷人!"

"没有证据我敢拿枪对着你吗?"林辰顿了顿,又说,"你好歹也算认识王朝,你觉得以他的水准会查不出是谁给系统留了后门,又是谁动了手脚?"

杨典峰面无血色。

"嗯，给系统动手脚你好歹可以抵赖说不知情，但是银行转账总是真的。其实现在地下交易一般都用电子货币了，像你这样直截了当接受现金转账的，胆子真大。"

他的话其实说得很模糊，但在这种情况下只会让杨典峰满脑子都在思考自己到底哪里出了纰漏。而杨典峰的这一迟疑，便是再明显不过的做贼心虚。

"他说的都是真的吗？"少年目似点漆，黑得深不见底，突然间，少年掏出枪来死死压在杨典峰额头正中，"说啊！"

看到这幕，黄泽无法再淡定下去，冲林辰笔挺的背影用力吼道："林辰你再不滚开，我连你一起击毙。"

"你大可以下令开枪，前提是你认为，一个罪犯的命比一位烈士孤女的命，更加重要。"林辰端枪的手很稳，他说完，竟然侧开一步，大大方方将面前人暴露在警方火力之下。

"什么孤女！"黄泽对着他大吼，过了片刻，黄泽忽然醒悟过来，愣怔道，"那是个女孩？"

林辰弯下腰，一圈又一圈解开了围在眼前这个孩子脸上的围巾。少女小巧的耳垂和白皙的脖颈逐渐显露出来："死于'5·11'车祸的刑警方志明，只有一个年仅16岁、名叫艾子的小女儿。"

全场再次陷入寂静之中，这样的寂静，更多的是震惊和悲痛。

烈士孤女、替父申冤……

彭然只觉得浑身冷汗，要是没有刑从连阻止，听了黄泽的话下令击毙嫌犯，那么不只是开枪的特警，甚至连他也会终生良心难安。想到这里，彭然感激地看了刑从连一眼。

刑从连的目光却牢牢锁定在湖畔三人身上。

少女说："你看，我的筹码很多哦，就算我现在在这里杀人，所有人都不敢碰我一根手指头，你该怎么办呢？"她笑嘻嘻地看着杨典峰，眼神中却没有半点笑意。

"我……我也是被逼的，我不想的啊！你爸得罪的都是大毒枭，都是他们让我做的啊！"杨典峰只觉得毛骨悚然，瞬间涕泪横流，方艾子的身份成为压垮骆驼的最后一根稻草，"连警察他们都说杀就杀，我这种小市民，他们要弄死我还不是翻翻手的事情！"

林辰冷眼看着杨典峰。

就在这时，方艾子站了起来，冲林辰甜甜一笑："如果你打死他，我就放了屋里所有人。"

"林辰，你不要知法犯法！"

黄泽再次出声。林辰没有动，方艾子先动了。

少女举起手上的枪，如同许多次毫不犹疑开枪射击般，非常果断地将那把枪抵在自己太阳穴上说："我数三下，他死，或者我死。"

少女声音并不响亮，但目光深邃，动作很认真很郑重。很快，她就开始倒数："三……"

情势突变，急转直下，这招太狠、太绝、太无情，现场所有人都惊呆了。彭然最是焦灼，如果林辰真的依言击毙杨典峰，那他是不是要下令击毙林辰？刑从连依旧站得很直，如松如柏，连目光都未飘移半分。

于是林辰开始说话了："无论如何你都会自杀，所以你的威胁对我来说没有任何意义。"

他的声音乘着长风，拂过芦苇，整片整片的芦苇，便如水波一样漾开。

方艾子一口咬碎硬糖，却强作镇定地笑道："您说什么？我很守信的。"

"林顾问，林先生……您不能做帮凶啊，杀人偿命啊！"杨典峰扑在林辰脚边痛哭，只怕林辰会听方志明女儿的话一枪把他打死，但林辰只是牢牢用枪顶住杨典峰的头顶，根本不在乎杨典峰到底在哭闹什么。林辰定定地看着面前的少女，问："我一直在想一件事，为什么在看似意外的车祸事故后，你会很清楚地知道那并不是一起意外呢？"

他话音刚落，少女的目光下意识地看向自己手里的那把枪。

林辰顿时明白，很平和地注视着眼前的少女："这把枪，是你父亲给你的吗？"

"这是我爸爸临走时留给我的。"

少女口中的临走，也就是临终。作为缉毒警员，如果不是到了万不得已的地步，方志明又怎会私下弄一把枪来给女儿防身呢？

"是因为泄密事件吗？"林辰轻缓地揭开了方艾子心中掩藏最深的一层伤疤。

少女的手当即颤抖起来，林辰看在眼里，嘴里的话却没有停下："方警官的身份被新闻媒体大肆泄露，他这辈子得罪过的人太多，很清楚自己将遭遇不测。他害怕你会受到伤害，所以，他给你留了一把枪？"

特警不敢妄动，但望向那些记者的眸光里都仿佛喷着火般。一位缉毒警员身份泄露，无异于直接将他推到毒贩枪口前。

"只死一个杨典峰怎么够？你要用这把枪，来完成最完美的复仇，不是吗？"林辰继续说道。

方艾子终于开始有些慌乱，但林辰没有给方艾子任何开口的机会，语调很冷："你很清楚害死你父亲的人是谁，毒贩是直接凶手、泄密的记者是间接凶手。你是烈士的女儿，不可能像一个毒贩的女儿一样，拿一把枪把这些人"砰砰砰"全打死。你想来想去，只有自杀才是最完美的解决方式，烈士孤女血荐轩辕，舆论的利剑会直指所有当初报道过你父亲的记者。那些因为疏忽或者无所谓或者只是为了博头版而把你父亲照片挂出去的人，他们一定可以逃脱法律制裁，但没有人可以逃脱道德的制裁，没有任何复仇会比这样的复仇更惨烈更痛快，不是吗？"

最深的心思被一语道破，方艾子嘴唇轻轻颤抖，竭力控制着情绪反问道："难道你认为我不应该让你杀了杨典峰，或者我不应该向那些人讨回公道吗？"

"我认为，你不应该。"林辰没有做过多思考，非常直截了当地回答道。

这句话仿佛点燃了少女心中埋藏已久的怒火，少女冲他吼道："我为什么不能恨他？我为什么不能恨这些人？为什么不能报仇？是他们害死了我爸爸，我再也没有爸爸了！"

少女眼含热泪，却不肯掉一滴下来："我爸死了，我以前总嫌我爸爸耳朵不好，后来我才知道那是因为有次缉毒行动，他被毒贩的弹片伤了听觉神经。可就算是这样，他也没从一线退下，他是那样那样好的一个人，他做错了什么，要这样被活活淹死？他甚至没有死在战场上，死得不值得死得那么窝囊，就因为那些人！"

少女带着哭音，字字泣血，在场所有人尽皆动容，除了一个人。

林辰静静凝视着少女："道理很简单，你的父亲是烈士，你是他的女儿，你天生就该比别人活得更堂堂正正、光明磊落。别人可以仇恨，你不可以，别人可以求死，你不可以，因为从你父亲去世的那天起，你就活在他带给你的荣光里，你也必须，带着他的荣光和骄傲，一直走下去。"

"你以为，出了这样的事情，我还能活下去吗？"方艾子忽然笑出声来，指了指杨典峰的头，"你怎么不问问，他背后的势力究竟有多大？他们可以悄无声息地抹去23条人命，你以为，那些人会放过我吗？"

方艾子先前的哭诉并未让林辰动容，但现在这轻描淡写的一句反问，却让林辰觉得悲伤。这个15岁丧父的少女，见识过毒贩丧心病狂的手段，终日生活在惶恐不安当中。在黑暗的世界里，她谁也不敢相信，只能凭借着满腔仇恨支起一盏微灯，在风雨飘零的世界里踽踽独行。

但她，终究不过是个会害怕的小女孩而已。

"打死杨典峰，否则我就自杀。"方艾子的声音很冷静，冷静得几近冷酷。

形势突变，后方一片混乱。狙击手们再次端起了枪，枪口却无一例外地对准了林辰。

就在这时，林辰听见耳麦里传出刑从连的声音："已经联系上方志明的生前好友，他们说了一些事情。"

林辰看着方艾子手里的枪，平静地听刑从连在那头讲述不知是谁带来的关于方艾子的故事，他把那些曾经的故事再说给眼前的少女听："你母亲很早就过世，但你有一个好父亲，你父亲会带你去打枪，会带你去练习搏击术。他说女孩子一定要自强独立，如果有一天他不在了，你也可以不受人欺负，好好活下去。所以你有良好的身手，不是吗？"

"你在废话些什么！"

"你父亲希望有一个顶天立地的女儿，或许他是错的，因为这样的形容词，实在不适合女孩子。可我想，他是对的。你做到了任何女孩子都无法做到的事情，面对穷凶极恶的毒贩你不敢妄动，稍有不慎就会被杀人灭口，在这种情况下，你竟然冒着生命危险跑去抢劫客车，用切实的危机告诉所有人，那个狗屁系统它有问题。你还利用我们找出了幕后真正的罪犯，这些都是很了不起的事情，不是吗？"

"可是，我的爸爸已经死了。"灿烂天光落到少女的眼眸里，竟如落泪一般，"我不想死在他们手上！"

"这个世界上，再不会有第二个像你这样的女孩，你父亲的女孩。你父亲至死都未曾向那些穷凶极恶的匪徒妥协过，那么请你也不要害怕，不要向命运妥协。"林辰笑了笑，回望着没入天际的芦苇丛，最后对少女说，"你父亲的同事就在那边现场，你想在结束以后，和他们聊天吗？"

临近傍晚，漫天红霞。一只白鹭划过天际，最终消失在天的尽头。

警察们进屋的时候，孩子们正在玩儿地上的一堆糖果，屋子里满是香甜可口的气息。几个小男孩大约是玩累了，正趴在桌子底下熟睡，警察小心翼翼地给孩子裹上毛毯，并抱了起来。

孩子们叽叽喳喳地走出屋子，对他们来说，这仿佛只是个好玩儿的冒险而已。

湖边警车上，方志明的同事正在和方艾子说话，小姑娘手上戴着锃亮的手铐，柔软又清爽的发丝贴在她湿润的脸颊上，她终于显现出符合年龄与性别的一面来。

现场的后续事宜，自然有黄督察负责处理。杨典峰已被先行押解回市里，刑从连和林辰在湖边漫步。

明明周围是警方处理现场的嘈杂声音，林辰却仿佛听到了水鸟展开翅膀的声音。从收回配枪后，刑从连就没说过话。林辰总以为他会开一些玩笑，又或者是说些辛苦之类的话，然而刑从连却什么都没有说。林辰其实非常感激刑从连的信任，他能拦住黄泽控制局面，也能提供恰到好处的情报支援，这些都难能可贵。

林辰想，他或许应该说声"谢谢"，先开口的却依旧是刑从连。

"你觉得，值得吗？"刑从连剃着板寸，面部线条在湖光映衬下显得不再那么冷硬。

所谓的值得，当然是指那个小女孩所做的这一切。其中她将改变或者已经改变的事情，包括她将要承担的后果，这些都是否值得？面对这样的女孩，他们甚至没有资格来评判对错，所以到最后只能问一句：值得吗？

"这不是关于价值评价的问题，这是一个概率问题。我们不知道抓出杨典峰、堵上这个漏洞后，是不是会挽救又最终会挽救多少生命。但我希望，这个数字是所有。"

听到这些话后，刑从连看着他，忽然就笑了起来，用手勾住他的脖子："想这么多干吗？今天真的好累，回去请你吃烤串啊！"

他笑嘻嘻的，仿佛是再平常不过的忙碌上班族工作一天后的模样。明明是该享受美景的时候，他的手机却又不合时宜地响了起来。刑从连接听电话，然后挂断，时间也不过几秒钟，再看过来时，目光却冷得要结冰。

"杨典峰死了。"他说。

林辰有些不敢相信自己的耳朵。

"吸盘炸弹，他们调了监控录像，是过红绿灯时一辆尾行摩托车偷偷装在警车底盘上的，十秒起爆，车上还有三位我的同事。"

苇丛轻拂，夕阳如血。

少年人总以为，人生是充满幻想的旅程，但实际上，每个人的一生，都只不过是来去双程。

三坟·盲从，
是智慧的坟墓

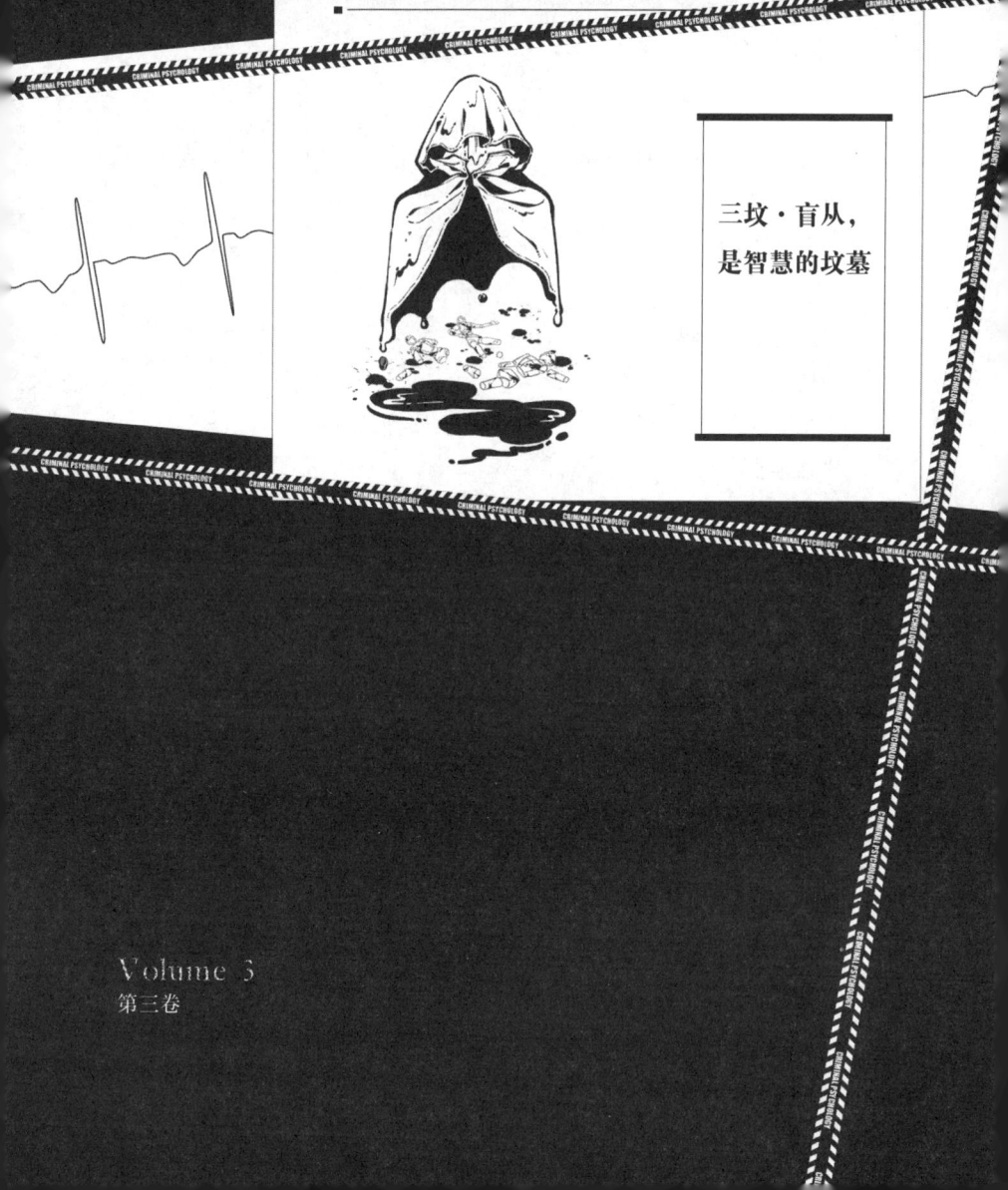

Volume 3
第三卷

01·测谎

"林先生,下面我将向您询问一些问题,请您如实回答。"
"嗯。"
"你叫林辰吗?"
"是。"
"你是逢春人吗?"
"是。"
"关于本次测谎调查,你是否愿意如实回答我的问题?"
"愿意。"

林辰坐在审讯室内,食指和无名指上夹着几个夹子,胳膊上缠绕着血压计,一些导线连接着他的胸口与桌面上的屏幕。他的心跳、呼吸、血压、皮肤电等参数,在屏幕上汇集成复杂的线条,并向前缓缓推进。在他对面,是一位督察处的工作人员,当然并非黄督察本人。

自"糖果大盗"一案后,不知出于什么原因,林辰就再没有见过黄泽,并且又不知是出于什么原因,黄泽竟然真的派人来为他办理警队顾问审批手续。当然在那之前,他还是必须把一些未交代的事情交代清楚。

通过测谎仪测试,自然是交代程序的一部分。

他对面的测谎人将目光从数据监控屏幕上移开,那人目光微凝,在结束毫无威胁的中性问题后,当然要进入正题。

"在办理案件过程中,你是否曾利用职权,帮助过犯罪分子?"
"没有。"
"在协助警方办理'9·10'连环杀人案的过程中,你是否有意帮助嫌犯冯沛林跳江逃跑？"

"没有。"

屏幕上的数据线开始波动，测谎人迅速扫过屏幕，然后略有些失望地移回视线："你和冯沛林一起坠江后，到底发生了什么？冯沛林究竟是生是死？"

"和冯沛林一起坠江后，我们被江水冲散，我不知道他是否还活着。"林辰握着玻璃杯，水很烫，水面漂了薄薄一层茶叶，他盯着旋转的茶叶梗淡淡答道。

"照你这么说，既然你没有事，为什么不归队汇报完这些情况再走，而是招呼也不打一个人就偷偷摸摸走了？"

听到这个问题，林辰微微抬眼，似乎在看着测谎人的脸，又似乎在看着他背后清亮的单向玻璃。

"冯沛林的目标一直是我，我怕再次出现会给警方带去不必要的麻烦。"他顿了顿，然后继续说道，"并且，有些权势很高的人呢，总在找我麻烦，我也想诈死躲过这些麻烦。"他气息很稳，声音很平静，听上去格外坦然。

哪怕不看那些复杂的线条，光从他说话的语气或者态度上，任何听到这句话的人都会觉得，这样的理由并没有什么问题，但也仅仅是没什么问题而已。

刑从连站在单向玻璃外，双手插兜，穿着自己的常服。与每每穿衣总是一丝不苟的黄督察不同，他的衣角有些皱，第一颗扣子也没有扣起，因此看上去很是散漫随意。可或许是他的眼窝太深邃又或是眸色偏绿的缘故，在他凝视着审讯室的眸光中有与散漫形象不搭调的宁静和凛冽的深意。可偏偏，那样的宁静和深意，只保持了很短的时间，在听到那句很合理的回答后，他原本为了保持严肃的嘴角轻轻勾起，深绿色的眼眸中漾起涟漪，然后边笑边看向了桌上的测谎仪。嗯，各项指标都很平稳，于是他的笑容也越来越深。

测谎人翻过一页纸，突然问道："你谈过恋爱吗？"

饶是林辰，对于这样的问题，也有些意外："嗯？"

"回答问题。"测谎人清了清嗓子，很严肃地说道。

"没有。"

"你从没有喜欢过什么人吗？"像是觉得这个回答太过奇怪，他忍不住补充问道。

"没有。"

就在这时，监控屏幕里的各项数据，终于出现了肉眼可见的波动。而回答问题的人也很快意识到，自己在这个问题上说了谎。林辰微微蹙眉，像是也没有想到，自己居然会在这个回答上出现问题。可到底，是哪里出了问题呢？

虽然被测者开始纠结，测谎人却很快翻过了这篇，毕竟谁没有一些隐私呢？

测谎人回归正题："那么，在'糖果大盗'一案中，你是偶然出现在被劫持大巴上的，对吗？"

"是。"

"你这是要坐车去哪里？"

"去旅行。"

"很巧啊。"

就在这时，林辰终于忍不住松开握住茶杯的手，说道："抱歉，请允许我打断您一下。"

"怎么了？"

"我刚才听了您提的这些问题，我想您使用的这套测谎程序应该是CQT准绳问题测谎法。"

测谎人翻到文件第一页看了眼，有些尴尬。

"准绳问题测谎法分为四个部分，中性问题、准绳问题、相关问题和目标问题。[①]例如询问姓名年龄这些，都是中性问题，中性问题的作用在于确立正常反应水平，所以在提问过程中，请尽量让被测者回答一道

[①] 毕惜茜：《审讯中侦查人员提问的问题编制研究》，《中国人民公安大学学报（社会科学版）》，2022年第4期。

'是'问题和一道'否'问题,否则基准线设置会出现问题。"

测谎人合上文件,很无奈地听着。

"同时,请您在询问关于案件相关的问题时,尽量将问题的模式编写成能让被测者回答是否项的模式,您一开始问的两个问题就很好,但后面就变成了审讯,审讯和测谎毕竟还是有区别的。"

测谎人张了张嘴,发现自己说不出话来。

但林辰的话还没有说完,他继续道:"其实在一套CQT测谎问题中,最好只涉及一个问题一个方面,并通过反复询问的方式,来确定被测者到底有没有说谎。所以关于'糖果大盗'的案子是另一桩事情,您最好可以放在下一套题目中,再来问我。"

林辰的反击很快,很不留情。刑从连几乎要笑出声来,某些人因为答错问题而恼羞成怒的样子,实在是有些可爱啊。

"林先生,我算是明白了。"测谎人叹了口气,站起身来,替林辰摘下了粘在身上的那些导线,"如果您诚心说谎,仪器也测不出来吧。"

"……"

"这只是例行程序,您再回答我几个问题,我们就收工。"

"您请问。"

"我看了'糖果大盗'的卷宗,您作为临时谈判专家,在劝服方艾子的过程中立了大功。可与此同时,您也是最后接触过杨典峰的几人之一。在那之后,杨典峰乘坐的警车就被安装上吸盘炸弹,在当时的情况下,您认为杨典峰有时间将他被捕的信息传递给犯罪分子吗?"

"不可能,他当时没有任何机会再接触手机等一系列通信工具,而且杨典峰很清楚,一旦他被捕,寻求警方庇护是唯一的出路。"

"因为当时犯罪分子的反应很快,既然不是杨典峰本人通知的犯罪分子,那我是否可以做出一项推论:在现场所有人员当中,有人将信息直接传递给犯罪分子,从而导致犯罪分子能迅速做出反应,杀人灭口?"

"不排除这个可能性。但实际上,我们也可以认为,杨典峰本身就受到了犯罪组织的严密监控,一旦他出现问题,就会被迅速灭口。"

"请您正面回答我的问题,回答我是否可以做出这项推论。"测谎人忽然打断了他的话，非常严肃地反问道。

"可以。"林辰沉默片刻，答道。

"继续刚才的问题，您是案发现场中接受过最专业和最系统心理学训练的专家，那么当时您是否察觉到有人出现异样？而在所有人中，您怀疑谁最可能将这些信息传递给犯罪分子？"

听到这个问题，林辰猛然抬头。这一句话中的两个问题，实在充满了督察处的风格，满是阴谋与陷阱的味道。甚至很有可能，这几个问题本身就是由黄督察亲自起草的。本来，督察处的存在就是为了监督警务人员在办案过程中是否正确恰当行使权力。那么既然督察处怀疑警方内部有人泄密，当然要着手调查。但基于可能性的推论却要得出确定性的结果，用这样赤裸裸的问题鼓励检举揭发，实在有些诛心。

"我确实受过专业的心理学训练，但我不是专业的面部表情识别专家。而就算是最专业的表情识别专家，也需要通过仔细观察和交谈，才能发现异常问题。您问我：在我面对方艾子，在所有警务人员都隐蔽在芦苇丛中的情况下，我是否发现现场有人心怀鬼胎。那我只能回答您，我不具备发现这个问题的能力。"

林辰这样说道。

审核手续总是漫长而冗杂，林辰走出警队大门时，天已经黑了。初春的夜晚，风与星空一样柔软。

刑从连靠着门口的石柱，抽了一根烟。

见到林辰，他缓缓站直身子："还顺利吗？"

林辰摇了摇头，将刚刚拿到的结果递了过去。刑从连面色一沉，咬着烟头迅速翻开报告，他的目光落在报告最后的一行字上，上面很清楚地写着"审核通过"四个字。

刑从连忍不住把手按在林辰头上，揉了揉："哎，这不是通过了吗，怎么还摇头啊？"

"你不是问我顺利吗？"

"都通过了，还不叫顺利吗？"

"我只是觉得,黄泽会突然松口还真的让我通过顾问审核,这件事太奇怪了。"

看着林辰略显担忧的面孔,刑从连露出了意味深长的笑容。"万一是良心发现了呢?"

他吸了口烟,笑问道。

02・锦鲤

半深不深的夜里,路灯将人影拉长,安静得连街边水声都清晰可闻。

林辰与刑从连走在石板路上,才晚上七点多,街边的小店都已关了大半。从某种意义上说,宏景真是个很没出息的城市。颜家巷依旧有些窄,有些长,唯独发生变化的,是小巷两侧的店铺——据刑从连说,在他离开的那段时间里,市政府对颜家巷进行了改造,两边的民宅被重新修缮,出租给一些想要在文艺产业方面创业的学生和一些文艺界人士。所以,街边的老宅有的变成了咖啡店和茶馆,有的变成了画室或者手工艺工作室。原本泛黄的墙面被篱笆与花草覆盖,时不时还能看见猫咪在落地窗里小憩。幽静古旧的街道,也因此温暖而富有人情味了许多。

微黄的灯光映照着古旧的门牌,在老式木门前可怜巴巴地蹲着两个人。

林辰跟着刑从连停下脚步。

刑从连用很无奈的口吻对两人说:"你们这样,隔壁邻居看到会报警。"

正沉迷网络游戏的某位小同志抬起头,眼睛亮晶晶的:"啊,报什么警?老大你家Wi-Fi怎么关了?我把隔壁和隔壁隔壁的密码都帮你破解了,你能放我进去吃口饭吗?"

而在一旁蹲着的另一人则半天都没有说话,林辰低头看着对方,只见那人眼眶微红,目光愣怔,像是不敢相信眼前所看到的。

"欸,不是前两天已经通过电话了吗?"他放软语气,无奈道。

他话音未落,那人噌地跳起来,紧紧搂住他:"师兄,我胆小啊,你可别再吓我了!"

重逢后，付郝就拉着林辰的胳膊不放。

一进门，林辰耳边尽是付教授滔滔不绝的诉苦声，他默默地想，这大概就是传说中的撒娇？

邢从连站在门边，打开门灯，灯光亮起的刹那，付教授的唠叨声戛然而止。

在他面前，是一片古典式庭院。草木丛中，地灯荧荧地亮着，一条鹅卵石铺就的小径连接着前门与正厅。庭院左侧，是一汪碧绿的池水，在灯光映射下，水面闪烁着清冷的浮光。

付郝愣了半响，终于吐出两个字来："干吗？"

他说完，见鬼似的退了两步，走出门，看了眼门牌，然后冲进门拉住邢从连："你没事进别人家门干吗？作为公职人员，你不要知法犯法！"

听付郝这么说，邢从连不动声色。

林辰只好替邢从连解释道："老街改造，市政府实事工程。"

"实事工程还给换房？"

"原先他住的那间屋子就在隔壁，租给了一家画廊，所以他就搬到这里。"

付教授满脸不信："就他那破屋子，政府凭什么给他换这套，这是园林吧这？"他边说，边走到池塘边，池边堆叠着几处秀雅假山，石拱桥横跨水面，只见鲜红的锦鲤滑过水面，漾起层层涟漪，"师兄你看，还有锦鲤啊！"

"嗯，你要不要拜一拜？"邢从连笑问。

"老邢，我跟你说，不该碰的钱你不能碰，知道吗？"付教授突然回头，神色凛然，"你要时刻记得自己的身份啊，不要被资本主义的糖衣炮弹击倒。"

邢从连有些哭笑不得，问林辰："你师弟这是转行去上政治课了？"

"老邢，你严肃点，你说你一个刑警，住这样的房子，可千万不能被黄督察知道啊！否则不死你也得脱三层皮！"付郝继续苦口婆心。

付郝虽然很絮叨，可言辞中满是关切之意，邢从连大概听出这点，于是诚恳道："付教授，您放心吧。"

他们三人在池边说着话，大多是付郝在不停唠叨，林辰和邢从连则时不时逗他两句。

忽然间,正厅传来一声哀号:"老大,我饿!"

早就冲进屋子里打游戏的王朝大声喊道。

"泡面在厨房左手第一个柜子里。"刑从连提高音量,告诉屋里的小同志。

"可是我不想再吃泡面了!"王朝继续嚷。

"订外卖。"

"附近的外卖早吃腻了啊。"

他们走进正厅。

王朝小同志趴在桌上,有气无力,一副刚输了游戏生无可恋的样子。

"你想怎样?"刑从连问。

听见这话,王朝的眼睛噌地亮了,林辰见他的目光飘了过来。

"阿辰你做饭给我吃,好不好?"他说完,还舔了舔嘴唇,"好想吃家常菜啊。"

林辰觉得好笑:"为什么挑我?"

"老大 pass,付教授食堂吃惯了 pass,你之前一个人住一定很会做饭吧!"

事实上,王朝的分析并没有任何问题,唯一的问题是,一个熟知超市货架各种泡面口味的男人家里,并没有可以展现厨艺的素材。林辰站在水槽前,冲洗着打蔫的青菜,锅里煮着热腾腾的泡面,嗯,依旧是红烧牛肉口味。

刑从连靠在料理台边,对正在翻冰箱的小同志说:"别找了,你前天就把最后的盐水方腿吃完了。"

"你为什么不去买菜?!"王朝很气愤地回头。

"因为我每天都在用心工作。"刑从连很理所当然地回答。

王朝被噎得说不出话,砰地关上冰箱门,气冲冲跑回电脑前,准备继续杀两盘。

加了青菜和鸡蛋的泡面,也依旧是红烧牛肉味的,翻不出什么新奇的花样来。解决完晚饭，为了避免付郝再对刑从连进行思想品德教育，林辰把他们带到阳台上喝茶。

春风半凉不凉，阳台正对着河面，两岸灯火倒映在水中，更显得波光粼粼。

付教授好歹也是见过世面的人，可真坐在腐败的圈椅里，捧着一杯热茶，还是舒服得想哼哼。

"师兄啊，你打定主意要留在这里了？"付教授半眯着眼，这么问他。

四周只有流水声音，一切都很安静。

"嗯。"

付郝看着他，欲言又止，最后道："那你可千万不要再像之前那样逞强了。"

"好。"

"冯沛林那事，我理解你是想诈死逃开监视，虽然一直躲藏总不是什么办法，但也比你老这么出头要好。高速劫案吧，我知道你也是一不小心碰上的，不管也不现实，可这也太危险了。能一下子杀掉一车人灭口的贩毒组织，还敢在警车下面装吸盘炸弹，这已经不是胆大包天可以形容的了好吗？要不是黄泽把事情压下来，你又要出名了。要再被毒贩组织盯上，你可怎么办啊？"

付教授忧心忡忡，林辰听得很无奈，却只好宽慰他："没事，警方有证人保护系统。"

"你根本没有重视这件事情！"付教授搁下茶杯，提高音量道。

"但是，你让我怎么办呢？"林辰很郁闷地问道。

付郝一听他这么说，赶忙劝慰："没事没事，就现在这样挺好。你就和老刑住，万一有什么入室抢劫杀人，他也能保护你。"

话题主旨瞬间转变，不得不说，在调教师弟方面，林辰觉得还是有一些心得的。

"你这样说，我总有不好的预感。"

"唉，谁叫师兄你命真的不是很好呢。"

"那付教授你有什么转运方法吗？"林辰笑问。

"我觉得老邢运气好像不错。你看政府修条街，他都能换到这么好的地方来住，我听说哦，有些人命格天生硬，就是命好。你赶紧蹭他，把他的好运全蹭走。"

"好。"

林辰没有再说话，周围除了水声，便再没有其他声响。

付郝似乎觉得很不习惯，抓了抓头发，突然想起了什么事："对了师兄啊，后天老爷子六十大寿啊，那个……"

"怎么了？"

"你去不去啊？"

"付教授的意思，是想我去，还是不想我去？"林辰问。

"不是，我当然是想你去啊，就算我不想，老爷子也想啊，就是我们老爷子桃李满天下，去的同学会有点儿多。"

"然后呢？"

"然后，我干脆跟你说了吧，他们好多人想借着老爷子的大寿，顺便搞同学聚会，你还记得郑冬冬那个混蛋吗？非说要推荐你当同学会主持人，说你之前成绩又好又能干，现在一定是社会精英了，由你当主持人最合适。我看他在群里那副小人得志、明嘲暗讽的样子就各种不爽，他就是想趁机羞辱你。"

"郑冬冬是谁？"林辰打断了付郝。

付郝有点语塞，但还是说："就是个小角色！之前我们隔壁班的，但他恶心人起来可够劲。说实话，老爷子大寿，你不去又真的不好，要不我们当天晚上去老爷子家里拜访一下？说话也方便。"

"不，我不是这个意思。"听着付郝这么说，林辰提起茶几上的水壶，往杯中续了些热水，"既然我都不记得他是谁，那么他想什么、说什么甚至做什么，很重要吗？"

"不重要是不重要，但是同学会……"

"你是想说，现在我的同学们都事业有成。而当初成绩最好的我，却偏偏越混越差，只能做警队的小顾问。我这样去见老同学，容易心里不舒服，对吗？"

付郝想了半天的话被憋在喉咙口,最终,他憋得脸有些红,可在林辰灼灼的目光注视下,他只能点了点头。

"既然这项工作是我选的,我也很乐意做,那么我为什么要自卑呢?"

03·种花

翌日,天气晴朗。付教授因为周日下午有选修课要上,一大早就要赶回学校去,临走时,林辰又被他拉着说教半天,最后,还是刑从连出手,强行将人拖下车,送入车站。

"师兄,后天见啊!"隔着入站口,付郝和他们挥手作别。

林辰象征性地挥了挥手。付郝依依不舍地走进车站。

"你们师兄弟感情也是真好。"在他身边,刑从连这样说。

"毕竟认识太多年了。"他和刑从连边说边走回停车处。

"所以你后天要去永川参加同学聚会?"

"是啊,后天是老爷子的生日。"

"能教出你和付郝,老爷子一定非常有趣啊。"刑从连拉开车门。

"是啊。"林辰坐进车里,"老爷子真的很有意思。"

没有回到颜家巷或者警局,刑从连将车停在了一条满是花摊的街边。车窗半开着,温柔的花香瞬间涌入车内。望着长街两侧绵延不绝的花摊和言笑晏晏的路人,林辰有些茫然。

刑从连很自然地下车,替他打开那侧车门,另一只手则搭在车顶,笑盈盈地说:"这位先生,请下车吧。"

虽然说起来很没见过世面,但林辰确实从没进过花店,更不要说来到一条布满繁花的漫长街道上,亲手挑选那些适宜当季种植或者摆放家中装点的鲜花,刑从连反而好像是挑花的老手。

林辰跟在他身后,听他和花摊老板打招呼,说一些自己几乎听不懂的术语。不多时,刑从连手里就拎着好几个塑料袋,里面装着新买的种苗,据说是雏菊、天竺葵和绣球。

"怎么想到来买花?"

"省得付教授整天说我们家徒四壁。"刑从连说着，抱起半束百合与满天星，林辰很自然地接过他左手的袋子，让他能空出手付钱。

听他这么说，林辰有些哑然失笑，家徒四壁要用鲜花来装点，有种奇怪的本末倒置感。"真是很有生活情趣的爱好。"他只能这么说。

"那当然。"刑从连的半边脸被鲜花遮住，只露出英俊的侧脸和好看的眼睛，"我母亲教过我，她说男孩不懂花，以后一定骗不到媳妇回家。"

刑从连眼睛很绿，背后的梧桐树刚长出新芽，枝丫在蔚蓝的天空中舒展。

这世界上最愉快的那些事情里，一定包括买花。不多时，他们手里已经提满了花草，花街也快要走到尽头。

刑从连看了眼前方，像是想起什么，侧过头对他说："差不多可以回去了。"说完就要转身离开。

"等等。"林辰也好像想起了一些事，叫住了他，"我记得王朝说，你在花街尽头的小墓园里给我立了块碑，可以带我去看看吗？"

今日天气很好，远处的江水也静谧安宁，太千桥遥遥可见。

林辰站在自己的墓碑前，觉得这真是一种非常奇怪的体验，明明活着却看到了自己的墓碑。墓碑上的名字是他，但除此之外，连生卒年月和照片都没有，令人感觉陌生。一切仿佛不够郑重，但又仿佛郑重得过了头。毕竟在这块墓碑之前，是他和刑从连短短几日的相识，说句萍水相逢也不为过。为一个萍水相逢的人买地、立碑，不是郑重过头又是什么？

刑从连站在一旁，有些尴尬："这个忘记让管理员撤掉了。"

听到这句话，林辰才回过神来，半转身，从刑从连抱着的花束里抽出一枝，弯腰放在自己的墓碑前："不用，就留在这里吧。"

碑前的百合花还沾着露水，刑从连笑了："不会觉得不吉利吗？"

"留着吧，万一哪天我先走一步，还用得上。"

"你怎么对生活这么没信心啊？"刑从连感慨。

"世事无常嘛。"林辰随口说道，然后很无所谓地转身离开。

"要有信心啊。"刑从连把手搭在他肩头，这么说。

"信心就有用了吗？"

"对啊，就算不'信'心，你可以'信'我。"

林辰停下脚步，看着刑从连笑盈盈的面容，淡淡道："好啊。"

下午时，天光和煦。林辰坐在靠河的阳台上看书，杯里的茶水很热，茶几上，还放着一小碟饼干。刑从连只穿着衬衣，卷起袖口，正在翻整阳台上光秃秃的花架。我国警员的日常训练好像有点儿太过到位，刑队长身材好得过分，肩很宽腰很窄，浑身上下没有一丝赘肉，又隐约可见他绷起的衬衣面料，感受到其下覆盖着的遒劲肌肉。

阳光有些刺眼，林辰干脆放下书，专心看他种花。不得不说，对于刑从连来说，就算不会做饭，也必须会种花，而且必须种得好看。刑从连手边光土就有四种，只见他熟练地按比例混合土壤、插花浇水，条理清晰、动作熟练，像是做惯了的种花匠。阳光落在他身上，波光反射在他脸上，他的衬衣很白面容很英俊，令人觉得非常温暖平静。

刑从连将一盆盆雏菊放上花架，拍了拍手，忽然听见身边传来很轻的曲调。

他回过头，只见林辰懒洋洋地倚在藤椅中，一只手握着水杯，另一只手捧着书，似乎在无意识地哼着什么曲子。那调子有点轻，有点甜，刑从连有些震惊，林辰居然会哼歌。

"是什么歌？"刑从连回过头，好笑地问道。

林辰愣了愣，也笑了："我也不记得了，好像和种花有关吧。"

"还挺好听。"刑从连掏出根烟夹在手里，像是忽然想起什么，停下动作，看着林辰，"你后天一个人去永川，没问题吧？"

"能有什么问题？"

刑从连从头到脚审视了林辰几遍，从对方脚上松软的拖鞋，看到那双有些困倦的眼睛，然后说："总觉得，像你这样的体质，出门不出事好像不太可能。"

林辰很无奈地叹了口气，像是一时不知该如何接话。

"你是在永川大学念的书？"刑从连在他对面坐下，随意和林辰说话。

"是啊。"

"果然是永川大学啊,那真是高才生了。"

作为全国文化重镇,永川市高校林立,而永川大学则是国内最老牌的私立大学。它几经注资,又经由几代人的努力,现已是国内排名前三的高等院校。林辰能从永川大学的王牌专业毕业,说句高才生,确实一点儿也不为过。

"我读书比较好而已。"林辰很认真地回答。

刑从连早就习惯了他这样直白的风格,因此并未觉得这句话有任何夸耀的成分在,反而坦白得可爱。他也坐到藤椅里,提起茶壶,续了半杯水,抿了一口后再放下:"我记得,永川,好像是陈家的地盘?"

闻言,林辰一怔。

在他对面,刑从连坐姿端正,斟茶续水的动作并不造作,反而有种潇洒平和的意味。林辰看他倒水,这才明白过来,刑从连突然提起他的永川之行,原来是因为陈家人。

之前冯沛林的案子里,陈家那位偏执狂的家主还特地派手下的高管陈平来,只为让他再次失业。林辰也不知刑从连从哪里收集了这些集团的资料,并且知道得还不少。

"只是老师生日加同学聚会而已。"

刑从连听到"同学聚会"几个字时,忍不住皱了皱眉,但还是说:"陈家人似乎手里有一点永川大学的股份。"

这句话的意思是,就算是吃饭,也别一时兴起回学校。

"我只是去吃顿饭,住一夜,不会有什么大问题吧?"

"这也说不准啊,总之有事打我电话。"

"希望还是不用打。"

04 · 拿好

与宏景相比,数百公里外的永川才是真正的国际化大都市。这里高楼林立,车流如织,往来行人皆神色匆匆。

林辰走出永川站,付郝正踮起脚尖,紧张地守在出站口,仔细筛查旅客，生怕错过什么。

隔着许多许多人，林辰远远望着他，总觉得这样的情景，宛如过年前场景重现。

他双手插兜，走到付郝面前，付郝却吓了一跳："师兄，你也不挥挥手什么的，看见我一点也不激动。"

"那我再按付教授的剧本来一遍？"林辰笑了笑，反问道。

付郝轻轻哼了一声，没再说话，只是围着林辰转了一圈，然后睁大眼睛，很不可思议地说："师兄，你怎么什么东西都没带？"

"要带什么？"

"寿礼啊！"

林辰还没反应过来，就被师弟拉住胳膊往站外走，话痨小师弟又开始唠叨："你是不知道，郑冬冬他们那帮人，刚刚一直在群里炫耀给老爷子的寿礼，我已经看到了灵芝、人参、寿山石印章。"

付郝的情报让林辰也有些吃惊，他笑着说："这都能赶上给皇上进贡的规格了。"

"这算什么？郑冬冬同志本人，还准备了一套八扇的黄花梨寿屏！"

"真是大手笔。"

"师兄，你要有危机意识啊，看看人家，又是出钱给老爷子订豪华寿宴又是送礼的，我们情何以堪啊？"

"豪华寿宴？"

"柯恩五月旗下的洲际酒店啊，现在算是永川最好的酒店了。郑冬冬现在混到柯恩五月的总经理，他这种不炫耀会死的人，直接给老爷子包了一个宴会厅。"付郝边走，嘴上还说个不停。

听见这话，林辰只觉得不妥。"老爷子知道这事吗？"他问。

"应该不知道吧。"付郝愣了愣，然后答道，"他们在群里说，要给老爷子一个惊喜的。"

"这也太自作主张了。"

"那有什么办法？我觉得他们也是掐准了咱家老爷子这么老好人，就算不喜欢，学生的心意他能当面斥责吗？"

付郝不会开车，打车的地方又总是人满为患。林辰回过神来时，已经下意识和付郝走到了公交站台边上，大学里养成的习惯，几年后还是一样顽固。站台上有很多学生在等公交，一边的人行道上摆着各种小摊，油烟和香气弥散到站台上。林辰回过头，向人行道走去。

等回来时，他手上多了一只塑料袋，里面是新买的水果。

"师兄，你这是干吗？！"付郝望着林辰手里的红色塑料袋，惊呆了。

"你不是让我买寿礼吗？"

"这也太随意了，你就不能买点贵的吗？！"

"可是我确实没钱。"

没钱，有没钱的心意。有钱，也有有钱的活法。

就算在寸土寸金的永川市，柯恩五月洲际酒店，也是富人们的首选。它坐落于宏湖之畔，十二平方公里水岸尽收眼底，虽在近郊，却毗邻CBD，地理位置好得不能再好。可对林辰与付郝来说，这样的地理位置需要他们坐大半个小时的公交，再步行十余分钟，才能辗转到达。

天已经渐渐黑了下来，晚霞染红了湖面上半边天空。

林辰拎着塑料袋，甫一踏入酒店，便有服务生上前询问。

付郝站在一旁，只说了寿宴，机敏的服务生便鞠了个躬，轻声道："是苏老先生的六十大寿吧，在三楼，请您跟我来。"

五星级酒店的电梯里弥漫着一股清雅的香熏味道。

先前从宏景到永川，又坐了近一个小时公交，林辰都没有太大感觉。可真想到还有一两分钟就要见到老师，他忽然觉得紧张。

服务生把手搭在宴会厅的大门上，躬身，将门推开。宴会厅内人声鼎沸，璀璨的灯光，刺得人睁不开眼。在大厅尽头的主桌上坐着位戴眼镜的老人家，老人家明明刚过耳顺之年，却已满头白发。老人身边围着很多人，很多人在和他说话，他也在和很多人说话。那些人里，有西装革履的精英人士，也有穿着朴素、刚踏入社会的年轻人。无一例外，老人对每个人都非常耐心，脸上满是笑意，握手时总是双手，听人说话时也是微微低头，一副侧耳倾听的模样。

林辰从印有酒店标志——金丝雀与蔷薇的长绒地毯上走过，站在人群边缘等待。便在这时，老人轻轻拍了拍面前学生的胳膊，像是说稍等，然后抬头，林辰正好撞上那道目光。

老人推了推眼镜，笑着说："阿辰啊，你来了啊。"

那目光温和安宁，在那一瞬间，大厅内的所有喧嚣，仿佛都如潮水般退去。对于从来克己守礼的老人来说，特地打断学生的话与他打这个招呼，已经是莫大的偏爱了。林辰向前走了几步，在老人面前蹲下，轻声喊道："苏老师。"

"回来了？"老人的手掌按在他的发顶，声音听起来竟有一些沙哑。

"嗯。"

"回来，回来就好啊。"老人说着，拍了拍他的脑袋。

林辰随即将手里的袋子递了过去，说："生日快乐，补充维生素。"

老人接过那朴素的口袋，打开一看，里面赫然是六个桃子，于是乐得笑出声来。

师徒两人的气氛实在温馨，在大厅中央招呼同学的某人，恰好看到这一幕，便很不悦地向主桌走去。

"这不是林辰吗？好久不见好久不见啊！"

中气十足的声音在耳边响起，林辰起身回头，面前站着一位穿酒店高管制服的男人。

他愣了愣，下意识看向付郝，付郝很体贴地比了个口型："郑冬冬。"

林辰收到信号，很自然地向他伸手，说："好久不见。"

虽然付郝曾反复提起郑冬冬这个名字，可林辰对郑冬冬这个人实在没有太多印象。记忆中，郑冬冬好像是他们那一届的学生会主席，除此之外，他真不太记得郑冬冬这个人，因此说好久不见，只是理论上的客套。

"那是那是，您这样的大忙人，哪能想到来看看我们这些老同学啊？"郑冬冬调侃道。

林辰想了想，不知该说什么，因此也就没有搭话，场面一下子就尴尬下来。

郑冬冬脸色一黑，似乎斜眼瞥见老人手上的塑料袋，然后高兴道：

"林辰啊,你给老师送了什么好东西,让我们也瞧瞧?"

"桃子。"

"老师寿宴,你就送一袋桃子?"郑冬冬猛地提高音量,故作震惊地嚷道,场内许多目光纷纷循声望来。

"嗯,刚买的。"

他声音很平静,没有半点羞愧,郑冬冬无数嘲讽都似乎被这句话憋在胸口。

就在这时,老人拍了拍手,插入他们谈话中。

他向后看了一眼,然后说:"豪真啊,你不是总喊着要见你林辰师兄吗,来来。"

这时林辰才注意到,老爷子身后堆了半人高的寿礼,寿礼边有位身材纤柔的美女,正在登记着什么。听见老师召唤,那名女孩赶忙回头,长发顺势滑落。那实在是很漂亮的一张脸,眉如远山,眸光灵动,女孩穿栗色短袖针织开衫和及膝黑色百褶裙,柔和的长发披在肩头,珍珠耳钉若隐若现。

她收起本子,笑着走来,冲林辰伸手:"师兄,你好啊。"

林辰审视着面前的女生,目光最终落在她颇为不协调的桃红色指甲上。许豪真指尖轻轻收回,却并没有把手缩回去,最终,林辰伸出手,与她交握:"你好。"

说完,林辰凑到老师身边小声地问:"这是在做什么?"

"你说他们送我这些没用的东西干什么?我登记一下价钱,让他们拿回去,兑成现金以后再给我,我帮他们捐了。"老人悄声说道。

林辰哑然失笑:"这会不会不太好?"

"你拎一袋桃子来给我拜寿,怎么就不觉得不好了?"

"可你好歹能带回家。"林辰悄声道。

他说完,老人就笑了。那笑容灿烂,落在郑冬冬眼里却分外刺眼。

话也说过,礼也送完,老人身边还围着许多学生,林辰很自觉地退下。

晚上六点,寿宴准时开席。

酒桌上的坐序很有讲究,他和付郝被安排到角落那桌,一些社会名流精英则坐上了主桌。老爷子被众星拱月似的围住,时不时还有学生去敬酒，林辰也没有去凑热闹，很安静地坐在那儿吃菜。

座位被打得很乱，他和付郝也并没有和之前的同班同学坐在一起。被赶到角落的也都不太合群，所以和他们同桌的每个人都在埋头吃饭，席面上竟有种诡异的寂静。

五星级酒店的菜品理所当然地好，再加上或许是大厨知道这次是总经理请客，做菜时也更加用心，林辰舀了半勺虾仁，再次听见了郑冬冬阴魂不散的声音。

"林辰你怎么在这儿？我真是忙忘记了，走走，要不要坐主桌去？"郑冬冬举着杯红酒朝他走来，这位酒店经理面色通红，像是刚敬完一轮酒。他语气倨傲，声音又很大，半是嘲讽半是客套。像郑冬冬这样睚眦必报的人，刚才丢了脸，当然必须找回场子。而这样的问题，答应就是上杆爬，不答应就是给脸不要脸，无论怎样，都会让人很难受。周围几桌已经有人注意到这里的动静。

林辰倒不觉得尴尬窘迫，只是拿起茶杯，平静地与那红酒杯碰了碰，然后说："好。"

他越坦荡荡，郑冬冬脸上就越难看。

他走到主桌前，老爷子见状，热情地拍了拍身边空着的位置，说："阿辰啊，来来，坐这里。"

桌边座位已满，唯一空着的位置，想来是郑冬冬本人的。对于老爷子这种人来说，这已经是再明显不过的表态了。在场大部分人又是老爷子的得意门生，看着郑冬冬的眼神里，少不得带上些异样。老爷子也没再多说什么，只是让服务生在桌边再多加一个座位，郑冬冬敬了一轮酒，像什么事都没发生一样，坐到了自己的新位置上。

他坐下后，向桌上另一人便了个眼色，对方会意，放下酒杯："林辰啊，久闻大名啊，年级第一永远是你，从来不给我们活路，不知道你现在在哪里高就啊？"

主桌上当然就不能偷懒，别人问的问题，也要认真回答："我之前在宏景市实验小学当宿管。"林辰回答。

"噗。"他话音未落，桌上就响起了嗤笑声音，"那老付怎么说你在宏景刑警队当顾问啊？这小子！"

"嗯，这是刚接任的。"

"你这跨界跨得有些大啊。"那人笑着说。

林辰没有应答，只听郑冬冬凉凉道："宏景那个小地方的警察局？那真是大材小用了啊。"

"哎，谁都能跟你似的啊，年纪轻轻就能在柯恩五月当总经理！"那人再次和郑冬冬一唱一和，"柯恩五月可是跨国财团，你要是哪天当上了集团总裁，可不要忘记我们这些老同学啊！"

"哪那么容易啊？我们心理学毕业的，本来就不如正统金融系学生吃香。而且柯恩五月可是海外那个邢家旗下的产业，集团总裁，当然只能是邢家嫡系子弟，我是没希望咯！"郑冬冬半真半假地说道。

周围同学都有些震惊，毕竟谁都知道柯恩五月是全永川最好的五星级酒店，可很少有人知道，在这座酒店之上，是一个跨国财团，而在那个财团的背后，又是巍峨的邢家。所有人看向郑冬冬的眼神里，又多了几分羡慕，很快有人再吹捧起他来："不管不管，你要是真当了总裁，也要像今天这样，请我们大家吃一桌，在场有一个算一个啊！"

"以后是不好说了，不过今天晚上，我还是可以请大家再去喝酒的。"

"你小子说请喝酒，那一定是好地方！"

"还好还好。"郑冬冬抿了口红酒，故作神秘地说道，而后目光一转，再次看向林辰："林辰也一起去吧？"

"是啊，师兄也一起去嘛。"

不知为何，在林辰身边的那位小师妹也开口说道。林辰望着许豪真奇怪的桃红色的指甲油，最后点了点头。既知学生晚上还有活动，老爷子当然也就找个理由提前离场了。临走时，老爷子还特意拍着他肩膀，嘱咐有空要去家里吃饭。

老爷子走了，当然有很多人也跟着开溜。见人都散得差不多了，有人对郑冬冬说："冬冬，说好了啊，等下喝酒你请，但你帮我们订酒店的钱，我们还是得给你。"

那人说着，桌上很多人都点头应和。

"你们怎么都这么客气？"郑冬冬像是觉得颇有面子，视线轻移，看了过来，问："对了林辰，你晚上住哪儿？"

林辰尚未开口，偷偷摸到桌边的付教授已经替他抢答道："师兄晚上跟我住。"

"别开玩笑了，谁不知道我们永川大学教师公寓那都是单人间，你真让你师兄和你打地铺啊！"那人说着，又讲出了郑冬冬最想听的话："冬冬啊，你看你酒店还有没有特价房了，再给林辰也订一间，我们同学都住一起，也热闹。"

郑冬冬点点头，不由分说就拨通了总台电话。

电话那头不知说了些什么，郑冬冬按住话筒，脸上挂着虚假的歉意，说："不好意思啊，我们酒店特价房都被这帮家伙订光了，只剩下湖景行政套房，原价6000元，我给你打个6折，3600元怎么样？"

他挑起嘴角，眼神也满是得意神色，似乎就等着林辰说一些推辞的借口，好再嘲笑一番。

付郝听着，忍不住握起拳头。

林辰并未动怒，脸上也依旧是那副平淡从容的表情，他轻轻按住付郝，只说："不用了，谢谢。"

散席下楼时，郑冬冬领着一群晚上要再去喝酒的同学走在前面，付郝狠狠吐槽："师兄，郑冬冬这小子摆明了是要给你难堪吧？3600元一晚上，还打完折，他自己怎么不去住！"

"住不起豪华酒店，难堪在哪里？"林辰反问。

闻言，付郝居然瞪了他一眼，然后扯开话题："你为什么还答应和他去喝酒！"

"因为我发现了一件很奇怪的事情。"

林辰低声说着，走过大厅转角时，忽然像感知到什么，抬头向前方望去。大部队已经走到酒店大堂，十几人围在郑冬冬周围，像是在分配等会儿出行的车辆。他们都喝了点酒，有些吵吵闹闹，可突然间，林辰却听不见任何声音。在酒店大堂的璀璨的水晶灯下，坐着一个人，那人长腿交叠,倚靠在沙发中,正在阅读文件。他的警服搭在一旁的扶手上,柔和的灯光铺洒在他身侧,在他背后,是漆黑静谧的宏湖水面。从林辰的角度看过去,只能看见对方轻搁在台面上的手以及英俊至极的侧脸。然后,对方转头向他看来,依旧是散漫的神态和宁静深远的目光。大厅里轻柔的钢琴音忽然流淌下来。

林辰缓缓走了过去:"你怎么来了?"

刑从连笑了笑:"你不是说,不想打电话吗?"

林辰无奈地摇了摇头,就在这时,一直在招呼其余同学的郑冬冬先生不知为何走到他身边,将手搭在他肩头。林辰皱了皱眉,以为郑冬冬又想说什么风凉话,然而郑冬冬的一切言语却在看到桌面时停止了。林辰顺着他的目光看去,只见咖啡桌上摆着一张黑色房卡,上面绘有柯恩五月标志性的金丝雀与蔷薇图样。

刑从连的手指,轻轻点在那张卡片上,然后将之移到桌边。

林辰还在愣怔,耳边却响起对方一贯低沉悦耳的嗓音。

"这位先生,房卡请拿好。"

05·夜聚

说来也是很巧,刑从连递出房卡时,郑冬冬恰好走到林辰身边,而又好巧不巧地,还有几个同学也跟着。所以当林辰接过房卡,郑冬冬不能当作什么都没看见,所以只好拍了下林辰肩头,装作很熟络地问道:"林辰,这位是?"

可没等林辰介绍,那位便放下文件站起身来,向他自我介绍道:"刑从连,警察。"

大概有些人天生就有令人臣服的气场,这个叫刑从连的警察明明什么话也没多说,可郑冬冬却不自觉就伸出手,语气也变得谦恭起来,自我介绍道:"郑冬冬,林辰的同学,也是这家酒店的经理。"

刑从连目光依旧安宁沉稳,在他说"这家酒店"四个字时,也没有故作惊讶地环顾四周,而只是说:"郑先生真是年轻有为。"

"也是替人打工而已。"郑冬冬说着,不自觉地瞥了眼林辰,试探着问道,"您是林辰的上司?"

"是。"

"哎!"听见这话,郑冬冬又拍了拍林辰的肩膀,抱怨道,"我说怎么没房了,原来是刑警官提前订走了。"

他半真半假地解释一句,给自己搭了个台阶。因为他说得含糊,而且大部分人听到这种话也不会多说什么,那订房的事可以就此揭过。可让郑冬冬没想到的是,在他面前站着的这位刑警是个工作很认真的人,不仅认真,还非常细致。本来,刑从连直觉上就觉得林辰这位同学气场奇怪,现在他听对方突然提订房,这里面显然有什么猫腻,可他没有去看林辰,反而用问询的目光看着躲在人群后的付教授。付郝终于逮住这个机会,偷偷朝刑从连挤眉弄眼,使了个眼色。

既是同学会又是五星级酒店的房间,郑冬冬大概真是用客房来挤对林辰了,刑从连心下了然,于是很客气地对郑冬冬说:"没有啊,我刚在酒店前台订的,前台小姐说还剩下很多房间,可以随便挑。"

这句话举重若轻,郑冬冬脸上瞬间交替闪过青红两色,现场气氛既安静又尴尬。

见此情形,人群中有一名林辰的同学赶忙开口,岔开话题:"刑队长今晚还有公务吗?要是没事的话,就和我们一起喝酒去?"

这句我们,当然也包括林辰。

"你也去?"刑从连倒没有追打郑冬冬脸的意思,反而看向林辰,有些意外地问。

"是。"林辰答。

林辰的回答倒是让刑从连很吃惊,他看了看在场诸人,一群久别重逢的老同学,有钱的经理,看起来就不合群的林辰。这样的组合配置,还真是很有趣,而且林辰居然同意去喝酒?他颇有些兴味盎然地朝先前提议的那人点了点头,说:"好啊。"

在场大部分人已经喝了点酒,刑从连既然答应要去,少不得要当车夫。郑冬冬叫了司机去开车,又安排了几名代驾。刑从连把桌上的资料整理了下,交到林辰手中,自己拿上车钥匙,下停车场取车。一行十几人在酒店门口等候,四辆车先后开了上来,为首的当然是郑冬冬自己那辆银灰色奔驰S400。酒店服务生跑到车边拉门,郑冬冬却故意退后两步让同学先上。他向四辆车的最后看去,为的就是看看刑从连究竟开的什么车。可令他大跌眼镜的是,刑从连开的居然是辆破吉普,车上灰蒙蒙的,车标大概也是那种廉价的国产牌子。郑经理顿时就有种被摆了一道的感觉。

在刑从连的吉普车里,林辰坐在副驾驶位置,后座只有付郝一人。林辰降下一些车窗,车里烟味很浓。从宏景到永川,上百公里,开车要数小时,现在是晚上九点多,想来刑从连大概是一下班就赶过来,只能拼命抽烟提神。想到这里,林辰不由得微转头,看着刑从连专注开车的侧脸。

远处湖面漆黑静谧,环湖公路两侧萦绕着路灯昏黄的光晕。车里没有放歌,气氛却温暖而闲适。大半日的舟车劳顿,同学会上的冷言冷语,这些无聊的事情好像都从刑从连出现的那一刻,消散得无影无踪。这种感觉很奇怪,总之就好像看到这个人的时候吧,世界上会少了很多烦恼,多了很多色彩。其实世界上哪有什么真正的治愈魔法,往往都是看人。

"你不必特意过来。"他说。

"也不是特地来的,其实是和杨典峰那桩案子有关。王朝捋完了系统后台,发现有几条线索要递给永川警方,我就顺道过来一趟。"

刑从连的声音有些沙哑,他也开了车窗,湖风微微透了进来。

"老刑你真是太够意思了,你是不知道啊,刚才那个姓郑的小人,说酒店没有特价房了,非拿3600元的湖景行政套房挤对我师兄。"付郝激动地扒着椅背,嚷嚷道,"你说这么大的酒店,还能没房了?这不是存心的还能是什么?"

"是吗?"刑从连听到这话,淡淡地感叹了一句。

林辰皱了皱眉,低声问:"你开的那个房间,好像有点儿贵,也太破费了吧?"

"我认识的朋友在这里,能拿到很低的折扣。"刑从连宽慰他。

林辰低下头,却没有再问什么。

连酒店经理也只能拿六折,折扣再低,又能低到哪里去呢?

作为永川地头蛇,郑总经理请喝酒的地方,当然必须好过自家酒店。天人会所,就是这样一处地方。它坐落于君山脚下,被一片竹林包围起来,一侧靠山,另一侧则是广袤的高尔夫球场。将近晚上十点,会所门前的停车场里已几乎看不到空位了。

郑冬冬一行人从车上下来,懂行的同学扫了眼会所门口停着的车,就压低声音惊呼:"这里消费会不会太高啊。"

郑冬冬昂起头,脸上又不能显得太骄傲,所以只能轻描淡写地开口:"都已经订好包间,也没有多少钱,你们就放心喝酒。"他边说,还边注视着刑从连那辆破吉普,只见那辆灰蒙蒙的吉普车刚刚在豪车丛中停稳,车身上还有干涸的泥土印和剐蹭痕迹,因此显得更加寒酸。郑冬冬于是笑得更开心了。

与寻常灯红酒绿的豪华会所不同,天人会所很安静。整个会所由一幢幢黑白相间的小楼组成,小楼错落有致,点缀在广袤的竹海之中,颇有意趣。或许也正是占地太广,明明该是人声鼎沸的夜场,却没有任何喧闹声,因此更令人觉之高贵雅致。比起金碧辉煌的柯恩五月洲际酒店,这片会所显然又隐隐上了一个档次。而大概是为了凸显会所返璞归真的意味,偌大一个会所门口挂着的招牌,也不过是一块小木板。木板上刻着简单的"天人"二字,左下角则是金丝雀与蔷薇组成的图标。

郑冬冬带着身后浩浩荡荡一群同学站在会所门口,慢条斯理地从钱夹中掏出会员卡,递给手持仪器的工作人员。门口迎宾的工作人员是位很年轻的姑娘,穿贴身的西装制服,脖子上系了条鹅黄色丝巾,气质温婉可人。她接过卡片,在仪器上轻轻刷过,只听嘀的一声轻响,郑冬冬点了点头,熟门熟路地,就要去推门。

"郑先生,请稍等。"女孩却叫住了他。

郑冬冬收回手,有些不耐烦。

女孩见客人眉眼高傲,却只是欠了欠身,然后按住耳麦,似乎在确认什么东西。

片刻后,她静静地开口:"很抱歉,郑先生,今日包间预订已经全满。"

听见这话,郑冬冬整张脸霎时就黑了。

虽然明知像天人这种级别的会所,高级会员挤掉低级会员的预订肯定经常发生,换作平常的日子,他大概也就抱怨一句,稍微拿点会所许诺的好处就走。可现在情况不同,他身后跟着的都是老同学,尤其是林辰、付郝还在,要真带着人到了门口,又被赶出来,那绝对丢人丢大了。所以这种情况下,他只能硬着头皮去争:"这位小姐,您这是什么意思?我提前一个礼拜就预订了!"

女服务生当然也是见惯了这种闹事的阵仗,脸上依旧保持着得体的微笑,说:"很抱歉先生,确实已经没有空余包间了呢。"

这话说得委婉,其实就是告诉他,你的预订名额已被高级会员占用。可此时此刻,他只能装作不知道。"你给我去查预订记录,看看我究竟有没有订!"他提高音量,冲女孩吼道。

女服务生还是在笑:"这位先生,真的非常非常抱歉,但我也真的没有办法,您下次再来消费时可享九折优惠,这样可以吗?"

"你这是什么态度?我认识你们经理!"郑冬冬说着,就掏出手机要打电话。

女服务生欠了欠身,没再说什么。她左右看了看,守在门边的魁梧保安随即包围上来。

"现世报啊。"付郝在人后嘀咕了一句,抱着手臂,好整以暇地望着眼前这幕闹剧。

"冬冬算了算了,我看你们酒店也有清吧,我们去那里喝点酒就得了。"见状,有同学赶忙将准备发飙的男人拉住劝说道。

"是啊是啊,本来大家聚会,就是开开心心的事情,没必要生气的。"另一人附和着。

身边有人给台阶下,郑冬冬当然要顺势下来。他看了眼女孩胸前的工牌,趾高气扬地说:"下次等我和你们经理吃饭的时候,会好好跟他提起你的。"

"谢谢您。"女孩还是笑,"我也很希望我们经理能记得我的名字。"

郑冬冬冷哼一声，转头要走。恰逢此时，一辆黑色宾利正好开到门口，蹭着郑冬冬的衣角，稳稳停住。林辰有些意外，毕竟他们现在正站在会所门口。而像这样规格的会所，无论什么样身份的人，都不能把车开进会所里，这就是规矩。可现在偏偏有人要开车进去，那么车上坐的人大概只能是会所经理本人。郑冬冬还真是求仁得仁。果然，郑冬冬紧张回头。他看了看车里的人，脸色一白，退了半步，像是害怕刚才说的话传进车里。可偏偏天不遂人愿，所有人眼睁睁看着宾利车的车窗缓缓降了下来。

开车的是位中年人，西装革履，气质出众，郑冬冬赶忙凑过去打招呼："王经理，真是好巧。"

然而就在他凑过去的时候，仿佛看到了后座上的人，愣在当场，半晌没说话。

后座上坐着位老者，郑冬冬咽了口口水，眼睛都快瞪圆了。

"郑经理，是要提起谁？"后座上的老者开口。

老人语气很淡，穿一身再普通不过的中式麻衣，领口用一枚盘扣轻轻搭起，带着久居上位者惯有的矜贵。

听到这话，郑冬冬只觉得冷汗都要冒出来了，赶忙点头哈腰："邢管事，您怎么来了？"

能让天人会所的经理，都必须开车服侍的老人，姓邢，单名一个"福"字，是邢家本家的一名老员工。而像邢福这样，能冠以邢氏姓氏的老员工，自然就是郑冬冬口中有资格担任财团高层的邢家嫡系。就算是酒店经理的郑冬冬，也只是在柯恩五月的高层年会上见过老人一面。

事实上，邢福来这里只是例行巡查，刚才特意停车也是因为听见有人在刁难会所服务生，见对方还是集团旗下的酒店经理，他停车只是为了稍加警示，并没有真要惩戒什么人的意思。本来话说完就要走，可在车窗缓缓上移的刹那，他忽然看见在门口那堆人最后，在那盏昏黄的路灯下，站着一位身材颀长的青年。青年站得很随意，警服搭在左臂上，头发剃成了板寸，脸上的胡子也没刮干净。他眼窝很深，脸庞很英俊，显然血统有些复杂。

邢福觉得自己眼花了，于是伸出手，轻轻揉了揉眉心，然后再睁眼。

青年还是那样散漫地站着,脸也还是没有变,邢福这才很确信,自己并没有看错。

车窗轻轻关上,天人会所的黑色铁门缓缓移开。

老人坐在车里,依旧回头望着身后的路灯。

"邢老,是遇见了什么认识的人吗?"会所总经理看着后视镜,恭敬地问道。

邢福没有回答。

车外,天人会所门口。

刚被顶头上司撞见的郑总,只想快点离开。

忽然间,门口的女孩再次按住耳麦,里面像是又传出了什么指示。

"郑总,请您稍等。"她再次将人叫住,称呼也发生了变化。

郑冬冬被定在门口,走也不是不走也不是。

女孩说着弯下腰,拉开边门,极为恭敬地伸手做了个请的动作:"非常抱歉。刚才是我们工作失误,现在已经给您升级了包厢。"

她的腰弯得很低,郑冬冬却突然有种如跃云端的欢快感觉。门口的工作人员态度突然一百八十度大转弯,不用说,一定是刚才车里那位老人吩咐的。

宾利车中。

会所经理放下电话,并不知老人刚才为何会那样吩咐。可像他这样从底层一步步爬上来的人,很清楚不该问的事情,一句也不要多问。四周黑暗寂静,老人依旧沉默地坐在后座上。

片刻后,老人像是想起什么,再次开口嘱咐下属:"去买一箱永川纯生,冰到8度,等下送过去。"

驾驶室里的人点了点头。

"还要油炸花生……"老人顿了顿,又说,"算了,还是我亲自去做吧。"

大约是因为剧情突转,原先的普通包间,突然升级成豪华款,郑冬冬脸上得意的笑容,就再也没有停过。

天字号包间在整片会所最深处,林辰和所有同学穿过竹林,等真正坐下时,已经要晚上十一点钟。不少同学脸上都带着倦意,服务生送来酒水单,郑冬冬反而来了精神。

他将酒水单大大方方摊在桌上说:"随便点随便点,千万别客气。"

在场诸人很多也是第一次来高档会所,不少人好奇地凑过去看价目表,然后被吓得不敢说话。因为那张价目表上,最便宜的矿泉水也要三位数。

见众人都不吭声,郑冬冬很满意这种震慑效果,他故作熟悉地扫了眼酒单,跷着二郎腿,望着在场唯一的美丽女士,说:"豪真来杯低度的鸡尾酒吧?"

包厢里只有许豪真一个女生,平常女生大概会推托,许豪真却半点也不扭捏,只甜甜地笑了笑,对郑冬冬说:"让师兄破费啦。"

或许是小师妹带了个好头,在场其余人等,也纷纷点了自己想要的酒水。

郑冬冬听在心里,眼睛不停瞥过价目表,飞快计算着价格。然后他转头,林辰很明显从郑冬冬脸上看到使坏的神情,随即听郑冬冬再次开口:"刑队长和林辰还有付教授,你们要点些什么?"

"我不需要。"林辰平静道。

"林辰,你这样是不给老同学面子了吧,好歹喝点水啊。"郑冬冬面孔一板,这么说道。

"没有,觉得太贵了,不想郑总破费。"

"哎哎,请老同学是应该的!"

"给我来杯猕猴桃汁吧!"就在这时,付郝插了进来,打断郑冬冬的话,"看着挺厉害的。"

"好,老付,我给你记下了。"郑冬冬自己拿着酒水单,看向刑从连问,"刑队长,不需要喝点什么吗?"

"我吗?"刑从连也没多想,随口说,"来两瓶永川纯生就好。"

仿佛正中下怀,郑冬冬扑哧一下笑出声来,仿佛在嘲笑刑从连没见过世面:"抱歉啊,刑队长,天人会所,最差的啤酒,也是 Hoegaarden 福佳白啤酒这种级别的。"郑冬冬说着,还刻意加重了英文的吐字。

这句话的意思是,你要的酒太低级了,这里是不卖的。

刑从连却仿佛没注意到他话语里的轻蔑意味，只是摇了摇头说："洋酒啊，算了吧。"

郑冬冬微微一笑，忽然间，屋外响起了三记规整的敲门声，一名会所服务生站在门口。服务生左手是一小只装满冰块的铁皮桶，右手则托着一盘鲜红的油炸花生。所有人眼睁睁看着服务生将铁皮桶和花生放在桌上，鞠了个躬，再次退了出去。

服务生一进一出不过十秒钟时间，可包间里的所有人都看呆了。因为在那名服务生提进屋里的那只铁皮桶里，赫然冰着两瓶售价8.8元的永川纯生。而那盘花生，还散发着喷香的热气。

包间里很寂静，很长时间都没有人说话，郑冬冬脸色铁青。周围同学望向他的眼神里，都带着些鄙夷。你说没房，可有人开了房；你说没纯生，可服务生刚送进来的又是什么？就算你有钱可以看不起老同学，可总这么一而再，再而三刁难人，真太没品了。

刑从连坐在沙发里，望着桌上的那两样东西，眸色有些深。

冰啤和花生，只不过是小小的插曲。只要KTV一开，音响轰鸣，再冷的气氛都会很快缓和。就算是多年不见的大学同学聚会，也不过是唱歌喝酒吹牛这样的流程。在场所有人里，许豪真玩得最开，情歌对唱也好，女声独唱也罢，她的声音从头到尾都没有停过。

林辰望着小师妹的身影，若有所思。

刑从连靠着落地窗在默默喝酒，付郝则跟着节奏左摇右摆。林辰分别看了两人一眼，向刑从连那儿靠了靠，想了想还是找了个话题："杨典峰的案子，怎么样了？"

"没事。"刑从连灌了口酒，说，"但此案的牵涉，恐怕比你我想象得更广。"

"嗯？"

包间里声音很吵，两人为了听清彼此的声音，只能凑得很近。

"王朝刚筛查完近半年的系统记录，有十几条可疑记录，可能涉及更多的凶案，还有两桩悬而未决的抢劫案。"

听到这话，林辰忍不住眉头轻蹙："对方甘冒天大风险，也要迅速杀杨典峰灭口,理由一定非常充分。"

"是啊。"

林辰和刑从连在角落小声交谈,虽然屋里是震耳欲聋的歌声,两人周围却安静得时间都仿佛停滞了下来。郑冬冬的目光,也扫向那个角落。今天一晚上,郑总仿佛陷入了奇怪的魔咒。无论他怎么使力都好像在搬起石头砸自己的脚,所以浑身难受。时间已将近凌晨,过不了多久聚会就会结束,他很难再有机会找回今天的场子。想到这里,郑冬冬握紧了手中的高度数洋酒,倒了满满一杯。他咬咬牙站了起来,向林辰走去。

郑冬冬走到面前时,林辰正听刑从连在逐一分析疑案,一只装满金黄色液体的酒杯伸到了他的面前:"林辰啊,好歹大家同学一场,我敬你一杯,你给个面子呗?"

林辰抬头,郑冬冬举着一瓶XO,脸上堆满了虚假的微笑。也不知是有意还是无意,包间里的音乐也被人暂停了下来。一时间,郑冬冬那醉醺醺的嗓音显得格外突兀。同学聚会,男生与男生之间的相互劝酒,一般都很难推托,毕竟彼此间还有同学的情分在。而周围又有很多人看着,别人敬酒你不喝,总显得不够爷们。

所有人都看着林辰。

林辰看了眼面前的酒杯,目光很凉很淡,抬起头,对郑冬冬说:"你还没这么有面子。"

噌的一下,郑冬冬仿佛浑身的火气都被点着:"你算什么东西?别给脸不要脸!"

付郝作势蹿起,刑从连却只是静静地坐在一旁。

林辰率先起身,向包间里的其他人微微欠身道:"抱歉,今天有事,先走一步。"

说完,他便头也不回地走了出去。付郝见状,赶忙跟了出去。刑从连最后一个站起身,没有说话,只是提起搁在一旁的警服,迤迤然走出了房间。身后的包间内,传来酒瓶砸地的疯狂声响,而包厢外的竹林里吹起了清凉的风。

林辰走了两步,刑从连很快追上来,笑问道:"故意的?"

"你不是说明天还要去永川警队,得早点回去休息吧?"林辰回答道。

"你把郑冬冬气成那样,就是为了早点回去睡觉。"

"刑队长不能这么说,我是为了你。"

"谢谢林顾问了。"

他们有一搭没一搭地聊着,走到门口的时候,竟然有天人会所的代驾在等。

林辰看了看刑从连,对方仿佛并不意外代驾的突然出现,只是很轻描淡写地说:"我喝酒了嘛,安全第一。"

大都市的夜,从来都通宵不眠。林辰没有先回酒店,而是和刑从连把付郝送回学校。天刚蒙蒙亮,代驾司机将车停在了永川大学西侧的教师宿舍门口,付教授下车时已经双腿晃悠,困得不成人样了。刑从连和林辰只好将人送回宿舍,再出来时,天色已从深蓝渐渐转浅。

刑从连点了根烟,深深吸了一口,浑身上下透着慵懒的气息。空气里有丝丝缕缕的香气,好像是茶叶蛋和煎饼的香气,刑从连揉了揉肚子,然后眼巴巴地看着林辰。

林辰见他这副模样,只好说:"走吧,带你去吃早餐。"

毕竟在永川读了几年大学,林辰熟知周围的每一处美食景点,将刑从连带到学校旁边一条小巷里。小巷幽长深邃,巷口是一间破旧的小店。两人走到店门口时,店主正好搬着炉子出来生火。看见他的时候,那店主也是一愣。

"郑伯。"林辰低低喊了一声。

"哎呀,是阿辰啊!"中年人一拍脑袋,像是想起什么,赶忙放下炉子,冲屋里喊:"老太婆,看看谁来啦!"

他喊得很响,很快小店里响起噔噔噔的足音,穿围裙的中年妇女拨开帘子,冲出了屋。中年妇女先是一愣,而后眼角眉梢都漾起笑意:"你看看你,这是有多久没来了,一点也不想你王阿姨!"

"当然是想的。"林辰笑了笑,很贴心地答道。

林辰带刑从连落座,王阿姨在围裙上擦了擦手,笑问道:"两碗虾肉馄饨，还要点什么呀？"

店里没有菜单，刑从连再次茫然地看着他。

"再来一碗皮蛋粥，小笼包和烧卖各一笼。"林辰想了想，指了指刑从连，再补充道，"王阿姨，你再给他做个鸡蛋饼。"

"好嘞好嘞。"中年妇女高兴地跑回后厨。

刑从连环顾四周，只觉得店面很小，桌椅破旧，天花板上吊了个灯泡，除此之外店里就没有任何装饰。可很奇怪的是，或许是外面天还不亮，又或许是店里那盏灯昏黄得有些过头，刑从连只觉得这里很安宁，有种家的感觉。

"这家味道很好吗？"他双手放在台面上，很安静地注视着林辰。

"是啊，味道很不错，我只在这里吃。"

"是吗，这么厉害？"

"不，因为这家店不收我钱。"林辰笑着说。

刑从连愣了愣，就在这时，老板抢着替他解惑："阿辰可是我和我家老太婆的大媒人！"

两碗刚出锅的馄饨被摆上桌，店主郑伯站在桌边，对他这么说。

"媒人？"

"对啊，之前，我和我老太婆，我们一个在巷口开馄饨店，另一个在巷尾开点心铺，阿辰看出我们有意思，给我们牵的线。"

中年人朝他挤了挤眼，还没说完，又跑去端热腾腾的小笼包。

刑从连不可思议地看着林辰："你是怎么牵的线？"

林辰低着头，将筷笼边的勺子，递了一把给他。

"这小子可坏了，他跑到我店里连续吃了一个礼拜的馄饨。他每次来啊，都会捧着我老太婆店里的一屉小笼包和一屉烧卖，吃完也不把蒸笼还回去，就让我每天给他往回送。"中年人放下蒸笼，干脆在林辰身边坐下，给刑从连讲起了故事。

刑从连听在心里，心念微动，他忽然发觉，原来林辰的青春也曾那样恣意而有趣过。

天渐亮，朝阳渐升。

巷口的馄饨店里不断有欢声笑语传出。而不远处的永川大学里已有早起的学生，开始了一天的晨读。王安全是永川大学里一位最普通的保安。凌晨五点钟，王安全从床上爬起，预备最后一趟校园巡逻。

乳白色的雾气飘浮在清晨的校园，游鱼尚未从水底翻起，麻雀还在树枝上沉睡。

他巡逻了大半个校园，都没有任何异常，骑到湖边小树林时，重重打了个哈欠。天这么早，坏人都要回去睡觉了，想到这里，他干脆将自行车停下，眼前就是棵枝繁叶茂的榕树，他走了几步，跑到树冠下休息。有晨起的学生在湖边礁石上朗读，念的大约是英语课文，王安全听在耳中只觉得昏昏欲睡。

四六级考试临近，近来学生们都特别勤快。王安全眯瞪了一会儿，像想起什么，睁开眼看了看手表，又抬起头，望向更远些的地方。在那里矗立着一座破旧的老食堂。再过半小时，食堂就要开始供应早餐了，他就可以收工咯。他边想着，边不自觉地又闭上眼，耷拉在腿上的手也轻轻滑落到了泥土上。

突然，他像被蜇了似的猛地弹跳起来！他好像摸到了什么湿滑黏腻的东西，定睛一看，才发现脚下的泥土里露出了一块白色橡胶。可能是个破旧足球又或是谁扔的烂鞋？王安全看了看那块裸露的橡胶，又看了看自己的双手，可刚才好像感觉到自己刚摸到的东西轻轻动了一下？

王安全四下张望，湖边晨读的学生似乎没有注意到树下发生的一切。他蹲下身，犹豫不决地用手指轻轻抠弄橡胶旁的泥土，心里在猜想泥土底下他刚才碰到的东西到底是个什么玩意儿。然而他轻轻抠弄的速度太慢，感觉越来越奇怪。终于，王安全的双手猛地插入泥土中，抠出一大捧深褐色泥土。突然，一只白球鞋裸露出来，鞋尖朝上，鞋帮上还有一个对钩。这个牌子王安全还是认识的，他松了口气，只怪自己大惊小怪。

或许是刚才有点儿紧张过头，王安全觉得自己喘气都有些急。他靠着树干坐下，把手伸进衣兜，想掏根烟静静。然而他左手夹着烟，右手摸了半天，却发现手边没有可用的打火机，这实在是个天大的失误！以致王安全只能叼着烟,用唾液感受滤嘴亲切而令人放松的气味。

湖风飒爽,他也渐渐平静下来,想来或许是榕树下太阴凉,不适宜休憩,他站起身想要离开。

就在他起身的刹那,因为角度变换,他隐约看到那只埋在土里的球鞋下似乎连接着一小块布料。哪个学生没事会在湖边扔只鞋,又有谁扔鞋会顺便连袜子一起扔了?王安全打了个激灵,湖边凉风拂过,他浑身泛起了鸡皮疙瘩。他猛地扑到那只球鞋面前,发疯似的连挖了数下!泥土之下,与球鞋相连处,竟是一条人腿!

"啊!"王安全忍不住放声大叫起来。

就像馄饨店里的欢声笑语传不进校园,学校里发生的恐怖事件,当然也不会瞬间就传到校外。

吃饱喝足,刑从连餍足地点了根烟,与林辰并肩走在永川大学外的长街上。街上行人渐多,早餐摊也纷纷摆了出来。身着永川大学校服的少男少女们时不时经过他们身旁,青春靓丽,赏心悦目。

刑从连侧过头,林辰正望着远处的校门,不知在想些什么。

"走吧,去你学校里散个步。"他忽然开口。

林辰扭头,像是听到了什么很奇怪的话:"你不是说我最好不要进去吗?"

"我是说,你一个人的时候。"刑从连吐了口烟,笑了起来,"现在由我陪着,当然就没问题。"

06・坟墓

大学这种地方,就算过去百年时间,也不会有太大变化。

其实林辰没有太深的母校情结,但路过校门不进去看看,又觉得遗憾。清晨时,薄雾未散,校园里很静,四周只有鸟鸣声。

林辰带刑从连走在古老的砖石路上,沿一条小径,向校园深处走去。在小路尽头,依稀可见一片老式民国建筑。路边树木丰茂,遮蔽了远处大部分景物,因此,行走其间,颇有些寻幽览胜的趣味。

"你们校长,一定不是个生意人。"刑从连双手插兜,步行在林荫道中,忽然开口。

"嗯?"春风很软,林辰被吹得有些迷糊,一时没理解刑从连话里的意思。

"这种地方不收20块钱一张门票,可惜了。"

林辰觉得好笑:"也没有这么夸张吧。"

"能教出你的地方,当然好。"

林辰抬头看他,刑从连眼眸低垂,睫毛被风吹得轻轻颤动,显得目光温柔诚挚。林辰叹了口气,刑从连这人有个非常厉害的本事,就是可以把很肉麻的话,说得坦坦荡荡,让听着的人也觉得理应如此。那么这种时候,除了叹气,好像也没有任何更好的办法。

他站在原地,想要开口,远处突然有警笛声,穿透密林响起。那声音很急,似乎还在移动,因此可以判断,是辆高速移动的警车。两人对视一眼。

林辰抢先道:"这不怪我,是你先说要来的。"

刑从连无奈地笑了起来。循着警笛声,两人很快来到湖边,隔着很远就可以看见湖边小树林外围着一条明黄色警戒线,身着藏青制服的警员正忙碌地进出其间,而在树林尽头的榕树下,似乎还蹲着一位身着白袍的法医。

不远处,食堂开始蒸早饭,空气里弥漫着喷香的米饭味道。

间或有学生经过警戒线外,他们望着频繁进出的警察,脸上露出异样与好奇的神色。学校保安站在警戒线最外侧,驱赶想要围观的学生。

林辰看了眼刑从连,两人加快了步伐。很巧的是,刑从连发现带队出警的人正是永川刑警队副队长,他要交接杨典峰一案新资料的那位。

两人四目相接,彼此都觉得意外。

"老刑,你怎么在这儿?!"副队长姓江名潮,是位大咧咧的汉子。

刑从连拍了拍林辰的肩膀,向对方介绍:"林辰,我们局新顾问,永川大学毕业的。这不今天时间还早,我们就先来学校转转,你既然在这儿,我等会儿去车里把那个案子的资料拿给你。"刑从连很客气地说着,反而没问小树林里出了什么事。

"就是跟你一起搞'糖果大盗'的那位?"江副队长惊讶地瞪着眼,

偷偷捅了捅刑从连。

见江潮反应这么神秘,刑从连看了眼林辰,笑道:"是啊,怎么?"

"恩人啊!"江潮一把拉过林辰的手,重重地握了两下,"要不进来看看,一起分析分析?"

林辰见过太多行事谨慎的警察,突然遇见江潮这样热情似火的人,反而有些不习惯。江潮则大手一挥,提起警戒线,拉着林辰就往里面走。

刑从连拍了拍他的肩,凑到他耳边轻声说:"方志明以前的战友。"

林辰点了点头,似乎明白了什么。

树林内离湖最近处,有一棵茂盛的榕树,树冠苍翠而丰茂,湖风一吹,它便轻轻摇曳起来。林辰站在树下,有些意外。这棵榕树,是所有永川学子心目中最美好的风景之一。

他记得在他读大学时,就有很多同学喜欢在这棵树下看书或者谈恋爱。因为这里既不太冷又不太热,可以吹着风,看几页书;抑或拉着恋人的手,说几句悄悄话。而因为这棵榕树树干粗壮、树荫浓密,所以树下的一切,都显得静谧而安详。甚至包括树干下的土坑中,躺着的那个人。

那是一个年轻男子,皮肤有些黑,因在土里掩埋时间过长,衣物脏得看不出本来颜色。他双腿伸直,双手在胸口交叠。死者长相普通,眉毛很粗,嘴唇也有些厚,几乎是迎面走来,都不会有人注意的平凡面容。可在场所有人,在第一眼看到他时,都忍不住将目光停留在他脸上很长时间,包括林辰也在静静凝视泥土中死者的脸。那张脸上的神情是如此安逸,好像他所躺的地方,不是冷硬的土坑,而是家中最温暖的床。而此时此刻,他好像只是枕在羽绒枕上,做一场不用醒来的好梦。

"死者名叫李飒,是永川大学后勤部的工人。"江潮告诉林辰。

而法医正蹲在地上,做初步尸检。

"怎样?"江潮问法医。

"很奇怪,非常奇怪。"法医眉头紧锁,将手从死者颈后抽出,"暂时没有发现外伤,看上去也不像中毒。"

"噢!"江潮的眼睛亮了起来,"不是凶杀就好啊!"

法医横了他一眼："你想什么呢？"

"没有外伤，又不是凶杀，很有可能就是普通抛尸案。"江潮边说，边抬头看天，仿佛在许愿。

"呵呵，请问江队，如果他被埋下的时候还能呼吸，也算抛尸吗？"法医冷冷说道。

听闻此言，江潮眼睛瞪得老大："死因是什么？"

"初步判断，是机械性窒息。"

所谓机械性窒息，是指由外力作用阻碍人体呼吸，致使人体缺氧而死的一种生理功能障碍。通俗来说，就是被闷死。

江潮一脸郁闷，可法医还不放过他："死者的颈部没有外伤，说明他没有被缢颈、扼颈。我检查过他的口鼻，也没有明显的表皮擦伤和皮下皮内出血。也就是说，他也不是被人闷死的，所以……"

"是活埋。"林辰淡淡开口。

江潮倒吸一口凉气。

法医回头："你是谁？"

刑从连走了两步，站到林辰身侧："我们是宏景大队的。"

"哦，同行。"法医蹲在地上，很有兴趣地看着林辰，问，"你有什么看法？"

"能问一下死亡时间吗？"林辰的目光，落在死者胸前那双手上。

"12日凌晨三点左右。"法医答。

"既然是活埋，那么就有两种可能。"林辰顿了顿，接着说，"第一，他是昏迷以后，被人埋入土中；第二种，他是活着的时候，心甘情愿躺到这座坟墓里。"

"那你认为，哪种可能性最大？"

"如果是第一种，那么他体内应该能检测出大剂量安眠类药物的成分，如果是第二种——"

"第二种怎样？"

"一个人是不可能完美地做到，挖开坑、躺进去，然后活埋自己的。所以现场有铁锹类的工具吗？"林辰的语气变得森冷起来。

"没、没有。"江潮下意识地就回答了他这个问题。

林辰微低头,沉思片刻,问法医:"我能看看他的手吗?"

至此,法医眼中的目光已从兴味盎然转为欣赏。他站起身来,从口袋里抽出一副橡胶手套递给林辰,然后自己退了两步,让出了位置。林辰蹲下,将手伸入土坑之中,轻轻握起了死者的手腕。与那张安逸舒适、面容平静的面孔相比,死者那双手,则显得无比狰狞恐怖。他指甲碎裂,手上满是伤口,褐色的血迹和泥土混合,凝固在他手上。

"怎样?"法医站在林辰身侧,问。

"我有一个想法。"林辰放下死者的双手,视线依旧凝固在那一方土坑之中。

"不要卖关子。"江潮有些急。

"这座坟墓,是他自己挖开的。"

林辰语速很慢,一字一句地说出了令在场所有人都不寒而栗的推测。

全场一片静默。

法医深深吸了一口气,然后说:"小伙子,你真的很敢想啊。"

"能再挖开一些吗?"林辰打断了他的话,回过头,抬起手,比了个大致的高度。

"坑还不够大吗?"法医问。

"我是说,搬出死者,向下、向周围多挖掘一些。"

一锹又一锹的泥土被飞快铲出。

刑从连与林辰站在湖边,远远望着树下。

"我刚才是不是太僭越了?"林辰想了想,还是问道。

毕竟先前刑从连已经提醒过他,在陈家地盘还是要万事小心。

听他这么说,刑从连哑然失笑:"没有,老江不是会在乎这些的人,倒是你怎么这么紧张?"

"感觉不太好。"林辰说。

榕树下,被挖出的泥土已经堆积到膝盖高的时候,负责挖掘的警员蓦地停下动作。他一手扶着铁锹,僵硬回头。见此情形,江潮赶忙凑过去,可深坑中除了一根横贯的断裂的榕树根外,好像并无异常。

"下面有东西。"那名警员扔下铁锹,趴到深坑边缘,用手拨开薄薄的土层,一块洁白的布料突然暴露出来。

呼喊声骤然打破了刑从连与林辰的交流,江潮飞快冲到他们面前,嘴唇都在哆嗦。

"底、底下,还有一个人!"

07·三人

比发现一具尸体更可怕的是发现一具被活埋的尸体,那么,比发现一具被活埋的尸体更可怕的,则是发现第二具。林辰站在刑从连身边,感到所有人看他的目光中,都带着诡异。榕树下,工人的尸体已被装入袋中。黑色拉链轻轻拉上,遮住他最后一丝面容。

太阳明明升得更高了,湖风却冷了下来。

林辰拢了拢衣衫,走到土堆边上,向里望去。李飒的尸体已被搬出,而深坑中竟还埋着另外一个女孩,一个非常年轻漂亮的女孩。女孩穿一袭白色长裙,长发乌黑,脸庞恬静,好像一个乖巧的布娃娃。虽然她衣裙肮脏,脸上也满是泥土的痕迹,表情却温暖而满足,仿佛正在冬日街头的甜品店里,喝一杯烫手的热可可。

想到这里,林辰的目光顺着女孩的手臂向上移去。果然,女孩的双手同样在胸口交叠。而那双原本应该白皙细腻的手,同样皮肤皲裂,被干涸的泥土与血迹包裹。

"你怎么知道底下还有人?"

身后响起冰冷的质问声,林辰收回视线向后望去。

法医先生站在离他不远处,紧握拳头,显然在刻意保持冷静。

"因为我曾经是这里的学生。"

"你是这里的学生,和你知道底下还有一具尸体没有关系!"

"不,因为我是这里的学生,所以我知道这所学校里的很多事情。"林辰顿了顿,寻找更合适的措辞,来解释自己未卜先知这件事,"这棵榕树有个很土气的名字,叫情人树。大学里,总会流传很多奇怪的传说,那么关于这棵榕树的传说是这样的——相爱的两人,只要手牵手躺在树下许下愿望,就可以白头到老,至死不再分离。"

　　传说大都荒唐离奇,林辰第一次听说这故事时只觉得奇怪。好歹大家都是接受过正规大学教育的学生,为什么还会有人相信这种三流言情小说都不会写的内容?可直到有一天,他的老师拉着他的手告诉他关于"情人树"的传说时,林辰才发现,传说这种东西,当然是老一辈编出来骗年轻人的。不过按照现在的情况来看,似乎有人将传说变为了现实。

　　"所以你认为底下还有一具尸体,是因为一个校园传说?那这位女性死者和男性死者到底是什么关系,相爱的恋人?"法医迟疑地问道,连他自己也不相信,一个天仙似的小女孩会恋上平凡至极的工人?但爱情这玩意儿,好像从来都不讲道理。

　　"我不是神仙,没办法知道一切。"问题有些过头,林辰确实无法回答。

　　"噢!所以林顾问你觉得底下还有个人,也是猜的?"江潮大咧咧拉过法医,把人往后赶了赶,亲自询问。

　　"确实只是猜测。"林辰有些无奈,但发现如果他现在不解释清楚这个问题,真会被当成神棍。所以他退了两步离开土坑附近,望着榕树下的土坑说:"首先,这是埋尸。埋尸地点在大学校园里,这说明无论谁埋下了李飒,他都无意隐藏。那么这块地点本身就很有意义。"

　　"有道理,继续。"

　　"虽然同样的地方对不同人有不同意义,但这棵榕树最出名的故事,就是我刚才说过'情人手牵手至死不分离'的传说。所以我推测,这会不会是情侣殉情而死的案件。"他说着,望向远处的泥土。

　　"但榕树下只有李飒尸体附近的泥土有被翻动过的迹象,很难会想到这里还有另外一具尸体。不是你说让翻,我们根本发现不了底下还有人。"江潮说。

　　"因为李飒的手。"

　　"李飒手怎么了?"

　　"李飒的双手磨损得非常厉害,说明他是亲手挖开了这座墓,为什么不用工具，为什么如此郑重？所以我猜想，他可能想埋葬他的爱人。"

林辰的声音有些低，说到最后，几乎有些几不可闻。树边的警员默默放下了手中的铁锹，所有人都在沉默，没有人开口，又或者说，他们不知该如何开口。就在这时，一记清脆的声响，打破了宁静而低沉的气氛。掌声一下又一下，以极低的频率响起。

林辰回过头，见两人正穿过稀疏的树木，向他们缓缓走来。为首那人满头白发，穿一身极贴身的黑西装。他脖子上系着领结，前襟的口袋里还放着一块暗红色手绢。他气质高贵典雅，是一位集团高管。

"真不愧是我们永川大学十年来最出名的心理学毕业生，编起故事来还真是一套又一套。"那人语气居高临下，很不客气。

林辰望着他，几乎要再次感慨自己的运气。虽然经刑从连提醒，他也知道踏入永川时要处处小心，毕竟这是陈家的地盘，可确实没想到自己会在永川大学里这么快就再次遇见陈平，快得令人毫无防备。

"陈平先生您好。"林辰微微欠身，打了个招呼。然后他抬头看向陈平左侧那人，再次欠身道："许副校长，好久不见。"

陈平垂下眼帘，俯视着面前的年轻人。先前手下向他汇报，说林辰再次踏足永川大学，他立即赶来学校。可到了以后，他竟然听说学校发生了命案，这让他不由得怒火中烧！用通俗的话来说就是：林辰你根本是故意的吧，怎么哪儿出事，哪儿就有你！

虽然心情万分暴躁，陈平却必须保持风度。所以再见林辰时，他只能克制地嘲讽两句。

可是林辰呢？林辰依旧有礼有节不卑不亢。事实上每次他驱赶林辰，把这个年轻人往更低贱的工作上驱赶，回应他的都是如出一辙的平静欠身。很多时候，陈平觉得林辰根本不在乎自己被联合驱逐的窘境，更不在乎自己今天睡的是小平房还是地下室。关键问题是他觉得，林辰骨子里根本不在乎他们。他为什么不在乎，他凭什么不在乎！

陈平越想越气愤，克制住情绪，对现场警员说："我们永川大学发生命案，为什么会有无关人等出现？"

江潮望着气势汹汹的老人，一脸茫然。

"陈平先生，您对警方的调查，有什么意见吗？"

依旧是懒散的语调，依旧是略带笑意的尾音，陈平总觉得这声音在哪里听过。他循声望去，竟再次见到了上次在宏景实验小学里，袒护林辰的那个警察。

"您要是有意见，可以去局里提嘛，但这里毕竟是案发现场，您这样随意出入，还是会给我们警方取证工作造成困扰的。"刑从连这样说。

江潮瞬间回神，瞪着不请自来的两人喊道："你们谁啊？随便进入案发现场。小陈小陈，给我把人请出去！"

陈平有种被反将一军的感觉，冷笑："这里是永川大学，这位是永川大学副校长。你的意思是，学校里发生这么大的事情，警方却不允许我们校方来了解情况？"

"了解情况是没有问题，但闲杂人等还是不得随意进入案发现场，请您谅解。"刑从连说。

"永川好像不是刑队长的辖区，而他难道就不是闲杂人等了吗？"陈平说着，提手指向林辰。

"可我是警察啊，而林辰先生很不巧是我们宏景大队的一名顾问。希望您可以在警戒线外观看。"刑从连说得很客气，脸上也带着笑，可话里的意思很不给人面子。

望着刑队长带笑的面容，陈平这才意识到，他这是被带到了沟里。

"很好……很好！"陈平冷笑两声，掏出手机，拨通了一组号码。

他走到警戒线外站定，边和电话里的人说着什么，边盯着里面的警察。

江潮四处望望，只觉得小树林里似乎还回荡着老人冷硬的声音。"不会是向我们领导告状去了吧？"他问刑从连。

"似乎是。"刑从连无奈地笑了。

他话音刚落，江潮的手机就响了起来。电话那头的人估计说了江潮一顿，江副队长面露难色。

过了一会儿，江潮挂断电话。

"怎样？"刑从连问。

"没事，小事。"江潮无所谓地说，"不过老刑啊，等下要辛苦你和林先生，跟我们回去一趟了！"

"这算什么？把我们当嫌疑人了？"刑从连反问。

"哎，不是这个意思！"

简短闹剧后，现场警员再次高速运转起来。因为榕树下的土坑过深，两名警员在法医的指挥下，将女孩的尸体从深坑中搬出。

林辰与刑从连走到一起。看见林辰眉头轻蹙，刑从连忍不住低声宽慰："这不怪你。"

女孩的尸体被缓缓取出。忽然土层中，有什么东西，再次引起了法医的注意。他小心翼翼地跪在坑边，用手轻轻拨开那层土，一块鲜红布料突然暴露出来！

"好像……好像下面还有一个人……"他抬头，冲在不远处说话的两人喊道。

听到那句话，刑从连脸上终于露出震惊的表情。

"我的嫌疑，好像洗清一点了？"林辰用同样震惊的表情望着刑从连，喃喃道。

08·致歉

既然他没有预知树下还有第三具尸体，那么未卜先知的嫌疑自然也洗清了不少。只是嘴上虽然这样说，但林辰心中的担忧却没有减轻半分。

榕树下原本忙碌工作的场景，再次停滞下来。不只是带队的江潮，在场每一位警员，都觉得头皮发麻，在一棵树下同时发现三具尸体，这说明什么？这说明，他们很有可能遇上了一起重大刑事案件。

两名警员蹲下身，开始协助法医清理覆盖在第三具尸体上的土层。江潮下令其余人开始对湖边树林展开地毯式搜索，如有发现泥土松动的痕迹，立刻开始挖掘。

布置完任务，江潮再次望向林辰，眼珠轻转，然后咽了口口水："我说老刑，你们今天不急着回家吧，不如多住两天？"他拉着刑从连，殷勤地递了根烟。

永川大学校园发生重大案件的消息像插上了翅膀一般，飞快传回警队。因此当林辰被"带回"警队时，他发现整个办公室的警察都用一种异样的眼神看着他。如果要形容究竟是怎样的"异样"，大概是热情或者说是殷切？林辰忽然有些弄不清楚状况。他的手被江副队长紧紧握住，而江副队长的另一只手，则勾在刑从连肩膀上，大有抓住他们死不放手的架势。

江潮的办公室显然才被整理过，垃圾桶套了新袋，地板上还有刚拖过的水渍。办公桌前被特地摆上两张座椅，还是带软质靠背的那种。而桌上则是两杯新沏的热茶，茶叶很新很绿，茶汤也清亮可人。

林辰看了眼刑从连，想从对方那里得到一些暗示，刑从连却并不在意。他大马金刀地在办公桌前坐下，握住茶杯，喝了一口。

"林顾问请坐、请坐。"

林辰正在犹疑，江潮却赶忙将他按在另一张椅子上，还硬是把热茶塞到了他手上。

就在这时，办公室的门被敲响了。

一位虎头虎脑的小警察探头进来，对江潮说："江队江队，BOSS让你去呢！"

"去什么去！"江潮猛一拍桌，"没看见刑队长和林顾问在吗？"

江潮话音未落，门外传来一道低沉的声音："江副队，您最近官威颇大啊！"

说话间，一位中年人推门进来。来人身材魁梧，肩膀上银星闪耀，与黄督察同样级别。也就是说，来人是永川第二分局的局长，江潮的顶头上司，小警察嘴里的BOSS大人。

"郑局郑局，抱歉抱歉，您看我真是忙不过来啊！"一见到上司大人，江潮赶忙点头哈腰，又是认错又是道歉，中年人却没有看他，目光反而落在了刑从连身上。

顺着中年人的目光，林辰又看了一眼刑从连，只见刑从连依然端正坐好，连头也不回，仿佛对中年人的到来毫无知觉，又或者，他就是故意不理人？

林辰心中疑惑更深。

见此情形，中年人明显咬了咬牙，然后故作惊讶地看着刑从连的背影，大声喊道："这不是刑队长吗，你怎么来了啊？"

直至此时，刑从连才有了反应，站起身，回过头，面无表情地向中年人敬了个礼，然后道："郑局，您好。"

"小江啊，刑队长来了你怎么不说一声呢！"中年人上前一步，极夸张地拉过刑从连的手，然后重重握了两下："好久不见好久不见啊，老刑！"他说着又扭头对江潮说："赶紧啊，食堂订几个好菜，中午好招呼刑队长！"

"不必了。"刑从连淡淡开口，边说边将自己的手从郑局长手里抽出，并将手里的文件袋双手递出，"我此番前来，只是为了交接杨典峰一案，此案相关资料都在这里，还请郑局长查收。"

林辰回过头。刑从连的态度太过公事公办，不仅绝口不提永川大学的案子，更催永川警方尽快交接——好像并非他一贯的行事作风。

果然，听刑从连这么说，郑局长尴尬得说不出话来。

江潮赶忙救场："哎，老刑你急什么？你看这不是刚出了大事嘛，我真是腾不出手来啊！"他说着却偏偏不接刑从连手头的卷宗。

"那，劳烦您派个手下？"刑从连抬眼望着局长，少见地沉着冷静，不卑不亢。

态度明显至此，郑局长本人当然很明白刑从连这是为什么生气。可偏偏下令将宏景那位心理学顾问带回来的人又是他，他总不能直接给人赔礼道歉吧？事实上，当他知道林辰正是宏景高速上解救方志明女儿的那人时，心里早就想把陈平那个老头拖出来打一顿。开什么玩笑？就算他不怕被老刑挤对，也怕方志明的在天之灵跑来找他麻烦。

"老刑啊，你看这不是刚发生了大案嘛，我们真抽不出人手啊，你就带着林顾问，在这儿吃顿饭！"郑局长说着，再次拉过了刑从连的手。

"烦请尽快交接，我和林顾问可以尽早离开。"刑从连再次强调。

"哎，老刑啊，别这样嘛！"

"抱歉，毕竟林顾问来永川并非因为公事，我们也不过是随处转转，就被当成嫌疑人带入警局，如时间待得太长，怕是很容易徒惹非议吧？"

刑从连开口说道。

听他这么说,林辰才明白过来,原来,刑从连这么一反常态、态度强硬,是在为他出头?可是,这样的小事,他经历得太多,从不觉得有什么要紧,为什么他要这么在意?就在林辰很不解时,郑局长也终于明白,今日之事如果他没有确切的表态,一定不能善了,所以松开握住刑从连的手,转而面对林辰。林辰有些惊讶。

"林顾问,真是非常抱歉,今天的确是一场误会,您千万别计较啊!"

郑局长的语气诚恳,并且在说完后,竟然还向他微微躬身垂首,表示歉意。毕竟由局长亲自出面道歉,林辰很不好意思。他想起身回礼,刑从连的手却压在了他的肩头。

从那只手里传递出的分量,林辰理解到,刑从连的意思是:不许站起来,这是应该的,你也受得起。

既然对方道歉了,刑从连当然不会再摆出那张冷脸。

在郑局长重新站直身后,他也对江潮说:"既然江队长在忙,我和林顾问一夜未眠,想先休息一下,等您有空了,再来叫我们?"

"哎哎,你怎么还要走啊!"江潮一听这话,瞬间满脸委屈。

"我们不走,如果方便的话,我们也可以在警队值班室休息。"刑从连说完,这才看向林辰。望着他深邃的眼眸,林辰只好点头。

林辰觉得,整个永川分局的风气都有些奇怪。比方说,局长会亲自向他道歉。而就在刚才,他跟刑从连去往值班室的路中,还被人强行往手里塞了几颗糖。

值班室里灯光昏暗,不大的房间里摆着两张简易上下铺。

真正看到床,林辰才觉得困意袭来。他没有洁癖,既然困了那么就应该睡,所以把手里的糖放在床头柜上,脱掉鞋子爬上床。刑从连却没有睡床,坐在了靠背椅里,双脚则跷在另一张椅子上,看上去很是随意。

"永川警方好像很不愿意和你交接杨典峰的案子,为什么?"想起方才在办公室里,刑从连只用一个文件袋便逼得对方低头,林辰想了想,还是问了这个问题。

"其实跟文件无关。"刑从连脱下警服,反盖在自己身上,而后侧过头看着他,"只是和你有关罢了。"

"嗯?"听到这个回答,林辰微微有些诧异。

"永川大学的案子,你怎么看?"刑从连话锋一转。

"非常不简单。"林辰答。

"可以具体说说吗?"

"你觉得一棵榕树下,发现三具相互交叠的尸体,惊世骇俗吗?"林辰问。

"非常。"

"那么你看到一具被埋在校园里的尸体,第一反应是什么?"

"普通凶杀。"刑从连如实以告。

"一件惊世骇俗的故事却以平淡的叙述开场,这意味着什么?"

"有人想要一波三折的效果?"刑从连忽然有些明白了林辰的意思,就算树下的三人是情愿被活埋,也必定有人替他们亲手盖上最后一捧土。

"他现在做到了。"林辰静静说道,可等他说完,也明白了刑从连的意思,"你是说,江队长他们?"

"他们大概是真想留你下来,协助调查吧。"刑从连有些无奈。

"我不明白,我好像还没那么重要。"林辰想说,局长因为想让他协助调查而亲自道歉有点儿不合理,恐怕就算福尔摩斯亲至,也很难享受这个待遇。

听了林辰的话,刑从连目光忽然柔和起来。他看着林辰刚刚放下的糖果,轻轻开口:"因为方志明在调任缉毒部门前,曾在这里工作过十年,这里的人包括郑局长本人,都曾是他的同事。你揭开了黑暗真相的一角,你令他们的同事不至于无辜枉死,你还救了他们同事的女儿,所以他们都非常尊重你。陈家或许可以向警方施压,可再大的压力也敌不过你做过的那些事。这个世界上,钱或许可以买来无数顺从的目光和虚伪的奉承,却永远买不来真正的尊重。"

林辰终于明白过来:"你知道这件事,所以一定要求郑局长道歉?"

"我哪有要求过什么事情?"刑从连哑然失笑,"你以为郑局长亲自下楼,就是为了骂江队长一顿?他是知道自己下令把你带来,特地来给你赔不是，只是没有机会开口而已。"

"所以，刚才他们在演戏？"

"是啊，永川二局的特色。"

林辰靠在床上，觉得这警局的风气，确实有些离奇。

"不习惯？"望着靠在床上陷入沉思的人，刑从连忽然开口。

林辰想了想，点了点头。

"以后慢慢习惯就好。"他说完，调灭了床头的微灯，"好好休息，等下他们不会放过我们的。"

厚重的窗帘被仔细拉拢，房间里几乎没有一丝光，耳边很快传来了均匀的呼吸声。林辰伸出手，从床头柜上拿起了一颗糖，然后剥开了糖纸。刑从连的呼吸声，渐渐变得绵长起来。林辰将糖放入口中，轻轻抿了一口。

其实你不必如此，但还是……非常感谢……

09·前案

房间里响起纸张轻微翻动的声音，林辰醒来侧过身，床头灯调得很暗。刑从连坐在阴影里，借着一点微光，似乎在翻看什么东西。房间里多了一个人，江潮坐在刑从连对面的椅子上，眉头锁得很紧。林辰翻开一点被子，靠坐起来。

"醒了？"

刑从连目光扫来，蒙眬得看不清神色。

"几点了？"

"刚过十二点。"

听着这话，林辰细算了算，他们才睡了不到一个半小时，刑从连可能睡的时间更短。而看江潮的样子，似乎是因为发现了重要的线索，才会迫不得已来打扰他们休息。

"出了什么事？"林辰问。

"江队长已经查清了三名死者的身份。"

"好快。"

"其中一名死者的指纹在警方资料库中，另两人则是永川大学学生和员工，所以结果很快就出来了。"刑从连将手中的资料，分出两张递给林辰，"你看一下。"

林辰低头，视线落在面前的两页纸上，开始阅读。此案共有三名死者，他手上拿着的是其中两名死者的身份资料——李飒：男，28岁，家中独子，初中毕业后离乡打工，生前是永川大学后勤部一名油漆工；王诗诗：女，19岁，永川大学数学系学生，家中长女，还有个10岁的弟弟，家境优越，父母双方都是律师。单从个人资料上来看，李飒与王诗诗无论是年龄还是社会阶层，都相去甚远。男生太普通平凡，女孩却如明珠美玉，这样的两人，会如何发生交集？又因为什么，他们最后会双双殒命，被埋葬在那棵榕树之下？想到这里，林辰轻轻捏住纸张一角，转头看向刑从连手上。

"你方才说，有一位死者的指纹在警方资料库里，是谁的？"林辰开口问道。

刑从连刚才特意提到，指纹是在警方资料库中，而非公民档案里，这点就很奇怪。

"是最后那位死者的。"江潮抢先回答。

林辰想起树下被挖掘出的最后一具尸体，那似乎是位40岁左右的女性，于是问道："她的指纹是因为什么被录入的？"

"因为一起抢劫案。"江潮说。

林辰低头，照片中的妇女穿一身干练职业西装，头发盘起，眉眼间颇有风韵——程薇薇：女，38岁，安阳学院毕业。雅沁珠宝总经理助理，父母都是普通退休职工。

他将三名死者的资料在面前并排放置，果然，程薇薇和李飒与王诗诗，又很不相同。

刑从连则目光微顿，像是看到了什么不可思议的内容，抬头看向江潮，语气很是惊诧："程薇薇，雅沁珠宝？"

"对。"

"怎么了？"林辰问。

刑从连将最后一位死者的身份资料递给他，自己则反手去翻从宏景带来的与杨典峰一案相关的档案袋。

"'7·23'特大公路抢劫案？"刑从连在档案袋中抽出一份材料，抬头问江潮。

"是啊，老刑你也知道啊？"江潮吸了吸鼻子，"去年的悬案啊，至今没破。年底我们局每个人都被扣津贴啊，你说命苦不命苦！"

刑从连当然没有听江潮诉苦，迅速扫过卷宗，果然"程薇薇"三个字出现了。

7月23日，雅沁珠宝从南非采购一批价值近亿元的裸钻，委任猎鹰保全公司全程押运，雅沁珠宝总经理与其助手连同两名安保人员，搭乘7月23日凌晨由南非约翰内斯堡飞往永川市的航班，并于23日晚十点抵达永川。猎鹰保全公司派出特种防弹车和六名安保人员接机，并负责运送货物前往雅沁珠宝总部，然而，保全车辆在国道上遭遇抢劫。车内九人不幸身亡，价值近亿元的裸钻不翼而飞，除了一人幸免于难。那个人，便是程薇薇。

"九人身亡，只有程薇薇一个人活了下来，你们也怀疑过她吧？"刑从连边问江潮，边将卷宗顺手递给林辰。

"那肯定怀疑啊！但是我们警方办案，讲什么？讲证据啊！"江潮从腿边捡起瓶矿泉水，猛地灌了一口，"车轮战啊，十轮审讯，她咬死不松口！我们查了她所有的通信记录、联系人，连她家都翻了三遍，什么线索都没发现！能怎么办？只能放人啊！"

"她有说劫匪为什么没有杀她吗？"林辰忽然开口问道。

"她说是因为劫匪看她是女人，所以没动。"

"还真是侠盗。"刑从连冷笑。

"这个理由不足以让你们轻易放过她。"林辰说。

"哎，当然了，可是你们知道吗？两辆车里其他九个人都死了，尸体都被打成筛子了，她可就真的是毫发无伤。警方赶到的时候，她就坐在淌满鲜血的车里，一句话也不说。"江潮咬牙说道，"一开始几天，我们就根本没撬开她的嘴巴，后来她才开口解释，说对方就是没动她，没有任何理由，可能就看她是个女人。然后她又说，如果她是内应，为什么一点事都没有？她要是被打得半死不活，不是更容易洗脱嫌疑吗？"江潮一拍大腿，"别说，还真有道理！"

"那你们后来派人跟踪她了吗？"刑从连问。

"跟，能不跟？跟了整整三个月，就是一点线索都没发现。到后来连老子都觉得这娘儿们是清白的了！"江潮怒道，又灌了一口水，或许是凉水的作用，冷静下来，忽然愣愣地看向刑从连，"不是，你刚从你那卷宗里抽出来的，不会和杨典峰那案子有关系吧？"

刑从连抬起头，目光中有少见的无奈："很不巧，真的有关系。"

"猎鹰保全公司的车辆，不会是安装了那个什么出问题的公路安全分级预警系统吧？"江潮的下巴几乎要掉下来。

林辰扫了一眼卷宗，说："不仅装了，而且王朝对系统排查后发现，7月23日那天，猎鹰保全公司的两辆防弹车的行车记录被人修改过。"

"那现在岂不是……"

"死无对证。"林辰冷冷道。

房间内再度陷入难耐的寂静。

江潮捏住矿泉水瓶，令人牙酸的咯吱声一下又一下响起。"那么程薇薇，是被杀人灭口了吗？"江潮顿了顿，仿佛在寻找合适的措辞，"因为你们来了，所以……"

林辰与刑从连对视一眼。

"不排除这个可能。"林辰说。

听见这话，原本情绪低落的江队长却忽然高兴起来。"那，岂不是可以并案侦查了！"他忽然蹦了起来，三步并作两步，拉开门，又想起什么似的回头冲他们说，"你们不许走了！这是你们惹的事，我马上去跟局长打报告，听见没有，我回来之前不许动！"

江潮说完，飞也似的跑远。留下屋内两人面面相觑。

"我们走不了了？"林辰问。

"恐怕是的。"

"可理由太牵强了，怎么叫我们惹的事？"

"江队长他，比较容易激动。"刑从连顿了顿，又问，"但是，你觉得这个理由真的牵强吗?我是说……程薇薇的死,和我们带着卷宗来永川这件事之间的关系。"

"很难说。"林辰摇了摇头,"首先,还是要看他们的死亡原因,如果是谋杀……"

"不用看了。"

一道声音自门口响起,打断了林辰的话。林辰抬眼,只见先前那位法医,此刻正站在门口,手里还捧着一小沓报告。

"不是谋杀。"

"什么意思?"林辰问。

"三名死者的支气管和肺部都检出有泥土颗粒。同时,他们体内没有检出安眠药、致幻剂、镇静剂等药物。除手部受伤外,他们身上没有任何外伤,没有头部外伤没有捆绑痕迹,甚至,连皮肤都没有擦破。"法医缓缓走入室内,俯视着林辰,"也就是说,他们三个人是在有呼吸的情况下,被埋入坟墓中,并且……"

"没有任何挣扎。"林辰淡淡道。

"你是对的。"法医递出了尸检报告,说,"是活埋。"

明明被认可,林辰心中却没有半分喜悦。如果程薇薇、李飒、王诗诗不仅是被活埋的,且没有任何挣扎,这说明他们三人很有可能是自愿的。联想到三人脸上恬淡而满足的表情,饶是林辰也觉得后背发凉。在怎样的情况下,才可以让三个人心甘情愿躺入湿冷的坟墓中,被盖上一层又一层泥土,直至呼吸停止,生命终结?这三位年龄、阶层、家庭背景都各不相同的死者,究竟为什么会相伴而死?而程薇薇的死,和发生在数月前的残忍劫案,又是否真的有关?

"我忽然觉得……"林辰抬头,看向刑从连。

"嗯?"

"你说先睡一觉,是不是早就算到我们今天晚上,睡不成觉了?"林辰问。

10·照片

林辰也没想到,他随口说的话好像要一语成谶。江队长还没从局长办公室回来,来找他的人就已经先到了值班室里。

圆脸的小警察满脸通红,推开门大喊:"老大老大不好啦,王诗诗她妈带人在学校闹事啊,学校警务室控制不住局面啦,让我们快去。"

林辰依旧靠坐在床上,正和法医先生研读尸检报告。听见这话,法医望向门口,朗声道:"马寒你能不能不要每回都一惊一乍的?怎么回事?慢慢说!"

林辰扭头看着刑从连,满脸不可思议:"马寒,他和你们家王朝是什么关系?"

"都是活宝。"刑从连在膝上整了整文件,笑道。

还真是恰当的总结啊。

马寒小同志说:"慢不了、慢不了啊,再慢要出人命啦!记者都去了,我们老大死哪儿去了!"

"老子在这儿呢!"

闻言,马寒僵硬扭头。江副队长叼着根烟,单手撑在门框上,一副"您找我有何贵干"的模样。

马寒非常机智地一把抱住江潮喊道:"老大,永川大学出事了!死者的母亲叫了记者,说是学校的老师和同学害死她女儿,要让学校给个说法!据说手法特别专业,可能是做医闹出身,好可怕!"

"王诗诗的父母,都是律师。"林辰开口。

"那岂不是比医闹还可怕!"江潮明白过来。他把小警察从自己身上掰开,冲刑从连说:"老刑,走呗!"

刑从连点点头,穿好制服,迅速站起。而在他系好最后一颗风纪扣时,林辰也已下床,绑好了鞋带。

"是不是觉得还是我们局比较正常?"刑从连回头问。

"确实。"林辰想了想,这样说。

永川大学，正门。

巍峨的汉白玉石牌楼下，有两拨人正在对峙——其中一方身穿藏青色制服，是学校保安；另一拨人则披麻戴孝，他们拉着横幅、捧着死者遗像，纸钱和照片撒了满地。

哭声震天。

行政副校长许国庆站在太阳底下，只觉得头疼欲裂。如果说早先见到林辰时，他只是觉得麻烦，那么现在的这个女人，让他真正明白，什么叫难缠。实际上，他也不是没见过家长闹事。在他看来，学校大了总会发生这样那样的事故，孩子出了事，父母们跑来闹事，说白了就是为钱。可王诗诗的母亲不同，这女人从头到尾，绝口不提钱字，只要公道，要学校给她一个公道。

女人神情委顿，跪坐在地。她发丝纷乱，眼眶通红，手上捧着一张带相框的遗像，也不哭闹，只是静默坐着，便让人觉得心疼不已。在她头顶，是永川大学立校时便建起的汉白玉石牌楼。上书"中正平和"四字，而那个女人，又恰恰坐在了"正"字之下。天气很好，阳光很灿烂，可偏偏石牌降下的一片阴影，将她笼罩起来。因此眼前的画面颇有些震撼意味。

在两拨人群之后，记者的镜头也都纷纷对准了石牌楼阴影中的女人，快门不停闪动。他们心里盘算着新闻稿要如何撰写，才会更加轰动。

许国庆清了清喉咙，再次开口："王诗诗妈妈，你这么带人闹事，影响了学校正常的秩序，是违法的，你知道吗？"

王母猛然抬头，厉声道："'法'，你和我说'法'？我把活生生的女儿交给你们，现在她死在学校里，这就是永川大学的'法'吗？"

王诗诗母亲说话间颇有庭上犀利风采，许国庆被怼得说不出话。周围围观的过往行人也越来越多。不仅报社记者，甚至连电视台记者都来了。摄影师肩扛摄像机，从车上下来，跑到王诗诗母亲身前就是360度一顿猛拍。

许国庆的语气只能软下来："那你要怎么样嘛，你说要公道，那也要给警方调查时间的嘛，究竟是什么问题，王诗诗是自杀还是他杀，我们学校也是要听警方的啊……"

"我女儿是自杀,可是她是被这所学校里的老师和学生给害死的!"王诗诗母亲噌地站起,左手搂着女儿的遗像,右手直指校门上方"永川大学"四字,"亏你们还是百年名校,里面全是肮脏龌龊的东西!"

她脊背笔挺,风姿绰约,指控学校时,姿态英勇无畏,仿若雕塑。场间快门声再次响个不停。就在这时,紧闭多时的校门忽然移开,有人从学校里走了出来。

那是位老人,戴着副老花眼镜,穿一身很寻常的老头衫。他背着手,走到王诗诗母亲面前问:"这是怎么啦?"

他语气很是平缓柔和,仿佛老翁询问路边幼童,究竟因何哭泣。

王诗诗母亲提了口气,却发现面对这个老者,竟然连话也说不大声。她目光微动,看了眼许国庆,只见许校长也对老人的出现颇为意外,于是问老人:"你是谁?"

"我啊,我是永川大学的一名老教师。"老人转了个身,绕到保安面前,拍了拍保安队长的腰说:"你们在这儿干什么呀?堵着门口啦。"

保安队长闻言弯下腰,恭敬道:"校长,您怎么来了?"

"我啊,我听说学校门口人很多,就来看看。"老人笑呵呵说道。

保安说是校长,既非张校长亦非李校长,那么,眼前的老人,必然是永川大学唯一的正校长。

"苏安之,你是苏安之!"王诗诗母亲一想,猛然拔高音量,用手指着老人背影大喊,"你终于出来了!"

"哎,是我,是我。"老人又转过身,平静面对女人的手指。

林辰赶到时,看到的便是这样的场景。他的老师站在人群正中,被一个中年妇女指着。周围闪光灯此起彼伏,摄像师正在拍摄。江潮将车停下。林辰拉开车门就要下去,刑从连却按住他的手。

"现在这种情况,你不适合出面。"刑从连说。

听见这话,林辰看了眼校门口站着的老人,然后扭过头盯着刑从连的脸。

林辰的脸色非常严肃,甚至带着些紧张,这是刑从连从未见过的。他看向校门口背手站着的老者,心下了然,恐怕老人就是那位总被林辰和付郝提起的"老爷子"。而正指着老人破口大骂的,不出意外,就是王诗诗的母亲。

"放心,交给我。"他拍了拍林辰的肩,走下车。

警方的到来,犹如水滴落入油锅,薪火落入干柴,校门口瞬间炸开。记者早就听说,永川大学湖边树下挖出了三具尸体,怎奈学校门禁森严,禁止记者入校查看。警方发言人又是一副公事公办撬不开嘴的模样,他们正愁没有消息渠道。现在警车来了,跑刑侦线的记者一看车牌,就知是二局江队长的车,他们迅速掉转镜头,对准车上下来的两名警察。

"怎么了怎么了这是?这么多人围人家学校门口,学校重地,传播知识的地方,大家相互尊重一下啊!"江潮自然是老油条,不问缘由,只当不知道校门口为什么围着这么多人,抬手就要赶人。

"江队长、江队长,您能透露下案情吗?"

"是不是案件侦破有了重大进展?"

"请问学校里发现的三名死者,究竟是他杀还是自杀?"

"死者王诗诗的母亲刚刚向我们透露说凶手就在学校里,请问凶手是不是学校师生之一?"

江潮横了眼围在他跟前的记者,神秘兮兮地勾了勾手:"来来,我告诉你们啊。"

记者见状都围了过去。

"你们就这么写啊,本报记者援引警方发言人消息称'此案正在全力侦破当中,相关消息不便透露'。"

江潮说完,也不管记者们什么反应,就直接来到王诗诗母亲面前。刑从连一言不发,只跟在他身后。

王诗诗母亲战斗力超群,也很有章法,没有硬碰江潮,反而冲面前的老人喊道:"怎么把警察都叫来了?你们学校所有的老师学生,一起逼死了我女儿,现在连话都不让我说了吗?"

江潮站在王诗诗母亲身后,对方就不看他,而只单枪匹马质问校方。面对这样的彪悍女子,江潮有点束手无策。

刑从连看江潮一眼,上前一步:"您有什么问题,是都可以向我们警方反映的。"

闻言王诗诗母亲转过身，上下打量着刑从连。

未等她开口，刑从连又说："如您手中有什么关键性证据，还希望您能不吝出示。以帮助警方，迅速侦破案件。"

他语调平和，场间渐渐安静下来，记者们的镜头再次对准王诗诗母亲。人类都是八卦的，连路人的目光都透着殷切，仿佛在说你有什么证据就拿出来嘛。刑从连的话，很轻飘地将王诗诗母亲再次推至台前。

路人的目光让人很不舒服，女人咬着牙，似乎是下定什么决心，语气决然："我女儿是自杀的，她是被学校给逼死的！"

"噢，您可有什么证据？"刑从连继续问道。

"我、我……"女人欲言又止，脸憋得通红，最后哇的一声哭了出来，"那些禽兽在学校里传播我女儿的床照！我女儿就是不堪受辱才自杀的！"

11·宿舍

永川大学门口的围观人群越聚越多。

刑从连闻言面色一凛，转头去看学校保安。学校保安们面面相觑，像是对此并不知情。

"您有具体照片，可以提供给警方吗？"

"我有的！"

王诗诗母亲像是准备得极为充分，从怀里掏出一沓照片。

刑从连将要接过照片时，女人却一斜手，把照片高高举起，大声喊道："永川大学那些所谓的高才生，肆意散播我女儿的照片，而校方毫无作为，活生生逼死我可怜的女儿！"

听见这句话，刑从连迅速跨出一步，挡在女人身前，挡住了记者镜头，也挡住了那些闪烁着的、要将女孩最后一层遮羞布扯下的灯光。

"请您把照片交给我。"他说。

王诗诗母亲也是没想到，警方态度居然如此强硬，昂起头瞪着面前的警察："怎么，你们警方也想袒护学校？"

刑从连低下头，盯着面前的女人，眼神变得很冷。这个世界上，哪有疼爱女儿的母亲会在孩子尸骨未寒时大闹学校？不仅如此，她还在众目睽睽下，将女儿的裸照公之于众。不过是想借这个机会，利用媒体将事情闹大，动用舆论的力量勒索学校，榨干女儿最后一滴血。

念及此，刑从连眼眸微微眯起，目光中透着深邃而凛冽的意味："这和袒护哪方无关，只和是否触碰法律有关，如您不交出照片，我将以传播淫秽物品罪逮捕您。"

"你！"女人只说了一个字，就再也说不下去了。

她明明可以说很多话，比如指控警方滥用职权，又或者控诉警察欺负她一个弱女子。无论是在法律上还是道德上，她都有很多话可以说。可在那一瞬间，她忽然意识到，面前的警察态度太认真太郑重，说的每一句话都不是在开玩笑，他真会在众目睽睽下给她戴上手铐。王诗诗母亲甚至在这样的态度里嗅到了非同寻常的铁血意味。这令她几乎生不出任何反抗念头，她双手不受控制地颤抖，下意识递出了那厚厚一沓照片。

刑从连低头，双手接过照片，望着照片上那个女孩苍白的面容，淡淡说道："谢谢您的信任，警方会全力侦查。"

他说完，没有再看女人的脸，而是将照片递交给江潮。

女人见刑从连转身，忽然攥紧拳头。一个传播淫秽物品罪，就堵死了她以后再拿出这些照片的任何机会，这个警察怎么敢当着死者家属说这种话！可如果她今后再不能拿出这些照片，媒体记者是不会对她女儿的死有太多关注的，她也就失去了给校方施压的最好筹码。

现在事情闹得这么大，她已经没有再闹一次的机会了，不管如何都必须一鼓作气。也不知哪儿来的勇气，她望着刑从连背影，冷冷道："呵呵，我知道，你们是不会给我们死者家属一个说法的！"

"您要什么说法？"刑从连转身问道。

他目光犀利，言辞如刀。女人被逼得生生转头，只敢盯着校门口站着的老人高喊："学校出了这种事情，我女儿被活生生逼死，难道不是校方管理失职？这事就要不了了之吗？"

"学校出了这样的事情，我们校方，肯定是有不可推卸的责任。"就在这时，一直立在一旁的老人开口了。

"负责的话，嘴上说说就可以了吗?!"女人心下一喜，既然校方已经承认有错，那么她就可以尽情提出赔偿。可未等她开口，面前的老人忽然站直了身子。

"作为学校领导，我代表校方，向您道歉。"老人说着，弯下了腰，那是标准的九十度鞠躬，郑重而肃穆。

闪光灯连成一片。

林辰坐在车中，望着人群中老师弯下的脊背，手紧紧握在车门把手上，骨节凸起，青筋毕露。

"校长！"

"苏老师！"

周围围观的永川大学师生员工也是心中一痛，纷纷开口喊道。许国庆赶忙去搀老人，却被老人强硬拒绝。

女人没想到永川大学的致歉竟来得如此干脆诚恳，立刻失去了闹下去的理由。可事已至此，她没有任何回头路可走，只能继续强硬下去："道歉就能解决问题吗？"

听到这话，刑从连的目光从路边的警车上收回。他看了眼周围群情激奋的师生，对面前的女人说："既然校长也在，您有什么要求，就在这里提吧，我们警方也好帮您做个见证。"

他嗓音低沉却清晰，竟压过场间无数的喧闹声。一时间四下静寂，所有人的目光，再次汇集到那一身缟素的女子身上。记者们把话筒往前凑了些，仿佛都在等着她开口。女人心下一颤，看着那些灼灼的目光，真想将眼前的警察千刀万剐了。什么叫在这里提，什么叫做个见证？这个警察很明显知道她要的是赔偿，却偏偏逼她在大庭广众下开口，这种情况下她怎能直接开口提钱？

她往后退了两步，抚住额头，低声道："我累了，有什么问题，我想去办公室里谈。"

闻言，刑从连也不说话，只是看了眼老人。

苏老校长收到信号，很谦和地开口："王诗诗妈妈，你有要求的话，就现在和我老头子讲。我们能做到的，一定尽力去做，但如果您事后提起……"

意思是，过了这村就没这店了。

女人心一横，直接开口说道："我要向永川大学索赔一千万元。"

她说完，根本不管场间那些刺耳的声音，只是固执地迎上刚才那个警察的目光。

我女儿死了，你们就应该赔钱给我！

然而，在抬头的刹那，她忽然看到了那个警察的眼睛。在那道扫向她的目光里，没有讥笑没有嘲讽，甚至连蔑视的情绪都没有，那是超然的平静，如山高如海深，令人喘不过气来。

原来真是要钱！

虽然大家心知肚明，可女儿尸骨未寒，当妈的在大庭广众之下用女儿裸照向学校索要千万元，这不仅仅是"不要脸"三个字就可以形容的，这根本就是在吃"人血馒头"，而且是这位当妈的，一口口蘸着女儿的鲜血在吃。

记者们纵然拍着照，也觉得一阵恶心。他们心里默默将原先拟好的新闻词杠掉，换上了"孱弱女儿尸骨未寒，狠心母亲索要千万元赔偿"一类的标题。

情势顿时逆转。

"死者家属提出了赔偿要求，那么苏校长您的意思呢？"刑从连面无表情，依旧是公事公办的态度。

"这个，我们还是要听警方的调查结果的。"苏老先生欠了欠身，说，"但千万元赔偿恕难从命啊。"

王诗诗母亲一听这话，顿时眉梢一挑，转身就要发难。

可没等她开口，刑从连微微躬身，询问老人："那您不同意赔偿，死者家属如继续在校门口抗议的话，您会怎么办呢？"

老人瞥了刑从连一眼，仿佛在说，你怎么在问这么傻的问题："那就在这里嘛，有什么要紧？"

听见这话，周围无论是围观路人、在场记者、学校师生，甚至包括王诗诗母亲本人，都非常惊讶。

"他们不会影响学校正常教学秩序吗？"刑从连愣了愣，又问。

"他们很闲吗?"老人反问。

刑从连想,果然是林辰的老师啊,还真是不按常理出牌。

"您的意思是?"

"在学校里,就要专心读书,这件事跟他们有关吗?随便一点风吹草动就嚷嚷看不进书,也好意思说是我永川大学的学生?"老人声音有些响亮,语气也有些严厉,像是生了刑从连的气,说完就气呼呼地甩手走了。

刑从连简直冤枉,可又很清楚这句话与其说是在回答他的问题,不如说是讲给学校所有师生听的。老人的意思很简单:你们是我永川的学子,理应心智坚韧、不动不摇。

不知是老人的话起了作用,还是女人赤裸裸的威胁嘴脸令人心生厌憎,永川学子看向这场闹剧的目光,已从最初的惊诧好奇,变成了冷静漠然。是啊,他们是名校学生、天之骄子,哪有时间浪费在这些诡谲戏码上?看一眼热闹也就行了,谁爱演谁就演,反正他们没时间奉陪。想到这里,围在校门口的学生开始跟随校长的步伐,三三两两散去,甚至连周围的围观群众,都觉得再看下去实在掉价,也陆续散了不少。

原本的大好形势竟一触即溃,见此情景,王诗诗母亲脸上一阵红一阵白,精彩极了。她没想到永川大学校方根本不怕丢脸,态度竟如此强硬。她更没想到的是,警察竟然直接给照片定性,从头到尾都一副公事公办的模样,先逼她交出照片,再让她当场说出诉求,最后诱导校方表态,这样快刀斩乱麻的手段,着实在她的意料之外!

"好、好、好!你们等着收律师函吧!"女人指尖点过刑从连、苏校长和在场的许副校长。

刑从连反而笑了:"我等下给您地址,方便您寄送信函,但在这之前,我们还需要您配合调查。"

他的声音客气极了,落在女人耳中,却刺耳得过分。

"我凭什么要配合调查?我做错什么事了吗?你们想随便抓人吗?"她气急败坏地说道,"我有不配合的权利!"

"因为目前我手上这些照片的持有人是您,根据治安管理处罚法,传播淫秽信息的情节较轻的,将处以五日以下拘留或者五百元以下罚款。当然我知道，您这是在向我们警方提供重要的破案线索，所以希望您能跟我回警局做个笔录。"

他声音越温和，言辞中的意思，便越不留情面。

这句话的意思是：要不你就是好心在向警方提供线索，那请乖乖跟我回警局接受问询。否则你就是在故意散播色情照片，我就只能抓你。

王诗诗母亲抬起头，只觉得眼前这个英俊的警察才是最可怕的恶魔。她从心口到喉头都一阵憋闷，半晌说不出话来。

刑从连带着照片，再次回到警车中。

林辰坐在后座上，望着刑从连刀削似的俊朗侧脸，久久无言。

刑从连像什么事都没发生过一样，很自然地将那些照片分出一半，递到林辰手上："关于这些照片你怎么看？王诗诗真是因为忍受不了流言蜚语才自杀的吗？"

听见这句话，林辰如梦初醒，低头看向照片。

照片中，王诗诗浑身赤裸，与另外两人纠缠在一起。床上其中一人是李飒，可奇怪的是，剩下另一人却不是程薇薇。

"这些照片，是视频截图？"

"管它是什么，去问王诗诗她老娘不就行了！"江潮刚派人把王诗诗的母亲送到警局，听见林辰这么说，猛地拉开车门，一把握住刑从连的双手，激动地说道，"老刑你今天太敢了，竟然敢说死者的母亲传播色情照片，何止有种，简直就是太有种了！"

刑从连闻言，一副这有什么了不起的表情："毕竟这是永川啊，出了什么事，也有江队长扛着嘛。"

江潮背后一凉，迅速转开话题："这几张照片怎么样？有什么线索吗？"

"这些照片，好像是从一段完整的视频上截取下来的。但不知这些照片是原图，还是经PS之后伪造的。"

"可我们局的技术科全被征调去办一个特大网络诈骗案了，没人干活儿啊！"

听到这话，刑从连感到林辰看了他一眼，而且那目光有些奇怪。

好吧，果然活宝一定是要凑成对的。

"我们局的技术员，或许可能有空。"刑从连说。

春日宏景，依旧一片暖融景象。

修葺一新的颜家巷里，遍布着两边商户支起的遮阳伞，在巷口的一把大黑伞下，坐着位反戴鸭舌帽的年轻人。年轻人膝头窝着只三花母猫，他一只手揉着猫咪的脑袋，另一只手则紧握手机。他目光紧紧盯着屏幕，像是在玩儿什么有趣的游戏，一刻也不得放松，然而就在这时，他的手机突然振动起来。年轻人望着屏幕上的来电号码，很不开心地按下了接听键。

"嘿，帅哥，休假期间，先给我暖暖账号充1000块钱，再跟我说话。"刑从连坐在警车后座上，只听手机里传来王朝小同志轻飘的声音。

"你什么时候开始玩儿这种游戏了？"刑从连皱了皱眉头，放下手机，点开软件。

"我突然发现，美少女换装游戏很有趣啊！好萌好萌好萌！"王朝兴奋地说道，话音未落，却忽然听见手机提示音响起，放下手机一看，短信提醒他收到一笔1000元转账。

"老大你这是怎么了，卑职惶恐啊！"

"你的休假已经被取消了，拿钱订票来永川市，自己到永川市第二分局门口报到。"

"老大，是出了什么大事吗？我家阿辰还好吗？"

"永川警方有一桩案件，需要我们协助办理。"闻言，刑从连看了眼身旁的林辰，又说，"我这里有些照片，需要你判断一下它们是否经过PS处理。另外，需要你看看这些照片是否来自视频截图，最好能把原视频找到，东西已经都发你邮箱了。"

"哦。"

黑伞下，年轻人开着公放。他已经抢先一步，点开了邮箱里的图片，望着那些尺度巨大的照片喊道："老大你终于调去扫黄组了吗？这次案子好重口啊！"

或许是因为王诗诗母亲大闹学校的事，刑从连并没有如往常一样同王朝闲扯，他很严肃地对电话那头说道："照片中其中两人已经身亡，剩下一人的身份不明，我已经把她标注出来，你在数据库里比对一下。"

"哦，还是凶杀案啊？"王朝听见这话，迅速滑过屏幕中的照片，说，"如果我现在就告诉你，这些照片是原图，而且肯定是从一段完整的视频上截取下来的，我是不是就不用去永川了啊？"

"没问题，那超五星级酒店湖景套房和自助餐就由我和阿辰单独享用了。"刑从连说完，作势就要挂断电话。

"等我！"听筒内传出一阵惨叫。

林辰已经习惯了跳脱的王朝小同志，在一旁听了半天的江潮却嘴巴都快合不上了："这么厉害，看一眼就知道是原图？"

"他在这方面经验比较丰富。"刑从连说完，看了林辰一眼，问："怎么了，有什么想法？"

"很奇怪……"林辰淡淡开口。很奇怪、很诡异、很离奇……这些词甚至都不足以形容眼前的案件。如果这是一段完整视频的截图，从拍摄角度看，房间里应该还有第四人，手持摄像机拍下了这段录像。那么王朝说得完全没有错，这些照片无论从内容还是照片的拍摄角度，都太过重口味。照片中的王诗诗，也并不像她死时那般恬静安宁。在那张紫色双人床上，她媚眼如丝，显得狂野而性感。可在特殊的地点，就能把一个女孩变成另外的模样吗？

"哪里奇怪？"刑从连问。

"是因为这些照片在学校里大肆传播，王诗诗才羞愤自杀的吗？"林辰近乎自言自语。

"我不知道。"刑从连顿了顿，然后说，"不过我听说，大学女生的宿舍，好像从来都藏不住秘密。"

永川大学共有新旧两处宿舍区，王诗诗所在的理学院，恰好住得不是很好。正是午休时间，女生宿舍楼道里几乎没有人，只一盏坏了的白炽灯，正闪个不停。宿管阿姨打开三楼靠左手边宿舍的门，里面几位小声说话的女生，都被吓了一跳。

"警察来了,要问你们点儿情况。"

宿管阿姨中气十足,林辰与刑从连相互看了一眼,恐怕整栋楼的学生,现在大概都已经知道了他们的到来。宿舍很是狭长,哪怕是刑从连这样有丰富经验的警员,面对如此混乱的宿舍,也无从下手。

"你看看你们宿舍,脏得不像人住的,还是女孩子哦,搞得这么乱七八糟,以后一个个都嫁不出去!"宿管阿姨用尖厉的嗓音训斥着乱扔东西的女生。一时间,狭小的宿舍里竟变得鸡飞狗跳起来。

林辰看了眼刑从连。

"阿姨,有几个问题想先请教您。"站在门口的刑警队队长极有默契地拉住了宿管阿姨,他这样说着,吸引了宿舍里所有人的注意力。

"哦,你有什么问题尽管问我。"宿管阿姨边说,边拍了拍桌子,冲宿舍里几个小女生说道:"你们宿舍出了这么大的事,你们一个个都给我清醒一点,有什么知道的都跟警察说,不许藏着掖着!"

"王诗诗的事情,您也应该听说了,我想问问,在您印象中,王诗诗平时是怎样的姑娘?"刑从连询问宿管阿姨。

"这个闺女真是漂亮得不得了,好多人追。"阿姨啧啧叹道,话语中不免惋惜,"好几次晚上,都有人在宿舍外喊她的名字表白。"

"你们呢,你们觉得王诗诗怎么样?"刑从连转头,看向王诗诗的室友们。

几个女孩欲言又止,显然是已经得知刚才王母大闹学校的消息,不太敢开口。

刑从连拖了张椅子,在女生面前坐下。

"我们这次来,只是想了解一下情况。"他边说,边扫过面前的女生并把目光落在其中一个人身上,声音也变得柔和起来,"我想刚才王诗诗妈妈,她在校门口说的话你们也应该知道了。难道真像她母亲说的那样,是你们在背后传她的坏话害死了她吗?"

"我们什么都不知道啊!"其中一位女生猛地开口,脸色通红,显得非常委屈。

"我们、我们真没欺负过她!"又一个女孩终于忍不住说道,"她妈才是精神病!"

"她,她其实还挺好的,但我们和她真的不熟!"

"你们住一个宿舍,怎么会不熟呢?"刑从连问。

"她每天都要打工自己赚学费,天天早出晚归,除了上课就是打工。"

"对啊对啊,好像她家里一分钱都不给她的,她还要赚钱给弟弟买衣服买玩具!"

"不过我觉得,她好像挺看不起我们的,回来也不和我们说话。"

"她每天都跟活在自己的世界里一样。"

"可她以前不是这样的,以前还会跟我们一起去吃早饭啊。"

"对啊,她以前穿得破破烂烂的,我觉得她是害羞不敢和我们说话。可后来她突然就变成仙女,高冷得不得了。"

身后传来七嘴八舌的议论声音,林辰走到宿舍角落,那里摆着最后一张架子床,下铺似乎并不睡人,堆满了各种纸盒包装袋。林辰抬头望向上铺,微微有些吃惊。那是一张几乎可以用出淤泥而不染来形容的床铺,雪白床单微微垂下,鹅黄的毛毯叠得方方正正,床头整整齐齐摆放着一摞书籍,有几本略显破旧,显然被多次翻看过。

望着床头名牌上"王诗诗"三个字,林辰脱下鞋,戴上手套。他爬到王诗诗床上,将那几本破书抽了出来。

12·交锋

当林辰与刑从连在女生宿舍接受洗礼时,一场风暴也在校长办公室酝酿。

书架上的吊兰绿叶轻垂,桌上摆着一杯开水。穿朴素汗衫的老人坐在窗前,眼镜架在鼻尖上,手里握着支笔,正低头在看一份学生论文。老人面前站着位大四男生,男生满头冷汗,极为紧张。这名男生显然也没想到,不过是来请求指导毕业论文,竟撞上了这样的场面。

一位衣着精致的中年男人正站在男生身后,而许副校长更是诚惶诚恐。中年人则面色阴沉,像是在忍耐什么。校长却对此人不管不问,只是戴着老花镜,仿佛此间诸多事务,都不如那几页薄薄的学生论文重要。

"校长……"终于,许副校长低声喊了一句,打破室内的冷凝气氛。

男生咽了口口水,眼观鼻鼻观心,装作什么也没听见。

"你们有什么事吗?"老人头也不抬,翻过论文最后一页,很温和地回了一句。

"苏校长,同意林辰入校调查是您的意思吗?"陈平双手插袋,跨出一步,气势逼人。

"这件事啊。"老人推了推眼镜,并没再说下去。他抬头将批注完毕的论文递还给学生,然后说:"题目还可以更细化,你现在写的这个论文,研究范围还是太大,摘要有两处翻译错误,我已经标出来了,你要回去仔细查查准确的用法,另外用词还要更准确。"

男生低下头,看着自己被标注得密密麻麻的论文,心里有说不出的滋味。他只是个本科生,他们毕业论文都是大家确定自己方向以后,院系指派导师来指导。当他知道自己毕业论文由校长指导时,还以为就是走个过场,总觉得日理万机的学校最高领导,不会有时间指导他一个小本科生的毕业论文。可他没想到,老人从选题开始,就非常细致耐心地教他,连标点符号的问题都认真指出,治学之严谨,令他也不敢有丝毫懈怠之心。

"数据收集没什么问题,你做得很用心,但方差分析这里,还可以做一个多重比较检验。"

老人依旧在说话,讲的都是最最基础的内容。陈平的脸色却越来越难看,他哪里受过如此赤裸裸的冷遇。

"苏校长,您是不准备回答我的问题了吗?"陈平再次发问。

"劳烦您稍等。"老人说完,继续低头,为学生讲解论文。

"苏安之,你什么意思!"

"总不能让我的学生等,还是劳烦您稍等。"老人很客气地说道。

听闻此言,陈平再也无法忍耐,猛地拔高音量:"苏安之,你以为你是谁,凭什么罔顾董事会决议,私自放林辰入校?我们陈家已经表态,禁止林辰再踏入永川大学校内一步!"

"大概就这些问题,你回去好好改改,周五下午一点,再拿来给我看。"老人依旧语气平和，说完，冲学生点了点头，示意他可以离开了。

听到这话，男生看了陈平一眼，眼神中并无厌憎，唯有冷漠。然后，他向校长认真鞠了个躬，转身离开。

"我是永川大学的校长。"老人摘下眼镜，挂在自己老头汗衫前胸的口袋上，认真回答陈平之前的那个问题，"在这所学校里，能代表董事会做出决定的人，只有我。"

"你这是什么意思，非要袒护林辰，不把我陈家放在眼里吗？"陈平猛地一拍桌子，几乎气结。

"我的学生，袒护也就袒护了。"老人很不以为意地说道。

苏安之态度出奇地强硬，根本不买陈家的账，陈平突然发现，他现在进退不得，竟没有更好的办法。到最后他只能撂下狠话："苏安之，今年开董事会的时候你小心点，我陈家会第一个弹劾你！"

伴随他狠厉的威胁，门口响起了三记敲门声——咚、咚、咚。那声音很轻柔温和，却仿佛每一记都敲在了陈平心口，令他大为光火。谁这么不长眼，竟敢在他发怒时敲门？念及此，陈平猛然回头，却不由得呼吸为之一窒——门口站着个好看得有些过分的青年人。青年穿烟灰色长裤，上身配了件黑色高领羊绒衫，毛衣袖口挽至手肘部位，露出白皙的前臂和手腕。他手里托着只餐盘，餐盘上摆着两只剔透的高脚杯，杯中液体轻轻晃动。青年抬眼，笑着扫了眼室内，他发色有些浅，眼瞳是琥珀色，皮肤又白得过分，在黑色高领羊绒衫的衬托下，笑容便如春风般优雅温和。青年敲完门，也不说话，只是托着餐盘径自入内，在老人身旁的座位坐下。他放下餐盘，将其中一只高脚杯递给老人。

老人像看到什么宝贝，也不管周围人，举起杯子喝了一大口。

在一旁看呆了的陈平这才反应过来，刚想开口，青年却微微抬头看了他一眼，眼角眉梢尽是笑意："陈平先生，您刚才那句话有些问题。"

听见这话，陈平只觉得好笑。本来已经想吵架了，现在有人出言挑衅，他当然很乐意再多说两句出气。

"弹劾是一种程序，是一些国家用于对违法犯罪的政府高官进行刑事追诉的程序，永川大学董事会，怕是还没有到这个行政级别。"

陈平以为自己听错了，竟真会有人闲到没事，纠正他说错的一个词。

"那又如何？今年6月董事会，你的老师恐怕还是需要我们陈家支持，才能继续坐稳校长之位。"

"您又说错了。"青年还是在笑，他笑得春风化雨，好看极了，"他不是我老师。"

"你到底是谁？"

陈平问过就已经后悔，他好像一不小心又踏进了什么言语陷阱。

"您猜！"青年不以为意地调笑道。

陈平简直难受得想吐血。这种感觉实在太憋屈了，好比你想用尽全身力气过招，对方却只是轻飘飘刺你一下。你被刺得又疼又痒，却还不了手，除了憋屈还是憋屈。陈平深吸口气，一甩衣袖，转身想走，背后却又传来青年阴魂不散的声音。

"我刚才试着理解了一下陈平先生的意思，也替您多想了一下。陈家若想决定永川大学校长人选，须先拿到董事会过半数以上席位，折合人民币，大概要260亿元。但您也知道，永川大学的绝对控股权，一直在那家人手上。所以就算陈家出得起这钱，也不知那家人愿意不愿意出卖股份。"

青年跷着腿，单手支额，语气颇为忧虑。苏老先生忍不住笑出了声，然后打了个嗝，嗯，碳酸饮料味的。

"你！"陈平猛地回头，这才意识到那细长高脚杯里装的竟然是可乐。眼前的一老一少，根本从一开始就在逗他玩儿！

"你给我等着！"

被人指着额头，青年并不动怒。他抿了口杯中的液体，微笑颔首，也不说"好"，只说："再会啊。"

陈平毅然转身就走，只怕再待下去，要被气到心脏病复发。

望着陈平和副校长远去的背影，苏老先生放下杯子，板起脸教育身旁的青年："你这个兔崽子，不及林辰半分孝顺，我六十大寿你都不想着回来看看！"

"那是当然。"青年反是笑了，举起酒杯，与苏老先生轻轻碰了下杯，

"不仅是孝顺,比惹麻烦的本事,我也是从来都比不过他的。"

这下,换专门气人的苏老先生,捧着胸口生气了。

正在永川大学宿舍查案的林辰,暂时还不知道自己刚被人黑了一把。他刚和刑队长拜访完女生宿舍,拿了几本旧书装在证物袋中。刑队长揉着耳朵,分贝超强的宿管阿姨让他只觉得一阵头晕耳鸣。女生们刚才说的话实在太多太杂,令人几乎理不出头绪来。

"有什么收获吗?"他想了想,只能问林辰。

林辰闻言,将一本脊背破烂的书,塞到了他的手上。

刑从连愣了愣,低头看封面,发现那是一本《离散数学》。书的版本并不老,之所以破烂,大约是被翻看了太多次。想到这里,他翻开书,发现书籍扉页上写着一个名字。

"许……豪真?"刑从连念着这名字,似乎觉得非常耳熟。

可没等他想起是哪里听过这个名字,肩膀便被重重拍了一下,身后传来付教授严肃的声音:"老刑你惦记上我们小师妹了?"

刑从连这才想起,许豪真是出现在林辰同学聚会中的那个女孩。他回过头,只见付教授一脸还未睡醒的模样,大概是刚被电话吵醒,表情还是很不情愿。

"为什么你们小师妹的书会出现在死者床上?"刑从连问。

"什么死者?"付郝揉了揉脸,以为自己幻听。

"学校里出了点事。"林辰拉住付郝,简明扼要地向他讲述了清晨发生的诡异案件。

付郝听着,嘴巴越张越大,他也是没想到,就睡了一觉,学校里竟然发生这么大的事。

"王诗诗的床上,发现了许豪真的书,她们两个认识?"付郝不可思议地看向林辰,"师兄你一早就觉得许师妹有问题,到底是为什么?"

"一开始,我只是觉得她有些奇怪。"

"为什么呀?就因为人家很仰慕你,想和你见面?"

"不,是因为她的指甲油。"

"指甲油怎么了？"

"什么情况下一个女孩会选择涂她并不适合的指甲油？"

"你认为人家不适合，但人家实际上很喜欢呢？"付郝忍不住反驳道。

林辰回忆着与许豪真握手时女生刻意缩回的指尖，摇了摇头："她知道自己不适合，并且不喜欢，而且很在意。"

"她只是在试颜色？"

"试颜色需要试十指？"

"那是有人强迫她涂的？"

"我让你涂指甲油才算得上强迫。"

林辰的语气淡淡的，付郝赶忙缩起了十指："那或许是谁给她挑的呢？可能谁想让她涂的，她不好意思拒绝啊。比如，同寝室的人一起试指甲油什么的。不过师兄你为什么要纠结这个指甲油的问题呢？"

付郝开口便收不住话匣子，闻言，林辰的眼皮倏地抬起，仿佛想到了什么关键点。

13·偏离

"付教授。"林辰抬眼望向付郝。

付郝被唤得浑身一颤："师兄你有什么吩咐你就说，你这么叫我很慌张啊！"

"需要请付教授帮一个小忙。"林辰顿了顿，但并没有给付郝思考的时间，"我记得，我们学校新生入学时，都会录下学生自我介绍留作档案。所以我想请付教授去找找，王诗诗和许豪真入学时做的自我介绍。"

付郝一听这话如遭雷击，用一种"师兄你竟如此狠心待我"的眼神望着林辰。刑从连看在眼里，虽然不知道调这档案到底有什么难处，但心里还是替付教授哀悼了一把。

林辰只是摸了摸付郝的脑袋，说："乖。"

付教授生不出半点反抗之心，只能木然远去。

刑从连望着他的背影，只觉得好笑："这是怎么了？好像要去英勇就义。"

"管理新生入学档案的,是之前一直对付郝很有意思的师姐。"

"所以付教授这是要去出卖灵魂?"刑从连微低头,看着林顾问不为所动的侧脸,笑着问道。

"反正也不能是出卖肉体。"

"你还真是热爱做媒。"想起校门口那两位相亲相爱的小吃摊老板,刑从连感慨道。

"他挺乐意的,不用担心。"

"怎么突然想起要看入学档案?"

"有些问题弄不清楚。"林辰摇了摇头,反而问刑从连,"你觉得王诗诗是怎样的姑娘?"

"王诗诗啊,感觉挺复杂的。"

"是啊,不仅复杂,而且矛盾。"林辰顿了顿,说,"王诗诗的床铺整洁,个人物品摆放得也很有顺序,给人一种遗世独立的清高感;同时,她每天忙于打工赚钱,疼爱弟弟,可见她孝顺、勤劳;这样的人却拍录像,并且表现得那样大胆、狂野。"

"很矛盾吗?每个人都有很多面吧。人,总会想隐藏一些东西,又会在不经意间暴露出本性。"

林辰深深看了刑从连一眼,然后说:"所以,什么才是她的本性呢?"

刑从连摇头:"我不知道。"

"那你认为,王诗诗的母亲是怎样看自己女儿的?"林辰又问。

想起王诗诗那位勇猛刚健的娘亲,刑从连只觉得头疼:"母亲那么强势,女儿要不就是特别离经叛道,要不就是怯懦听话的乖乖女。"他说完却忽然发现,王诗诗简直是这两种类型的完美综合体。

"很奇怪吧?"林辰想了想又说,"王诗诗生长于一个典型的专制型家庭。从统计学角度来说,这样家庭出来的孩子大多顺从、懦弱、缺乏自信,而其中会有一些极端个体,变得冷漠、残暴,有很强的攻击性。"

"王诗诗似乎也不是这样。"刑从连说。

"是,可任何偏离常态的异常样本,背后一定有其原因。"

"那么许豪真呢,这件事和许豪真有关吗?"刑从连敏锐想起那位因为指甲油而被林辰特别关注的小师妹。

"我不知道。不过许豪真看上去开朗大方,长袖善舞,是朵美丽的交际花。我并无贬义,只是像她这样高情商的女孩子,为什么会没办法拒绝本不适合她的指甲油?"

"所以,你让付郝去拿她们入学的自我介绍档案,是想回到原点看看?"

"是啊,我想看看她们还是一张白纸时的模样。"

档案室里的付教授,当然无法听见这番谈话。

抽湿机轻轻响起,这里既无吃人的师姐,也无可爱的师妹,偌大的档案室里一个人也没有。窗帘半拉起,室内有些昏暗。付郝向两排资料架的纵深处走去,忽然间大门"吱呀"一声关上了,他赶忙回头,却不见任何人影,唯有皮靴和地板接触的声音一下又一下响起。

"王师姐?"他试探着,喊了一句,却得不到任何回应。

付郝左右看看,两旁皆是铁架子,连称手的工具都没有。正在他犹豫间,脚步声越来越近。透过资料柜底部依稀可以看到,来人穿了双黑色的小牛皮靴,西裤是烟灰色的,布料上乘,脚步不疾不徐。付郝深深吸了口气,对方已经走到与他相隔一个书架的位置,他可以清楚看到那人上衣黑色羊绒衫一角。

他心中过滤过很多同事的名字,好像这种穿着不像他们。

他心中的紧张感愈加强烈:"你是谁?"

没有回答。

下一刻,对面的人动了,侧脸一闪而逝,付郝心中咯噔一下。他猛然回头,看到一张英俊儒雅的面孔——亚麻色柔软短发,琥珀色眼珠,那双眼睛有些长,眼尾微微上挑,虽然在笑,目光却是说不出的清凉。

无数问候全家的话语堵在胸口,付郝见鬼似的望着来人。他的身体反应比头脑更快,二话不说转身就跑。然而,没等他跨出门口,一道温柔的男声就从他背后传来。

"走出门,我就打断你的腿。"

大城市的交通总是太过拥堵，当林辰和刑从连回到警局时，王朝戴着黑色鸭舌帽正坐在二局办公室里，接受全局上下的膜拜以及投喂。刑从连甫一推门，便听见办公室里传来很不满的声音。

"老大，玩姓名梗很俗你知道吗？"王朝含着根可乐味棒棒糖，指着自己面前那位虎头虎脑的小警察，很不高兴地说。

"我本来就叫这个名字！"马寒小同志非常委屈。

"你怎么来这么快？"刑从连看了看时间，离他打出那个电话，也不过三个多小时。

"噢，我直接在高速口拦了辆顺风车，嗖的一下就过来了。"

刑从连拍了拍年轻人毛茸茸的脑袋，凑近他的笔记本屏幕，发现王朝正在将先前王诗诗母亲"上交"的照片，一张张拖到时间轴上。

"这是在干什么？"

"做 MV 啊。"王朝小同志嘿嘿笑起来，"会动的哦。"

刑从连抽了他一记后脑勺："让你查的东西查到了吗？"

"简直小事一桩。"王朝叼着棒棒糖，冲马寒小同志勾了勾手指，一份个人档案被双手奉上。

刑从连眉头微蹙，将文件凌空截下。

果然，视频中另一位女生依旧是永川大学学生。

江柳：女，20岁，永川大学生物系高才生。

刑从连扫了眼档案，将之递给林辰。然后他看着王朝，没等他开口，王朝就已经抢答了："老大你是不是想问我江柳现在在哪儿？我已经查过，江柳昨晚就没回学校宿舍，今天也没去上课。她的身份证、银行卡没有任何使用记录，也就是说，她不在学校，不知道她去哪儿了。"

刑从连又要开口，王朝继续抢答。

"江柳和死者程薇薇没有明显交集，毕竟两人隔得有点儿远。不过我查到她和死者王诗诗都是学生会文艺部门的干事，一起组织过国庆舞会。"王朝说完，摊了摊手，意思是我只能帮你到这里啦。

刑从连点点头，只见江潮正从远处过道走来。

一见刑从连，江副队长像见到救命稻草似的，还没走近就开始嚷嚷：

"老刑啊,你们什么时候去会会王诗诗那个妈啊,她已经开始向我们局索要精神损失费了!"

"这位帅哥,还有什么我可以为您效劳的吗?"王朝问刑从连。

"跟我去做份口供。"刑从连说。

王朝有些受宠若惊。毕竟老大点名叫他一起去做口供,而不是阿辰,这说明什么?说明他终于要从一个技术员,走上真正的刑警岗位了!

审讯室内,一位发丝纷乱但气场强大的女人,正抱臂端坐于桌后。

王朝跟着刑从连推门进去,被那女人扫了一眼,当场就有些腿软。他老大却像没事人似的拖了把椅子,大马金刀地坐在那个很凶的女人对面。审讯室里当然没有第三把椅子,所以王朝只好傻傻地站着。

"王诗诗母亲,希望您能交出视频原件,争取宽大处理。"刑从连开门见山道。

"刑队长,您开什么玩笑?你们警方无缘无故把我扣在这里三个多小时,现在又让我争取宽大处理?"女人跷着二郎腿,足尖还一点一点地,非常之高傲冷艳。

"王诗诗母亲,我想您可能并不清楚现在的情况。"刑从连说着,伸手指了指王朝,"这位是永川市网络信息安全办的王警官,他受上级委派,来调查您手里那些色情产品。"

王朝被猛地点到名,赶忙站直身子。他看了看正襟危坐的老大,又看了看满脸高傲的女人,很快明白了状况。好嘛,老大就是带他来装样的。

"是的,最近我们正在抓典型,您的案子特别有代表性。根据相关规定,我们将对您处以15日拘留和10000元罚款。"王朝开始一本正经地胡诌。

"开什么玩笑?我只是来协助调查的,我从没有传播过任何色情产品。"王诗诗母亲依旧是气定神闲的大律师模样,可话语还是有一丝不经意的慌乱。

"当然啦,这个处罚到底多重,主要是由您传播视频的数量和受众人数所决定的。但您必须提供原视频,我们才好进行判断。"

"我、我没有视频原件。"

刑从连猛地前凑，语气非常冷硬："王诗诗母亲，请不要质疑警方的智商。您拿出的这些照片，很明显是从一段完整的视频上截图保存下来的。您现在跟我说，您没有原视频，您以为这样就可以洗脱罪名吗？"

"可我真的没有那段视频，我是在诗诗洗澡的时候，偷偷在她电脑上看到的。"王诗诗母亲说到这里忽然想起什么，猛地拔高音量，"对，电脑，你们去查诗诗的电脑。"

"我不太理解，您在女儿电脑上看到那段视频、一张张截图转存，却没有时间保存整个视频？"刑从连冷冷问道。

"视频是在网上的，我下载不下来。"

"什么样的网站？"王朝闻言，迅速问道。

"一个全英文的，页面是黑色的，旁边还有人在聊天，看上去怪吓人的。"

"有网址吗？"

"网址也不能复制，特别长。"

"是 www 开头吗？"

"不是，我不记得了啊。"

对面的小警察脸色铁青，王诗诗母亲越说，越觉得心虚。

王朝少见地严肃起来，抢过刑从连手里的本子撕下一页，连同签字笔一起推到女人面前："把网站画下来，记得多少画多少。"

刑从连也是没想到，本来只是带王朝来糊弄人，但看他现在的样子，似乎是发现了什么了不得的线索？王诗诗母亲很快画完网页，毕竟时间久远，她所画的页面里，并没有太多细节。

王朝看了眼纸，飞也似的跑出了门。

14·痕迹

如果每个人都有不为人知的一面，那林辰也从未见过王朝现在的这一面。

他气势汹汹地从审讯室摔门出来，走到江副队长面前，极不客气地问："王诗诗笔记本电脑在哪里？"

江队长被吼得一愣,有些反应不过来:"笔记本电脑,好像没有。"

"什么叫好像没有?王诗诗母亲明明说她有笔记本电脑,你们没有带回来吗?"王朝小同志一双葡萄似的圆目难得眯起,像是准备要生气,"把死者遗物清单拿来,我自己找。"

毕竟在他人地盘,肆无忌惮发怒当然不妥。

所以林辰轻轻推开面前的两位警员,走过去按住小同志的脑袋,柔声问:"怎么了?"

王朝秀气的唇抿得很紧,却也没有扒拉开按在头上的手。

"来了来了,清单来了。"马寒眼疾手快,迅速递来一个文件夹。

王朝也不说话,只是哗啦哗啦翻动那几页纸,然后面色就越来越难看。

"为什么没有电脑?死者遗物里电脑难道不该是最重要的物证吗?为什么没有?"王朝质问道。

在场没有人能回答这个问题。

"确实没有电脑。"江潮说,"死者的宿舍、家中,都没有笔记本电脑。"

"可是死者的母亲明明说,让我们去找她女儿的电脑!"

林辰凝望着王朝苍白的面孔,一下又一下轻轻抚摸他后脑细碎的黑发。

王朝话说到一半,戛然而止。他攥紧手中那张画着简笔画的纸,扭头回到自己位置上坐下:"算了,我自己来吧。"

刑从连在审讯室里又待了不少时间。他再出门时,办公室里似乎已没有了先前争吵的痕迹。

王朝双手如飞,似乎正陷入与数据的惨烈搏斗中。林辰端着杯水,靠在离王朝很近的窗边,像是在漫无目的地走神,又像在守着什么人。

天已经黑了大半,窗外街灯渐次亮起。

林辰见刑从连出来,看了他一眼,两人不约而同向办公室外走去。

站在办公室外的硕大绿叶盆栽边,刑从连掏出打火机,点了根烟,低声问:"小兔崽子惹事了?"

"刚才因为王诗诗的电脑,差点和二局的人吵起来。"林辰抿了口水,"审讯室里,发生了什么事?"

"应该是童年阴影犯了。"刑从连吐了口烟圈,随口说道。

什么样的阴影能让一个五讲四美的阳光好少年变得焦躁阴鸷？林辰轻轻抚摸着杯口，刑从连的话太像搪塞，偏偏不轻不重地说一句，让人无法追问。林辰挑了挑眉，也没有再问下去。

"不用太担心。"刑从连补充了一句。

林辰没有接话。

刑从连揉了揉鼻子，知道林辰是发现他回答问题的态度不认真。可有些事情并非三言两语能说清楚的，如果说不清那就不如不说。

他于是只能很生硬地转移话题："付教授呢，还没消息吗？"

"他说被一些事情绊住手脚，今天不能来了。"

"那正好，顺便让他把江柳的入学介绍，一起找出来吧。"

"怎么？"

"刚才听王诗诗的母亲说了些话，你们心理学的统计还是相当有道理的。"刑从连夹着烟，想起方才审讯室内，女人用骄纵的语气提起她已经过世的女儿——乖巧、懂事、听话、孝顺，太多夸赞女孩的词语，可以套用在王诗诗身上。王诗诗母亲口中的王诗诗是典型专制型家庭生产出的木偶，顺从而懦弱，从不懂得反抗为何物。那样的女孩为什么离经叛道，拍下录像，然后用如此诡异的方式终结自己的生命呢？

"嗯。"听刑从连那么说，林辰却没有太多意外，"江柳到底在哪里？"

"已经派人在找了。"刑从连赶忙接口道。

突然，办公室内传出一声惨叫。

林辰和刑从连赶忙冲进屋内，只见王朝的鸭舌帽不知何时扔在一边。此刻他正双手抱头，怒吼道："为什么网速这么慢啊！"

办公室里所有人都面面相觑，不知说什么好。

王朝现在就好像一个注明"小心轻放"的瓷器，又或者是随时喷火的小恐龙。

刑从连走过去，拿起搭在扶手上的警服对他说："走吧，带你去吃点好的。"

永川不是宏景，刑从连不是很熟，所以最后吃饭的地点，变成了柯恩五月酒店的自助餐厅。王朝小同志是见过世面的人，当然不会因为整盆生鱼片和帝王蟹而多给个笑脸。林辰端了满满一杯咖啡，放在王朝面前。王朝头也不抬，依旧沉浸在无穷无尽的图像检索程序中。

林辰把咖啡推过去，很温和地说："喝掉。"

"我还小，不能喝太多咖啡！"

"咖啡因可以刺激多巴胺分泌，也就是说，它会让你觉得愉快一些。"林辰很认真地说道。

王朝敲了记回车，终于抬头，很感动地说："阿辰，你对我真好。"

刑队长捧着一盘香煎小黄鱼回来，听见这话，毫不犹豫地把餐盘放到了自己面前。

"怎么，还没搜到原视频吗？"见技术员终于肯搭理人，刑队长不由得问道。

"老大，你知道什么叫大海捞针吗？又不是搜几张图，这是通过静态图片搜索动态视频，需要运用 Image2Play 技术，很困难的好吗？"

"难道要把近期新片都检索一遍？"刑从连问。

王朝猛地灌了口咖啡："我已经编完程序了，现在要等搜索结果了。"

见年轻人双眼布满血丝，神色少见地认真凝重，刑从连想了想还是问："你觉得非常有必要找出原视频吗？"

"我其实比较担心，如果找不到的话，就麻烦了。"

刑从连猛一抬眼，手中的筷子停顿下。王诗诗母亲很明确地说过，她是在网上看到那段视频的，因为无法下载视频所以只能截图。那么如果连王朝都搜不到原视频，就只剩下一种可能，一种让整起案件麻烦程度以几何倍数递增的可能。

"如果真搜不到……我不想再查那样的案子了，你找别人来吧。"王朝说。

刑从连与王朝的对话很短很隐晦，更像是点到为止的暗语，并以年轻人撂挑子的预言作为终结。林辰并不清楚，曾经他们面对过怎样的案件。但王朝是面对劫案和定时炸弹都依旧可以开玩笑的人，在那个网络世界里，有什么东西竟然能令他都望而却步？

吃完饭后，王朝的目光，再没有离开过电脑屏幕。就算是刑从连定的行政套间，他都没有任何参观的兴趣。年轻人在地毯上找了块合适的位置盘腿坐下，金丝雀与蔷薇图案的长绒地毯柔软舒适。璀璨的水晶灯兀自亮着，窗外是浩瀚无垠的夜空，年轻人却守着茶几上的笔记本电脑，宛如雕塑。林辰晚上起来时，王朝依旧保持着那样的姿势，面前的电脑屏幕一片漆黑，显然搜索结果并不好。

林辰想了想，从房间里找了条毛毯盖在王朝身上，然后在一旁的地毯上坐下。

"还是找不到视频源头吗？"他问。

年轻人脸色很差，机械似的摇着头。

"怎么会？"

"有两种可能，第一种，这段视频根本没有上传到网上，只在私下传播，王诗诗她妈在说谎。"

"第二种呢？"

"阿辰，你听过暗黑网络吗？"

林辰想，这果然是个听起来就不那么简单的名词。

"略有耳闻。"他边说边从沙发上抽出一只靠垫，让王朝倚着。

或许是毛毯很软，又或许是林辰的声音太温柔，王朝只觉得疲倦如潮水般涌来。他靠在软垫上，缓缓开口："如果一段视频，它无法在表层网络被搜索到，那么还有一种可能，就是这段视频被刻意隐藏在网络更深处，只有通过特殊手段才能查看到。"

"什么意思？"

"我们平时所接触的网络世界都只是冰山一角，所有能被搜索引擎捕捉到的网站都称为表层网络，但是在冰山下的深海里，有更广阔、更黑暗的网络世界。在那个世界里，没有警察没有法律没有规则，充斥着无数毒品、色情、军火交易、走私、器官买卖、人口贩卖……你说可笑不可笑，因为我们发明出了一种新技术，能让使用者在连接互联网时不会向服务器泄露身份，所以全世界的网络警察只能像傻子一样，眼睁睁看着无数罪恶交易在他们眼皮子底下发生，却没有任何办法。因为我们查不到IP啊！"

王朝越说越气愤，讲到最后，甚至用拳头猛砸地板。

幸好地毯足够厚实，林辰按住了年轻人的手，制止了他进一步的自残动作："那么请告诉我，如果那段视频真的是出现在暗黑网络上，说明了什么？"

"说明什么？暗黑网络里有的是能违反所有国家法律的重口视频，王诗诗的视频算个屁啊，只能说明一群傻瓜大学生发现了网络新世界忍不住自嗨起来然后一不小心搞掉了小命！"

"你太偏激了。"林辰淡淡道。

"阿辰，你见过极恶的世界吗？所有的东西都坏到了极点，很黑很黑，没有一点点亮光的那种世界。"

"我很想和你讲故事，但我只能说，我不认为有这样的世界。"

"那你从没见过完全不讲道理、坏到极点的人吗？"

望着年轻人那不可思议的目光，林辰沉默许久，最终缓缓开口："我见过。"

"人怎么可以坏成那个样子？"王朝说着不知想起了什么，连嘴唇都轻微颤抖。

"这个世界上是否存在绝对的恶，这并不是个哲学问题，你可以用更唯心的角度来看这个问题。"

"我听不懂……"

年轻人的眼神湿漉漉的，看上去非常迷惘，林辰伸出手，盖住了他的双眼。

"只要你内心光明，世界便不会黑暗。"他语速很缓，声音又轻到了极点，话还未说完，他的耳旁，便响起年轻人轻甜的鼾声。

林辰回过头，刑从连不知何时站在了他身后。

"曾经，我们追查过一起种族屠杀案。凶手利用暗黑网络，直播整场杀戮。"刑从连弯下腰，将年轻人身上的毛毯向上拉好，"王朝负责定位具体地址，但最终我们都无能为力。"

15·改变

无能为力之哀,不足为外人道也。

其实林辰有太多问题可以追问刑从连,比方说,你们不是市级机关的刑警,为什么会参与调查种族屠杀这种国际案件?又或者说,究竟是怎样的屠杀,能让王朝至今都没有走出阴影?甚至问题归结到最后,会变成最简单的两个问句"他是谁"而"你又究竟是谁"。但最终他什么都没有问,如同刑从连一直对他所做的那样。

第二天清晨,他依旧被一阵惊叫吵醒。

"啊啊啊!!!"

王朝小同志不知何时醒了,正躺在地毯上瞪着满室陈设,满脸震惊。

林辰赤脚走到王朝身边,伸手探了探他额头,幸好并不烫。

直至冰凉的指尖触摸额头,王朝才打了个激灵回过神:"大酒店,大酒店!"

林辰捏了捏他柔软的脸蛋问:"还好吗?"

"好高级好高级好高级!"王朝噌地跳起来跑到窗边,试图拉开落地窗帘,帘钩却纹丝不动。

"噢噢噢,是电动的!"王朝又开始满屋子翻找遥控器。

林辰抱臂立在一旁,刑从连揉着脸从次卧走出,睡眼惺忪地问:"小兔崽子这又是怎么了?"

"大概是童年阴影自愈过程中造成的交感神经活动紊乱?"

刑从连:"……"

"老大,你终于变回有钱人了吗?!"

王朝终于找到遥控器,回头看见刑从连,很兴奋地按下开关。

窗帘缓缓向两边移开,露出千顷水面。朝阳下薄雾如纱,水面波光粼粼。

刑从连打了个哈欠,照着王朝后脑勺就是一个巴掌:"废话,老子一直很有钱好吗!"

"那可以叫早餐吗,要大龙虾!"

被抽了头皮的年轻人却恍若未觉,没等刑从连答应,就扑到茶几上,开始寻找早餐菜单。澳洲龙虾,当然是不做早餐供应,但松软的小羊角包和可口的鸡茸蘑菇汤仍然可以抚平肠胃,以及受伤的心灵。王朝把餐单上所有食物都点了一遍,光饮料就要了三种,然后开始埋头猛吃。

林辰泡了杯早餐红茶,坐在他身边。

晨光很好,年轻人脸上满足的笑容也很好。

刑从连吃了两块面包,像是想起什么,忽然问道:"你有想好找谁来接替你吗?"

王朝塞了满嘴烤培根,一时没有反应过来,只呆滞地看着他。

"听说 Black Jack 很有名气,要不换他来?"

"那个家伙根本连键盘都敲不顺溜好吗!"年轻人猛地咽下食物,愤怒道。

"你不是说如果事关暗黑网络,你就不查了吗?"

"我什么时候说过?"

"昨天,吃饭的时候。"

"可是阿辰已经治愈我了啊!"

"你还真是生命力强大啊!"

"行了行了,老大你就别废话了,你也放心把案子交到 BJ 这种傻子手上。"王朝小同志大手一挥,叼着羊角包,蹿到了电脑前面,"我要开工啦,不就是一段破视频嘛!"

刑从连耸了耸肩,却见林辰用一种耐人寻味的目光看着他。

"你在唬他。"林顾问饮了口茶,低声说道。

"孩子嘛,偶尔也要鞭策一下,遇到一点小问题就想着撂挑子怎么行?"刑队长义正词严地说道。

就好像被消灭干净的法棍面包或是连底儿都没剩下的奶油汤,昨日的阴霾仿佛已被努力吞咽干净。

早餐结束时,林辰接到付郝电话,约他在学校办公室见面。

"师兄你早点来啊,记得打包校门口王记鸡蛋饼给我!"

"档案都找到了?"

"当然!"

林辰几乎可以想象,付郝在电话那头拍着胸脯故作轻松的模样。

"可为什么你到现在才给我打电话?"

付郝的语气实在不太对头,林辰想了想还是问了。

"昨天太晚了嘛!"

付郝说完,很干脆利落地闭嘴。林辰放下茶盏,大部分人在撒谎的时候会变成话痨,可他的师弟有些特别,会变得惜字如金,多说一个字也不肯。果然孩子都大了,都有自己的小秘密了,那么作为民主型家长,他当然不能事无巨细,把什么都问清楚。

"那把许豪真一起叫来吧。"林辰抬眼说道。

"为什么啊?"

"一起看视频。"

永川大学保有录下新生自我介绍的良好传统,虽说是为了建档,但也是为了科研追踪。当样本量足够大后,这些新生入学数据,不仅可以代表某一代学生普遍特质,同样可作为纵向研究的时间起点,以观测那些白纸般的大学生,看看他们在四年后、十年后,甚至几十年后,究竟会变成什么模样。这项研究的发起人,正是永川大学校长、林辰的老师苏安之先生。这也是在遇到王诗诗的问题后,林辰会首先想到查看新生档案的原因。

刑从连被江副队长捉去搜查视频中的失踪女生江柳,林辰独自一人来到付教授的办公室里。不得不说,虽然付教授拖延了一个晚上,找到的资料却非常完整,其中不仅有新生自我介绍视频、体检报告,甚至连入学时的心理健康测验报告,都非常完备。

林辰翻开王诗诗、许豪真、江柳三人的档案,将其中明尼苏达多相人格测验(MMPI)剖面图抽出,依次排在桌上。便在这时,有人推开了办公室木门——白衬衣,黑色羊皮短裙,小高跟,长发披在一侧肩膀上,女生穿着简约知性,或许是化了淡妆,她看起来比前日更明艳动人。

林辰抬头看了眼许豪真,女生的手已经伸了过来。

"林辰师兄您好,我们又见面了呢。"

葱管似的玉手半垂在他眼前，手腕上是一条纤细的银链，而那些圆润的甲瓣上，已经没有红色指甲油的痕迹。

"不用客套，是我特地找你来的。"林辰并未同女生握手，而是指了指自己身旁的座位，示意女生落座。

许豪真有些尴尬，毕竟像她这样的女孩，真的许久未被男生如此粗暴对待过。只是像林辰这样的人，只会比许豪真想象得更直白干脆。他无视了在他对面挤眉弄眼的付教授，直截了当地打开桌上办公电脑，并点击有"许豪真"三字的视频文件，磕磕绊绊的女声先于画面，透过音响传出。

"大……大家好，我叫许豪真……毕业于复兴三中……"

每年入学都在九月，视频中的女生却穿着厚实的长袖。她肤色偏黄，刘海儿几乎要遮过眼睛，如果不是文件名上标着"许豪真"三字，林辰都不敢相信，视频中那位不敢直视台下的女生，竟是他身旁这位知性大美女。

"……我希望能在大学里，找到志同道合的好朋友。"

许豪真的自我介绍很短，没说两句话，就飞快逃下台去。许豪真一直盯着屏幕，目光灼灼，并没有任何尴尬或者羞愧表情，直至屏幕完全变黑，目光才转移到林辰脸上。

"师兄给我看这个，是什么意思？"女生音质清冷，听起来，似乎隐隐有些动怒。

"你认识王诗诗吗？"林辰说着点开了另一个标有"王诗诗"三字的视频。播放器画面展开，视频中王诗诗微低着头，声音小到几不可闻。她穿着长及脚踝的白裙，上身是件粗劣的雪纺衬衣，看上去与多年前的许豪真一样胆小怕生。

林辰目光扫过屏幕，转向许豪真。

"你认识王诗诗吗？"他问。

"我……很高兴能考入永川大学……和大家成为……成为同学……"

音量被调到最大，王诗诗的声音断断续续传出。

许豪真没有回答。

"你知道她和江柳拍过录像吗？"

林辰问题很直白、很突然，但这样突如其来的问题，却未令许豪真失态。她理了理鬓发,而后恭敬地朝向林辰,淡笑着说道:"我认识王诗诗。"

听到许豪真的回答,林辰面色冷凝,仿佛他旁边坐的并不是明艳大美女,而是一块即将风化的石头。

"我和王诗诗都参加过文学社,因为我是学姐,所以王诗诗时常黏着我。江柳则是学生会的干事,曾经是我的手下,我们三个都彼此认识。王诗诗,是个很好的女孩子。她非常漂亮,喜欢她的人也很多,所以她经常被寝室里其他女孩子排挤,但她非常正直,甚至是有点古板,所以我觉得她不是那么随便的女孩子。"

林辰静静听着,他和许豪真靠得极近,几乎可以看清对方瞳孔的形状和其中盛满的怒火。

"师兄是因为查到我和王诗诗的关系,所以才怀疑我的吧?"许豪真脊背笔挺,有种居高临下的傲气,"我认识她们,但我也认识这所学校里其他几百人。"

"我不知道她们曾拍过什么录像,但我相信王诗诗和江柳不会做出那样的事情。而且您说的那种视频我也没有拍过。师兄应该清楚,您刚才的问题,是对我们莫大的侮辱。"许豪真说。

"你话太多了。"林辰认真审视许豪真,"我并没有问你那些问题,你只需回答我,知道还是不知道,认识还是不认识。"

"我已经第一时间回答了您的问题,'不知道'但'认识'。"

林辰望着女生如玉的面庞,点了点头。他关掉王诗诗的自我介绍,重新点开许豪真的视频,开始认真观看。

"师兄,如果没什么事的话,我先告辞了。"许豪真起身离开,行至门口时,忽然回过头来,唇角轻轻勾起,语气变得柔软魅惑,"师兄,再见啦。"她笑着说道。

望着女生一闪而逝的如花笑靥,林辰心中有些不好的预感。她来去如风,面对那些尖刻到不近人情的问题,依然举止得当,令人挑不出半点错来。

许豪真走后,付郝赶忙冲到他面前:"师兄,你太凶了,那是小师妹啊!"

"我知道。"

林辰按下暂停键,画面中是数年前青涩的许豪真。她低着头,目光闪烁,与刚才那位面对尖刻问题,却依旧自信骄傲的美女,截然不同。

"那你刚才还那么不客气。"

"你觉得,大学真的可以完美地改变一个人吗?"

大学教育和小范围的社会交往,真的可以令怯懦者胆大、自卑者自信,甚至让丑小鸭变成金色的凤凰?

林辰仿佛在问付郝,又仿佛在喃喃自语。

16·自杀

有太多原因可能改变一个人——一场事故、一席谈话、一本书甚至是一个笑容,这些都可能令既定人生发生偏移。但这并不代表,这些偶然事件有足以彻底改变一个人的强大能量。人不仅顽固不化,还是群居性的、容易激动的顽固生物。

永川大学心理学院教学楼。

许豪真走后,付郝正好有课,林辰被师弟拖来旁听。付教授在台上上课,他则坐在教室最后。窗外传来高音喇叭声,心理学院楼层不低,传上来时已不太清晰。

"希望大家能向警方提供更多信息,帮我们早日找到失踪的江柳同学。"

头戴扩音器的男声慷慨激昂,正不断招揽周围过往师生。林辰大致听明白,这是永川大学学生会在得知江柳失踪后,自发组织的搜寻活动。他不由得向窗外看去。恰逢两节主课间隙,不少学生刚下课,几位学生干事模样的人正在分发传单。广场上学生越聚越多,干事们似乎也来了精神,声音越发响亮。

林辰皱了皱眉,发动师生寻找江柳当然不失为有效的手段。但现今永川大学人心惶惶,再加上女生失踪,只怕会引起更大波澜。

他掏出手机给邢从连发了条信息。

——你们联系学生会要求帮助寻找江柳了?

——没,怎么了?

——文星广场上，有学生会干事在发传单。

校门外刑从连收回手机，看向面前的电线杆。不知何时，永川大学周围贴出了许多"寻人启事"。告示上贴着江柳照片，其下是情真意切的文字，大意是全校同学都盼望江柳同学平安归来，若江柳看到这份告示，也请早日回归校园云云。正当刑从连眉头紧锁，在校门外一字一句阅读告示时，一个身着浅紫色连衣裙的女孩也站在校内的宣传栏前，笑意盈盈地阅读着同样的寻人启事。女孩穿得格外漂亮，画了浅紫的眼影，配上暗红色唇膏，显得明艳动人，仿若有光；抱着教科书的一队男生从她身后经过，其中一位男生忍不住回头看了女孩一眼。又走了一会儿，男生突然停下脚步反应过来。如果他没有看错，告示内外，似乎是同一个人！

心理学院教室内，林辰正靠坐窗边，漫不经心地俯视着广场上发生的一切。就在这时，他的手机突然振动起来。林辰望了眼屏幕，是刑从连的电话。他走出教室接起电话，刑从连焦急的声音从那头传来。

"江柳出现了。"刑从连喘着粗气，似乎正在奔跑着。

"在哪里？"

"刚才有学生说在3号食堂门口看见她了。"

"对方有说，她往哪个方向去了吗？"

"说是刚上了3号教学楼。"

林辰闻言，猛地一怔。他抬头看向教室门牌，3609，如果他记忆力没有问题，他现在所在的教学楼，正是3号楼。

"怎么了，发生什么事了？"

电话那头，刑从连似乎察觉到他短暂的停顿，很关切地问道。

"如果我没判断错，恐怕江柳现在应该正在楼顶。"

"丁零零——"

上课铃声很不凑巧地响起，林辰不由自主地向天花板上看去。突然间，楼外传来一声闷响，仿佛是重物落地的声音。林辰只觉得头皮发麻，迅速冲进教室，已有好事的学生跑到窗边探出身子，向外望去。

林辰一把蒙住学生的眼睛，将人拖回座位。

"好奇心不要太重。"他在男生耳边低声说道。

付郝动作很快，已将视线从楼下收回，唰地拉上窗帘，冲学生说："靠窗的同学把窗帘拉好！"

"付哥你是不想让我们留下心理阴影吗？是有人跳楼了吗？"有胆大的男生趁着这个当口试图偷偷掀开窗帘，向外望。

"废话怎么这么多，再问就挂科，禁止重修！"付郝的态度非常强硬。

见付郝控制住教室场面，林辰冲他点了点头，握住手机准备冲出教室。只是没等他走出门，楼外又传来一声闷响。教学楼下，学生们的惊呼与尖叫声如潮水般翻腾而起。

林辰拨通刑从连的电话，那头却传来急促的忙音。林辰握紧手机，三步并作两步，跑上顶楼。

天台铁门半开，原本的链条正松松垮垮挂在门上。林辰猛地推开铁门，目之所及是蓝到扎眼的天空，天上没有一丝云，骄阳灼灼，刺得人眼角发疼。而在最边缘处，坐着一位长发美人。白衬衣，黑色短裙，长发扣在一侧耳后。他们不久前还见过面。林辰望着女生背影，向天台边缘缓缓走去。只是未等他靠近，女生像是后脑勺长了眼睛，猛然回头。

"师兄，真的再见啦，你要加油噢！"她笑容柔和甜美，说完生命中最后一句话。林辰甚至连开口的机会都没有，下一秒，只觉得耳膜刺痛，心脏骤然紧缩到极点。在离他几步之遥的地方，女生双手一撑，纵身一跃，一只柔弱而微张的手掌消失在天台。

重物落地。尖叫声乍起。哐当一声，天台铁门被再次踹开。

刑从连扒住门框喘气，然而空旷天台上只有林辰兀自独立的身影。

天很蓝，春风很暖，那些细微的风拂过林辰的黑发，吹起他的衣衫。刑从连走到天台边缘，在离林辰一臂处站定。林辰依旧木然地站在原地，甚至没有再向前走两步，望一望楼下。

"不是你的错。"刑从连单手搭在林辰肩头，宽慰道。可令他意外的是，他的手心并未传来颤抖感觉，林辰站得非常坚定，声音也依旧清凉。

"不必安慰我。"林辰露出自嘲的笑容，"实在是精巧到极点的安排，第一位和第二位自杀者引开了我的注意力，如果我能在接到电话后第一时间赶往天台，就能救下她。"

刑从连掏烟的手停在半空，转而将双手搭在林辰肩头，将人扳向自己。他微微躬身，双手压在林辰肩膀上，几乎要透过林辰漆黑的眼眸，望向他灵魂深处。

"自责和伤怀并不适合你，警队里其他人马上就到，我们先下楼。"

学生活动广场，本就不像小树林那般隐蔽，加之先前学生会活动吸引了不少学生，一时间，案发现场里三层外三层，人越围越多。不少学生捂着脸，还有人透过人群缝隙偷看地上那几摊血迹和血迹上趴着的人。

林辰随刑从连下楼，或许是先前急速奔跑，四肢开始渐渐回暖。

因为警方一直在校园内外搜寻江柳，所以人来得很快。警戒线迅速拉起，江潮的手下开始驱赶围观的学生，可在场没有人敢去触碰地上的三位学生。

林辰站在人群外的花坛上，注视着眼前宛如地狱般的残忍场景。许豪真、江柳以及一位不知名的男生正躺在血泊之中，红的、白的、黑的、紫的，各种颜色混成一团。原本的尖叫声，已经渐渐弱化成窃窃私语，低声议论却比尖叫更加刺耳。江柳摔在广场边的小水池里，池水极浅，只有薄薄一层。池底是大小各异的卵石，水池里原本漂有几株水生浮萍，现已被坠落的女孩砸得七零八落，血水缓缓漫延开。

救护车呼啸而来，医生蹚过池水，检查了女生的瞳孔和脉搏，然后下意识摇了摇头。两名护工将女生抱上担架，送入急救车中。

在场所有人心里都很清楚，从那样的高楼跳下，三名学生几乎没有生还可能。所以医生和护士的那些动作，仿佛只是为了完成最后的程序。

林辰深深吸了口气，鼻尖渐渐传来熟悉的薄荷烟草气息。他回头，刑从连不知何时站在了他身边，手还很自然地搭上他的肩头。如果这世上真有人能泰山崩于前而面不改色，那么刑从连一定算一个。

刑从连夹着根烟，语气依旧平静："又是三个人，三代表了什么，强迫症？"

林辰几乎不敢相信自己的耳朵，大部分人面对突然事故就算不惊慌失措，脑子也会有短暂空白，可刑从连呢，似乎从头到尾都没有半点慌乱。

林辰忽然想起他与自己说的第一句话,似乎是"不是你的错"。到底要多强韧的神经,才能在死亡发生后的第一时间就开始宽慰他人?

"无论与什么有关,这都是一条重要线索。"或许是肩头的手很稳,又或许是鼻尖的气息太令人安心,林辰缓缓开口。

"什么线索?"

"我不知道。"林辰很诚实地回答。目前线索少得可怜,他不可能仅凭"三人"这一线索,就分析出背后的原因。强迫症?刑从连这个观点,当然不失为一种思路。凑满三人一起死,可以代表一种强迫行为,但如果这样分析,只会带来更加无穷无尽的问题。是什么造成了这种强迫行为?它有何寓意?背后有怎样的故事?这些孩子为何要自杀?还会再有人自杀吗?

如果答案是肯定的,那他们又能否阻止悲剧的再次发生?

问题如潮水般涌来,林辰再次觉得头疼欲裂。

17 · 安慰

学生广场上,江潮的手下正在控场,围观学生渐渐被驱散不少,但也不乏顽固好事者仍站在警戒线外东张西望,不肯离开。

江副队长走下警车。他先前已经接到报告,永川大学里有学生跳楼,而且又是三个人。他已经一个脑袋涨成三个大,现在见学生们不听警方安排,顿时火冒三丈。他冲警戒线外的学生们喊道:"来来来,都闲得没事啊,来做笔录,一个都不许走啊!"

江潮说完,冲维护秩序的警察使了个眼色,有几人围到了人群后,将学生们圈了起来。普通大学生哪见过这样的阵仗,不少人四散逃走,广场上一下子空了不少。虽然四周的教学楼里肯定还有不少学生在偷看警方取证过程,但场间总算安静下来。

一安静下来,哭声便隐隐响起。江潮循声望去,只见广场边花坛处,坐着好几个正在哭泣的女生。那几位都是学生会干事,方才许豪真三人跳楼时,她们正站在最靠近的位置,受到过度惊吓。有两位女警陪在那里,正一下下拍着女生的后背,试图安慰她们。

而在花坛后，林辰和刑从连凑得极近，不知在说些什么。

江潮想了想，还是绕到花坛后，拍了拍老刑的肩。

"我说老刑，你这样不厚道你知道吗？那俩小姑娘哭得跟什么似的，你也不去劝劝，帮忙做个口供啥的！"

江潮下手不知轻重，刑从连猝不及防，被捶得差点跌下花坛。

"你小声点。"刑从连回头，见江潮不停瞥着林辰，显然是醉翁之意不在酒，冲江潮做了个噤声的手势，把人拉到后方。

"你家的小姑娘问得挺好，你安静听。"

"这抽抽噎噎的，得问到什么时候去啊？让你家林顾问帮个忙给做个口供啊，最好能有具体的细节！"江潮凑近刑从连耳边低声说道。他可是看过"糖果大盗"一案的全部卷宗，林辰用一个电话就唤起目击者零星记忆，简直叹为观止。

他还想再说，可略显清冷的声音却在他耳畔响起。

"其实并不需要。"林辰抱臂站在江潮面前说，"我就是目击者，我亲眼看着许豪真从天台跳下自杀。"

江潮抠了抠耳朵，以为自己听力出问题了。

刑从连的目光从林辰脸上扫过，见他面容肃穆、眼神清冽，只是脸色非常苍白，忽然后悔刚才没有迅速把林辰带离现场。

"这是怎么回事？"江潮随即把两人又拉远了些，压低声音问道。

"当时我正在心理学院教室旁听，接到刑队长电话说，江柳出现后上了我所在的教学楼。我挂断电话时，楼外就有人跳下，那是一个男生。联想到之前的案件，我猜测恐怕事情不会这么简单。第二名学生跳下后我冲上天台，正好看见许豪真坐在天台边缘。"

林辰讲述了事情经过。

虽然他说得简短，可江潮觉得浑身鸡皮疙瘩都要冒出来："你刚说，许豪真从你面前跳下去的？"

"是。"

"那、那她最后有说什么吗？"

"有。"

"什么?"

"她说,'师兄,真的再见啦,你要加油噢'。"

林辰语调很平,声音又有些冷,完全是在复述当时听到的话。

江潮瞪大眼,毛骨悚然:"这不是有病吗?自杀前还让你加油,让你加什么油?"

"我不清楚。"林辰脑海里,满是女生在生命最后时的笑靥。

该怎么说呢?许豪真当时很清醒,非常明白自己在做什么,并且发自内心地愉悦,仿佛只要从楼上跳下,就能得到生命与灵魂的升华。

江潮揉着胳膊,忍不住爆了句粗口:"这学校是被下了降头吗?一个两个都自杀,这都死了六个了!"

"不是降头,我恐怕许豪真的死是她蓄谋已久。在她自杀前两小时,我还与她见过一面,那时候她就特意对我说了'再见'。"

"那你怎么……"江潮话说到一半,被刑从连看了一眼,硬生生把后半句话咽了回去。

"我怎么就没看出许豪真有自杀倾向?"林辰淡淡望向刑从连,说出了江潮想问的后半句。

"其实这个案子还有个问题。"刑从连忍不住出声打断林辰,并不给林辰任何说出之后那些话的机会,"刚才广场上聚集的人实在太多了,学生会的干事在组织寻找江柳的活动。老江知道,我们并没有委托学生会发动师生寻找江柳,连江柳失踪的消息,都只是在小范围内传播。为什么会那么巧,那三个孩子选择在人流最密集的那个时间段自杀?"

林辰抬头望着刑从连,久久无言。

远处花坛上,女生们依旧在抽泣,满地的寻人启事仿佛是最无声的嘲讽。

林辰弯下腰,捡起落在脚边的一张,照片上的江柳同许豪真笑得一般灿烂。他终于看向江潮说:"还是我来询问吧。"

刑从连心下微怔。

江潮只觉得大脑已经宕机,只是木讷地点了点头。

林辰回过身,向花坛边的女生走去。

"我……我真的记不得了。"女生断断续续的哭音随风传来,"求求你别问我了好吗?"

林辰走到女生面前,蹲下身目光与她齐平。

未等周围人反应过来,他的手已经轻轻抚上女生的眼帘,他声音很轻、很沉静,却带着抚慰创伤的温柔。他说:"我不需要你回答问题,请你闭上眼睛,跟我做三次深呼吸,然后睁开眼,可以吗?"

女生抽噎了一下,而后点了点头。

"一、吸气……"

"二、呼气……"

"三、请睁眼。"

林辰的手,从女生眼前移开。女生睁开眼,面前多了一根手指,那根手指很细很洁白,然后听见面前有人说:"请看着我的手指,目光向右。"

虽然不知发生了什么,女生却忍不住盯住那根手指,很听话地看向右边,然后目光再次跟随那根手指,缓缓移向左边。

江潮踮着脚,望着蹲在地上缓缓移动手指的林辰,使劲拽着刑从连,悄声问道:"这是在干吗?"

"你不是让他问话吗?大概是种让人平静下来的手法?"刑从连的声音中有他自己都无法察觉的冷意。

时间大约持续了半分钟,四周变得鸦雀无声。

林辰缓缓移动的手指,终于停下。

"如果你觉得好点了,能否回答我一个问题?可以的话,请点一点头。"他说。

女生竟奇异地平静下来,吸了两下鼻子,原本抗拒的情绪也消失了大半。

"你、你问吧。"

江潮看在眼里,很激动地扒拉着刑从连:"好像催眠啊,这太神奇了。"

"你们为什么会在这里分发传单?是谁让你们来的?"林辰很温和地问道。

林辰话音未落,坐在旁边的另一位女生却突然哇的一声哭出来:"是……是许学姐让我们这么做的,她说,她说……"

一旁的女警赶忙递纸巾过去,林辰却不说话,只是安静地望着自己面前的那位女生。

"许学姐?"

"许学姐说江柳不见了,恐怕凶多吉少,我们作为她的同学能帮一点是一点。"

"许学姐,是许豪真吗?"

女生点了点头,眼眶里再次溢满泪水:"许学姐是不是故意把我们骗来,让我们看她自杀的?"

望着眼前痛苦的女孩,林辰没有回答。他缓缓站起身,从口袋里掏出一支笔,然后翻开了女生的手掌心,写下一串数字。

"这是学校心理咨询中心的援助电话,你一定要去寻找专业人士的帮助。"

他说着一并看向花坛上的女警:"等会儿请务必送她们去见心理医生。"

喧闹过后,便是寂静,直至死寂。

广场上的人越来越少,林辰并没有再多说什么。趁江潮主持工作的间隙,刑从连带他悄悄离开了广场。

正是上课时间,教室外没有什么学生,一切都显得太过静谧。不知不觉间,两人又走到了永川大学的湖边。天光灿烂,整片湖面都亮过了头,以致有诡异的迷蒙光晕,轻轻漂荡在湖面。榕树依旧枝繁叶茂,树下是许多纪念的花环,甚至还有学生自发点上的蜡烛。蜡烛还未烧尽,烛光仍在轻轻摇曳。

刑从连拍了拍林辰的肩,竟有些语塞。从刚才林辰对警员说完那句话后,他就再没有开过口。对于十八九岁的大学生来说,目睹有人自杀,可谓他们人生中经历过的最残酷的事情。

那么林辰呢?他的师妹在离他几步之遥的地方跳下,他却没有将人救下,任何正常人都会自责难过。刑从连刚才分明感觉到,林辰并不想去询问女生,因为他自己也很混乱,他并没有准备好。在江潮请求下,他却能迅速收拾好心情,甚至到最后都不忘提醒学生一定要去看心理医生。这也真是太敬业了。望着眼前人略显单薄的背影,刑从连没来由地觉得烦躁。

肩头的力量越来越重,林辰回过神来,见刑从连眉头紧蹙,想起方才刑从连刻意打断他与江潮的谈话,他还是说:"你不用担心,我不会伤春悲秋。但就算是普通的心理咨询师,看不出病人有自杀倾向也算是失职,又何况是我?"

刑从连收回手,很认真地反问:"我发现你有个很严重的问题,你是不是一直觉得自己是万能的?"

觉得自己理应对所有人负责,认为没有挽救生命就是自己的失职,这真是很可笑了。

"我很清楚我不是神仙,不可能救下所有人,我也没有圣父心态,不会把一切错误都归结给自己。"林辰嘴角露出自嘲的笑容,"或许从前有,但经历一些事情后我会发现个人能力总归是有限,办不到就是办不到。"

"那你为什么还认为是自己失职?退一万步说,这根本就不是我们的案子。"

"我只是在就事论事。"

"你在钻牛角尖。"

刑从连话音未落,却感觉肩膀一沉,林辰忽然转身。

时间很短,在他反应过来之前,林辰便退开了,可呼吸间犹有属于心理学家的清冽的气息。虽然时间很短,但那分明又是非常真诚的一个拥抱。

林辰说:"谢谢。"

刑从连愣了愣,这到底是谁在安慰谁?

"换个角度想,连我都没有看出许豪真有自杀倾向,这不是很奇怪的事情吗?"

毕竟是林辰,在如何不动声色扯开话题上很有一手。刑从连已经不记得自己刚才想说什么,只觉得林辰这句话虽然听起来自负,可由林辰说来,又让人觉得理所应当。"我也觉得这不是你的失误,或许这些孩子的死亡与传统意义上的自杀并不相同?"

许豪真安排同学分发寻找江柳的传单,故意让人群聚集,对林辰说"再见",最后才跳楼自杀。光从这几个小细节来看,这已经不是简单的蓄谋已久可以概括。因此这当然不是普通意义上因负性情绪而导致的自杀。如果排除掉这项以后，剩下的自杀动机就变得有些可怕。

"当然不同，这很像是按剧本演绎的自杀事件。"

林辰蹲下身，抚摸着面前松软的泥土。昨日清晨，三位学生的尸体在湖边被接连发现，而在一天之后，又有三名学生从教学楼上相继跳下。

一具、两具、三具尸体。

一人、两人、三人跳楼。

从惊吓变为惊恐，再从惊恐转为毛骨悚然，任何旁观者的心情，都好像是坐过山车。一波三折后，他们将体会到冲向地狱的极致恐惧。起承转合都太过精妙，实在很像有人编好剧本，然后有人演绎的故事。

四下皆寂。

刑从连深吸了口气，只觉得林辰的推论太过大胆，可这推论又可怕地合理。

或许是因为太安静，一阵手机铃声打破了周遭的寂静。

刑从连接通电话，王朝轻快的声音传来："老大老大，你是不是在永川大学，刚刚学校里是不是有人跳楼了？"

年轻人的声音带着少见的颤抖。

"你怎么知道？"

林辰唰地站起，目光灼灼地望着他。

刑从连很快意识到这里的问题。

王朝现在应该在酒店独自工作，他和林辰也都还未来得及告诉王朝刚发生的跳楼案件，那么王朝是怎么知道的？

"我、我好像找到他们的直播网站了！"

王朝惊恐地说道。

18 · 直播

大概真被吓到了，王朝来得很快。林辰同刑从连在校门口等了一会儿，就见一辆出租车风驰电掣驶来。年轻人从出租车上跳下，脸色苍白，脚步虚浮，手心满是汗水。

他下车后第一个动作就是把电脑塞到刑从连手里，嘴上还嚷嚷："老大你拿它离我远点。"

像王朝这样的年轻人，技术好又天性开朗，平日在网络世界里称王称霸，似乎很难遇上什么能令他都惊恐不已的问题。可鉴于年轻人现在的状况，实在不适合马上谈案件，林辰将他带到学校咖啡厅里。这里平时都是教授讲师们谈论科研思路的地方，学生来得不多，环境清幽雅致，关键是有整片落地窗和柔软的大沙发，非常温暖舒适。

林辰为王朝点了杯热可可，撒着巧克力屑的热饮端上来后，年轻人苍白的脸色才好转了些。

阳光暖融，驱散了春寒。王朝捧着瓷杯，喝了一大口热饮，只觉得漫天的日光都落在他身上，他的手脚也开始逐渐回暖。对面沙发上，林辰和刑从连坐在一起，安静等待他平复心情。片刻后，王朝放下瓷杯，用手背抹了抹嘴。

见他脸色红润了起来，刑从连微微靠向前，手肘撑在茶几上，温和开口："说说，你是怎么找到他们的？"

"我聪明啊！"王朝吸了吸鼻子，挥手示意刑从连把电脑打开。"暗黑网络的私密性，意味着我无法用通常的检索方式搜到想要的视频，就算编程也要写断手才可能解决问题，老大你也没时间给我写这么长的程序。所以我突然灵光一现啊，在暗黑网络这种地方，有一样东西是万能的！"

"什么东西？"

"钱啊！"

年轻人很嘚瑟地搓了搓手指，看样子这复原力实在有些惊人。

"暗黑网络上有专门的悬赏网站，有钱可以杀人放火无恶不作那种。我试了试贴上王诗诗母亲截下的那几张照片，悬赏了100比特币，要找原视频和发布这段视频的网站。很快就有人私信我，说这是一个直播网站，然后给了我网站入口。"王朝说着，停下了，又灌了口热可可，"老大，这个钱你出。"

刑从连忍不住敲了敲他的脑袋："别卖关子。"

"哦,给你们科普下暗黑网络,大部分网站要特殊的入口才能进去,而且有些网站更是打一枪换一个地方,只有长期蹲点的会员才知道入口。我一看那个入口,第一感觉,这是个搞见不得光的生意的网站。"王朝顿了顿,直接打开自己的笔记本,直播网站的网页已经失效,他声音也低沉下来,"现在看不到了,但我进去的时候网站正在直播。视频角度很高,好像是学校某处楼顶监控系统的画面,我正好看见有人从学校顶楼天台上跳下。"

"你有录屏吗?"刑从连问。

"有。"年轻人的回答难得郑重起来。他直接打开录屏,那是一个几乎页面全黑的网站。网站最上方标题是"Blood Video"两个鲜红的单词。整个网站构造简洁到了极点,正中是一段直播画面,左侧是简易留言栏,底部有一丛金色的花。

林辰的目光,定格在那段直播画面上。毕竟是监控录像,所以像素不高,画面中粒子颗粒很大。可就算这样也完全能分辨出视频画面,正是永川大学3号教学楼与楼下的学校广场。

林辰回忆起整个学校教学楼的排布,王朝说得没有错,这是4号楼楼顶监控录像记录下的画面。王朝进入得有些晚,所以他的第一段视频是位紫衣少女从楼顶一跃而下的情景。少女仿若一只翩跹的蝴蝶,在空中绽开优美的姿态,而后重重摔落在地。那正是江柳从楼顶纵身一跃的情景。更可怕的是,在江柳坠楼后,直播视频竟然还切换了镜头。画面变成了楼底水池的特写。女生头破血流仰面躺在鹅卵石上,血水洇散开来。旁观学生的表情都已呆滞,甚至有人蹲在地上,用力捂住耳朵。他们无声地张大嘴,画面没有声音,可又分明能感觉出那些人正在声嘶力竭地尖叫。

望着那些惊恐不已的表情,林辰很清楚地意识到,直播者的画面切换使视频如同一场无声电影。这不是简单的自杀视频,这根本就是一场精心策划的死亡直播。窗外明明春光暖融,咖啡馆里还开着暖气,可林辰分明觉得自己的心脏都冰冷起来。他忍不住看向身旁那人。

刑从连面无表情,目光却在快速上下移动,仿佛在阅读什么东西。林辰将视线移向直播画面左侧的留言栏,这才意识到,刑从连一直都在注视着那些飞快刷新的留言内容。那些对话如水般流下,令人目不暇接,其中不仅有中文、英文，甚至还有阿拉伯语和俄语，更有一些语句连语种都无法分辨。林辰又看了刑从连一眼，有些意外，看刑从连的样子，似乎对这些语句都阅读无碍。

"留言说了什么？"林辰问。

刑从连没有回答，只是按了按他的手，仿佛在说"稍等"。就在这时，林辰呼吸一窒，他看到自己出现在画面之中。许豪真坐在天台边缘，双脚悬空，听见铁门被推开的声音，然后回过了头。那是一种毛骨悚然的诡异感觉，望着在天台上缓缓行走的那个人，林辰几乎想冲自己喊："别慢腾腾的，冲过去啊，冲过去你还有机会救她！"

然而死亡是既定事实，林辰眼睁睁看着自己在少女身后不远处停下，看着少女回头露出那种心满意足的微笑。他耳边浮现出那时的声音。他听见她说："师兄，你要加油噢"。仿佛有一只大手，在使劲捏紧他的心脏，胸腔酸疼到了极点，林辰忍不住低头捂住了脸。在那个时刻他忽然意识到，再多自我劝慰都是自欺欺人，他真的很后悔，非常非常后悔。他很想救她，却无能为力。如果时间可以倒流，该多好。

刑从连坐在温暖的阳光下，看着坐在天台边缘的少女一跃而下。屏幕反光有些刺眼，甚至连画面都有些暗淡不清，他看见画面中林辰站在楼顶，一只手半伸着，想要拉住什么，却最终停住了。视频最后定格在林辰身上，青年的白衣仿若透明。画面中阳光灿烂，蓝天如洗，可他只觉得寒冷刺骨。

刑从连有些僵硬地转过头，林辰已经没有再看画面。他只是双手捂脸，佝偻着身子，默然不语。刑从连想要伸手搂住林辰的肩膀，可手同样伸到一半，就停顿在半空中。因为他发现林辰的姿态有如塑像，甚至连脊背都没有颤抖，林辰没有哭。是啊，那是林辰，连宽慰都不需要的林辰。

刑从连收回手，然后向服务生勾了勾手指。

许久之后，林辰才感到有人拍了拍他的肩膀。他抬起头，视野里尽是刑从连刀削似的英俊面容。因为捂住脸的时间有些长，他的视线变得模糊。一杯热咖啡被塞到他手里。或许是热气弥漫，他只觉得那双眼睛很好看，带点蓝又带点绿，如山如海，又有细碎的阳光洒落其中，很美很温柔，令人无法找出恰当的词语来形容。

然后,他听见刑从连低沉的嗓音响起。

他说:"据说咖啡因可以刺激多巴胺分泌,也就是说,它会让你觉得愉快一些。"

林辰哑然失笑。真是混蛋啊,连安慰人的话,都要一字不差地抄袭。手中的咖啡很烫,林辰直接喝了一大口,如灌下烈酒一般。他从喉咙到胃里都被烫得仿佛要烧起来,烫到有些发疼,因此很真实。

"抱歉刚才有些受不了。"林辰恢复了些,这样说道。

刑从连凝望林辰,只觉得这句话太过坦然,半点伪装也无,实在是诚恳到极点,让人竟想不到任何话可以接下。他忽然觉得,自己应该去意大利回炉重造下,越来越不会哄人了。

林顾问当然不知刑队长的心思,很快收拾好情绪,然后对王朝说:"这个网站在自杀直播结束后就关闭了?"

王朝小同志这才回过神来,望着林辰略显苍白的脸,关切道:"是啊,然后这傻瓜网站就关了。阿辰你不要紧吧,要不要我抱抱你?"

"我没事。"林辰忍不住揉了揉他的脑袋,又问,"这是个什么性质的网站,盈利吗?"

"好像是要收费的吧,但我进去没花钱,可能是那个给我入口的人花了钱,所以我只用顺着链接点进去就好。"

刑从连闻言,点了点头,仿佛认可了王朝的话。

他指着留言板最后的内容说:"这里有人问下次直播的入口和购买方式。"

林辰顺着他手指看过去,发现那是条俄文留言,底下似乎是两条法语的回应。

"有人回答吗?"

"没有,俄国佬被骂了。"

19 · 花钱

"这当然会被骂,一点都不懂规矩,哪有直接问的!一般这种网站排异性都特别高,内部会员都有固定的聊天室。"王朝很有正义感地说道,

"对了,老大你看看前面的评论,有明确这个直播是收费的吗?"

刑从连闻言看了眼林辰,说:"我把录屏内容往前调下。"

林辰心知他是担心自己再看到许豪真跳楼会心里不适,于是说:"不用担心我,反复接受刺激,心理阈值会变高,也就没那么容易情绪激动了。"

刑从连皱了皱眉,但还是依言将视频拖至开头处。

"恐怕不仅收费,还有打赏。"刑从连按下暂停键,指着一条看不出语种的留言说,"这里打赏10比特币,要求表演更暴力的画面。"

"土豪!"王朝闻言伸手遮住自杀画面,然后仔细看了看那条留言,"还真是10比特币啊,25000块人民币啊!"

"汇率这么高?"林辰有些意外。

"是啊,比特币是暗黑网络通用的电子货币,因为是加密的,匿名性好,使用者越来越多。它和现实货币的兑换比率一直在持续走高。"王朝的声音难得有些冷,他顿了顿,说,"从侧面也反映出,地下世界的生意越来越好,呵呵。"

"那么,有人打赏要求看更加暴力的内容,网站管理者有应邀吗?"林辰将话题拉回原处。

更加暴力的内容?如果这个网站不仅是点播,还会受邀表演观众所要求的画面,那是否意味着当赏金能令网站的主人满意时,真的会出现比三人跳楼的死亡直播更加暴力血腥的内容呢?林辰有些不敢想下去。

"恐怕是有钱能使鬼推磨。"刑从连的手指滑过另一条留言,脸色很难看,"这个人说,这次的直播很令人满意,比上次的更精彩。"

林辰望向屏幕,那又是一段令人无法分辨语种的留言:"这又是什么语,前后还有相关内容吗?"

"挪威语,我记得还有一条留言,有提到上次。"

林辰有些震惊,刑从连的语言能力好像逆天得过头了。毕竟他自己从未在语言学上有任何造诣,英语水平也是在读大学后被各类文献蹂躏才得以提升,所以面对刑从连这样精通俄语、法语、阿拉伯语,甚至连小众挪威语也能够顺畅翻译的神人,一时间有些不知该问什么。

刑从连专注地扫过那些流水般的短对话,然后猛然停住:"这里。"

他说完那两个字后,便停顿住了,仿佛眼前的留言内容令人无法启齿。

"说了什么?"林辰问。

刑从连看了他一眼,微微摇了摇头,稳了稳气息后说:"他说,上次看活埋的时候……"

仿佛有一股凉气,顺着脊梁蹿至头顶。林辰久久无言,望着那漆黑的网站,仿佛看到了一个深不见底的黑暗世界。他忽然有些明白为什么王朝会对暗黑网络避如蛇蝎。毕竟这是一个无法监管的地下王国,是无数暴力罪犯和心理变态者的王国。

"所以这三起案件,是真的有深层关联。"过了许久,林辰才终于开口,"问题在于下一次呢?"

从他们所掌握的三起直播来看,男女直播到三人被活埋再到跳楼事件,暴力等级在不断提升。其中必定有直播者为了攫取更多利益的深层用意。但这是个信息并不对等的案件,他们从头到尾都在等待案件的发生,却没有任何招架之力。

落地窗外,永川大学的校园依旧静谧安详,间或有抱着书本的年轻男女从树荫下走过。他们言笑晏晏,轻松惬意,可是或许就在那些学生中,有人深入了网络世界最黑暗的地方,也有人披着双重身份,为暗黑网络那些饥渴的变态表演者以生命为代价的剧目,而剩下的一些人则是很幸运的,他们并不知道,究竟有怎么样的黑暗,在这片校园内滋生。

"你还能再联系上给你这个网站入口的人吗?"刑从连敲了敲桌子,问王朝。

"大概有钱就行,我再试试看?"王朝试探着问道。

刑从连不置可否,只说:"你试着进入他们的私密论坛,如果能确定下次直播开始的时间就更好。"他停顿了下,又问林辰:"你有什么想法吗?"

林辰捧着咖啡杯,抿了一口,将视线从校园内的少男少女们身上收回。

"有两个问题:第一,为什么事件都发生在永川大学校园内?第二,究竟什么原因能让死者都心甘情愿放弃自己的生命?"

是自杀而不是谋杀,因为心甘情愿所以更令人毛骨悚然。

"为什么啊?"王朝趴在桌上,很郁闷地说,"现在有什么能往下查的线索吗，除了让我钓鱼执法以外？"

刑从连思忖片刻，对林辰说："现在已经很确定，第一次的活埋事件，也同样是自杀。并且如你之前所推论的一样，是死者亲手挖开了坟墓，那么必定还是有人替他们盖上最后一捧土。"也就是说一定还有目击者或者说是同伙的存在。

"但也有可能，那个人或者说那些人，都已经自杀了。"林辰冷冷说道。

事件落到此处，再次陷入死局。与死去的程薇薇一样，那个盖上最后一层土的人，很可能已经变成了再也无法开口的尸体。那个人或许是江柳，或许是许豪真，或许是那位与他们一起跳下的男生，甚至也有可能是那三人一起。

"啊啊啊，头好痛啊。"王朝想了半天，忍不住以头撞桌，很是苦恼。

一旦涉及暗黑网络，他就好像被上了枷锁，空有一身洪荒之力而无法施展。

"其实，还有一条不算线索的线索。"

林辰扶住年轻人的额头，从口袋里掏出了三张薄纸。那是他先前从王诗诗、江柳、许豪真三人档案袋里，抽出的人格测验剖面图。

"虽然我们现在已经无法和死者再做任何交流，不过她们还留下了一些心理上的印记。"

"这是什么啊？"王朝伸长脖子，看着林辰在桌上依次排开那三张纸，纸上打印着一些数字和连接数字的曲折线条，看上去仿佛心电图一样。

"MMPI，明尼苏达多相人格测验，迄今为止世界上使用最广泛的人格测验，多用于鉴定精神疾病。"

"对对，没事自杀，不是精神有问题又是什么啊？"

林辰目光扫过面前的心理档案，说："很可惜，她们入学时的人格测验结果告诉我，她们三人的心理都非常健康。"

"准不准啊？"年轻人咂嘴道。

听见王朝的话，林辰垂下眼帘，再次看向那些数据。事实上，第一次看到三人的人格特征曲线时，他也非常意外。无论是疑病、抑郁、精神病态还是妄想症、精神衰弱，三个女孩的指标都在正常值范围之内，唯一靠近异常值的，只有 SI 一项，这也是他一直觉得非常非常怪异的地方。

"这个怎么看啊？"刑从连忽然问道。

"很简单，上线是 70 分，下线是 30 分，50 分为中间值，越接近 70 分，则越异常。"

"那这个 SI 是什么意思？"

"Social Introversion."

"社会内向性格？"刑从连摸着下巴的胡楂，"这项好像波动很大啊，离 70 很近了，什么意思？"

"意思是，她们三人内向、胆小、退缩、不善交际，容易屈服、紧张。"

想起那日在天人会所里推杯换盏、大方开朗的女孩，刑从连眼中闪过不可思议的神采："这不像许豪真啊。"

"但和她们入学时的状态是一致的，我看过她们入学时的自我介绍视频，性格都很怯懦内向。"

"可如果她们都是内向性格的姑娘，又怎么敢做出那些离经叛道的事情？"

"不，事实上她们三人的人格在大学期间都发生了重大的改变。这点是我现在所能掌握的唯一线索。"

"那是什么促使她们转变的？"刑从连很敏锐察觉到其中的关键。

"其实你这个问题应该这样问，促使她们改变的原因，是否同样导致了她们自杀？"林辰说。

是否存在那样的东西，它可以令你充满活力，令你改头换面，令你觉得每一天都好似新生，但同时，它邪恶犹如毒品，它会让你心甘情愿为之付出生命的代价？

"我们再回天台看看。"林辰最后说道。

三人离开咖啡厅时，王朝故意落在最后。旋转门转动时，他突然拉住刑从连，恰与林辰隔开一道玻璃门的距离。

"老大，这恐怕是跨国大案欸，要通知 ICPO（国际刑警）的人吗？"

"暂时不用。"望着林辰的背影，刑从连这样说。

20·本能

将近正午时，却仍未到正午，预示着午饭的铃声还未响起，午饭前最后一节课并未结束。

阳光从斜上方照下，两幢楼间是大片大片的阴影，楼外也没有什么人。学校保安已经开始冲刷地上的血迹，水流让整片广场变得湿漉漉的。从3号教学楼底部向上走去，偶尔能听见教师们讲课的声音，声音或高或低，在冰冷的走廊里来回飘荡，却并没有任何热闹的感觉，甚至间或响起的人声更令人觉得周遭安静得过分。

教学楼顶部天台上，那扇陈旧的铁门被再次推开。

在许豪真跳楼的地方有两位警员在做最后的现场勘查，突如其来的铁链与门框碰撞声令两人猛地打了个哆嗦。他们回过头，只见有人逆着阳光，先后步入天台。

"刑……刑队长？"其中一名警员认出来人，竟忍不住松了口气。

"现场怎么样？"刑从连走到两人面前，明明已经看过自杀直播的画面，很清楚当时天台上没有其余人等在场，但还是要再多问一句。

户外的阳光依然很刺眼，他抬眼看向正前方，因为阳光偏移，对面那幢教学楼的阴影覆盖过来，几乎要很仔细才能看到那幢楼楼顶的监控摄像头。那枚摄像头的角度已被调开，所以看上去一切都无痕迹。

"应该是自杀，从足迹分析来看，也没有推搡的痕迹。"其中一名警员直起身，回答道。

只是那名警员虽然这样回答，脸上却还有些欲言又止。

"怎么了？刚才发生了什么事？"刑从连很敏锐注意到他微张的嘴，于是问。

"您说这叫什么事儿啊？"那位警员脱下帽子，撸了把头发，再次将警帽戴好，看上去很是烦躁，"刚才学校领导过来在楼下和江队吵架了，说我们办案不到位，没有及时阻止学生自杀。"

"这能怪我们吗？这是学校的心理健康教育不到位啊。"另一位负责痕迹检验的警员插嘴道。

看着两人憋不住要吐槽的郁闷样子,想来方才楼下那一架应该吵得极凶。只不过学校领导,又哪会平白无故来指责警方?没事找事那必然是有事。刑从连没有接着去问缘由,反而下意识回头寻找林辰的身影。只是他甫一回头,就吓得差点喊出声来。林辰不知何时,站到了天台边缘。

长风猎猎,横空而过,林辰的衣衫和他的发丝,都被风吹得纷乱无比,仿佛下一刻他也要随风而去。

刑从连脑海里忽然浮现出很久之前的某一场景,也是这样的风和这样的人,那时桥栏断裂,他眼睁睁看着桥上的白衣青年当空坠落。他面色铁青,急走几步,悄无声息地来到林辰身后。只是就在他伸手刚刚要够到林辰时,林辰仿佛脑后长了眼睛,猛然回头。一时间他和林辰凑得很近,楼宇间阴影如墨,让林辰的脸色变得晦暗不明。

"站在这里的感觉很可怕吧?"林辰突然问道。

"你先下来,不要做危险动作。"

刑从连又上前一步想将人拉住,林辰却巧妙地避开了他的手。因为站在天台边缘,所以随着林辰的声音,他竟然下意识向楼下望去。

风越发大了。

从高处望下,这里的楼层,竟比想象中的还要高。

"你说,为什么她从这里跳下去时,会那么高兴?"林辰再次问道。

"你先下来再说。"

"其实,那样的东西,是存在的。"

"什么东西?"

"让你兴奋、让你激动、让你愉快,让你觉得自己无所不能,让你再也无法离开它。"

林辰骤然开口,他眼眸漆黑明亮,仿若有光,刑从连的耳边却只有猎猎风声。看着林辰的嘴唇,看着林辰的神色,他知林辰在说非常重要的事情,然而那些声音无论如何也进不了他的脑海。刑从连发现,他确实如林辰所说在害怕。他迅速伸手握住了林辰的手臂,想将人从天台边缘拉下。只是下一刻他再次握空,而他的视野里,也失去了林辰的身影,恐惧感犹如毒蛇的亲吻,令人如坠冰窖,浑身冰凉。

"肾上腺素分泌的感觉怎样?"清朗的声音,从他身下传来。

闻言,刑从连迅速低头,发现林辰正坐在天台边缘。

那样的姿势,与许豪真跳楼前的样子一模一样。

刑从连深深吸了口气,看见林辰脸上竟露出狡黠的笑容,仿佛恶作剧得逞的孩子。那笑容一闪而逝,刑从连忽然很想把人拽回家,狠狠打一顿。只是他揍人的念头,也同样一闪而逝。

"刺激。"刑从连冷冷道。

很刺激,非常刺激,刺激过头了!

刑从连声音很低沉,仿佛漂浮在海面上的冰块相互摩擦的喑哑声响。

林辰回过头,见刑从连的脸色确实很不好,显然是真被吓到。他赶忙回过身,拉住天台边缘想要爬起。下一秒,他眼前一黑,只觉得腰间传来巨力,他落回到坚硬的水泥楼面上。

林辰膝盖一软,下意识扶住刑从连的胸喘了两口气。

刑从连没有说话。

林辰松开手迅速抬头,只见刑从连的眼眸变成了深绿颜色,瞳孔也放得很大。他面色铁青、气势骇人。那是林辰从未见过的样子。

"抱歉,我不该拿你做参考。"他赶忙道歉。

林辰姿态诚恳,声音也有些软,刑从连忽然就生不起气来:"参考什么?你刚才说的东西又是什么?我怎么觉得你好像在说毒品?"

"其实很类似,毒品的生理机制是激活大脑的欣快中枢,加速多巴胺分泌,释放欣快感。而去甲肾上腺素这样的东西,则会让你外周神经兴奋,心跳加快,兴奋不已。"林辰拉着刑从连退开天台两步,然后说,"无论是王诗诗也好,许豪真也罢,他们在死亡时,都显得非常快乐和满足。"

"可我记得,尸检报告里没有提过在他们体内检出酒精、毒品和你说的这些药物。"刑从连说。

"事实上从生理角度来看,不只是酒精或毒品。你食用美食时,你恋爱时,大脑都会分泌这些物质。你不仅变得愉快,而且飘飘欲仙,这是人类上瘾的本质机制。"林辰说着,"快感是人类无法拒绝的东西,为不断追求那样愉快而刺激的感觉，许多人开始酗酒、吸毒。"

"所以王诗诗、许豪真她们，都在追求极致的快感，甚至是死亡的快感？"刑从连忽然想起那些照片中三个年轻人沉迷于快感的表情。是啊，他们不仅在为暗黑网络中那些人提供着快感，他们本身也在享受着那样极致的快感。

想到这里，刑从连竟不寒而栗起来。

"然而，问题是不是所有人都敢偏离正常的道德准则，敢于追求那样的快感，否则警方的工作量会成倍增加。"林辰没有再卖关子，没等刑从连发问，便解释起来，"可以用弗洛伊德的最经典的心理动力学理论来阐释这个问题。"林辰顿了顿，与刑从连目光相交，"我们的人格分为'本我''自我'，以及'超我'。举个例子来说，'本我'处于人格底层，由先天本能和欲望构成，你可以把它看作一匹野马；'超我'是人格顶层，遵循道德原则，抑制本我冲动，就好像是行路规则；而'自我'则居中，你可以将自我看成驾驭野马的骑手。那么，如果骑手出现问题，野马就会横冲直撞，无视规则，导致人类出现精神疾病。"

刑从连忽然有些明白林辰的意思："也就是说，王诗诗她们无法进行'自我'监控，使得自己沉迷在对'本我'欲望的追求中？"

"还记得，她们身上发生的翻天覆地的变化吗？"林辰问。

"你的意思是？"

"她们失去了'自我'，你所看到的许豪真并不是真正的那个许豪真。"

阳光被云层遮挡，阴影推移，风冷得刺骨。

刑从连久久无法开口，最后稳了稳气息，问："为什么？"

是什么原因，导致人类失去自我？林辰没有回答这个问题，因为与之相关的任何答案，都极度危险。他望向远处的树林，和树林尽头那片波光粼粼的大湖。

就在这时下课铃声响了，广播里忽然开始播放午休的乐曲，一开始只是轻微的钢琴声，仿佛露水从枝头滴下。渐渐地，那些响声渐激昂、渐高亢，如同无数细流汇聚碰撞。它们彼此交融，彼此撕扯，最终奔腾入海。

"请务必提醒江潮。我们将要面对的那些人，他们行事追求本能的快感，没有羞耻心、没有道德感，甚至不在乎法律。"林辰这样说。

"下一次的直播，会非常危险，对吗？"

林辰俯视着脚下的校园，说："是啊，他们甚至不怕你手里的枪，但是你敢朝他们开枪吗？"

21·以防

虽然只是一个推论。在这所学校里，或者说，在这个城市之中，出现了一些人，失去自我，无论是道德还是法律，都已经无法约束他们。无论如何这个推论都必须令人警惕。可问题的关键在于，究竟有什么东西可以令人失去自我？

午休的乐曲落下终止音。

三层楼之下的心理学院教室内，付郝刚收拾好上课的笔记本电脑。他看了眼林辰早先发来的短信，找他在天台会合。他放下手机开始努力把连接线塞进电脑包里，一位学生悄悄走到了他的面前，神秘兮兮地喊了一句："付老师。"

那声音压得极低，几乎是凑近他耳边说的。付郝被吓得往后缩了缩，清了清嗓子，问："怎么了？求不挂科是没有用的啊，平时成绩和期末考试四六开，分数不到60就挂科啊。"

"不是不是。"男生又凑得近了点，"刚来咱班听课的那是谁啊，您和他熟吗？"

"这事跟你有关吗？"

"我刚在学校论坛上，看见张帖子。"

"上课刷手机，扣平时分啊！"付郝顺口说道，末了他忽然醒悟过来，"什么帖子？"

"您不扣我平时分我再给您看！"男生嬉皮笑脸地说道。

"赶紧拿来！"

付郝摊开手，男生将握到背后发烫的手机塞到了他手里："就这个。"

手机屏幕上是永川大学的校内BBS，一张帖子被版主标红置顶，全帖只有一个字"他"。发帖人大概深谙暧昧的艺术,越是混沌不清的内容越让人有点进去看的兴趣。他扫了眼发帖时间,20分钟前,回帖数已到200,而点击量竟已经破4000。果然上课玩儿手机的小兔崽子不少。付郝冷笑着,点开了帖子。

阴谋来得很快,任谁也猝不及防。主楼只有三张照片,恰好拍下了许豪真跳楼前后的场景。只不过照片中真正的主人公却并非命丧黄泉的许豪真,而是他再熟悉不过的师兄林辰。

付郝稳了稳气息,开始仔细观察那三张照片。第一张照片中,他师兄站在天台上,他的小师妹许豪真坐在天台边缘。女生回过头,似乎在同他师兄说着什么。可是照片的构图很巧妙,阴影让他师兄的脸色显得很冷漠,仿佛是对女生的话语无动于衷。第二张照片,他师兄的位置向前移动了一些,而许豪真刚从楼顶跃下。他的师兄依旧保持单手插袋的姿势。照片截取的时间非常巧妙,看上去好像是他师兄把许豪真逼得跳楼一样。而第三张照片,他师兄正蹲在广场花坛。一位女生坐在花坛上哭得非常伤心。场间气氛阴郁,他的师兄冲女生伸出一根手指,仿佛正对女生做着什么事。

这些照片的暗示性太强,好像在说"自杀案发生时,有人恰好在案发现场。可是那个人不仅没有阻止悲剧的发生,还对死亡无动于衷。而悲剧发生后,那个人还下到广场,对着目击者做着一些很奇怪的事情"。

付郝觉得自己手心已经开始冒冷汗,这些照片几乎都可以令人充分发挥想象了。他吸了吸鼻子,缓缓将帖子向下移去。果不其然,因为主题帖的暗示,底下的回帖,也纷纷脑洞大开,做着各种各样的推测。

3L:这谁啊,怎么出现在案发现场了?

10L:他怎么了,LZ不要说话说一半啊啊啊!

17L:第三张照片里,那个人在干吗?伸手指干吗?是不是在催眠啊?

19L:17L让我不寒而栗啊。

20L:昨天湖边那棵老榕树底下,还发现了三具尸体,太可怕了!

21L：17L 这么一说，确实很像是催眠啊……

22L：有道理啊！如果不是催眠，话说……如果不是催眠……为什么他们心甘情愿往下跳啊？

44L：什么，不是自杀吗？又出现嫌疑人了？

49L：楼主是谁？为什么能拍到这些照片？

付郝看完第一页的回帖，只觉得齿颊皆冷，空气里好像充满了碎冰碴。他赶忙将手机塞回给男生，提着电脑包匆匆冲出教室，甚至连自己的手机都忘记拿了。

在几栋教学楼之外的永川大学的会议室里，也有同样一群人看着相同的帖子。永川大学常务副校长许国庆在质问警方为何调查进度缓慢，语气少见地咄咄逼人。

江潮则坐在板凳上说："调查需要时间啊。"

"难怪调查事件毫无进展，永川警方办事效率低下，学校里又发生自杀事件，这件事江队长您难辞其咎！"

闻言，江潮瞥了许国庆一眼，好像在说"你们学校管理不力，老有学生自杀，给老子惹这么多事儿。老子还没找你们算账，这会儿倒打一耙什么意思"。虽然内心戏非常复杂，情绪也因为将近半小时的轮番轰炸，到了忍耐边缘，可江潮还是忍住了！

"警方会加快调查速度的。"他说。

"照片证据确凿，林辰嫌疑很大，警方还要用他调查吗？"

听见又有人插嘴，江潮很不耐烦地向说话方向看去。这时他才发现，会议室的门不知何时被打开了，门口站着个穿着一身黑色衣服的中年人。穿这么招摇，说话还这么刻薄，除了那个没事找事的陈平，也没第二个人了。

"哎，您怎么老阴魂不散啊？"江潮忍不住把心里话给说了出来。

"我是永川大学董事会成员代表，有权替董事会发言。"陈平自我介绍。

江潮摁灭烟头，冷冷道："这张帖子明明是对林顾问再明显不过的构陷。你们有没有想过，谁能这么恰好，拍到案发现场的照片，还截取了这么别有用心的角度？"

陈平："但这也可能确实是条线索，照片或许是热爱摄影的学生偶然拍到。就是因为害怕被怀疑，所以他才匿名发上论坛。而且退一万步说，为什么照片不拍别人，就拍他林辰？"

江潮简直要被这样无理取闹的逻辑征服了，一时间说不出话来，于是继续被抢白。

"而底下学生的回帖难道不也是一种思路吗？如果是催眠，确实有可能让学生心甘情愿地自杀啊，林辰在心理学上的造诣确实很深。"许副校长也跟着来了一句。

江潮闻言忽然来了精神："催眠吗？原来林顾问这么厉害啊！"

他虽然信任林辰，可确实催眠似乎也是一种可能性，他必须追查下去。他摸了摸下巴，掏出手机，开始翻找刑从连的电话。

刑从连和林辰走出天台。

王朝正盘腿坐在楼梯口摆弄电脑。听见脚步声，他赶忙回头："怎么了老大，你们脸色怎么那么难看？"

"直播网站入口的事情，有线索了吗？"刑从连问。

"没啊，那人没回我。我追加50比特币，想求下次直播的入口，那人也不回我，难道是时差党？"

"也有可能对方是察觉了你的动机。"林辰说，"毕竟是违法行为，虽然有匿名保护，但他们的警惕性应该非常高。"

"阿辰你别吓我啊！"王朝赶紧从书包里掏出鸭舌帽戴上，还压了压帽檐，像是很怕被人发现的样子。

"50比特币，你花得有点儿多，对方确实可能心生怀疑。"刑从连想了想，接着说道，"不过这是暗黑网络，有钱能使鬼推磨的地方。再追加悬赏吧，不要怕，总会有人上钩的。"

"不会太大张旗鼓吗？"林辰问。

"越是看上去有执着变态欲的人，越符合那个地方的气场，反而不会容易被怀疑。"刑从连很笃定地说道，望着林辰，"毕竟我们没有太多时间了。"

"是不是又出事了啊？"看着刑从连的样子，王朝非常惶恐，于是小声问道。

"暂时还没有。"刑从连伸手将年轻人从地上拉了起来,"不过,打电话吧。"

王朝迅速会意,提了提裤子,又忍不住问:"你怎么忽然改主意了,真这么严重吗?"

"以防万一,以及有备无患。"

楼梯口很安静,所以两人的简短对话尽数落在林辰耳中。虽然刑从连和王朝说话时,并没有避开他的意思,但说的内容非常含混不清,而看刑从连的样子,也并没有要向他解释的意思,林辰觉得自己理应有种被排斥的烦躁感。可或许是刑从连说话的语气太镇定,又或许他们的对话内容更像是在做准备,林辰竟有种奇异的平静甚至可以说是安心的感觉。

林辰看向刑从连想要说话,就在这时,一阵急促的脚步声从楼下传来。他低头,只见付郝的身影出现在楼梯拐角。付郝似乎非常急切,透过楼梯扶手之间的间隔看到了林辰,三步并作两步冲了上来,一把握住他的手说:"师……师兄,出事了!"

似乎是为了应和那样急促而略带惊恐的语气,刑从连的手机铃声也突然响起。

22·催眠

林辰一直很清楚,陈家是如影随形的麻烦,并且这是他来永川前,刑从连特意提醒过他的事。但事实上,没有人喜欢被麻烦不停纠缠。听见刑从连向他简短阐述电话内容后,他竟有些怀疑自己的耳朵出了问题:"学校论坛、照片?他们怀疑我对死者用了催眠术?"

"师兄,就我们学校 BBS 置顶的那个帖子!"付郝摸了摸口袋,想拿手机,却掏了个空。

王朝反应更快,再次坐下拿出笔记本,很快敲下地址打开网页,最后把电脑顶在头上,说:"付教授你看看是不是这个帖子。"

付郝拉着林辰,略弯腰点开帖子:"是是,就是这个,师兄你看看!"

林辰快速扫过主楼和回帖，忽然就平静下来，只是说："照片角度很好。"

付郝却激动起来，一激动就又开始话痨："师兄你说陈家人怎么老这么阴魂不散哪！而且拍照片的人哪那么好时机能拍到这些照片，是不是照片就是凶手拍的啊？陈家特地选好时间来发难，会不会本来跟凶手商量好的啊？我觉得陈家人嫌疑很大啊！"

"王朝，你看呢？"林辰从年轻人头顶拿起电脑。

刑从连顺势将小同志从地上拉了起来，说："别老没事就往地上坐。"

"不坐着怎么敲键盘，老大我这是工作状态你懂吗？敬业！"王朝说完就不理刑从连了，看向电脑屏幕，表情瞬间就僵硬了，"这个角度、这个机位……"

"怎样？"

"好像是从直播里直接截下来的啊！"王朝望向林辰，吃惊地说。

付郝听得一头雾水："什么直播？"

在场的另外三人，没人回答付教授的问题，反而自顾自聊了起来。

"从角度来看，确实很像是被用于死亡直播的那两个监控摄像头拍下的。"刑从连说。

"那那，真是直播者干的吗？那他们为什么截这几张照片，发帖子陷害阿辰啊？"王朝问道。

"因为我们快要触线了？"林辰答。

"触线？触什么线？"付郝继续插嘴。

可依旧没人回应他，毕竟追剧的只差一集都会跟不上剧情。

"确实，当调查触碰到临界点的时候，总会引起幕后凶手的警惕和阻挠。"刑从连分析道，"其实这张帖子出现的时间点很好。恰好在三人自杀后，又恰好在我们追查到直播网站时，这首先说明我们的方向没有错；其次也同样说明，这个案子一定不简单，它背后有很深的犯罪网络。"刑从连说完，认真看向林辰，问道，"但问题是陈家人呢？他们是被凶手利用来对付你，还是说这本身就是他们的生意？"

毕竟是永川地界，像陈家这样根深蒂固的大家族，必然会有些特殊的营生。同样地,也只有像陈家这样的大集团,才有能力支撑起这些黑暗营生并且不会轻易被发现。"

刑从连的推论其实很有道理。

林辰却摇了摇头:"我不清楚,但我怀疑不是陈家人干的。"

"为什么?"

"他们的智商还没有这么高,胆子也还没有这么大。"林辰很平静地说道,仿佛在阐释什么再正常不过的事实。但如果总是西装笔挺的陈平在场,大概真会被林辰那样轻描淡写的语调气到吐血。

"这其实是件好事,他们开始紧张,那我们反而会有机会。紧张的人总会犯错的。"林辰说着,拍了拍刑从连的手臂,"走吧,我们去会会他们。"

永川大学行政楼的小会议室内,烟雾缭绕,人声鼎沸。

大部分烟是江潮抽的,但大部分声音不是他发出的。

会议室里的一群人为了一张帖子吵翻天,江潮掏出烟盒,准备再来一根。就在这时,办公室的门被推开了。

"这是着火了吗?"刑从连的声音从门口传来。

听到这声音,江潮猛然回头,像见到救命恩人似的扑向门口,把人使劲拽进屋内:"老刑啊,你终于来了啊!"

他边说另一只手边握住林辰,不肯松开:"林顾问也来了啊!"

不知是因为刑从连的到来,还是因为江潮最后的那句话,整间办公室突然陷入寂静。林辰环顾室内,不出意外看见许副校长和陈平的身影,同屋还有三位学院领导模样的人,和四五位眼圈通红哭天抢地的学生家属。想来江潮一人独扛十人轰炸这么久,还真是不太容易。迎着那些或怀疑或愤怒或嘲讽的目光,林辰走进屋内,然而没有在那张长会议桌边坐下,反而径自走到饮水机边倒了杯水。

"你是林辰吗?他们说是你催眠害死我儿子的。"

一位伤心的中年妇女站起身,指着他后背痛斥道。

水流汩汩而下。

没有恼怒、没有惊讶,林辰缓缓转过身,捧着纸杯悠闲地喝了一口,仿佛再多诘难也不如喝水重要。喝完了大半杯水后他才开口:"哦,催眠吗?这倒是一个思路。"

听到这话,江潮眉头紧蹙:"真的是催眠吗,林顾问?"

"可惜这不可能是催眠。"林辰望着会议桌尽头主座上坐着的陈平,举起杯子,微微致意。

"我儿子不会平白无故跳楼的,一定是有人害他的!"听到这话,女人仿佛失去了所有力气,颓丧地坐回座位,捂着脸说道。

"对啊,我侄女很开朗的,她不会自杀的,肯定是有人催眠她了!"另一位中年男人接口道。

"我不清楚您对催眠有什么误解。"林辰放下纸杯,站到了那位中年男子面前,"您是不是电视剧看多了?"

"你这是什么态度!"中年人怒道。

"如果你不带情绪来理解这句话,就能意识到我其实是想说,你之所以觉得催眠能杀人,是因为有太多的艺术作品在暗示你们,心理学家或者说是心理医生,都是能看透人心甚至是操纵人心的魔鬼。"对方越愤怒,林辰反而越平静。

"那……那你在现场,对那个女孩做什么?"

"您是说这样吗?"林辰说着走了几步,在那位中年妇女面前蹲下,伸出手指对那位妇女说,"请您的眼睛,跟着我的手指移动,可以吗?"

他说完,开始让手指以稳定的频率左右、上下移动。起初中年妇女有些抗拒,但慢慢地,眼珠开始随着林辰的手指移动起来。会议室内再次安静下来,毕竟林辰亲自出手,这样的场景很少有人亲眼见过,故而在场所有人都非常好奇地看着眼前这幕。渐渐地他们发现,女人的情绪,竟也以肉眼可见的速度平静下来,陈平的脸色却变得难看起来。

终于,林辰收回手,依旧姿态平和,他问:"感觉怎么样?"

妇女有些茫然:"我……"

"您意识还清楚吗?"

"清楚啊,就我感觉……"

"很奇怪,您感觉好些了是吗?"林辰顿了顿,温和地解释道,"这并非催眠,只是一个程序不太标准的眼动脱敏技术,它能减缓你的负性情绪,多用于创伤后应激的治疗。"林辰说着拍了拍妇女的手背,重新站起。

中年妇女捂着胸口,似乎在体会自己的情绪。林辰没有再说什么,而是向刑从连的方向走了几步。

"您、您有电话吗?"妇女忽然抬头问。

"永川大学心理咨询中心的治疗师只会比我更专业。"林辰转过身淡淡开口,"丧子之痛实难为外人道,如果您持续做噩梦,或者感觉精神恍惚,请一定要寻找专业人士的帮助。"

虽然这句话似乎是对中年妇女说的,可又仿佛,是说给在场所有受害者家属听的。大约是林辰的态度实在不卑不亢,每一句话又听上去很是有理,原先群情激愤的自杀学生的家属竟都不再开口,甚至有些人望向林辰的目光,已经从怀疑变成了信任。

见状,一直未曾开口的陈平终于站了起来:"林辰你真是很会顾左右而言他,明明我们刚才讨论的问题是你是否对自杀者施以催眠,你反而在现场表演什么心理治疗术。无论你演得再如何仁心仁术,心也是脏的!"

"我刚才已经回答过了,这不是催眠。"

"凶手总不会说自己就是凶手。"

"道理很简单,这件事我做不到。而且我认为,全世界有能力做到催眠他人跳楼自杀的催眠师不超过十指之数。那些人的年薪起价都是百万美元。"

言下之意是,催眠大师不会闲得没事来学校催眠几个学生。

只是这句话,落到陈平的耳中又变成另外一种意思。

"也就是说,你也承认催眠术可能诱使学生自杀?"

"是啊是啊,真有可能是谋杀。"许副校长赶忙附和道。毕竟如果真是学生自杀事件,那么学校将面临巨额的赔偿。但是存在凶手的蓄意谋杀案,那校方的责任则要轻上很多。

"我记得,我刚才说的是不可能啊。"林辰在刑从连身旁的椅子上坐下,"催眠他人犯罪都几乎不太可能,更何况是自杀?"

"林顾问是心理系高才生吧,催眠他人进行犯罪活动不可能发生?您不会连海德堡事件都没有听过吧?"

闻言,林辰忽然抬头,反而笑了。"您知道海德堡事件,那真是提前做了不少准备工作呢。"他意有所指地说道,然而并没有给陈平继续说下去的机会,"在海德堡事件中,那位催眠师,确实催眠了E夫人,令她企图谋杀自己的丈夫。但如果您仔细阅读过海德堡事件的卷宗就会发现,E夫人在被催眠后六度实施谋杀的过程中,实际上表现得非常痛苦。因为人的潜意识会拒绝实施那些违背道德观念的事情,如被强制命令执行,则很可能从催眠状态中转醒,更何况是自杀这种危及自己生命的事情。"

"那为什么故事里的E夫人会接受暗示要去杀她丈夫呢?"许国庆听得有些入迷,忽然开口问道。

"抱歉,我不能告诉你那位催眠师究竟使用了怎样的手法才能完成这项几乎不可能的犯罪,希望你能理解。"林辰顿了顿,又说,"我只能说,那位催眠师实际上以E夫人的心理治疗师的身份对她进行长达数年之久的催眠,而我显然不具备与本案死者认识数年之久这个条件,更别说我确实没有能力完成这样复杂的催眠活动了,最后还诱使他们自杀。"

林辰的自证干净利落。

在场的所有人都有些愣怔,可又不得不承认,这番自白太过清晰有力。许国庆都觉得自己的手好像出了问题,忍不住想鼓个掌什么的。

"噢!"江潮终于明白了林辰的意思,想了想又忍不住问道,"可你不是说'催眠'是个思路,这句话又是什么意思?"

"我说这并不是传统意义上的催眠,但确实是一条破案的思路。"

林辰的视线望向窗外。

23 · 栽赃

就在林辰望向窗外时,数公里外的君山上,也同样有人在俯瞰窗外的景色。那是一座八角小楼,坐落在整片天人会所最高处。楼顶的一扇梅花窗半开着,一位老人正站在窗边。

午后空气很好,春风柔软,雀鸟在枝头鸣叫,山脚下的竹林里点缀着鳞次栉比的小楼。狂欢整夜的人们早已散去,午后几乎是天人会所每日最清幽静谧的时刻,这样的时刻当然适于午睡。但是邢福没有睡觉。

准确来说,他是在躺下后,被人叫醒的。毕竟像他这样上了年纪的人,确实很需要睡眠,如果没有重大事宜,手下人哪会特意把他从床上叫起。在听到青年所叙述的问题后,他只觉得意外。

"学校发生自杀案,陈家屡次三番向警方施压阻挠调查,这叫什么事?"

老人语气很闲适,甚至还拖长了尾音,像是真心觉得为这样的事情打扰他睡眠,很不值得。听到这句话,青年的心情,也从忐忑转为惶恐。毕竟他确实是在没有老人吩咐的情况下,自作主张派人跟踪了那位先生。在得知陈家人准备动手的消息时,他也曾想过,是否要为此打扰老人。但最终他还是借口汇报永川大学内的自杀案,向老人提了一句那位先生现在可能遇到的阻碍,只是看老人的态度似乎并不觉得这是什么大事。

青年觉得自己又琢磨不清这里的关系了。

但想到昨天夜里老人挽起袖口亲自下厨炸的那盘花生,他又觉得自己的分析并没有错。那位喜爱冰啤酒和炸花生的先生,应当非常重要,甚至说是尊贵,所以他必须硬着头皮,继续下去:"但是那位先生与他朋友的调查遇到了阻碍,您看是否需要,我也去打声招呼?"

"招呼?打什么招呼?"老人轻轻系上前襟的盘扣,他依旧在俯瞰着楼外苍翠欲滴的竹林,连视线都未飘移半分。

"就是……"青年欲言又止。

老人扣完最后一颗衣扣,转过身,声音依旧平淡,甚至还透着些困倦。他说:"打招呼,无外乎就是以势压人或者求人帮忙,这两件事,我们邢家都是从来不做的。"

青年闻言,愣怔后认真向老人鞠躬行礼,表示受教。

以势压人,就必须得势或者说借势,然后以此打压他人。这些事情总不够光明磊落,所以邢家不会做,这是一种天生的傲气。但傲气这种东西又不能当饭吃,大部分人是有仇就要报有冤就要诉,被惹怒后当然要痛骂回去。这大概就是陈平现在的状态。

他有一肚子火想发,任何人被反驳后都会想发火,更何况是被林辰在众人面前毫不留情地驳斥了一通。他久居高位本身年纪也大，除了陈家几位大佬，整座永川城谁不给他几分薄面？现在被一个年轻后辈当面打脸，陈平很想拍桌而起骂个痛快。

可会议室里很安静，林辰的眼眸干净而清澈。这里所有人望向林辰的目光虽然很复杂，却充满了信赖。心理学家确实很会蛊惑人心。

陈平再次冷笑起来，硬碰得人心者当然不合适，所以抬起手，看了看腕上那只表，时间是下午一点二十分。

日光渐强，午后的湖水被晒得刺目无比。因快到公休假日，所以柯恩五月酒店门口人来人往，非常热闹。往来间大多是携家带口的中年夫妇，或是姿态亲密的年轻情侣。他们衣着精美，看上去非富即贵。毕竟这里是整座永川城最好的酒店，有最好的食物和最好的客房。当然也包括最好的服务。

打着领结的服务生弯下腰，替一对老夫妇从出租车后备厢里提下行李，并放在行李推车中。两位老人付完车钱，相互搀扶，准备走入旋转门中，服务生见状赶忙过去，替老人按住门。这是一个出于善意的动作。而善意往往会带来好运。

服务生目送两位老人顺利走入旋转门，这才重新让门转动起来。可就在他松开手的刹那，背后突然传来车辆撞击的巨响。他猛然回头，眼前一片狼藉。

车辆报警声响彻云霄，方才那辆出租车被撞到护栏上，车前盖顶起，车灯碎了一地。而出租车边的行李推车，也被撞得七零八落。罪魁祸首是几辆突然冲上斜坡的黑色SUV。令人觉得奇怪的是，明明造成了车祸，SUV的司机却没有下车检查的意思。

大堂内的保安反应很快，四五人按着对讲机，从各处冲来。只是未等他们出门，SUV一侧的车门就猛地拉开。只看了一眼，保安们就纷纷定在原地不敢再动。不仅是保安们，原本只是震惊于车祸的前台服务员都紧张起来，因为他们看见了枪。

十位荷枪实弹的特勤警员从车内鱼贯而出，装备似乎比普通特警更加精良。领头那位队长模样的人做了个战术指令，一行九人直接冲向 28 楼的行政套间，剩下的最后一人则慢腾腾地走向了酒店前台，似乎是要打个招呼。

在酒店回廊中，西装革履的酒店经理扶着铁艺栏杆，望着楼下所发生的一切，却并没有下楼阻止的意思。他再抬头望向酒店高层时，脸上露出一雪前耻般的笑意。

不仅是在柯恩五月酒店门口，在永川大学上书"中正平和"四字的汉白玉牌楼下，也同样出现了一辆黑色 SUV 和一群荷枪实弹的特勤警员。

校门内外闲逛的学生都有些愣怔，但或许是学校接二连三出事，学生们的情绪反而坦然起来。他们目送着那些警员冲向行政楼，然后打了个哈欠。

依旧是在永川大学那间烟雾缭绕的会议室中，一阵奇怪的叫声忽然响起，那仿佛是游戏中的电子音，又像警报声，总之非常奇怪刺耳。毕竟是在商讨重要事宜，手机理应静音，所以突然响起的声音让所有人都皱起眉头，众人首先看向江副队长。

在众人灼灼目光下，江潮举起手，表示这个锅他不背。叫声依旧响个不停，循着声音，众人视线移向了会议室角落，在那里有个一直坐在地上敲电脑的年轻人。

王朝忽然手忙脚乱起来。虽然是计算机高手，可他一时间也不知自己的电脑怎么就发出了怪叫。他迅速筛查起正在运行的程序，然后像是看到了什么不可思议的东西，抬起头在场间寻找到刑从连的身影，然后轻轻唤了一声："老大……"

"怎么了？"

"咱的房间，好像被人闯入了欸。"

刑从连一时没有反应过来："什么房间？"

"酒店客房啊，门锁上的报警装置响了，真是奇怪，你等我看看啊。"

君山山腰间那座八角楼上，喝茶的老人放下茶盏，语气也同样意外："这又是怎么了？"

事实上被打扰了午休后，邢福唯有在桌边喝茶这一事可干。可他刚坐下没多久，房门被再次敲响，那位问是不是需要打招呼的青年又跑了回来。青年弯下腰，他脸上的神色比先前更加忐忑。

"酒店……"青年人说了两个字后，再次欲言又止，像是不知是否应该再说下去。

"你若在我手下当差，理应知道，无论何时，都应泰山崩于前而色不变的道理，这天下没有那么多值得紧张的事情。"老人继续教育道。

"可是那位先生在我们柯恩五月酒店的房间，刚才被特警突入了，真的没有关系吗？"

听到这话，老人喝茶的手抖了抖，茶盏中的水洒了大半。茶水很烫，他却顾不得手背上的疼痛，很焦急地说："还愣着干什么？快去查清楚，到底怎么回事！"

青年应声而走。

"慢着！"老人又突然叫住了他，语气竟也冷了下来。

酒店客房被警方突入，这当然也不算什么大事，但问题在于这是邢家的酒店，并非普通的快捷连锁，若非大案要案又掌握了十足证据，永川警方哪里会这么嚣张地闯入酒店高层的行政客房？尤其那位自己就是警察，警方为什么要闯入酒店客房？他们显然是要搜查什么东西。既然敢大张旗鼓地行动，就意味着他们非常有把握能搜出那样东西。这里面恐怕会有些令人百口莫辩的腌臜事情。

"我也去。"想到这里，老人扶着桌子站了起来，这样说。

邢福只是一位老员工，但能在邢家本家工作这么久，老了还能替东家管一些家业，说明他的脑子并不差。所以他转念间想起的那些事情，都大致正确。

永川大学行政楼会议室内一片狼藉，先前被踹开的大门还在轻轻晃动，有三支枪分别对准了柯恩五月酒店2801号行政套房的三位住户。会议室其余人等都噤若寒蝉，唯独那三位住户本人很镇定轻松。一双皮靴踩在橡木地板上，宣读着逮捕令上的内容。

听完那番义正词严的宣读，坐在地上的年轻人揉了揉耳朵，重复着刚才听到的内容："您是说，清洁工在我们酒店的房间打扫时，发现了可疑白色粉末，然后她报了警，警方怀疑那是毒品，所以派人搜查了我们的房间，现在要抓我们回去协助调查？"

"是。"

"您智障吗？"年轻人很不可思议地反问。

24·搜查

任谁被骂智障，都会愤怒。

但荣容很喜欢上网，也很年轻，所以大概知道那句"您智障吗"更像是二次元之间的相互问候，于是他更生气了。

开什么玩笑？他现在代表的是执法部门，甚至不用讲什么理由，只需把逮捕令往嫌疑人面前一晃，就可以直接把人拽走，何况那是枪！被枪顶着脑袋的嫌疑人还敢如此"问候"执法者，已经不能用心大来形容。

荣容又看了一眼角落里那位年轻人，年轻人反戴着一顶鸭舌帽，黑T恤上印着某个地下摇滚乐队的标志。年轻人眼睛很亮，腮帮子一动一动，好像正嚼着口香糖，空气里有柠檬薄荷的甜味。或许是年轻人眼神太过明亮干净，荣容忽然觉得这情况不对。在他以往执行过的抓捕行动中，他得出过 个经验，犯人的镇定程度往往与他们的凶恶程度成正比。也就是说，唯有真正穷凶极恶的罪犯，才会在面对一群荷枪实弹的追捕者时气定神闲，甚至邀你坐下喝一杯茶。

然后荣容真听见有人问他："您需要喝点水吗？"

他循声望去，看到位穿白衬衣的青年人。青年发色很黑，说起话来平和清朗，或许是正站在饮水机边，未等他回答，青年竟很顺手地替他倒了杯水。荣容觉得自己脊背有些僵，移动视线看向了2801号房的最后一位客人。一支黑色的枪，正顶在最后一位客人的前额上，所以他必须向前走两步，才能看清那人的面容。

那是位警察。是啊，情报上早就说明2801号的客人中有警员。普通警员又哪里住得起柯恩五月这样的顶级酒店,所以其中必然有问题。荣容平静了下来,忽然觉得有了些底气,于是看向了那位警察的眼睛。他说不清楚那是怎样的颜色,像是海蓝又仿佛湖绿,眼神很平静,仿佛绝对静止的海面,没有任何的风以及波浪。

他听见那人说:"放下枪吧。"

不是"慢着"或者"稍等",他说"放下枪吧"。

这是命令而非请求,虽然声音低沉温和,但依旧是命令,再穷凶极恶的匪徒,也不敢对警察说出这样嚣张的话。荣容不准备再浪费时间,将手掌抬至耳侧,向下属下达了直接逮捕的命令。那低沉却温和的声音随之再次响起,却不再和他说话,而是在问角落里那个年轻人。

"王朝,你打过电话了?"

"什么电话?"年轻人明显一愣,然后迅速反应过来,"没啊!"

"那为什么国际刑警的人会来?"

"不是说因为我们藏毒吗?"

"哦。"

对话到此终止,很简单很随意,荣容却觉得有凉气从他尾椎骨最后一节开始,顺着脊背向上蹿起。不光是他,屋内每一位特勤警员,都下意识看了看彼此的服饰以及肩章。然而他们身上的所有配置都与永川当地特勤队一般无二,没有任何破绽。这当然是为了隐藏真实身份的考虑,可他们要逮捕的对象很轻易地点穿了他们的身份。

荣容按住了配枪,他很紧张。

如那人所说,他是国际刑警,隶属于国际刑警组织永川分部。事出突然,他正在执行一起藏毒案的嫌犯逮捕任务,嫌疑人却不肯跟他走。这听上去像一个笑话,然而这是事实。

靠在椅背上的警察,仿佛看透了他的心思,贴心解释道:"其实是战术动作方面的问题,你们受训地不同,所以会有差别。"

谁关心这个了!荣容稳了稳气息,决定不再纠缠这些细节。他看了眼逮捕令上的姓名,说:"刑队长是吗?请您跟我走一趟吧。"

"抱歉,我想我有权不配合。"

荣容冷笑："刑队长，既然您能猜到我们身份，那您应该很清楚您所犯下案件的严重程度，希望您还是不要再抵抗下去了。"

"哦……倒不是这个原因。"刑从连很客气地说道，"按规定，国际刑警组织在各国特勤部门执行公务时，须经当地警方同意或批准。如遇红色通缉令等突发状况，也需在事后以书面形式通知当地警方并得到许可。我想我的案件并不符合这两项吧？"

对方这次的话有些长，长到荣容也是过了一会儿，才完全厘清其中的含义，意思是：你们无权逮捕我，因为你们逾矩了。

荣容再次看向那位名叫刑从连的警察。刑从连头发剃得很短，下巴上长着同样长度的胡楂，看上去很潇洒不羁。他说那些话时仿佛额上顶着的不是突击步枪，而是春风下的树枝，仿佛这里发生的一切，都是无所谓的小插曲。

荣容皱了皱眉。以他多年的经验来看，刑从连这样的气质，往往只能出现在那些真正的巨擘身上。

就在这时，角落里的年轻人忽然来了精神。

"真是ICPO的人，你们闲着没事跑来抓藏毒犯？"王朝从地上跳起，并同样无视了抵在后背的枪支，用手指着荣容的脸，很嚣张地说，"让你们头儿过来见我，记得找组长级别以上的人来！"然后他骄傲地昂起头颅，又补了一句脏话。

刑从连倒是对这句话不置可否，只是伸出手拍了拍江潮的肩膀，说："麻烦江队长，先送学生家属回去休息。"

他虽然这样说，目光却一直盯着坐在首位的陈平。江潮吓了一跳，自始至终都没搞清楚状况。可很奇怪的是，或许是刑从连的语气和姿态都与平日不尽相同，他竟真的下意识站起身来，去招呼那些学生家长离开。

无关人等也不是国际刑警的目标，房间里的人霎时少了一半。

望着还在轻微晃动的门板，荣容简直搞不懂现在到底是谁在做主！

柯恩五月洲际酒店，28楼01室。

房间内的搜查已经到了尾声，任闲站在窗边俯瞰窗外浩瀚湖景。套房里很乱，所有抽屉都被打开，衣物和被褥都被仔细翻查过，两件衬衣散落在地，昂贵的水晶灯明明未被触碰过，却仿佛总在轻轻晃动。

作为组长，任闲很清楚此番抓捕和搜查行动太过突然甚至是鲁莽。但线报太过确凿，他已经追查此案三年之久，当然无法放过这样明显的线索，甚至非常有把握，能找到自己想要找的东西。果然，他身后传来一阵急促的脚步声。任闲回头，见下属递上一个封口证物袋。他看了眼口袋里的东西，眼神一黯，宣布收队。

郑冬冬站在 2801 号客房门外，他很得意。他只冒了一点很小的风险，就可以达成一个梦想，这真的非常值得。房门被再次打开，荷枪实弹的特勤警员鱼贯而出。那些人面色冷峻，枪支更是冰冷得不近人情，郑冬冬于是更高兴了。

他上前一步自我介绍道："警官您好，我是柯恩五月酒店的总经理，我姓郑。"

"哦，郑经理，没什么大事，这是国际刑警组织签发的特大案件搜查令，请查阅。"任闲打断了面前这位虚胖的男人，掏出一张纸递了过去。

听见"国际刑警组织"六字时，郑冬冬脸色一变，突然慌乱起来。他接过搜查令，反复看了几遍，然后变得有些结巴："这，怎么会？"

"有什么问题吗？"

"没、没有没有，我们一定配合调查。"郑冬冬鞠了个躬，只觉得脖子里都要冒冷汗。在他概念里，任何带有"国际"两字的组织，都大得吓死人。可事情明明本不该闹这么大，起码不该大到国际上去，这一切好像都已偏离了既定安排，然而事情往往只会向最坏的方向发展。

他这样想着，刚要直起身时，在他身后的走廊尽头有很苍老又很冷漠的声音传来。"谁让你配合调查的？"

郑冬冬脊背一僵，甚至连转身都做不到了。这话听上去格外嚣张，任闲冷哼一声，循声望去。他看见一位老者从走廊尽头的黑暗中走来，老人穿着朴素，黑色布鞋，灰麻衣，前襟的盘扣紧紧扣着，看上去好像最寻常古板的邻家翁。但任闲很清楚，邻家翁不会有那样的走路姿态和那样锐利的眼神，他迅速将子弹上膛。

"市民配合警方调查难道不是应尽的义务吗？"任闲举着枪，很有礼貌地问道。

老人却似乎对黑洞洞的枪口无动于衷，更对他的问题无动于衷："这是酒店，客人是酒店员工的衣食父母，做子女的理应护住父母，这是本分。"

"那么父母违法乱纪，子女也不能大义灭亲吗？"任闲并不知道老人是谁，却忍不住反问道。

听到这个问题，老人只从头到尾扫了他一眼便道："小伙子你无不无聊，我开除个下属和你有关系吗？"

任闲顿时说不出话来。

闻言，郑冬冬的头越压越低，几乎直不起身。

像是为了再给垂死的骆驼压上最后一根稻草，一位踩着高跟鞋的女服务员从远处跑来，见到郑冬冬时，甚至没有在意周围的诡异气氛，很急切地说道："经理，2801号房的客人刚致电酒店前台，说我们酒店侵犯了他们的合法权益，请您去永川大学解释清楚这件事，否则他要告到我们倾家荡产。"

此言一出，不只是郑冬冬或者任闲，甚至是正准备开除下属的老人，都觉得很诡异。

倾家荡产，开什么玩笑？

任闲皱起眉头看了眼手表，在这个时间点上，B组理应将嫌疑人控制住。那为什么嫌疑人还能很自由地拨打出电话？他这样想着，无线耳机里传出的通信音便为他做了解释。

"BOSS啊，我们今天碰上硬茬了。硬茬说我们执行公务时违反条例了所以不跟我们走，还请您也到永川大学来一趟，否则他把我们告到总部去，他们怎么这么嚣张啊？"

"收到。"无线耳机还在传出喋喋不休的声音，任闲毅然终止通话。他看了眼可怜的经理先生，又看了眼老人。沉思片刻后，他转身下令："阿荣把证物送检，其余人跟我去永川大学。"

听见这句话，老人的脸上仿佛出现了一丝笑容："那么一起去吧，郑先生还有任警官。"

25 · 教官

林辰倒的那杯水，荣容最终还是没有喝。年轻人总是这样，对世界有太多忌惮和不信任，也因为不信任，反而很容易迷失方向。看着年轻特警迷茫又警惕的脸，林辰坐回到座位上。这种场面，显然不是他的专长，幸好刑从连在。

长条形的办公桌两边坐着同样弄不清楚状况的几拨人。

原先来处理学生自杀善后事宜的学院领导们，不知自己为何还坐在这里。他们明明应该随学生家长一起离开，可面对荷枪实弹的特警，以及那位现在正控制全场的英俊刑警，却生不出半点离开的念头。反正待着也不会死吧？

而比之首座面黑如铁的陈平，许国庆则非常尴尬，觉得自己不应该坐在陈平先生的身边。因为他有种奇怪的预感，离风暴中心越近越容易变成炮灰。

江潮刚回到屋内，根据刚才刑从连的嘱咐，从局里调了一些人手过来。大多是没有任务的文员，负责守在门口。会议室门板很厚，所以他们应该也不会听见里面发出的大部分声音。江潮也不知自己为什么会想到门板的厚度和消音这样的问题，但总觉得接下来可能会发生一些需要保密的事情。

所有人都很紧张，却没有人说话。

林辰手撑住半侧的脸，拨动眼前盛满水的纸杯。他余光瞥见刑从连挥了挥手，招呼王朝坐到身旁。那时年轻人刚挂断给酒店前台打去的质询电话，整张脸都显得眉飞色舞。

"老大，需要我再做点什么？"

"你想做什么？"刑从连反问。

"哦，比如说学校的监控系统不是有问题吗，需不需要我把防火墙修一修啊或把小黑客抓出来，或者查查到底是哪个傻子在论坛发了帖子黑阿辰！"王朝在说这些话时，挑衅地望向坐在那张长办公桌主座上的陈平，眼角眉梢全是骄傲。

"继续做我安排你做的事情。"刑从连按住年轻人的脑袋，把人压在电脑前面，"不许分心。"他补充了一句。

林辰转纸杯的手轻微停顿了下，很难得，连他都有些搞不懂刑从连的用意。

不修复监控，自然是想让那些暗中在监视学校的人，继续多观察一会儿这里的情况。毕竟如果夺回监控摄像头的使用权，也就意味着直接告诉幕后的那位——我们已经知道你究竟是在干些什么。但内心深处林辰甚至怀疑，刑从连是想将死亡直播事件控制在永川大学校园内，如果这里的监控摄像头不起作用，天知道那些疯狂的孩子又会去哪里自杀。在那一瞬间，林辰忽然有些并不算好的感觉，又侧过一点头。

刑从连正逆光坐着，温暖的阳光给他镀了层毛茸茸的金边，也因此让他的面容变得模糊起来，以至于连他的眼睛都看上去绿得有些幽暗。

林辰想，刑从连真的太善于处理复杂局面，而他的着眼点，也往往高得有些可怕。比如牺牲一些小事，来顾全大局，这样类似的决定很有可能曾经发生过。

想到这里，林辰忽然转头低声问他："你到底怎么看出来的？"

光凭战术动作，就能断定这些警员的出身，这显然是个不靠谱的回答，全世界的战术动作大多大同小异，哪有这么大的区别？

说悄悄话时，当然凑得很近。刑从连听到这个问题，不经意间又将头凑过来一些。

"因为 ICPO 的人，都很好欺负。"他说话声音很小，林辰也是很努力才能听清楚，"他们受限于国际条约，在所有有权执行公务的人群中，ICPO 往往更注重章程，如果是我抓人，不会说那么多废话。"刑从连轻轻吸了下鼻子，林辰觉得自己似乎闻到他身上很清淡的烟草味道。真是经验丰富的回答。在一旁偷听的王朝，忍不住扑哧一下笑出声来。

时间一分一秒过去，太阳渐渐西移，把树影拉得更长了些。

那扇略显老旧的会议室大门，终于再次打开。

"吱呀"声响，让会议室内原本等得有些困倦的人们都打了个激灵。

走在最前面的,是位全副武装的特警。他气质沉稳,眼神很冷。从房间内全体特警肃然起立的样子上就能知道,他们的顶头上司来了。特警组长身后还跟着另一组警员,所有人仿佛高大的林木,将不大的房门处塞得满满当当。林辰看了眼身旁两人,刑从连依旧默不作声,显然并不准备说话,反而是王朝坐直了身,抬了抬帽檐,生怕来人看不见他脸的样子。于是特警组长环顾室内的视线也在年轻人的脸上顿住,然后发出了很轻的一声"咦"。

时间仿佛在那一刻被拉长,像缓慢的动作片。

所有人都睁大眼,看着那位冷傲的国际刑警组织的小组长,整了整作战服、站直身、并拢脚,向年轻人坐着的方向敬了个不能再标准的军礼。然后他们听见同样冷傲的声音,从那位组长嘴里传出。

"教官,您好。"任闲说。

好像是电视剧里才会有的奇怪剧情,一位明显不算年轻的国际组织中层警官,此时此刻正向一位太过年轻的人认真敬礼,然后称呼对方为"教官"。

年轻人得意极了,没有半点要遮掩的意思。他假装严肃地咳了咳,向主座的陈平挑了挑眉,然后装作很大佬的样子挥挥手,说:"都来了还愣着干吗?坐下吧。"

陈平的脸色阴沉得仿佛要滴下水来。

房间里显然没有多余的12个座位。任闲走到会议桌边,拉开一张椅子坐下,他挥了挥手,身后的那些特警很自然地一个接一个走到靠墙处。

"坐。"任闲发出指令,那些特警整齐划一地坐下。

任闲当然没有想过会在这里遇见那名年轻人。2801号房住户里的"王朝"两字,无法让他将名字与那位曾在网络安全培训课程中疯狂碾轧他们的未成年教官联系起来。

那是在两年前,他为了接受晋升组长前的最后考核,来到位于法国里昂的国际刑警总部。他们一行50人被拖到一个鸟不拉屎的荒野村落,接受各种残酷培训和永不停歇的考核,其中负责网络安全培训的是位年仅16岁的少年教官。他至今还记得,那位少年脸上天真纯粹的笑容,和永远能把他们玩弄于股掌间的各种攻防战。

如果说两年前他的晋升培训是个噩梦，那么现在他未完成的逮捕行动，也同样像是个噩梦。任闲摘下战术手套，已经开始盘算今日行动的报告该如何书写，才不至于显得太丢脸。

因为特警们让出了位置，林辰也终于看见了站着的另外三人。郑冬冬原本就白胖的脸，现在更是苍白得过分，好像透明薄膜纸，一戳就要碎。而郑冬冬身后，又站着仿佛是主从的二人。林辰很清晰地看见，在老人进门的刹那，陈平的身体就明显地颤抖了一下，甚至刑从连的脸色也在看见老人的瞬间，微微有了变化。神色变化转瞬即逝，原先四方割据的局面，因为新加入的人们，而变得更加混乱。

在所有人落座后，刑从连终于有了动作。他拍了拍王朝的肩。年轻人猛地站起，抓过自己的红色双肩包，从里面倒出了不少零碎玩意儿。像是为了体现自己的地位，他还特地抓了两件东西，扔到任组长面前，昂着头说："会装吧，装起来。"

任闲看了眼面前的部件，发现那是个信号屏蔽器，能屏蔽手机信号、无线信号甚至是监听器信号。可是看着眼前玩意儿的破损程度，似乎是被年轻人当作玩具一直扔在书包里，真是令人很无语。但王朝的动作并未就此停止，又从书包里翻出一个粘着透明胶带的破摄像头，然后找了个能拍摄下会议室全景的角度，将摄像头安装好。等他做好这一切，任闲也将信号屏蔽器安装完毕。

年轻人回到电脑前，确认了下两样电子产品的工作情况，然后冲刑从连点了点头。

终于，一直没有说过任何话的刑警队队长动了。他只是微微身体前倾，房间里的不少人都倒吸了一口冷气。不得不说，人类真是对权威和秩序非常敏感的生物。

"许副校长还有几位院长，今天辛苦你们了，希望我们警方今后在永川大学的工作，还是能得到诸位的配合。"刑从连说着，做了个请的动作，示意被点到名字的人可以离开。

许国庆如释重负。虽然他并不知道为什么他可以这么轻松地退场，但看着会议室里又是警察又是特警又是摄像头的状况,不跑难道还等着约晚饭吗?他拉开门时,回望林辰的目光中多了一丝敬畏。

许国庆等一群永川大学领导跑得飞快,望着再次摇动的门板,林辰却很清楚刑从连的用意。他非要学校高层留下来,亲眼看着王朝是怎样轻描淡写地拿捏国际刑警,又在恰当的时间放他们离开,其实是为了敲打学校高层和陈家的狗腿。刑从连的话已经说得很清楚,他希望今后调查会更加顺利。

这样的心思,也真是深沉细腻到了极点。

像是预感到真正的大戏将要开演,陈平也动了。他将一直搭在扶椅上的手放上了桌面,开始先发制人:"刑队长好大的官威,您这是什么意思?只有经过您同意的人,才可以离开吗?"

陈平原以为刑从连会客气客气,却听见非常平静的声音从房间的另一头传来。

"是啊。"刑从连说。

"我可以认为您是在限制我的人身自由吗?"

"事实如此。"刑从连双手交叠,支着下巴,很随意地说道。

陈平只觉得怒火噌地蹿上头顶,拍桌痛斥道:"现在警方查的是你藏毒,我凭什么必须待在这里?难道我也是犯罪嫌疑人吗?警方没证据就可以随便乱扣人吗?!"

"我当然会有证据的。"刑从连笑着敲了敲桌,王朝很自然地将电脑屏幕掉转过来。

26·呵呵

王朝小同志的笔记本电脑与他本人气质十分一致,碳纤维外壳上布满了便笺胶印,键盘膜的动漫贴纸能清晰看出他本人爱好的转变,左上角还贴着两朵不知从哪本杂志上剪下的 NERV 图案,总之显得非常复杂又生机勃勃。而电脑屏幕此刻全黑,除左下角有个播放按钮外,其余颜色同陈平现在的脸色一般无二。

或许是被特地朝向自己的电脑屏幕刺激到,陈平整了整西服下摆,推开转椅,用一副懒得再和庶民废话的高傲模样走向门口,却被拦住了。

拦住他的是国际刑警组织的特警,两支黑色突击步枪在门口打了个叉,陈平顿住脚步。他努力克制自己的脸色不变得通红,转过身用下巴对着任闲说:"随意限制他人人身自由,原来这就是国际刑警组织的工作流程吗?"

"其实不是。"任闲很抱歉,"但我所接受的培训里有很重要的一条,大致意思是,别去惹你的教官。因为他们会给你的成绩单画叉,那个时候,你就知道什么叫前途无望。"任闲摊了摊手,表示无奈。

"哎呀哎呀,哪有这么严重啦,我一般不下黑手的。"王朝嘿嘿笑起,然后勾了勾手,示意陈平坐回位置。

"你们想干什么?这里是永川地界,刑从连我告诉你你不要太嚣张!"陈平的眼神里,终于有了丝疯狂。

而对应着那丝疯狂的是刑从连慢条斯理的语气,他回答道:"我想干什么?我当然是要自证清白啊。"

两位特警拿着枪将陈平请回了座位。

一切仿佛都暂时安静下来,好像阴云下的海面,没有一丝风。

"请问您是?"

在他身旁,刑从连转向行动组长,以一个礼貌式的问题作为开场白。

"国际刑警组织永川分部重案C组组长,任闲。"任闲不知自己是否应该先敬礼,但他最终还是选择坐直身,恭敬地回答这个问题。

"任组长您好。"刑从连点了点头,极为熟稔地将谈话拉回到正常破案的流程上来,"我想证明一点,您查获的我们酒店房间的毒品,是被他人栽赃到我们房间里的。"

"请继续。"任闲道。

"既然要自证,那么时间线就非常关键。"刑从连语气温和得像在与老友交谈,"我想请问任组长,您是在几点收到关于柯恩五月酒店2801室可能藏有毒品的线报?"

任闲闻言一震,现在的情形他已从审讯者变成了被审者。照理他也不能在大庭广众之下回答这个问题,可鬼使神差地,他却像下属向上级汇报工作般回答了这个问题。

"十一点四十四分。"任闲回答道。

刑从连点了点头,话锋一转,用一种略带笑意又或是猎人望向猎物般的神情看向郑冬冬问:"那么请问郑经理,酒店28楼的监控摄像,今天还好用吗?"

听见这话,郑冬冬仿佛被一支利箭射中,紧张极了。他像垂死的猎物,用一种恐惧的眼神看着刑从连,过了很久才战战兢兢地回答:"今、今天28楼监控检修。"像是为了证明什么,郑冬冬又补充了一句,"这个早在酒店工作计划上,不是我安排的!"

这是预料之中的回答。

刑从连微抬眼,绿色眼眸远远盯着那位虚弱得仿佛下一刻就要倒下的酒店经理,平静地问道:"哦,这意味着酒店的监控摄像,无法记录我们每个人出入房间的时间,以及无法记录是否有其他陌生人进入过我们的客房,对吗?"

"谁让你们房间藏着毒品,这能怪我们酒店吗?"郑冬冬继续辩驳。

"哦,不过我能证明,我们三人中最后离开酒店的王朝在十一点十四分出门。"刑从连看了眼身旁的年轻人又说,"也就是说,在三十分钟内,您酒店的清洁工完成了打扫房间、发现毒品、上报领导、报警,最后被国际刑警组织捕获线报这一系列过程。"

未等郑冬冬回答,王朝便驾轻就熟地按下视频播放键。那是柯恩五月酒店的电梯监控录像,上面清楚记录了一位背红书包的年轻人进入电梯的时间。

像在黑暗中捕捉到一丝光,郑冬冬看着屏幕中不算清晰的监控画面高喊道:"谁让你入侵我们酒店监控系统的,你这是违法犯罪你知道吗?"

王朝扑哧一下,再次笑出声:"是你家酒店啊,还违法犯罪呢。"

刑从连单手支颐,饶有兴味的目光移向了一直坐在角落沉默不语的老人。

像是感知到什么,邢福只说了四个字:"当然不是。"

他的声音已经很苍老了,却好像风吹过枯枝,有种垂暮的洒脱意味。

闻言,主座上的陈平悚然望向角落里的老者。在永川上流社会混了那么久,陈平当然知道老人姓邢,跟主人姓,来自那个家族。在所有新兴家族都开始废弃家族管理制时,只有那个家族还依旧保留着最古老甚至是封建的习惯。他们每年会派家里的外庄管事巡视各地,收租查账目。老人能被外派到永川来巡视,虽然并不能代表他在邢家的地位有多高,但在永川商界看来已经分量足够。这样足够分量的人,就算是轻描淡写的一句话,也意味着表态。

陈平的手攥得很紧,全部思维已经从该如何对付林辰和邢从连,转为陈家到底是什么时候触犯到了邢家这样的庞然大物?要知道古老家族总有一种自我生存法则,其中最重要的法则就是与人为善保持中立。因此你几乎不会看到任何邢家人对金融形势甚至是敌对企业做出任何表态。他们表面上永远都谦和有礼,骨子里却骄傲得不可一世。所以为什么邢家人会突然出现在这里,然后认真展现出自己的态度?

陈平开始真正慌乱起来。

"酒店的门禁系统应该还算靠谱,除非暴力拆解。"邢从连说这话时,刚暴力拆解完门锁的任组长低下了头。

邢从连继续说道:"所以在王朝离开的这段时间内,能出入房间的必定是有门禁卡的那些人,例如酒店员工,对吗?"

郑冬冬的样子,像是被猎人的尖刀抵住脖颈的猎物,因为预见到了绝望的未来,所以开始最后挣扎起来:"你什么意思?明明是你们藏的毒品,这是反咬我们酒店,这是栽赃!"他的声音越来越响,又尖得仿佛喘不过气来。郑冬冬的表现太过紧张,神经纤细得好像马上要绷断的琴弦。可明明邢从连只是在说一些非常正常合理的逻辑推理,在场所有人都开始用怀疑的目光审视眼前几乎失控的酒店经理。

或许是那些宛若实质的目光太过伤人,又或许是他一贯的精英伪装终于在他最厌恶的人面前崩得粉碎。郑冬冬的头以极小频率晃动着,神经质地自言自语起来:"不、不,你没有证据,你不会有证据的!"

"不,其实我有证据。"邢从连保持一如既往的平静语速。

在他身旁，王朝终于绷不住脸上的笑意。那笑意像是闸门打开后的奔流湖水冲出大坝，年轻人笑得几乎直不起身："手法不专业就别玩儿栽赃陷害啊，技术，男人需要的是技术啊！"

王朝小同志睨着屋里所有人，顺手从电脑桌面上调出另外一则视频文件，然后打开一个监听文件模样的东西，用略带歉意的口吻说："音画稍微有点不同步啊，大家见谅见谅。"

在所有人的震惊目光注视下，一段带有四格画面的监控视频缓缓播放起来。不同于普通监控摄像的低劣画质，视频的清晰度非常高，甚至连地毯上的鸢尾花瓣都可以看得一清二楚。

如果你曾经住过柯恩五月酒店最昂贵的套房，就能隐约知道，画面所拍摄的正是 28 楼行政套房的内景。

左上角一格画面，记录着客厅中发生的一切。

十一点十四分，背着红书包的王朝匆匆离开房间。

十一点二十分，酒店客房清洁工开始进入房间清洁。按照清洁流程，她首先开始清理桌面的垃圾，就在她将那些碗碟中的残渣倒入垃圾袋时，一个西装革履的微胖身影，进入了所有人的视线。

清洁女工赶忙回头，竟然看见酒店经理站在了自己身后，吓得手足无措，像是并不知道日理万机的经理大人为什么会突然视察自己的工作。

朴实的女工低着头，听见经理说："你紧张什么？你干你的活儿，我就检查检查。"

那位经理的声音高傲又略尖细，出自现在已经面如死灰的郑冬冬先生之口。右上角的画面记录着郑冬冬背着手离开客厅后经过走廊，来到浴室门口全过程。

郑冬冬推开浴室大门，扯着嗓子喊："为什么浴室还没打扫？你看脏成什么样子了，快过来！"

女工听到召唤，急匆匆跑到浴室。她被经理劈头盖脸教训了一顿，然后把自己关在浴室里，开始埋头清理。片刻的空白后，画面左下角的主卧大门被推开了，只见郑冬冬蹑手蹑脚走入主卧，手上不知何时戴上了一副白色橡胶手套。他颇为嫌恶地拉开被褥，从口袋里掏出一个包装袋，然后撕开包装,将里面的绿色叶片倒在床上,最后拉上被褥,若无其事地走出房间。不多时,女工清理完卫生间,来到主卧。在她掀开被子的刹那,郑冬冬又很凑巧地走进了房内。他望着床垫上的干枯绿叶,脸色变得紧张起来,像真正的专业人士一样,一把推开女工,捻起一小撮碎叶在鼻尖嗅了嗅,然后装作很震惊的样子,说:"是大麻,快报警!"

他说着还掏出手机,非常敬业地拍下了一张现场照片。视频播放到这里,郑冬冬那根脆弱的神经,终于完全绷断。

监控画面也终止于酒店经理大仇得报般的笑容上。

会议室内,静如冰窖。

林辰望着眼前的一切,只觉得这好像是荒诞戏剧里才会有的桥段。郑冬冬居然跑到他们住的酒店房间,偷放大麻栽赃陷害他们?而刑从连一开始就知道这点,所以从头到尾都气定神闲?可是,大麻这种级别的毒品,也值得国际刑警组织出动?

然而就算只是大麻,那也是违禁品。林辰不清楚郑冬冬是从哪儿搞来的这玩意儿,又是哪儿来的想法,认为光靠一小袋大麻就可以令他们锒铛入狱?问题实在太多,可所有的问题,都比不上让他觉得最不可思议的那个:"为什么我们的房间里会有监控摄像和监听器?"

酒店客房这样的私密场所,当然不会安装摄像头。这段几乎无死角的监控视频,显然是王朝或者刑从连的杰作。林辰忽然想起不久前在会议室里响个不停的古怪警报声,恐怕那是门锁上的警报装置,恐怕也不是酒店门禁自带的玩意儿。这两个人到底给他们的酒店客房添加了多少种安保设备?

刑从连听到这个问题反应很快,拎起年轻人的后颈肉,把人拉到林辰面前严肃问道:"问你呢,在我们住的地方搞这么多花样是干什么?"

年轻人转过头,用一种不可思议的目光看着自己的老大,仿佛不敢相信这个世界上竟有如此厚颜无耻之人!这时刑从连笑了起来,王朝恰好挡住了他的脸,所以他笑容中的威胁意味变得肆无忌惮起来。

"因为我从小外出打工,特别缺乏安全感啊,呵呵……"王朝迅速回头看着林辰,一字一句解释道。

27·分批

林辰怀疑自己的听力和记忆系统都出现问题了。如果他没有记错,昨天晚上王朝明明是个一直坐在电脑前的忧郁年轻人。直到很深的夜里,王朝才像个缺乏安全感的孩子一样睡去。所以唯一有机会安装那些小设备的只有刑从连一个人。可现在,刑从连坐在阳光底下,眼眸中带着讨好般的笑意。他睫毛长得过分,轻轻眨眼的瞬间,周围的阳光都像蜜糖一样甜。

林辰叹了口气,发现自己没有任何被欺瞒后的愤懑情绪,他觉得自己好像已经习惯了各种奇怪的理由。比如突然更换的房屋,或者明明据说被某人买下然后突然修缮一新的街道,所以比起某些人永远将好人好事推在政府身上的行为,"外出打工缺乏安全感"这种见鬼的解释,似乎也还算走心。

午后阳光很好,窗外有学生追逐打闹的声音。

那些被老同学背叛陷害的阴霾,也随着两人明显的打岔而消失不见了。林辰想,这也没什么大不了的,你总不可能让世界上所有人都喜欢你。

只是郑冬冬却明显没有这么轻松。

会议室里很安静,不知谁戴着机械手表,指针走动的嘀嗒声响得吓人。微胖的酒店经理脸色白得吓人,仿佛等待凌迟的猪崽,在等待最后的裁决。刑从连却偏偏只是用略带笑意的眼神凝望他,不说任何的话。只有最老辣的猎人才可以从头到尾完美控制狩猎节奏,时而给出一点希望,然后残忍地掐灭希望。刑从连一点一点将郑冬冬驱赶到悬崖边缘,只要他再向前进一步,郑冬冬大概就离精神病院不远了。

果不其然,窗外传来汽车引擎启动声,那突如其来的声响都让郑冬冬猛地颤抖了下。

刑从连敲了三下桌子,这才缓缓开口:"郑经理,您真的不能解释下吗?"

在绝对强有力的证据面前,郑冬冬根本说不出任何话来。

可刑从连哪会这么容易放过他?"我真的不能理解,为什么您要在我们房间的床上撒上大麻。柯恩五月洲际酒店,现在提供这种特殊服务了吗?"他还是在笑,忽然间嘴唇微微挑起问,"这么棒的主意,是您想出来的吗?"

或许是刑从连的问题太有诱导性,好像在茫茫黑夜撕出了一片奇特的光亮,郑冬冬猛然抬头,环顾四周,目光终于定在长桌尽头的陈平身上。

像疯了一样,他站起身撞开挡在自己身体前的所有物体,椅子、手臂,甚至是坚硬的枪。他猛地扑倒在陈平腿边,哭号道:"陈平先生,陈平先生您要救救我啊!您不是说不会出问题的吗?不就是大麻吗?为什么国际刑警组织的人会来,求求您啊,求求您救救我!"

在那一瞬间,林辰甚至能很清晰地看到陈平那张古板刻薄的面孔现出了裂纹,他也仿佛听见那种矜贵的瓷器崩裂的声音。陈平发丝凌乱,虽然仍在强装镇定,眼神里的慌乱和惊恐却出卖了他。他嘴唇翕动,像是强忍着要将腿边发出怪叫的生物一脚踢开的欲望。只是他的对手是刑从连,那是位经验丰富的猎人,不会给他任何翻盘的机会。

刑从连微微一笑,像是终于得到了期待已久的回答。不过他的脸上没有太多震惊或者意外的情绪,他故意无视了角落中上演背叛戏码的两人,很果断地转向长桌另一面,对一直假装空气的重案C组组长说:"任组长您现在能否确认,所谓的'藏毒案'其实是一起栽赃构陷案?"

"当然。"任闲看着刑从连的面孔,心想:这种小事您就别找我确认了吧!

刑从连点了点头,转而面对从头到尾都目瞪口呆的江副队长,说:"那就麻烦江队长,将案件嫌疑人羁押,以防串供。"

他最后的两个字咬得有些重,像是故意说给什么人听。

江潮闻言站起身。就在江潮站起来的时候,他随身携带的手机似乎振动了一下。王朝冲二局的副队长笑了笑,露出可爱的虎牙。

江潮低头看着手机上刚接收到的短信,有些不可思议。不过他好歹是经验丰富的刑警,瞬间就控制好表情,然后走出房间叫人。他带来的那些"门卫文员"起了作用,两位警员跟他回到房间,很干脆利落地将痛哭流涕的郑冬冬拖出了屋子。

林辰算了算,郑冬冬是第三批被清除出场的人。虽然只少了一个人,会议室里却仿佛空了一大半。云层遮住日光，房间阴沉得可怕，手表指针嘀嘀嗒嗒走起，陈平仿佛瞬间老了十岁。

"刑队长真是好手段。"暗哑的声音从陈平嗓子里传出，仿佛石子擦过玻璃的那种轻微又刺耳的声响，"您也要把我抓起来吗？"

纵然仍假装高傲，颤抖的嘴唇和手指却出卖了他。

"当然不会。"刑从连靠回椅背，用很漫不经心的语气说，"既然嫌疑人指认是您指使他用毒品栽赃陷害我们，那么您还是有自陈的机会的，和您刚才给我的机会一样。"

刑从连略带笑意的语气，透着一种深入骨髓的嘲讽。

陈平咽了下口水，并不准备接受这样的好意："我没什么好说的，既然你是被栽赃的，那为什么我就不能是被郑冬冬栽赃的？"

望着陈平微抬的下巴，听着他至今还在狡辩的话语，林辰忽然觉得很失望。连郑冬冬都知道害怕或者畏惧，痛哭流涕或许是因为害怕法律的制裁，可在崩溃的刹那，郑冬冬必然在全身心地后悔，他希望时间能够倒流，祈盼一切都没有发生过。这才是一个人在做错事情以后，应该具有的情绪反应。

可是陈平呢，这位严肃刻板的陈氏集团高管，三年内每每出现在他门口，就会将他往更黑暗的生活中驱赶的人，在被揭穿肮脏的手段后却仍旧不知悔改为何物。林辰看着陈平的眼睛，他知道陈平不是在强装，而是从头到尾都认为自己并没有错。

其实一直以来，林辰都没有怨恨过这位执行着陈家家主旨意的中年人，因为忠诚并不是一种黑暗的品德。可是现在，林辰觉得自己应该说点什么："陈平，我想你一直没有搞清楚现在的状况。"

听见被自己一直以来所打压的人直呼大名，陈平脸上有种被冒犯羞辱的红晕。

"林辰，你根本不懂。"

"不懂的是你！"林辰忍不住拍桌而起，根本无法用正常的语速和长桌尽头的那个人交流，"大麻？你觉得这就无关紧要了吗？你以为只要郑冬冬咬死我们，就可以让刑从连身败名裂让我们一无所有吗？这是国际刑警组织！我不管你是有意还是无意联系上国际刑警组织的，这件事情远比你能想象的复杂一万倍，你以为陈正学知道这件事情以后，会感谢你忠心耿耿地替他弄死我吗？"

林辰也不知道自己为何会如此愤怒，可他真的许久没有发过这么大的火。或许是他的声音太大，又或许是他太过沉浸于这种情绪，因此他并未注意到，会议室的大门不知何时又被打开了，冰冷的声音比画面更先一步传入他的脑海。

"是啊，我很高兴。"

刑从连也同样听到了那个声音，他比林辰更快地看向门口。

在那里站着一个中年人。中年人穿黑色长风衣，皮带扣得很紧。他脊背笔挺，头发与陈平一样梳至脑后。中年人眼神阴鸷，黑色的眼眸中有死一般的寂静。几乎不用思考，刑从连就猜出了来人的身份。

林辰有数秒钟时间的愣怔，然后很快清醒过来，只说："陈董。"

现在的情况就变得更加有趣了。或许陈家大佬是因为最重要的下属被扣押而闻讯赶到这里，又或许他只是一直在附近等待林辰被铐上手铐押入警车的情景，总之很离奇的是，陈家现任的掌门人，也出现在了这间已经发生过很多戏剧性场面的会议室中。

陈家掌门人一步步走入室内，用一种逼人的气场迫近林辰，然后说："很久不见啊，杀人犯。"

他的言语间带着偏执狂特有的桀骜，称呼中也是压抑到极点的仇恨。

听见那个称呼，刑从连下意识地看向林辰。他看见林辰退了一步靠在长桌上，然后很坚定地站住，似乎对此并不在意："你是傻子吗？为了栽赃陷害我做这种事情，稍有不慎你陈家的生意全会玩儿完。"

与质问陈平时少见的愤怒不同，此刻的林辰已经完全冷静下来。他很平静，语气也一如既往地认真，连骂人都认真得可怕。

"就算我陈家贩毒，这件事和你有关吗，林辰？"陈家大佬用非常缓慢的语气问道。

此刻他与林辰已经靠得极近，用那种仿佛野兽将要撕咬猎物的眼神，恶毒又专注地凝望着林辰。刑从连觉得他应该站起来，可是刹那间看见林辰向他投来的一束目光。那目光明亮而冰冷，好像那种淬炼到极致的钢，很心有灵犀的是，刑从连读懂了林辰目光的含义。意思是：没有关系，我来就好。

窗外阳光明媚，刑从连有些想笑，忽然意识到原来并肩作战的感觉，比一方保护另一方来得更好。

"所以你们陈家在贩毒吗？"林辰反问。

他的问题让那位阴鸷偏激的家主突然无法回答。

像是不按常理出牌的常客，林辰又问："不光指使下属诬陷我们，您还带领陈家贩毒，是这样吗？"

林辰很善于让人无话可说。

陈家大佬积累的所有气势好像被卸去了一部分，只能咬着牙，一字一句说道："你让我怎么办呢？你现在有'保护伞'了，我很难动你了，你是想让我拿刀割断你的喉咙吗？"

"杀人要偿命。"林辰这样说。

这是句陈述句，但更像是自白。杀人偿命，可我还活着，所以我不是杀人犯。

"你凭什么还有脸出现在永川？你为什么还要再出现在我眼皮子底下？！"陈家掌门人终于被这句话激怒，他伸手拽起林辰的衣领，将人拉到自己面前。

"因为我在永川大学查案。"

又是平静的陈述句，语气中甚至带着一点嘲讽意味。

在怎么让人发火方面，林辰也是专家中的专家。

陈家掌门人用力甩开他，指着门口冷笑道："我的学校根本不需要你，滚回你自己的地方去，现在、立刻、马上给我滚！"

他说完这句话，会议室里再次陷入寂静。然而陷入寂静却并非因为陈家掌门人疯狂又任性的话语，而是因为一直坐在角落从头到尾只说过一句话的老人，开口说了第二句话。他说："咦？"

直至此时，一直处于愤怒压抑中的陈家掌门人终于看见坐在最不起眼角落的那位老人。

老人的眸子半张着,像是刚从午后小憩中清醒过来。未等陈正学反应过来,他就从椅子上站了起来,语气也平和到了极点:"正学啊,像我们这样的生意人,生意做得再大,也要遵守法律。警方在查案,我们就要听从安排。"

陈家掌门人已经很久很久没有被直呼名字过了,尽管声音和煦,言语中所透露出的意味却深长得可怕。

"原来是邢管事。"陈正学收回手,很快镇定下来,问,"您这是什么意思?在替邢家表态吗?"

以陈正学对邢家的了解,这家人虽然根基深厚,却是最最守序中立的商人,永远不会在任何纷争问题上表现出明显的态度。所以他以为自己这样说,眼前这位外庄管事,就可以坐下闭嘴。与他预想中的一样,老人摇了摇头,起身往门口走去,像是要离开这个是非之地。

老人走到门口时,却突然回头望向陈正学,并用一种漫不经心的语气说:"其实也不算表态,老头子只是刚听您说永川大学是您家的东西,有些意外而已。"

老人顿了顿,目光悠远地望着窗外的广袤校园,像是在回忆什么:"毕竟这里是大学,虽然我们握有学校股份,可这里不属于任何一家人。它属于所有曾经、现在和将来的永川师生,这是我们几家人早些年划分股权时就说好的事情。"

陈正学刚要开口,老人却话锋一转,语意中的傲慢溢于言表:"如果非要说永川大学是谁家的,那只能说,这所大学是百年前我家老祖宗出钱建的!经由我家老爷十次注资发展扩建,最终永川大学的主要股份都只能是邢家的。"

老人说话间向窗外微微欠身,仿佛在向虚空行礼,随后就带着下属径自离开了房间。

陈家掌门人的脸色,难看得好像斑秃的灰墙。

角落里,听完老人的话,刑从连没来由地想要抽根烟静静。但他这种想法也只是转瞬即逝,现在的情况他也并没有怀念和思考的时间,他望向被严肃教育过的陈家掌门人,略有些无奈地开口:"我能认为,您在刚才的对话里已经承认,是您指使下属栽赃陷害我们的吗?"

"呵,你觉得你能把我怎样?"

"哦,也不能怎样。"刑从连揉了揉鼻子。

恰逢此时,江副队长正推门进来。刑从连眼前一亮:"江队长,还要再麻烦您,这里有两个幕后主使想去警局喝茶。"

江潮一副"我到底错过什么"的表情,很郁闷地挥了挥手,二局警员再次进屋,将房间里两位似乎还不是很愿意离开的陈姓人氏请了出去。

随着会议室大门再次关闭,刑从连脸上不再有任何轻松闲适的笑意。像是赶时间似的,他望着一直看戏的任闲迅速开口:"好了,人走干净了,说吧,到底怎么回事?"

28 · 情报

任闲也不知道,世上怎会有人能如此迅速地切换思路。总之,在陈姓人氏离开后的一秒,一直掌控局势的那位警官便将矛头对准他。任闲很不愿意承认,在那双绿色的眼眸扫向他的瞬间,他竟觉得浑身战栗。

"这个按规定不能透露。"任闲顶着巨大压力回答道。

刑从连却并不准备接受这样程序性的搪塞,与方才谦和有礼的受害者模样不同,他忽然变得强势冷硬起来:"我想任组长应该清楚,如果不是我的朋友碰巧有那么一点小爱好的话,现在我恐怕就在永川分部的审讯室里,接受您48小时不间断的审讯。我可能会以藏毒罪论处,丢掉我的警徽还有养家糊口的工作。"

刑从连这句话语速很缓,威胁意味很浓,说完停顿了一会儿,像是给任闲充足的思考时间。任闲觉得自己才是那个坐在冰冷狭小的水泥房间里,被逼迫要说出些什么秘密的人。哪怕他身后还坐着自己手下的两组特警,面对刑从连时,他却没有任何安全感。虽然任闲很清楚自己刚才一直当背景板,但事实上当他坐到这张办公长桌前的时候,就已经开始不断地在思考和判断局势。比如今天这桩藏毒案究竟是怎么一回事,国际刑警完全被当作陷害的工具利用,还是存在着别的内情?可是随着事件推进,他渐渐察觉今天蹚的水比以往那些看上去还要更深。如果时间可以倒流，他宁愿自己没有看到那张被传来的现场照片，真是天大的麻烦！想到这里，任闲抬起头。他注意到那个被塑料胶带粘在墙上的简易监控摄像头。镜头好似野兽的眼睛，正如实记录房间里发生的一切。摄像头、信号屏蔽设备……他似乎明白了一些东西。

"其实是因为一条线索。"任闲忽然放弃抵抗。

"什么线索？"刑从连微微前倾，给人以强烈的压迫感。

"关于一起跨国毒品案。"

任闲撸了把前额的黑发。他的头发并不长，但发根有些湿，一些汗水沁了出来。他看上去像是终于无法抵抗压力，准备交代清楚事实的样子。

他回过头看着身后一直安静坐在角落的组员们，说："你们去车里等我。"

这是明显要谈重要事宜的信号，地上那些特警组员面面相觑着，似乎并不清楚自己的 BOSS 为什么要选择违反章程与这些人合作。不过命令就是命令，他们依次站起，准备服从命令去车里等上一会儿。

正当走在最前方的特警推开会议室大门时，刑从连突然开口："各位警官辛苦了，我们会很快结束，楼下的会议室好像空着，你们可以先去那里休息。"

刑从连脸上出现笑容，显得客气而真诚。

会议室门口打哈欠的二级警员听到这话眼睛忽然亮了起来，伸了伸手，开始带路。

望着那些警员的背影，林辰心中默默计数。这些暂时离开的特警，已经是今天走出这间会议室的第五批人了。

见大门合拢，刑从连像是突然被放了气的皮球，又或者是终于结束宴会的青年，忽然就放松了下来。他不再坐得端正严谨，而是懒洋洋地掏了根烟出来毫不犹豫点燃。火光扑闪后，他深深地吸了口烟，然后歪了歪头。

王朝像是得到了什么信号，同样没骨头似的站了起来。年轻人伸展手臂，爬上椅子把墙上的监控摄像头给摘了下来。刑从连又从烟盒里抽了根烟，连同打火机一起扔到任闲面前。任闲知道自己没有办法拒绝。

当烟雾升腾起来的时候，任闲忽然意识到，今天真正隐秘却又最重要的话题终于要开始了。

"这起藏毒案,和方志明有关系吗?"

像有人在自己耳边开了一枪,任闲有那么瞬间觉得耳畔嗡嗡作响,脑子乱成了糨糊。当失去一些思考能力后,情绪便会占据上风,他迅速变得愤怒而紧张起来。他迅速拔枪,对准长桌对面那人:"你为什么会知道?"

刑从连依旧在抽烟,没有半点要投降的意思:"你的反应告诉我,还真是有关。"

任闲的大脑在飞快思考,卷宗应该是绝密,就算有局长级别以上的权限也无法调阅。每个未完成的特大案件都有自己内部的加密方式,外部人员根本不可能破解,所以到底是怎么回事?种种可能性在他脑子里转了一圈,他忽然看见角落里喝水的年轻人。

王朝被看得发毛,忍不住嚷嚷:"看我干吗?我是那种没事就违法乱纪、心情不好就入侵别人家系统后台的人吗?"

"回答我的问题。"任闲依旧举着枪在坚持。

"哎哎,你怎么这么紧张?难怪看到点小线索就激动,随便套一下就把真话说出来。"王朝小同志根本没有要拉老大一把的意思,还在继续刺激重案组组长。

"小线索?"任闲声音很冷,像是被凿碎的冰碴,王朝被他看了一眼,忍不住缩了缩脖子。

"我等这条线,已经等了整整 326 天。"

"也就十一个月嘛。"王朝随口就算了出来。

就在这时,王朝感到林辰拍了拍他的手背说:"326 天前是去年 5 月 11 日。"

去年 5 月 11 日,一辆满载的客车坠入永川江内,其中包括一位名叫方志明的缉毒警员。

王朝很快意识到这又是关于死亡和复仇的话题,缩了缩脖子,很真诚地说:"抱歉。"

任闲维持着准备射击的动作,可在场的谁都知道,他根本不可能扣动扳机。任闲觉得今天发生的一切,都可笑至极。今天早上出门后,他照例在办公室楼下买一杯咖啡,然后上楼继续暗无天日的卷宗分析。他以为这是漫长无望却突然碰到命运之神眷顾的故事,因为等到中午的时候看到警报亮了。那并不是什么恐怖分子入侵国际刑警永川分部的警报,而是他电脑右下角的一个红点开始闪动,那代表他所设下的网络拦截到了一些重要情报。

那所谓的重要情报,其实不过是一张像素不算太高的手机照片。照片上是永川最土豪酒店的套房,大片雪白的被褥底下,零碎撒着暗绿色的大麻叶,就当他以为这不过又是那些有钱人奢靡生活的剪影时,突然看到了一个彩色包装袋。那个包装袋伪装得像某个可以绕地球一圈的奶茶品牌,只是字体很模糊并带有地下工厂特有的拙劣塑料质感。可看到那只包装袋时,任闲却激动得战栗起来!

随后的剧情,就像随处可见的警匪片。他调集手下,决心不能让这样的线索再次溜走,他们两组人分别展开了突击抓捕和搜查工作。可警匪片又变成了低俗喜剧,在那之后,他看到了下三烂的栽赃陷害、愚蠢而毫无抵抗力的棋子、无趣的豪门争斗,这些都让他昏昏欲睡。直到刚才那一瞬间,剧情又突然跳回主线,并且以令人毫无防备的方式向前极速推进着。

其实,如果时间允许,任闲就会发现,他面前坐着的几个人刚在不久之前挽救了他某位同事宝贝女儿的生命。虽然出于某些保护的初衷,在那片芦苇丛里发生的事情真相已被封存,大部分无关人员接触不到,可世界上没有不透风的墙,他其实已经填写完调阅文件的申请给宏景当地警方,只要审批通过,他就可以拿到关于整桩劫持案的所有细节。

只是,一切都刚好还没有来得及而已。

这么美妙的安排,当然不一定是出自命运之手,刑从连就非常清楚这点,他告诉任闲:"我们正在调查的案件,恰好与方志明一案有些牵连。"他终于把整支烟抽完,也像是完成了漫长的思考,终于决定给面前陷入困兽之境的重案组组长一线光明。"我们所调查的案件中,有一位死者曾经是一起珠宝抢劫案的目击人和唯一幸存者,她叫程薇薇。"

"然后呢?"并未看过卷宗的国际刑警组织重案组组长有些茫然。死者又是目击者、珠宝抢劫案、毒品案,这些元素似乎太过混乱。

"你看,故事是通过人串联起来的。在程薇薇所经历的那桩抢劫案中,罪犯使用了一些手段,与谋杀方志明的手段如出一辙。"

任闲的眉头终于紧皱起来,他握枪的身形松弛下来。他把枪塞回枪套,先前那支烟可怜兮兮地被他扔在地上,他弯腰把烟头捡起,像个落魄的流浪汉一样,再次将香烟点燃。

"方志明,是我手下的一位卧底警员,一年前他参与调查的毒品案终于有了进展,后来他就因为身份曝光,被迫终止任务回到了国内。"

"方志明的卧底地点不在境内?"

"是。"

任闲夹着烟,他和刑从连非常清楚,他们所交换的并非情报,而是信任。

刑从连点了点头:"案件细节我不会过问,我只怀疑一点,从郑冬冬栽赃到你们反应过来实施抓捕,这里面的反应时间不到一个半小时。郑冬冬不可能直接上报国际刑警组织,他也没有这个门路,你们的反应速度太快了,到底是什么东西让你们这么紧张?"

刑从连的话,让任闲的面容彻底灰败下来。是啊,不能见天日的案件永远不能见天日,如果突然出现亮光,那你首先要做的是躲起来认真研究,那道光究竟是什么玩意儿。

任闲深深吸了口气,回答道:"在执行任务期间,方志明传回了一些制毒工厂的内部照片,其中有一些产品包装袋,与在您卧室发现的大麻包装袋一模一样。"

29·方向

"哦哦,静态图像捕捉系统啊。"涉及技术问题,刑从连还没开口,王朝就忽然来了精神,"案子不小啊,都上这套程序了。但如果是卧底拼死传来的制毒工厂内部照片应该是绝密啊,郑冬冬会不会只是碰巧用了这个包装袋?其实看他的样子,大概也只是想把我们搞起来关几天,没想到事情会这么严重。"像是突然名侦探附体,王朝小同志眼睛都亮了起来。"当然还有一种可能,就是有人知道这个包装袋一定会被你们的过滤系统捕获!"王朝结尾时加重语气,还特地推了推完全不存在的眼镜,"所以,这一切到底是巧合,还是阴谋呢?"

"如果问题太复杂,我们回到原点来看整桩栽赃案,如果郑冬冬报案后来的只是普通民警,那么我们会怎样?"

"我们会被带回警局喝茶,然后老江来捞我们啊。"

"现在,把普通民警换成想要追查跨国毒品案线索的国际刑警,我们的结果又会有什么不同?"

"我们会被 ICPO 逮去,还会被严刑拷打?"王朝很惶恐地看着任组长:"你不会真有这个打算吧?"

"否则他为什么带特警来,打麻将吗?"刑从连顺手抽了下年轻人的后脑勺,示意他安静一会儿。

"这两个结果对你们来说有什么区别吗?"任闲问。

林辰望着刑从连,这确实是他无法理解的地方。假设真的存在幕后黑手,他们为什么要冒着巨大风险,利用方志明传回的照片诱使国际刑警组织出手?

"区别在于时间。"像是早已猜到谜底,刑从连回答这个问题时甚至都没有经过停顿和思考。

林辰皱了皱眉。

"如果我们被地方民警带走,大概可以在一小时内重见天日。"刑从连不再卖关子,而是用一种平静到吓人的语气,开始分析这件事背后的那些阴暗和诡谲心思。

一时间,屋子里又恢复了冰冷和寂静。仿佛透过玻璃窗漫溢进来的那些温暖阳光,都不起作用。

没有人说话,林辰想,果然又需要他来问问题。"那么,如果是 ICPO 呢?"他看着任闲问道。

"我会扣押你们,到我所能限制你们人身自由时间的极限。"任闲说。

"大概是多少时间?"

"按章程是 48 小时。"

"所以这一切都是为了拖延我们办案的时间?"

这个结论很不可思议。

像藏匿大麻这种罗织构陷,并不能对他们产生什么真正实质性的伤害,所以出动地方民警或国际刑警组织之间,最重要的区别是后者会不顾一切地审讯和羁押他们,直到48小时羁押时间结束。那么,刑从连回过头来想,现在究竟会有谁想让他们停下来喝杯茶,不要太赶时间?答案已经呼之欲出了。

王朝咀嚼口香糖的速度慢了下来,像是很不能理解幕后黑手脑回路的样子,质疑道:"这也太冒险了,要是我们在被审讯的过程中聊起了方志明或者是和上一个案件相关的内容,那不是真相大白了吗?"

噗的一声,年轻人将嘴里的口香糖吹爆。

"很简单啊,所谓的方志明和他未完成的卧底案,只是同一个圈套的两个不同阶段而已。"大约像刑从连这样的人,在说重要的结论时,都会平静得仿佛在向你介绍美食街上到底哪家大排档更加好吃,"阶段一,我们被抓,被审问,被羁押到满时间释放,在这期间,如果任组长侥幸与我们聊起方志明或者别的什么线索,那故事自动进入阶段二……"

"阶段二是什么?"

"就像你刚才做的那样啊,分析死亡直播与方志明被杀一案之间的关系,然后误入歧途。"刑从连没有抽烟,而是百无聊赖地打了个哈欠。

"老大你讲清楚好吗?"年轻人合上笔记本电脑,摘下鸭舌帽,狠狠揉了两下头发,"照你这么说,幕后BOSS是故意引导我们去查两个案子之间的关联,可他这是为什么啊?如果他们敢这么做,是不是说明陷害咱们的人和杀方志明的毒贩不是一拨人?那么杨典峰修改车辆行驶时间的珠宝劫案,和之后目击者程薇薇的死亡还有关系吗?这一切到底是怎么一回事啊?!"

年轻人的问题像连珠炮一样令人无法招架,但那一个小包装袋所带出的问题,远比年轻人问出口的还要多。空气里好像有无数细密的蛛丝,粘得人无法动弹。忽然间,林辰看见刑从连露出一种无趣又慵懒的笑意。

"问这么多问题,我都被你绕晕了。"刑警队队长弯了弯手指,敲了敲年轻下属的脑袋。他这次下手重了点,年轻人被他敲得龇牙咧嘴:"老大,你这样欺负弱小很不正义你知道吗？"

"知道为什么打你吗？"肇事者问。

"因为我问了你没法回答的问题，所以你觉得丢脸。"年轻人开始找死。

"那我换个问法，你知道为什么你太爷爷能活到 90 岁吗？"

"因为他每天吃蔬菜坚持锻炼！"

"不，是因为他从来不多管闲事。"

年轻人瞪大眼睛，很不可思议地看着眼前还有心思在逗他玩的老大。

"可是老大，现在线索好多啊，制毒工厂的包装袋、方志明的死、杨典峰修改的系统时间、珠宝劫案的始末、那个目击者程薇薇的背景，我们有太多东西可以调查了啊！"

"少说话。"刑从连的脸上带着少见的严厉神色。

年轻人被他呵斥得迅速噤声。

"换个角度想，为什么那个包装袋就不是幕后黑手布下的疑阵呢？实际上方志明的死也可能和我们现在调查的案件没有任何关系。"四周的空气都仿佛是凝滞的实体，刑从连的话却像是能破开那些黏稠丝网的利刃，"你看，我们可以做出无数推理，但唯一可以确定的是，因为可能性太多，这条线索无疑会浪费我们大量时间。"他认真看向年轻人说，"所以收住你的思路，想都不要给我往这个方向想。"

这是命令，而非探讨。有那么一瞬间，林辰觉得这条命令实在太令人难受了。对于想要破案的人来说，没有什么比放在眼前的线索更加诱人的了。那好像是散发着香甜气息的水果硬糖，或者是将要进行到高潮的升级流小说，你很难控制自己缩回双手或者放下书本。从很久以前，他们已经养成分析和研究各种事情的习惯。思维的惯性让他们就算是明知这或许是凶手布下的迷阵，也无法遏制地想要挖开整条街道，看看迷阵底下究竟藏着什么东西。

而现在，刑从连直接在地上明确画了条线，告诉他们必须绕开这里。因为无论前方埋藏着什么东西，都暂时和他们没有关系。这强硬得令人无法接受。

但在下一秒钟，就像有冰凉的水顺着头顶淋下，阴冷湿寒的感觉让林辰很快清醒过来。他很庆幸坐在他身边打哈欠的人是刑从连。毕竟这世界上大部分人在不停分析和判断，只有少数人能够拨开迷雾，看清事情的真相。而那些懒得和你废话，直接告诉你该怎么做的人则更加了不起。

整个栽赃案件从头到尾，都是一个险恶的思维陷阱，并不致命，却非常阴冷恶毒。在布局者的巧妙安排下，你甚至无法察觉原来你正踏入一片精心设计的泥潭。

事实上拖延时间和制造意外的方式实在太多了，比如杀人、放火、制造车祸等，但那些手法都太生硬太明显，很容易让他们察觉到背后的意图。而一起恰到好处的毒品栽赃案，48小时微不足道得仿佛扎穿车轮的铁钉，它令你只会想着该如何解决眼前的麻烦。如果你侥幸修补好车胎准备继续前进，你又会发现，前方公路上有几个撒铁钉的熊孩子。他们冲你做了个鬼脸，然后转身就跑，你很想把那些臭小子抓住狠狠揍一顿。等到那个时候，你会逐渐失去真正重要的东西。那就是方向，以及时间。

"如果这一切都是为了拖延我们的调查时间，这说明下一次死亡直播应该很快就会发生。"林辰说。

"是啊，但这也不是什么坏事。"刑从连眼神中的严厉神色已经消失不见，林辰发现他正用一种无可奈何的眼神看着自己。

"我们好歹知道了一个时限。"刑从连说。

"到底怎么了吗？什么时限？"王朝有些急躁。

林辰的脸色变得和刑从连一样难看："我想，恐怕我们最多还剩下48小时。"

48小时是任闲能羁押他们的最长时间，也同样应该是未来那场死亡狂欢的落幕时间。

对林辰与刑从连来说，他们已经明确了方向，知道未来最坏的可能性。可对任闲来说，他在经历了今日的荒诞戏剧后，却无法避开那个最为重要的问题：为什么那只印刷拙劣的大麻包装袋会在时隔11个月后再次出现？

重案组内部信息保密，外部人员又怎会知道方志明偷偷传回的那张照片？还以此来设下陷阱。

正当任闲思考是否该开口时，会议室的大门被再次打开。

那位总是大咧咧的二局副队长站在门口，脸上满是审讯成功的喜悦。

"老刑你有点儿神，陈平全招了，他说那大麻是他的二助手给他出的主意，货也是他二助手给的。"

听到这话任闲眼前一亮，他没想到刑从连明明一副不会过问此案的样子，却早已暗中派人审讯了犯罪嫌疑人。

"实施抓捕了吗？"刑从连变戏法似的又掏出盒烟，扔了过去。

江潮伸手接住，说："按你短信里说的，我一早派人去了陈家公司，只等陈平供出名字就抓人，但老黄他们还是扑了个空。助理办公室没人，桌上的咖啡还是热的。"

任闲的心情像是坐过山车，听到陈平招供二助理时他还很开心，可听到人去楼空后，他的心情瞬间滑落至深渊。

周围很冷，甚至没有一丝光。

"这一看就是有人通风报信了啊。"江潮打开烟盒，抽了一支叼在嘴里。

不知是烟草的残留还是别的什么原因，任闲觉得口中满是苦涩滋味，刑从连的网已经收得足够紧密，可那人还能在这么短时间内脱身，这只能说明刚才这间会议室里有内鬼。而他刚才明明在这里组装过一个信号屏蔽器，那么人在房间里时是没有任何通风报信机会的，只有在走出去后……可在所有离开的人中，郑冬冬已被羁押，陈平与陈家大佬在接受审讯，因此唯一有可能走漏消息的就只有被他刚支走的下属们。

任闲陷入一片彻骨寒意。

"任组长。"

沉浸在背叛的情绪中，任闲忽然听见有人在叫自己。

他抬头向窗边看去，那里满溢着灿烂的阳光，亮得刺眼无比。

在阳光中，他看到刑从连模糊而懒散的笑容。

"现在，您可以去搜查您手下的手机和通信装备了。"刑从连这样说。

30·套路

"老刑你这是一早就下好的套？"

江潮用很不确定的语气问道，他就不知道怎么有人套路会这么深。

刑从连仿佛早已猜到问题出在重案组内部，他所做的不过是先排除了郑冬冬和陈家人通风报信的可能性，并给了国际刑警内鬼可以传递消息的时间。毕竟如果真的存在内鬼之类的阴暗生物，大概会迫不及待地报告主人他们这局快完了。但问题是哪有人从游戏刚开始就算计着如何在最后时刻反将对手一军？

任闲仍在愣神，王朝已从笔记本上拔下一个U盘朝他扔了过去。"这是刚才的监控视频，全程监拍了你手下人的情绪反应，找个什么微表情分析师之类的看看。"年轻人咧嘴笑着，眨了眨眼，露出洁白的虎牙，"不用谢，这都是我应该做的。"

看着那枚小巧的U盘，不光是任组长，旁观的江副队长都觉得自己浑身冒起了鸡皮疙瘩。他看着正窝在桌边思考要不要再抽支烟的刑队长，一字一句说道："我怎么早没发现你心机原来这么重？"

"都是套路、套路。"刑队长笑道。

或许是刑从连的笑容太可恶，任闲终于清醒过来。

他肃然起身，向对方鞠了个躬，感激道："非常谢谢您。"

"不用客气。"刑从连点了点头，方才他脸上那种看谁都不顺眼的煞气早已不复存在。

任闲被他上下打量着，总觉得像被猎人盯上的猎物。

"有件小事，还得麻烦任组长。"刑从连说。

"只是帮忙而已，应当不会太麻烦。您请说。"任闲回答道。

"不管是不是真存在内鬼，还想请任组长在这段时间内能假装全力调查方志明被害案，好给我们争取些时间。"

刑从连用词非常客气。

听见这话，任闲点了点头，竟有种松了口气的感觉。刑从连大概只是想将计就计,让幕后黑手以为他们已中计来迷惑对方。这于他来说,当然只是举手之劳:"没有问题,请您放心。"

任闲对着刑从连敬了个礼,转身向门口走去,预备下楼处理那些肮脏事宜。可当他的手按在会议室门把手上时,他忽然想起什么,回头问:"能冒昧问句,您是?"

"宏景市刑警大队大队长,刑从连。"

虽然知道这确实是对方的姓名和职务,可任闲总有种被搪塞的感觉。他恍惚间看向自己那位年纪很轻的教官,那位年仅18岁的年轻人躲在笔记本电脑屏幕后,偷偷朝他做了个抹脖子的动作。

任闲一阵悚然,准备毫不犹豫离开并发誓一个字不再多问。

忽然间,他却听见那位宏景市刑警队队长又开口说话了。

"任组长,那真是辛苦您了啊,既要处理重案组内部事宜,还要帮我们这个忙。"刑从连这样说。

任闲转过身,总觉得自己错过了什么。

"有您的鼎力协助,相信我们应该很快能够破案。"刑从连又说。

"等等,您的意思是?"任闲感到不可思议。

"欢迎加入永川大学集体自杀案专案组。"阳光下,刑从连冲他笑了起来。

任闲恍恍惚惚的身影消失在门后。

江潮有些不满:"老刑你这什么意思?要调人我们有的是人,跑去国际刑警组织找什么人啊?那帮大爷眼高手低,从来都瞧不起我们!"

刑从连笑了笑,说:"有备无患嘛。"

"什么?"

刑从连看了眼王朝。

年轻人将笔记本电脑反转过来,朝向江队长。

一段惨烈的三连跳视频,毫无预兆地开始播放起来。江潮怔怔地看着视频画面,眼神略显茫然,但很快瞳孔放大、脸色僵硬,周围的空气都好像变成了凝滞的实体。

其实，视频播放的时间很短，可又好像被无限拉长。江潮用了将近半分钟时间，才让自己适应了浑身的寒意。

这次，换江潮笑得很苦："你就不能先让兄弟缓缓？"

"没时间了。"刑从连叹息。

"有人利用网站，直播学生自杀？"

"不仅是直播自杀，还直播其他低俗内容，并且他们不只是直播，还用这些内容盈利。"

江潮掏了根烟，听到这话发现自己手都在抖："不能关闭这个网站吗？"

"理论上说，这个网站已经被关闭了，因为它都是一次性的。"王朝插嘴。

年轻人阳光的声音让江潮缓过神来，像抓到什么救命稻草似的，他赶忙对王朝说："你，你跟老刑这么久，技术又好，只要你能找到直播者的IP地址，我们就能去逮人！"

像是被霜打的玫瑰花瓣，年轻人阴郁地低下头，很不开心地解释道："这是暗黑网络，网站直播者利用的是洋葱服务器。你就是把全世界顶尖的黑客红客白客都找来也找不到他。哦，不过除非出现AI，但是那也得等个十几年吧？"

"那你可以查到是谁入侵了学校监控吗？"

听见这话，王朝忍不住趴在桌上，有气无力地说："请您把我刚才说的话默念一遍，谢谢。"

"那夺回学校监控控制权总可以吧？"

王朝叹了口气，用大拇指戳了戳自己老大，跟江潮说："那当然是小事一桩，搞成铜墙铁壁都行，可他不让我这么干啊。"

"为什么啊老刑？"江潮不解。

"毕竟两次死亡直播都发生在永川大学校内，如果我们封闭了这里的监控系统，你能保证凶手不去别的地方作案吗？"

"你是说还可能会再发生自杀事件？"江潮顿时头皮发麻。

"不是可能，是一定，并且会在48小时内发生。"像生怕江潮不够恐慌，刑从连不经意地看了林辰一眼，然后继续说道，"并且按照幕后黑手给我们下的套，恐怕下次直播会比之前两次加起来都要严重许多。"

"老刑你真别吓我，这严重要有多严重，我把永川大学戒严了还不行吗？"

大致是收到刑从连眼神中传递的意思，林辰抿了抿嘴唇，还是说："我建议您不要这样做。"

"为什么？！"建议被两次三番驳回，江潮拍桌而起，"难道要我眼睁睁看着这里出事，却什么都不做吗？"

刑从连和林辰都没有说话。

见两人一副讳莫如深的模样，江潮仿佛想起什么。"其实你们根本不想让幕后黑手知道你们已经查到这个网站？也不想让他知道你们已经预测到会发生更严重的事件？"江潮瞬间想通了一切关节。"你刚才说什么让任组长假装侦查方志明案，如果他不假装呢？有没有可能幕后直播者知道自己计划暴露，放弃下次行动？你们为什么一定要见点血才开心？万一出点事情，你我都担当不起啊老刑！"

江潮苦口婆心地说道，只是这样的劝说，对刑从连和林辰都没有任何作用。

"面对一种可能性，总比在两种可能性面前猜测到底会发生什么要好。"林辰说。

"现在不是讨论哲学问题的时候。"江潮打断他。

"是，如果我们愿意，幕后黑手或许会因为发现已暴露而终止那个48小时内的直播计划。"林辰说。

"那干吗不往这个方向努力？"江潮问。

"江潮你有没有想过，他冒那么大的风险，甚至已经做好了牺牲ICPO暗桩的准备，只为了拖延一点时间，这说明什么？"

"这说明下次直播一定得嗨爆了，他们能靠这赚很多很多钱！"江潮觉得刚才皮肤上的寒意，现在已经完全转化成怒火，"这意味着，可能会死很多人！"

"但这样的机会，只有一次。"林辰试图用不那么吓人的语气，让眼前的人平静下来。

"是啊老江，要是我们这次不抓住他们，让他们收手，你能保证他们下次不想着干票更大的?"刑从连接着说道,"而且我敢跟你保证,他们之所以敢画这个时间线就意味着在48小时后,我们所能查到的一切线索都会被清理干净。你知道身边存在这么一批人,你抓不住他们,还不知道他们什么时候会犯事,这可比如鲠在喉难受多了。"

"但……但现在也不是逞英雄的时候啊。"大概是刑从连的话太有说服力,江潮的语气软了下来。

"放心,我们也不会拿学生的生命冒险。"

"那我们下面该怎么办?"

"首先,你得安排人手在永川大学里布控。不过我们也不能确定下次直播的地点一定在这学校里,毕竟现在动静闹太大了,所以整片大学城最好都有人盯着。"

"然后呢?"

"然后我就不知道了,我们现在没有任何明显的线索。"刑从连很理所应当地说道,"排查死者的社会关系需要大量时间,我们从技术上也查不到网站幕后操纵者。唯一可以用的方法是钓鱼这个网站的观众,但能否成功也只能靠命。"

"老刑你开什么玩笑!"江潮再次被气得血压飙升。

见老友一副快要死于高血压和心肌梗死的模样,刑从连转头望着林辰说:"所以我们现在只能靠林先生了,毕竟他是专家。"

"你让我觉得自己很像救命稻草。"林辰说。

"那么'稻草先生',你准备怎么做呢?"刑从连问。

"我准备大海捞针。"林辰很确定地说。

图书在版编目（CIP）数据

犯罪心理 / 长洱著 . — 北京：国际文化出版公司, 2024.8（2025.7 重印）
 ISBN 978-7-5125-1576-5

Ⅰ.①犯… Ⅱ.①长… Ⅲ.①推理小说—中国—当代 Ⅳ.① I247.5

中国国家版本馆 CIP 数据核字 (2023) 第 133709 号

犯罪心理

作　　者	长　洱
责任编辑	张　茜
责任校对	曹　岩
出版发行	国际文化出版公司
经　　销	国文润华文化传媒（北京）有限责任公司
印　　刷	河北鹏润印刷有限公司
开　　本	880 毫米 ×1230 毫米　　32 开 11 印张　　　　　　　　332 千字
版　　次	2024 年 8 月第 1 版 2025 年 7 月第 4 次印刷
书　　号	ISBN 978-7-5125-1576-5
定　　价	52.80 元

国际文化出版公司
北京市朝阳区东土城路乙 9 号　　邮编：100013
总编室：（010）64270995　　传真：（010）64270995
销售热线：（010）64271187
传真：（010）64271187-800
E-mail: icpc@95777.sina.net